U0439110

"圣杯神器"系列
第四部

CITY OF FALLEN ANGELS
CASSANDRA CLARE

堕落天使之城

〔美〕卡桑德拉·克莱尔 著 龚萍 茹静 管阳阳 译

人民文学出版社
PEOPLE'S LITERATURE PUBLISHING HOUSE

著作权合同登记号　图字 01-2016-9572

CITY OF FALLEN ANGELS: Copyright © 2011 by Cassandra Claire LLC
Published by agreement with Baror International, Inc., Armonk,
New York, U.S.A. through The Grayhawk Agency

图书在版编目(CIP)数据

堕落天使之城/(美)卡桑德拉·克莱尔著;龚萍,
茹静,管阳阳译.—北京:人民文学出版社,2017
("圣杯神器"系列)
ISBN 978-7-02-013254-6

Ⅰ.①堕… Ⅱ.①卡…②龚…③茹…④管… Ⅲ.
①长篇小说-美国-现代 Ⅳ.①I712.45

中国版本图书馆 CIP 数据核字(2017)第 203412 号

责任编辑　卜艳冰　周　洁
封面设计　汪佳诗

出版发行　人民文学出版社
社　　址　北京市朝内大街 166 号
邮政编码　100705
网　　址　http://www.rw-cn.com

印　　刷　上海利丰雅高印刷有限公司
经　　销　全国新华书店等

开　　本　720 毫米×1000 毫米　1/16
印　　张　16.5
字　　数　296 千字
版　　次　2018 年 1 月北京第 1 版
印　　次　2018 年 1 月第 1 次印刷

书　　号　978-7-02-013254-6
定　　价　69.00 元

如有印装质量问题,请与本社图书销售中心调换。电话:010-65233595

目 录

卷·一 灭绝天使

第一章　　主　人 … 3

第二章　　下　落 … 21

第三章　　七　倍 … 29

第四章　　八肢的艺术 … 42

第五章　　地狱呼唤地狱 … 56

第六章　　唤醒逝者 … 70

第七章　　卢普斯护卫队 … 86

第八章　　夜　行 … 101

第九章　　爱火与怒火的纠缠 … 114

卷·二 为了每一条生命

第十章　　河滨大道232号 … 125

第十一章　我们族类 … 137

第十二章　圣　所 … 146

第十三章　发现死去的女孩 … 158

第十四章　什么梦会来 … 172

第十五章　保佑勇士 … 182

第十六章　纽约天使 … 195

第十七章　该隐复活 … 207

第十八章　圣火的疤痕 … 222

第十九章　地狱满足了 … 240

卷·一
灭绝天使

病苦潜行于黑暗之中。
灭绝天使高飞,
隐藏于无形之幕与沉默生性之下。
我辈不可见之,但体察其力,
终倾覆于其利剑之下。

——杰里米·泰勒,《葬礼布道》

第一章

主 人

"就要咖啡,谢谢。"

服务生挑了一下描过的眉毛。"你不要点吃的吗?"她问道。她的口音很重,态度略带失望。

西蒙·刘易斯无法责备她。她可能希望得到更丰厚的小费,比单单一杯咖啡能得到的要多些。可吸血鬼不吃东西,这不是他的错。有时候在餐馆,他也会点些食物,仅仅为了保留那种表面上的正常样子。但在这个周二的深夜,当维赛卡餐厅几乎没有其他客人的时候,似乎就不值得如此麻烦了。"就要咖啡。"

服务生一耸肩,拿走了塑料压膜的菜单,为他下了单。西蒙向后靠坐在塑料硬质餐椅上,四下打量。维赛卡是在第九街和第二大道路口的一家餐厅,是下东区他最喜欢的地方之一——这是就在家附近的一个老餐馆,墙上贴着黑白壁画,只要你每半小时点一杯咖啡,他们就可以让你坐上一整天。他们还有他曾经最喜欢吃的乌克兰素水饺和罗宋汤,可现在这些时光都已离他远去。

现在是十月中旬,他们刚刚把万圣节的装饰挂起来——一个摇摇晃晃的招牌上写着"不吃罗宋汤就捣蛋",还有一个纸板剪出来的假吸血鬼,昵称作"薄饼卷库拉伯爵"。西蒙和克拉丽曾经觉得这些夸张的节日装饰滑稽至极。可是这个露着假牙穿着黑色斗篷的伯爵再也无法让西蒙感到那样有趣了。

西蒙望向窗外。这是个清爽的夜晚,风将落叶吹过第二大道,像是吹起一把把撒出的彩纸屑。路上有个独行的女孩,穿着紧身束腰带的大衣,长长的黑发随风飘动。她走过的时候人们都回头看她。过去西蒙也会像那样看向女孩子们,漫不经心地想她们要去什么地方,会去见什么人。不会是像他这样的男孩,这一点他很了解。

但除了这个女孩。餐厅正门上的铃铛在门打开的时候响了,伊莎贝尔·莱特伍德进来了。她一看到西蒙就笑了,并朝他走过来。她脱掉大衣,搭在椅背上,然后坐下了。大衣之下,她穿着一身克拉丽称之为"伊莎贝尔典型套装"的打扮:紧身丝绒短裙、渔网袜和靴子。一把匕首插在她左靴的上沿,西蒙知道只有他能看见。可是，在她坐下向后撩动头发时，餐厅里的所有人还是看向她。无论她穿什么，伊莎贝尔都像烟火表演一样引人注目。

美丽的伊莎贝尔·莱特伍德。西蒙当初遇见她的时候，觉得她不会喜欢像他这样的男孩子。结果证明他几乎是正确的。伊莎贝尔喜欢她父母不赞同的那些男生，在她的世界里，这意味着暗影魅族——精灵、狼人和吸血鬼。他们在过去一个月还是两个月的时间里常常约会，这让他吃惊不已，即使他们的相处大多仅限于像今天这样的偶尔会面。即使他禁不住会想如果他没有变成吸血鬼，如果他的整个人生没有在那一刻发生改变，他们会否这样约会？

她把一缕头发别在耳后，笑容灿烂。"你看上去不错。"

西蒙看了一眼餐厅窗户表面上反射出的自己。自从他们开始约会之后，伊莎贝尔在改变他外貌上的影响显而易见。她强迫他丢掉了那些连帽衫和运动鞋，换之以皮夹克和品牌皮靴。而那一双鞋就要三百美元。但他仍旧穿着颇具个人风格的印字衬衫——这一件上写着"存在主义者所做之事毫无意义"——但他的牛仔裤膝盖上不再有洞，口袋也不再撕开。他还把头发留长了，现在头发一直到眼睛上方，盖住了额头。但这个更多是出于必要，而不是因为伊莎贝尔。

克拉丽拿他的新形象开玩笑，可随后发觉西蒙恋爱生活的界线十分滑稽。她无法相信西蒙是在认真地和伊莎贝尔约会。当然，她也无法相信他还在以同样认真的方式和迈亚·罗伯茨约会。迈亚是他们的一个朋友，碰巧是个狼人。而且，她真的无法相信西蒙还没有把对方的事告诉两人中的任何一人。

西蒙也不确定这事是怎么发生的。迈亚喜欢来他家，玩他的Xbox——他们狼人所住的那个废弃警局里没有这玩意儿——直到她第三次还是第四次来玩，临走的时候，她靠过来和他吻别。他满心欢喜，随后打电话给克拉丽，问她是不是需要告诉伊莎贝尔。"先搞清楚你和伊莎贝尔到底怎么回事，"她说，"然后再告诉她。"

结果这并不是一个好建议。一个月过去了，他仍无法确定和伊莎贝尔之间到底是怎么回事，所以他就什么也没说。而且时间越久，说出这事的想法就变得越别扭。到目前为止，他处理得不错。伊莎贝尔和迈亚并不是真正意义上的朋友，几乎见不到对方。可对他来说不幸的是，这种情况马上要转变了。克拉丽的母亲和她长久以来的朋友卢克再过几周就要结婚了，伊莎贝尔和迈亚两人都受邀参加婚礼。一想到这件事，西蒙就感觉比想到在纽约的大街上被一群愤怒的吸血鬼猎人追捕还要更加恐怖。

"喂，"伊莎贝尔打断了他的出神，说道，"为什么是这里，而不去塔基餐厅？那里可以喝到血啊。"

她的音量让西蒙一皱眉。伊莎贝尔真的很不谨慎。所幸似乎并没有人听到，连返回的服务生也没在意。她把一杯咖啡重重放在西蒙面前，看了眼伊莎，也没让她点单就走了。

"我喜欢这里，"他说，"克拉丽和我以前常常来这里，就是她还在提斯克艺术学院上课的时候。他们的罗宋汤和薄饼卷都不错，薄饼卷就是像芝士馅的甜团子那样的东西，而且这里通宵营业。"

可伊莎贝尔并没有注意他所说的话，而是盯着他身后。"那个是什么？"

西蒙顺着她的视线看过去。"那是薄饼卷库拉伯爵。"

"薄饼卷库拉伯爵？"

西蒙一耸肩。"这是万圣节的装饰。薄饼卷库拉伯爵是为孩子们设计的。就像巧库拉伯爵，或者《芝麻街》里的那个伯爵，"他冲着她的一脸茫然咧嘴一笑，"你知道的，他教孩子们怎么数数。"

伊莎贝尔摇着头说："有个电视节目里教孩子们数数的是吸血鬼？"

"如果你看过那个节目的话，就能明白了。"西蒙小声嘀咕。

"这种节目设计是有些神话基础的，"伊莎贝尔说着进入了暗影猎手讲课模式，"在有些传说中，吸血鬼对计数非常着迷。如果你在他们面前撒上一把米，就能迫使他们停下手中正在做的事，转而去数每一粒米。当然，这些传说中没什么是真的，关于大蒜的那些也一样。吸血鬼也绝不会去教小孩子。吸血鬼是非常可怕的。"

"谢谢，"西蒙说，"这只是个玩笑，伊莎贝尔。他是个伯爵，喜欢数数。你知道的，'孩子们，今天伯爵吃了什么呀？一块巧克力薄饼干，两块巧克力薄饼干，三块巧克力薄饼干……'"

餐厅的大门打开时，一阵冷风吹入，又有客人进来。伊莎贝尔一哆嗦，把黑色的丝巾拿了过来。"这不现实。"

"那你喜欢怎样？'孩子们，今天伯爵吃了什么呀？一个无助的村民，两个无助的村民，三个无助的村民……'"

"嘘。"伊莎贝尔把丝巾在脖子上系好，向前一倾，手搭在了西蒙的腕上。突然间，她大大的黑眼睛变得炯炯有神，这种神采只有在她猎杀恶魔或者想到猎杀恶魔时才会出现。"看那边。"

西蒙随她的目光看过去，有两个男人站在盛着糕点的玻璃货柜前。货柜里有撒着厚厚糖霜的蛋糕、一盘盘酥卷和丹麦奶油酥皮饼。可这两个男人看起来似乎对食物都不感兴趣。他们两人都身材矮小，骨瘦如柴，简直瘦到那两张毫无血色的脸上颧骨突出，像是两把尖刀。两人头发稀少灰白，眼睛也是苍白的浅灰色。他们穿着石板色的束腰大衣，长可及地。

"嘿，"伊莎贝尔说，"你觉得他们是什么？"

西蒙眯起眼睛，看着他们。他们两人也都盯着他，那两双没有睫毛的眼睛像是空洞一般。"他们看起来像是邪恶的花园地精。"

"他们是附属人，"伊莎贝尔压低声音说，"他们属于吸血鬼。"

"'属于'是指……"

伊莎贝尔不耐烦地哼了一声。"我的天使啊，你对自己的同类一无所知，是吗？你是不是甚至连吸血鬼是怎么来的都不知道啊？"

"这个啊，当一个妈妈吸血鬼和一个爸爸吸血鬼非常非常相爱的时候……"

伊莎贝尔冲他做了个鬼脸。"好吧，你知道的，吸血鬼繁衍后代和性没关系。但是我敢打赌，你并不真的知道那是怎么回事。"

"我当然知道，"西蒙说，"我变成吸血鬼是因为我在死之前喝下了一点拉斐尔的血。喝下血加上死掉等于吸血鬼。"

"并不完全是这样，"伊莎贝尔说，"你变成吸血鬼是因为你喝下了一点拉斐尔的血，然后你被其他吸血鬼咬了，再然后你死了。在这个过程中，你需要在某个时刻被咬一下。"

"为什么？"

"吸血鬼的唾液有……一种特性，一种让人改变的特性。"

"哇。"

"不要对我'哇'。你才是那个有神奇唾液的人。吸血鬼把人带在身边，没血喝的时候就喝他们的——像是移动的食品贩售机，"伊莎满是厌恶地说道，"你可能认为他们会因为一直失血而变得虚弱，但吸血鬼的唾液实际上有治愈的功效，能提高他们血液中红细胞的数量，让他们更强壮更健康，也能让他们活得更久。这就是为什么吸血鬼喝人血并不违反《大律法》，那并不会真的伤害人。当然，偶尔吸血鬼会决定他不光想要个食物源，而是想要个从属物——这时他就会开始给那个自己咬过的人喂一点点吸血鬼的血。仅仅是为了让他听话，让他和主人保持某种联系。附属人崇拜他们的主人，喜欢服侍他们。他们想要的全部就只是在主人身边，就像那时你想回到迪蒙酒店的状态一样。你喝了那个吸血鬼的血，就会被拉回到他身边。"

"拉斐尔，"西蒙冷冷地说，"可这些天我并没有觉得有一种难以遏制的冲动想要和他在一起，让我告诉你这点。"

"不，当你完全变成一个吸血鬼之后，这感觉就会消失了。只是附属人会崇拜他们的主人，并且不会违抗他们。你不明白吗？当你回到迪蒙酒店的时候，拉斐尔的人喝光了你的血，你死了，然后变成了一个吸血鬼。但是如果他们没有喝光你的血，如果他们反而给你更多吸血鬼的血，你最终就会变成一个附属人。"

"这些真是有趣，"西蒙说，"但这并不能解释他们为什么盯着我们。"

伊莎贝尔瞟了他们一眼。"他们是盯着你。也许他们的主人死了，他们在寻找另一个吸血鬼来拥有他们。你可以养宠物啊。"她咧嘴一笑。

"或者，"西蒙说，"也许他们来这儿是为了土豆煎饼。"

"附属人不吃食物。他们靠吸血鬼的血和动物血过活。这让他们的生命得以延长，他们并不永生，但衰老得非常非常慢。"

"很遗憾，"西蒙说着看向他们，"他们似乎无法保持他们的样貌。"

伊莎贝尔坐直了。"他们朝这边走过来了。我想我们可以知道他们想要什么了。"

附属人的移动好似脚下有轮子，他们看上去没有抬步，而是无声地向前滑行。他们只用了几秒钟就穿过了餐厅。他们靠近西蒙的桌子时，伊莎贝尔已经从靴口猛地拔出了如同细高跟鞋鞋跟似的尖利匕首。匕首横在桌上，在餐厅荧荧的灯光下闪着微光。这是把沉甸甸的深色银质匕首，两侧的柄上都烙有十字。大部分驱逐吸血鬼的武器似乎都有十字架，西蒙想，这是假定大多数吸血鬼都是基督徒。谁知道自己信仰一个少数宗教会带来如此的好处呢？

"已经够近了。"当两个附属人在桌边停下时，伊莎贝尔说。她的手指朝匕首缓缓移动。"说出你们的事由，你们两个。"

"暗影猎手，"左边的那个家伙嘶嘶地低声说，"我们没听说这件事情里还有你。"

伊莎贝尔扬起精致的眉毛。"那会是什么事情？"

第二个附属人伸出一根灰白的长手指，指着西蒙，指尖的指甲蜡黄但尖利。"我们找日光行者有事。"

"不，你们不会，"西蒙说，"我不知道你们是谁，从没见过你们。"

"我是沃克先生，"第一个家伙说，"我身边的是阿切尔先生。我们为纽约最有权势的吸血鬼服务，最伟大的曼哈顿部落的主事。"

"拉斐尔·圣地亚哥，"伊莎贝尔说，"这样的话，你们一定知道西蒙不属于任何部落。他是自由身。"

沃克先生淡淡一笑。"我的主人希望这种状况可以得到改变。"

越过餐桌，西蒙与伊莎贝尔的眼神交会了一下。后者一耸肩，说："拉斐尔没告诉你他想要你远离部落吗？"

"可能他改变主意了，"西蒙说，"你知道他是怎么样的，喜怒无常，变幻莫测。"

"我不会知道。在那次我威胁说要用大烛台杀了他之后，就再没见过他了。不过，他倒守信，没有退缩。"

"很好。"西蒙说。那两个附属人盯着他，他们的眼睛是一种淡淡的灰白色，像是脏了的雪。"如果拉斐尔想让我加入部落，那是因为他想从我这里得到什么。你们最好也告诉我，那是什么。"

"我们并不知晓主人的计划。"阿切尔先生傲慢地说道。

"那么，这事没门儿，"西蒙说，"我不会去的。"

"如果你不愿跟我们一起去，我们有权使用武力带你前去。"

匕首似乎一跃而至伊莎贝尔的手中。或者说，至少她似乎一动没动，可已经握住匕首了。她轻轻转动着匕首说："如果我是你们的话，我不会那么干的。"

阿切尔先生朝她龇着牙说："从什么时候开始天使之子变成暗影魅族的凶野保镖了？我认为你不该管这种事情，伊莎贝尔·莱特伍德。"

"我不是他的保镖，"伊莎贝尔说，"我是他的女朋友。这个身份让我有权狠狠揍你们一顿，如果你们找他麻烦的话。事情就是这样。"

女朋友？西蒙一惊，讶异地看着她。可她却用目光逼视着两个附属人，那双深色的眼睛闪着光。一方面，西蒙之前从没想过伊莎贝尔会自称他的女朋友。另一方面，这恰恰表明他的生活已变得多么奇特。这句话是让他今晚最感吃惊的一点，而不是纽约最有权势的吸血鬼召他前去会面。

"我的主人，"沃克先生用他能想到的最柔和的语调说，"有个提议，是向日光行者——"

"他的名字是西蒙，西蒙·刘易斯。"

"是向刘易斯先生提出的。我可以向你保证，如果刘易斯先生愿意和我们一起前去，听我的主人说说这个提议，他将会受益匪浅。我以主人的名誉发誓，你不会受到任何伤害，日光行者，而且如果你想拒绝我主人的提议，你也将有权自由选择。"

我的主人，我的主人。沃克先生说这些话的时候既有一种仰慕，也有一丝畏惧。西蒙心里微微一抖，如此依赖一个人，完全失去了自己真正的意志，多么可怕啊。

伊莎贝尔摇着头，向西蒙做出"不"的口型。也许她是对的，他想。伊莎贝尔是个出色的暗影猎手，她从十二岁起就追捕各种恶魔以及触犯律法的暗影魅族，包括那些凶野的吸血鬼、施展黑魔法的巫师、失控并且会吃人的狼人。她也许比同龄的暗影猎手都更擅长做这些事情，除了哥哥杰斯之外。还有塞巴斯蒂安，西蒙想，他比他们两个都要更优秀，可是他已经死了。

"好吧，"他说，"我去。"

伊莎贝尔瞪圆了眼睛。"西蒙！"

两个附属人都搓了搓双手，像是漫画书里的坏蛋那样。那个动作其实并不吓人，只是他们两人在同一时间做了一模一样的动作，好像他们是木偶，提线被同时拉动了似的。

"好极了。"阿切尔先生说。

伊莎贝尔把匕首哐当一声重重摔在桌上，俯身向前，她光泽的黑发擦过桌面。"西蒙，"她焦急地低声说，"别犯傻了。你没道理跟他们一起去。而且拉斐尔是个混蛋。"

"拉斐尔是吸血鬼首领，"西蒙说，"是他的血让我成了吸血鬼。他是我的——随便他们怎么叫。"

"始祖、创造者、孕育者——他做的事可以有无数个名字，"伊莎贝尔心烦意乱地说，"也许是他的血让你成为吸血鬼，可那并没有让你成为日光行者。"越过餐桌，他们的目光相遇了。杰斯让你成为了日光行者。可她绝不会大声说出来，只有他们少数几个人知道真相，知道关于杰斯出身的全部故事，以及因此让西蒙所成为的样子。"你不需要他说什么就做什么。"

"我当然不需要，"西蒙压低了声音说，"可如果我拒绝过去，你觉得拉斐尔会就此罢手吗？他不会。他们会一直来找我。"他朝一边偷偷看了看附属人。他们看上去好像是同意西蒙的说法，尽管这可能只是他的想象。"他们会到各种地方去烦我，我出去的时候、上学的时候、在克拉丽家里的时候——"

"什么？克拉丽应付不了这个吗？"伊莎贝尔一甩手，"好吧。那至少让我和你一起去。"

"当然不行，"阿切尔先生打断了他们，"这不关暗影猎手的事。这是黑夜之子的事情。"

"我不会——"

"《大律法》赋予我们私下处理内部事务的权利，"沃克先生生硬地说，"只在我们自己人之间。"

西蒙看了看他们。"请给我们一点时间，"他说，"我想和伊莎贝尔谈谈。"

一时间，众人都陷入了沉默。在他们周围，餐厅里的一切照旧。这里迎来了夜间的高峰，因为附近的影院散场了。服务生四下忙碌，给客人端上一盘盘热腾腾的食物；恋人们在旁边的座位上笑着聊天；厨师们在柜台后相互高喊着客人的订单。没人看他们，也没人注意到有什么不同寻常的事情。西蒙现在已经习惯了魔法伪装，但他有时候还是禁不住觉得和伊莎贝尔在一起，自己像是被无形的玻璃墙包围着，与其余所有人隔离，与他们的日常事务无关。

"很好，"沃克先生说着后退了一步，"可我的主人不喜欢等太久。"

他们朝门口退去，显然对人们进进出出所带来的冷空气并不在意，他们像是雕塑似的站在那里。西蒙转向伊莎贝尔。"没事的，"他说，"他们不会伤害我，也不能伤到我。拉斐尔知道关于……"他很不自在地指着自己的额头，"这个的一切。"

伊莎贝尔越过桌子伸手过来，把他的头发撩起，她的这种触摸像是医生做检查，一点也不温柔。她皱了皱眉。西蒙自己在镜子里无数次地看过这道印记，他非常清楚印记是什么样子，像是有人用一支很细的画笔在他的额头上画了个简单的图案，就在眉眼之间的上方。印记的形状似乎有时会变化，好像云中流动的图形，但颜色总是黑色，并且清晰可见，不知怎的，看上去还有些吓人，像是用另一种语言写就的一道警示。

"这个真的……有效？"她轻声说。

"拉斐尔觉得有效，"西蒙说，"而且我也没理由觉得它不管用。"他抓住了她的手腕，从自己的眼前挪开。"我会没事的，伊莎贝尔。"

她叹了口气。"我所受的一切训练都告诉我这并不是个好主意。"

西蒙用力握了一下她的手。"好了。你很好奇拉斐尔想要什么，对吗？"

伊莎贝尔拍了拍他的手，往后坐了坐。"你回来以后要告诉我一切。先给我打电话。"

"我会的，"西蒙站起来，拉上外套，"你再帮我个忙，好吗？事实上，是两个。"

她警觉地看着他，但又觉得有趣。"什么？"

"克拉丽说她今晚会在学院里训练。如果你碰巧遇到她，别告诉她我去哪儿了。她会无缘无故地担心。"

伊莎贝尔转了转眼珠。"好的，没问题。第二个忙呢？"

西蒙俯身过去，吻了她的脸颊。"你走之前尝尝罗宋汤，味道棒极了。"

沃克先生和阿切尔先生是极其不善言谈的同伴,他们静静地领着西蒙穿过下东区的街道。他们以那种怪异的滑行步伐,保持在西蒙前方几步远的距离。夜已经深了,可城市的人行道上还满是人——下了晚班的人、结束晚宴回家的人。人们都低着头,竖起领子抵御强劲的寒风。圣马可街的路边上支起一排折叠牌桌,什么都有得买,廉价袜子、纽约城市铅笔素描、熏黑的檀香。落叶滚过人行道,像是干了的骨头似的发出咯吱咯吱的声响。空气中的气味像是汽车尾气与檀香的混合,在这种味道之下还有人的气息——肌肤与血肉。

西蒙的胃中一紧。他努力在自己的房间里储存足够多的动物血——现在,他在衣橱里面放了一台小冰箱,那地方他妈妈不会看到——这样他就不会总感到饥饿。那血的味道让人作呕。他曾认为自己会习惯,甚至会变得想喝那东西。可是尽管这能缓解他的饥饿感,但从没让他感到可以好好享受那东西,就像他曾经享受巧克力、素馅玉米面饼或是咖啡冰淇淋那样。那东西一直只是血而已。

可是感到饥饿会更糟糕。饿了就意味着他会闻到自己不想闻到的东西——皮肤上咸咸的味道、从陌生人的毛孔中所渗透出的血液那种甜美而将要腐烂的味道。这会让他感到饥饿、扭曲,一切都不对劲。他弓起身子,把拳头塞进外套的口袋里,尝试用嘴呼吸。

他们刚转进第三大街,就在一家餐厅前停住了。餐厅的招牌上写着"回廊咖啡厅。花园全年开放"。西蒙眨眼看了看招牌。"我们来这儿干什么?"

"这是主人选的见面地点。"沃克先生语调淡淡地说。

"啊?"西蒙有些不解,"我本想着拉斐尔的风格应该更加……你知道的,会把见面安排在一座没祝圣过的教堂顶,或者是堆满人骨的地下室里。他给我的印象从不是这种时髦餐厅的风格。"

两个附属人盯着他。"有问题吗,日光行者?"阿切尔先生终于问道。

西蒙隐隐感到一丝责难。"不,没问题。"

餐厅里面很暗,沿一面墙边是大理石台面的吧台。他们穿过房间,走向后面的一扇门,没有侍者或者服务生招呼他们。这扇门通往花园。

许多纽约的餐厅都有花园露台,只是很少会开放到一年中的这个时节。这座花园位于几幢大楼之间的庭院,墙壁上画满了立体而逼真的壁画,画中是开满鲜花的意大利花园。树叶因秋天的到来而变得或金黄或赤褐,树干上则挂满了一串串白色的小灯,还有餐桌间散布的取暖灯发出微红的光亮。庭院中间一座小喷泉发出音乐般的流水声。

只有一张桌子有人，但不是拉斐尔。一个苗条的女人戴着一顶宽边礼帽，坐在靠墙的一张桌前。西蒙正满是疑惑地张望着，她扬起手，朝他打了个招呼。他转身看看后面，当然，身后没有人。沃克和阿切尔又开始往前走。西蒙大为不解，跟着他们穿过庭院，在距离那女人坐的地方几步远之处停下来。

沃克深鞠一躬。"主人。"他说。

女人一笑。"沃克，"她说，"还有阿切尔，非常好。谢谢你们把西蒙带来我这儿。"

"等一下，"西蒙看看这个女人，又看看两个附属人，接着又看向这个女人，"你不是拉斐尔。"

"哦，不。"女人摘掉帽子，一大束淡金色的头发散落至她的肩头，在圣诞彩灯下耀眼夺目。她面庞光滑白皙，一张鹅蛋脸十分美貌，还有一双大大的淡绿色眼睛引人注目。她戴着黑色的长手套，身穿黑色真丝衬衫和直筒裙，脖子上系着条黑色围巾。要想说出她的年纪有些困难——或者说，她可能是在什么年纪变成的吸血鬼。"我是卡米尔·贝尔科特。很高兴见到你。"

她伸出一只戴着黑手套的手。

"他们告诉我是来这儿见拉斐尔·圣地亚哥的，"西蒙说，他没有去握那只手，"你是效命于他吗？"

卡米尔·贝尔科特大笑起来，像是潺潺流水的喷泉。"当然不是！尽管他曾经效命于我。"

这下西蒙想起来了。我以为主事吸血鬼是其他什么人，在伊德里斯，他曾对拉斐尔说过。那感觉好像是很久以前了。

"卡米尔还没回归我们的队伍，"拉斐尔是这么答复的，"我代替她主事。"

"你是主事吸血鬼，"西蒙说，"曼哈顿部落的主事。"他转身看向附属人。"你们骗了我。你们告诉我要见的是拉斐尔。"

"我说的是你会见到我们的主人。"沃克先生说。他的眼睛很大，但空洞无神。这种空洞让西蒙思忖他们是否甚至有意误导他，或者他们是否仅仅像编了程序的机器人，只会说主人让他们说的话，对于剧本之外的内容一无所知。"而她就在这儿。"

"的确，"卡米尔朝她的附属人抛去一个灿烂的笑容，"请离开吧，沃克，阿切尔。我需要和西蒙单独谈谈。"她说这话的方式有些不同——就是说出他的名字和"单独"二字时——好像是一种秘而不宣的爱抚。

附属人鞠了一躬，然后退出去了。当阿切尔先生转身走开时，西蒙在他喉咙的一侧看到一块印记，一块暗色的淤青，颜色如此之深，像是画上去的，淤青中央还有两个颜色更深的小点。深色的小点是刺痕，周围的血肉凹凸不平地结了痂。西蒙感到浑身上下无声地涌过一个寒颤。

"请，"卡米尔说着拍了拍身边的座位，"请坐下。你想来点红酒吗？"

西蒙坐下了，很不自在地坐在坚硬的金属椅子的边缘。"我不怎么喝酒。"

"当然，"卡米尔满是同情地说，"你只不过是只小雏鸟儿，不是吗？别太担心。过段时间你就会将自己训练得能喝酒和其他饮品了。我们族类中有些最古老的成员能吃人类的食物，而且不大会有不良反应。"

不大会有不良反应？西蒙不喜欢这话。"我们要很久吗？"他一边问，一边刻意低头看了看手机，上面显示的时间告诉他已经十点半多了，"我得回家了。"

卡米尔喝了一小口红酒。"是吗？可是为什么呢？"

因为我妈妈在等着我回家。好吧，这个女人没理由知道这些。"你打扰了我的约会，"他说，"我只是在想有什么事这么重要。"

"你还和妈妈住在一起，是吗？"她说着放下酒杯，"真是奇怪啊，对吧，像你这样一个有能力的吸血鬼拒绝离开家，拒绝加入一个部落？"

"这么说你打扰我的约会就是为了嘲笑我还和父母住在一起。你难道不能找个我没有约会的晚上做这事吗？其实大部分晚上我都没约会，如果你好奇想知道的话。"

"我没有嘲笑你，西蒙，"她用舌头舔了舔下嘴唇，像是再品尝一下刚刚喝下去的酒，"我想知道你为什么没有成为拉斐尔部落的一员。"

那不一样是你的部落吗？"我强烈感觉他不想我成为其中一员，"西蒙说，"他说过很多次了，如果我不招惹他，他也不来招惹我。所以我不去惹他。"

"你的确如此。"她绿色的眼中闪过一道光。

"我从没想过要成为一个吸血鬼，"西蒙一边说，一边闪过个念头，为什么自己要把这些告诉这个陌生女人，"我想要过正常的生活。当我发现自己可以见日光，我觉得自己应该可以，或者说，至少可以接近那样的生活。我可以去上学，可以住在家里，可以见妈妈和姐姐——"

"只要你永远不在她们面前吃东西，"卡米尔说，"只要你隐藏好自己对血的渴求。你还没尝过完全新鲜的人血，是吗？就只是喝袋装血，不新鲜，动物血。"她皱了皱鼻子。

西蒙想到了杰斯，但他赶忙把这个想法赶跑了。杰斯准确来说不是人类。"不，我没有。"

"你会的。而且当你尝过之后，你就不会忘掉它，"她身子前倾，淡金色的头发擦过他的手，"你不可能永远隐藏那个真正的自我。"

"有哪个少年不向父母撒谎？"西蒙说，"不论怎样，我不明白你为什么关心这个。事实上，我还不确定我为什么而来。"

卡米尔俯身过来。她这么一动，那件黑色真丝衬衫的领口就张开了。如果西蒙仍旧是人类的话，他一定会脸红。"你能给我看看吗？"

西蒙好像真的能感觉到自己的眼珠掉了出来。"看什么？"

她笑了。"印记，傻孩子。游荡者的印记。"

西蒙张大了嘴，随后又闭上了。她是怎么知道的？很少有人知道克拉丽在伊德里斯给他刻上的这个印记。拉斐尔曾暗示过这是个致命的秘密，而西蒙也正是如此对待它。

可卡米尔那双绿色的眼睛目光笃定，而且出于某种原因，西蒙想依其所愿行事。是因为她看他的方式，也是因为她说话的曼妙语调。他抬起手，把头发拨到一旁，露出额头让她检视。

她的眼睛睁大了，嘴唇也张开了。她轻轻把手放在喉咙上，好似要摸摸那根本不存在的脉搏。"哦，"她说，"你多么幸运啊，西蒙，多么幸运。"

"这是个诅咒，"他说，"不是什么祝福。你知道的，对吧？"

她的眼神闪光。"'该隐对耶和华说，我的刑罚太重，过于我所能当的[①]。'这超出了你所能承受的吗，西蒙？"

西蒙向后一靠，让头发落回原处。"我能承受。"

"但你不想，"她戴着手套的手指轻抚着红酒杯的边沿，"如果我能给你指条路，让你把视为诅咒的东西变成某种优势呢？"

你终于谈起你让我来这儿的原因了，而这才刚刚开始。"我洗耳恭听。"

"我把名字告诉你的时候，你想起来了，"卡米尔说，"拉斐尔之前提起过我，是吧？"她说话有些口音，但不浓重，西蒙说不出是哪里的口音。

"他说过你是部落的主事，他只是在你离开的时候领导大家，替你主事，像是——像是副总统之类的。"

"啊，"她轻轻咬了咬下嘴唇，"事实上，这不是真相。我想把真相告诉你，西蒙。我想跟你谈笔交易。但首先我必须要你发个誓。"

"什么？"

---

① 出自《圣经·旧约·创世记》第四章第十四节，译文参考和合本。

"今晚我们两人之间在这儿的谈话必须是个秘密。没人能知道,包括你那个红头发的小朋友克拉丽、你的那两个女朋友、莱特伍德家的人。谁都不行。"

西蒙坐着往后挪了挪。"那如果我不想承诺呢?"

"那你可以走了,如果你想的话,"她说,"但是你永远不会知道我想告诉你的事情了。这将会成为让你后悔的损失。"

"我是好奇,"西蒙说,"但我不确定自己有那么好奇。"

她的眼神中闪过一丝惊讶和兴味,西蒙想或许还甚至有那么一点尊重。"我要和你说的事情跟他们一点关系都没有。这不会影响到他们的安危和祸福。我只是出于保护自己的目的需要你保守秘密。"

西蒙狐疑地看看她。她真是这个意思吗?吸血鬼不像精灵那样不会撒谎。可他不得不承认,自己很好奇。"好吧。我会保守你的秘密,除非我觉得你所说的事情会将我的朋友置于险境。那样的话,所有的保证就都不算数。"

她的笑容冷冷的。他看得出,她不喜欢自己不被信任。"非常好,"她说,"我想在我亟需你的帮助时,我别无选择。"她俯身过来,一只纤细的手中摇晃着红酒杯。"直到不久前,我一直领导着曼哈顿部落,开开心心地。我们在上西区一幢老式的战前大厦中有一处漂亮的住所,不是现在圣地亚哥带着我的人所住的那个老鼠洞般的破酒店。圣地亚哥——拉斐尔,你这么叫他——曾是我的副手,是我最忠诚的伙伴——或者说我曾认为是。有一天晚上,我发现他在谋杀人类,把他们赶进哈莱姆区的那家老酒店中,由着自己的兴致喝他们的血,然后把他们的尸骨扔进外面的大垃圾桶里。他这是在愚蠢地玩火,违反《盟约》中的《大律法》,"她喝了一小口酒,"当我找他对峙时才意识到,他已经告诉部落里的其他人我是那个凶手,我是违反《大律法》的人。这一切全是栽赃。他是想杀了我,这样他就能夺权。我跑了,为了安全起见只带上了沃克和阿切尔。"

"所以说一直以来,他都声称他只是在你回来之前主事?"

她做了个鬼脸。"圣地亚哥是个老练的骗子。他希望我回来,那是肯定的——这样他可以杀了我,然后就真的能掌控部落大权了。"

西蒙不确定她想听到什么。他不习惯成年女性用一双含泪的大眼睛看着自己,也不习惯她们将人生故事向自己倾吐。

"我很抱歉。"他最后说。

她耸耸肩。这个动作意味深长,让他想到也许她的口音是法国的。"这都是过去了,"她说,"一直以来,我都躲在伦敦,寻求盟友,等待时机。然后我听说了你。"她伸出一只手。"我不能告诉你是如何听说你的,我发誓要保守秘密。可就在那个时刻，我意识到你就是我一直在等待的。"

"我吗？"

她往前一倾，摸着西蒙的手。"拉斐尔害怕你，西蒙，他应该如此。你是他的同类，吸血鬼，但你不能被伤害或者杀掉。他不能动你一根手指头，否则上帝的怒火就会降临到他头上。"

突然一片沉默。西蒙能听到头顶上圣诞灯轻柔的电流声、庭院中心石头喷泉的水声，还有城市里的嘈杂嗡鸣。当他说话的时候，声音也很轻柔。"你说了那个。"

"什么，西蒙？"

"那个词。那个的怒火。"那个词语在他的口中刺痛灼烧，就像以往那般。

"是的，上帝，"她把手收回来，可眼神很温暖，"关于我们的族类有很多秘密，我有很多能讲给你听、能展示给你的东西。你会知道自己并不是受诅咒要下地狱的人。"

"夫人——"

"卡米尔。你一定要叫我卡米尔。"

"我还是不明白你想从我这里得到什么。"

"你不明白吗？"她摇了摇头，金灿灿的头发在脸旁掠过，"我希望你能加入我，西蒙。加入我来对抗圣地亚哥。我们将一起走进他那座老鼠出没的酒店，他的追随者一看到你和我在一起，就会离开他，到我这边来。我相信他们对他只是惧怕，在那之下隐藏的是对我的忠诚。一旦他们看到我们一起出现，惧怕就会消失。他们就会到我们这边来。人是不能与神搏斗的。"

"我不知道，"西蒙说，"在《圣经》里，雅各与一个天使搏斗，他赢了。"

卡米尔看着他，眉毛挑起。

西蒙一耸肩。"希伯来学校。"

"'雅各便给那地方起名叫毗努伊勒，意思说：我面对面见了神[①]。'你瞧，你不是唯一一个通晓你们经文的人，"她那种勉强的表情不见了，微笑起来，"你可能没意识到，日光行者，但只要你有这个印记，你就是上天的复仇利器。没人能立于你面前。当然吸血鬼也不能。"

"你害怕我吗？"西蒙问。

可他几乎马上就后悔这么问了。她那双绿色的眼睛黯淡下来，像是乌云密布。

---

① 出自《圣经·旧约·创世记》第三十二章第三十节，译文参考和合本。

"我，害怕你？"随后她重新整理好情绪，脸色舒缓下来，表情也明媚起来。"当然不，"她说，"你是个聪明人。我确信你会看到我这个提议中的明智之处，然后加入我。"

"那你的提议准确来说是什么呢？我的意思是，我明白我们搞垮拉斐尔的部分，可之后呢？我并不是真的憎恨拉斐尔，也不想为了除掉他而除掉他。他没有招惹我，我想要的就是这个。"

她把双手在身前合拢，她的左手中指在手套外面戴了一枚镶着蓝宝石的银戒指。"你觉得那是你想要的，西蒙。你觉得拉斐尔没有招惹你，像你说的那样，就是帮了你的忙。事实上，他是在放逐你。眼下你觉得自己不需要同类中的其他人，你满足于自己现有的朋友——你的人类朋友和暗影猎手。你满足于在自己的房间里藏匿一瓶瓶血，然后向你的妈妈撒谎隐瞒真正的自己。"

"你怎么——"

她继续说下去，没有理睬他。"可是十年之后呢，那时你应该要二十六岁了？二十年后呢？三十年后呢？你觉得没人会注意到他们在变老，在变化，而你没有吗？"

西蒙什么也没说。他不想承认自己没有想那么远，自己也不愿意想那么远。

"拉斐尔教给你的是其他吸血鬼都对你有害，可并不需要那样。独自一人，没有其他同类，其他懂你的同类，永恒是一段极其漫长的时光。你和暗影猎手做朋友，但你永远不可能是他们，你总是其他人，是外人。和我们在一起你才能有归属感，"当她俯身过来的时候，她的戒指闪出白色的亮光，刺痛了西蒙的眼睛，"我们有数千年的知识，可以与你分享，西蒙。你可以学会如何保守自己的秘密，如何吃东西、喝东西，如何说出上帝的名字。拉斐尔残忍地不把这个消息告诉你，甚至引导你去相信根本没这回事。可它的确有。我能帮你。"

"如果我先帮你的话。"西蒙说。

她笑了，她的牙齿洁白而尖利。"我们会相互帮助。"

西蒙往后靠去，金属椅子十分坚硬，不舒服，他突然间觉得很累。他往下看看自己的双手，能看到静脉血管的颜色变深了，蛛网般地遍布在手背的指节上。他需要血液，他需要跟克拉丽谈谈，他需要时间思考。

"我吓到你了，"她说，"我知道。有好多东西要消化吸收。我很乐意给你所需要的足够时间去做出关于这些事情、关于我的决定。可是我们的时间并不多，西蒙。我待在这座城里，完全处于拉斐尔和他那伙人的威胁之中。"

"他那伙人？"西蒙不管不顾地微微咧嘴一笑。

卡米尔似乎很困惑。"怎么？"

"那个，就是……'他那伙人'。就像是说'他的打手'或者'小弟'。"她木然地望着他。西蒙叹了口气。"抱歉，你可能没有像我那样看过很多表现坏人的电影。"

卡米尔稍稍皱了下眉，她的眉头间出现了一道细纹。"有人告诉我你可能会有些奇怪。也许只是因为我对你们这代吸血鬼知之甚少。可我觉得，这对我有好处，身边有这么……这么年轻的人。"

"新鲜血液。"西蒙说。

说到这个，她倒是笑了。"那么，你准备好了？接受我的提议？开始一起合作？"

西蒙抬头看看天空，一道道白色小灯似乎遮蔽了星光。"瞧，"西蒙说，"我很感激你的提议。真的。"糟糕，他想。他听起来像是要拒绝参加班级舞会的邀约，应该有其他表达方式。你能提出我真的感到非常荣幸，真的，但是……卡米尔，像拉斐尔一样，总是说话硬生生的，很正式，好像她是在童话故事里。也许他可以试试那样。他说："我要求一些时间以便做出抉择。我相信你能理解。"

她露出一个精致的笑容，只露出了尖牙的齿尖。"五天，"她说，"不能再长了。"她伸出一只戴着手套的手，手掌中有个什么闪光的东西。是一只小玻璃瓶，大小能装下香水的小样，只是这只瓶子中装满了褐色的粉末。"墓地上的尘土，"她解释说，"打碎这个，我就知道你在召唤我。如果你在五天之内没有召唤我，那我就会派沃克去找你要答案。"

西蒙拿过小瓶，丢进口袋里。"如果答案是不呢？"

"那么我会很失望。但我们分道扬镳后还是朋友，"她推开红酒杯，"再见，西蒙。"

西蒙站起身，椅子滑过地面，发出一阵金属摩擦的尖利声音，十分刺耳。他觉得自己应该再说些其他的，可他不知道要说什么。但在那一瞬间，他似乎是可以离开了。他决定自己还是做个没教养的行为古怪的现代吸血鬼吧，这也好过再冒着风险被拖回谈话中。他什么都没再说便离开了。

在穿过餐厅出去的路上，他经过沃克和阿切尔身边，两人站在巨大的木质吧台旁，在他们灰色的长大衣下肩头隆起。他感觉到自己经过时他们盯着自己，他跟他们摆了摆手——一个介于友善的打招呼和老板解雇人之间的手势。阿切尔一龇牙——是人类那种并不尖利的牙齿——然后从他身旁踱步进入花园，沃克随后。西蒙看见他们在卡米尔对面的椅子上坐下，他们入座时卡米尔没有抬眼，可照亮花园的白色小灯突然熄灭了——不是一盏接一盏，而是同时灭了——这让西蒙只是望着一片让人晕头转向的黑暗，像是有人把星光全都熄灭了。等服务生注意到，便慌忙出去处理问题，继而花园重新充盈起白色的灯光。这时，卡米尔和她的附属人已经不见了踪影。

西蒙打开家里的大门——在这个布鲁克林街区，他家的房子是一排一模一样的砖面房子中的一幢——他轻轻推开门，仔细听着。

他告诉妈妈自己出去和埃里克还有其他乐队的小伙伴排练了，周六有一场演出。有段时间，她很容易相信他，就是这个样子。伊莱恩·刘易斯一直是那种比较宽松的父母，从不要求西蒙或者他姐姐晚上几点前一定要回家，也不会要求他们上学的时候一定要早早回家。西蒙常常和克拉丽一起待到很晚，然后用自己的钥匙开门回家，凌晨两点瘫倒在床上。这种行为并没招致母亲过多的言语。

可现在事情不同了。他去了伊德里斯，暗影猎手的故乡，几乎两周时间。他突然从家里消失，没有机会找个借口或者解释一下。巫师马格纳斯·贝恩介入此事，给西蒙的妈妈施了一个记忆咒语，所以她现在根本不记得他曾失踪过。或者说，至少没有意识清晰的记忆。但是她的行为还是改变了。她现在满腹狐疑，时时出现，总是盯着他，坚持要他在特定时间前回家。上一次他和迈亚约会回家后，发现伊莱恩在门厅，坐在一把朝门的椅子上，双臂抱在胸前，强忍住一脸的怒火。

那天晚上，他在看到她之前就能听到她的呼吸声了。此时，他只能听到客厅里传来的微弱的电视声音。她一定在熬夜等他，可能正在看关于医院的那种没完没了的电视剧，她喜欢这个。西蒙把门在身后关上，倚在门上，努力集聚起撒谎的勇气。

不在家里吃饭已经够辛苦的了。幸亏他妈妈早早出去工作，很晚回来。丽贝卡在新泽西上大学，只是偶尔回家来洗洗脏衣服，也不常在，不会注意到有什么异常。他早晨起床的时候妈妈已经走了，妈妈为他精心准备的早餐和午餐都放在厨房的台面上。他在去学校的路上会把它们都丢进垃圾箱里。晚餐比较困难。她在家的时候，他不得不拨弄几下盘子里的食物，假装不饿，或者说他想拿去自己的房间吃，这样可以一边学习一边吃。有那么一两次，他会强迫自己吃下去，只是为了让她高兴，然后在卫生间里花上几个小时，一身大汗，恶心呕吐，直到把食物清除出自己的身体系统。

他讨厌自己不得不对她撒谎。他曾经常常为克拉丽感到些许抱歉，她和乔斯琳的关系让人担忧，乔斯琳是他所知的最为保护过度的父母了。现在这种情况轮到他了。自从瓦伦丁死后，乔斯琳对于克拉丽的控制放松了下来，实际上就像正常的父母那样。与此同时，每当西蒙在家的时候，他都能感觉到母亲的目光凝视着自己的那份重量，仿佛无论他去哪儿都是指责。

挺直腰杆，他把斜挎包丢在门口，朝着客厅里有声音的方向走去。电视开着，屏幕上的新闻闪着光，当地的新闻主持人正播报着人们感兴趣的新闻故事——市中心一家医院后面的小巷里发现了一个被人抛弃的婴儿。西蒙很吃惊，他妈妈不喜欢看新闻，觉得新闻太令人压抑。他看了一眼沙发便不再感到吃惊。妈妈睡着了，眼镜放在旁边的桌子上，地上还有杯喝剩下一半的东西。西蒙站在那儿就能闻出来——可能是威士忌。他感到一阵心痛，母亲很少喝醉。

西蒙走进母亲的房间，拿了一条针织毯子出来。妈妈还睡着，她的呼吸缓慢而均匀。伊莱恩·刘易斯是个瘦小的女人，小鸟儿一般，一头黑色的鬈发，其间有几缕灰白的头发，但她拒绝染色。白天她在一家环境公益组织工作，她的大多数衣服上都有动物主题。此时，她穿着一件连衣裙，上面有手工扎染的海豚和波浪图案，还有个树脂制成的装饰别针，曾是条活灵活现的小鱼。西蒙俯身把毯子盖在妈妈肩头时，小鱼上了漆的眼睛似乎责备地盯着他。

她不安稳地动了动，头从他这一侧转开。"西蒙，"她轻声说，"西蒙，你去哪儿了？"

心中一痛，西蒙放下毯子，站了起来。也许他应该叫醒她，让她知道他没事。但这样就会有些他不愿回答的问题，还有她脸上那种受伤的表情，他不忍直视。他转身走进自己的卧室。

他钻进被窝，从床头柜上抓过手机，准备拨通克拉丽的电话，在这之前他甚至都没想起那事。他停了片刻，听着拨号音。他不能告诉她卡米尔的事，他承诺要对这个吸血鬼的提议保守秘密。尽管西蒙觉得自己并不亏欠卡米尔什么，但过去几个月他学到了一件事，那就是违背与超自然生物之间的承诺不会是个好主意。可他仍然想听到克拉丽的声音，每当他的日子过得不好时，他总是想听到。好吧，总是可以向她抱怨自己的感情生活，这似乎能给她带去无限趣味。翻过来趴在床上，他把枕头拉过来盖在头顶，拨通了克拉丽的电话。

第二章

下 落

"那你和伊莎贝尔今晚开心吗?"克拉丽说。她把电话夹在耳朵旁,小心翼翼地让自己从横木的一端走到另一端。横木架在学院阁楼的椽子上,离地六米高,阁楼是训练室的所在。走横木意在教你怎么保持平衡,克拉丽很讨厌这个。她的恐高让整个训练变得让人难受,尽管她腰上系着弹簧绳,可以防止她跌下来的时候撞到地板。"你告诉她迈亚的事了吗?"

西蒙不置可否地轻轻一哼,克拉丽知道这意味着"没有"。她能听到背景的音乐声,可以想象他躺在床上,与她通话时立体声唱机轻轻播放着。他听上去很疲惫,她知道这种深深的疲态意味着他轻快的语调并不能反映他的心情。通话开始的时候她便问过他好几次他是否还好,可他都将她的担忧打消了。

她哼了一声。"你在玩火,西蒙。我希望你意识到这点。"

"我不知道。你真的认为这事这么严重吗?"西蒙听上去很哀伤,"我从没和伊莎贝尔——或者迈亚——说过不和其他人约会。"

"让我来给你讲讲女孩子的事情。"克拉丽在横木上坐下,双腿悬空。阁楼上半月形的窗开着,凉爽的夜晚空气吹进来,让她汗涔涔的肌肤感到冰冷。她过去总觉得暗影猎手训练时会穿他们坚硬的皮质衣服,但事实上,那是后期训练需要使用武器时才会穿的。对于她正在进行的训练——旨在提高她的灵活性、速度和平衡感的训练——她穿着轻薄的短背心和束带的裤子,这身装束让她想起医生的手术服。"尽管你没跟她们说过不和其他人约会,她们如果发现你在和她们认识的其他人约会,而你从来没提过,她们还是会发疯。这是约会守则。"

"好吧,我怎么会知道有这条守则?"

"所有人都知道这个。"

"我以为你会站在我这边。"

"我是在你这边!"

"那你为什么不更有同情心一些?"

克拉丽把电话换到另一只耳朵,凝视着下面的阴影。杰斯去哪儿了?他去再拿根绳子来，说五分钟就回来。当然，如果让他抓住她在上面打电话，他可能会杀了她。他很少负责她的训练——通常是玛丽斯、卡迪尔，或者圣廷纽约分支的其他成员，他们过来临时替补，直到找到学院前任老师霍奇的继任者——可一旦他负责，就非常严格。"因为，"她说，"你的问题不真的是什么问题。你同时在跟两个漂亮姑娘约会。想想吧，这像是……摇滚明星才有的问题。"

"有摇滚明星才有的问题可能是我最接近一个真正的摇滚明星的东西了。"

"没人告诉你要给乐队起名叫好色之徒吧，我的朋友。"

"我们现在叫千年飞花。"西蒙抗议说。

"你瞧，在婚礼前解决这个问题吧。如果她们两个都以为要和你一起参加，然后在婚礼上发现你跟她们两个人在约会，她们会杀了你的，"她站了起来，"然后我妈妈的婚礼就被毁了，她也会杀了你。所以说你会死两次。好吧，三次，严格来讲……"

"我跟她们两个中的任何一个都没说过要带她们去参加婚礼！"西蒙听上去惊慌失措。

"不错，可她们会期待你带她们去。这就是为什么女生要有男朋友，就有人带你去参加那些无聊的聚会啦。"克拉丽走到横木边缘，看着下面巫光照亮的阴影。地上用粉笔画了个训练用的圆圈，有些陈旧了，看上去像是靶心。"不管怎样，我现在要从横木上跳下去了，很可能惨烈地撞死。明天我再和你通话吧。"

"我两点有乐队练习，还记得吗？我们那里见吧。"

"明天见。"她挂了电话，把电话塞进胸衣，轻便的训练装没有口袋，一个女孩子还能怎么办呢？

"这么说，你准备在上面待一晚上吗？"杰斯走进靶心正中，往上看着她。他穿着战斗服，而不是像克拉丽这样的训练服。他金色的头发在黑色背景下格外突出。夏天结束后，他的发色变深了一些，是一种深金色，而不是浅金色，克拉丽觉得这个更适合他。这竟让她出奇地开心，她现在认识他有足够长的时间，甚至能觉察出他外貌上的细小变化了。

"我以为你会到上面来，"她往下喊道，"计划改变了？"

"说来话长，"他朝她笑笑，"怎么样？你想练习一下空翻？"

克拉丽叹了口气。空翻练习包括从横木上跳向空中，利用弹簧绳一边拉住自己，一边用力蹬墙，往下翻身，这需要教会自己旋转、踢腿和躲避，从而不用担心硬质地板和跌伤。她看到过杰斯做这个动作。他做的时候像是从天而降的天使，像跳芭蕾舞般漂亮优雅地旋转翻身。而她，一旦接近地面就像只马铃薯甲虫似的蜷曲起来，她的理智告诉她不会撞到地板，但知道这个事实似乎并没什么差别。

她开始思考自己生来是否是个暗影猎手并没什么关系，也许对她而言，要成为一个暗影猎手，此时已经太晚了，或者至少没办法成为一个完全合格的成员。又或者也许她和杰斯所拥有的天赋不知怎地并没有平均分配，所以说他拥有所有肢体上的优雅，而她拥有——好吧，她拥有的不多。

"来吧，克拉丽，"杰斯说，"跳。"她闭上眼，跳了下去。有那么一瞬间，她觉得自己悬空着，摆脱了一切。随后重力恢复了，她冲向地板。她本能地收起手臂和腿，眼睛紧紧地闭着。绳子拉紧，她又弹回去，高高地飞起来，之后又落下。下落的速度减慢后，她睁开眼睛，发觉自己在距离杰斯一点五米的上方晃来晃去。他正龇牙笑着。

"不错，"他说，"像是一片飘落的雪花那样优雅。"

"我叫了吗？"她问道，她真的很好奇，"你知道的，落下来的时候。"

他点点头。"谢天谢地，没人在家，否则的话他们会以为我要谋杀你。"

"哈，你甚至都够不到我。"她的一条腿踢了一下，身子在半空中缓缓地旋转着。

杰斯的眼睛放亮了。"想打个赌吗？"

克拉丽熟悉这个表情。"不，"她飞快地说，"不管你要做什么——"

可他已经行动了。杰斯迅速移动的时候，单个的动作几乎看不清。她看到他的手伸到皮带处，之后有个东西飞向空中。她听到纤维断裂的声音，她头顶上的绳子被切断了。没了绳子，她便自由下落。她太吃惊了，都没来得及叫出声便径直扑向杰斯的怀里。这股力量把他向后撞倒，两人抱在一起，摔进地板上的一块护垫，克拉丽在上面。而他朝她咧嘴一笑。

"这次，"他说，"好多了。你根本没叫。"

"那是我没机会。"她喘不过气来，不仅仅是因为下落。趴在杰斯身上，感觉到自己的身体紧挨着他的，这让她的手在颤抖，心在狂跳。她曾以为也许自己身体对他的一些反应——他们两人之间相互的反应——会随着两人越来越熟悉而慢慢变淡，可根本不是那样。甚至正相反，和他待在一起的时间越长，事情就越糟糕——或者说是更好，她猜测，这取决于你怎么看这个问题。

他那双深金色的眼睛正向上看着她。她思索着这双眸子的颜色是不是在伊德里斯的林恩湖畔见过天使拉结尔之后加深了。她不能问别人：尽管所有人都知道瓦伦丁召唤了天使，天使治愈了瓦伦丁给杰斯带去的伤痛，但只有克拉丽和杰斯知道，瓦伦丁带给他这个养子的东西远比仅仅是伤痛要严重得多。他刺穿了杰斯的心脏，这是召唤仪式的一部分——他捅了他一剑，然后在他死去之时抱着他。如克拉丽所愿，拉结尔让杰斯死而复生。这件穷凶极恶之事仍让克拉丽感到心惊肉跳。她猜测，杰斯也是一样。他俩都同意绝不向任何人提起事实上杰斯死过，即便那只是短暂的死亡。这是他们的秘密。

他爬起来，把她的头发从脸上拨开。"我开玩笑的，"他说，"你没那么糟糕，你会成功的。你应该看看亚历克第一次做空翻的样子。我觉得他有一次都踢到了自己的头。"

"当然，"克拉丽说，"可他那时可能只有十一岁。"她看了他一眼。"我猜你一定在这方面一直都非常厉害。"

"我天生就很厉害。"他用指尖抚了一下她的脸颊，很轻，但足以让她颤抖。她什么都没说。他是在开玩笑，但从某种意义上来说，这倒是真的。杰斯生来就是这个样子。"你今晚能待多久？"

她微微一笑。"我们训练结束了吗？"

"我会认为今晚要求严格完成的部分我们已经结束了，但还有些我想训练的……"他伸手把她拉倒，可就在这时门开了，伊莎贝尔大步走了进来，她的高跟鞋踏在光亮的硬木地板上发出声响。

看到杰斯和克拉丽躺在地板上，她挑起眉头。"正甜蜜着，我懂了。我以为你们该是在训练。"

"没人说你可以不敲门就进来，伊莎。"杰斯没有动，只是转过头看向伊莎贝尔的方向，又心烦又亲近。可克拉丽慌忙爬起来，整理好弄皱的衣服。

"这是训练室，是公共空间，"伊莎贝尔脱掉一只亮红色天鹅绒手套，"我刚在摇滚朋克饰品店买了这个，在打折。你们喜欢吗？你们不想要一副吗？"她朝他们的方向摆了摆手指。

"我不知道，"杰斯说，"我觉得跟我的战斗服不搭配。"

伊莎贝尔朝他做了个鬼脸。"你听说了遇害的暗影猎手吗？他们在布鲁克林发现的，尸体血肉模糊，所以他们还不知道是谁。我推测妈妈就是去了那儿。"

"对，"杰斯说着坐起来，"圣廷会议。我刚好看见她出去。"

"你没跟我说起啊，"克拉丽说，"这就是你去取绳子用了这么久的原因？"

他点点头。"对不起，我不想吓坏你。"

"他的意思是，"伊莎贝尔说，"他不想破坏浪漫的气氛。"她咬了咬嘴唇。"我只是希望不是我们认识的人。"

"我认为不是。尸体是丢在一个废弃的工厂里——有好几天了。如果是我们认识的人,我们会注意到有人失踪。"杰斯把头发整理到耳后。他有点不耐烦地看着伊莎贝尔,克拉丽想,杰斯好像对于她提起这个话题有些气恼。她倒希望他早点告诉她,即便那会破坏气氛。他做的许多事,他们做的所有事情,克拉丽知道,都经常让他们接触到死亡这个事实。莱特伍德一家的所有人都仍在以他们自己的方式悼念家中最年幼的儿子麦克斯的去世。他的死仅仅是因为在错误的时间出现在了错误的地点。这挺奇怪的。她决定不上高中,转而接受训练,杰斯一声不吭就接受了她的这个决定,可他避而不谈做一名暗影猎手的危险之处。

"我去把衣服穿起来。"她大声说着走向一扇门。这扇门通向与训练区相连的一间小小的更衣室。房间很简单:浅色的木墙,一面镜子,一个淋浴,几个挂衣钩。毛巾整齐地堆在门旁边的木头长椅上。克拉丽飞快地冲了个澡,穿上日常的便服——连裤袜、靴子、牛仔裙和一件粉色的新毛衣。看着镜子里的自己,她发现裤袜上有个洞,自己湿漉漉的红色鬈发也乱蓬蓬地缠成一团。她永远不会像伊莎贝尔惯常那样收拾得一丝不苟,可杰斯似乎并不在意。

她回到训练室的时候,伊莎贝尔和杰斯已经不再谈论死了的暗影猎手,他们转而说起一件显然更让杰斯吃惊的事情——伊莎贝尔在和西蒙约会。"我不敢相信他真的带你去了家餐厅,"杰斯现在已经站了起来,收拾着地垫和训练器具,而伊莎贝尔则斜倚着墙壁,玩着她的新手套,"我以为他约会的概念会是让你看他和他那些呆子朋友打《魔兽世界》。"

"我,"克拉丽指出,"就是他那些呆子朋友中的一个,谢谢。"

杰斯朝她笑笑。

"那不是家餐厅,最多是个吃饭的地方。有一种粉红色的汤,他想让我尝尝,"伊莎贝尔略有所思地说,"他很贴心。"

克拉丽瞬间觉得很有罪恶感,没有告诉她——或者杰斯——关于迈亚的事情。"他说你们挺开心的。"

伊莎贝尔的目光瞥向她。伊莎贝尔的表情有些古怪,好像她要隐瞒什么,但在克拉丽能确定是否的确如此之前,那表情便消失了。"你跟他通话了?"

"对,他几分钟前给我打了电话。就是日常问候。"克拉丽一耸肩。

"我知道了,"伊莎贝尔说,她的声音突然变得干脆冷淡,"好吧,像我说的,他非常贴心。可也许有点太过贴心了。那样就很无聊了。"她把手套塞进口袋。"不管怎样,又不是要天长地久,就只是现在玩玩而已。"

克拉丽的罪恶感消失了。"你们两个有没有说过,你知道的,关于不再和其他人约会的事情？"

伊莎贝尔看上去很吃惊。"当然没有，"她随后打了个哈欠，像猫咪那样把手伸过头顶，"好吧，去睡觉了。待会儿见，小情侣。"

她走了，在身后留下一缕朦胧的茉莉香气。

杰斯朝克拉丽看过来，他正把在手腕和背部扣紧的战斗服解开，战斗服在他的衣服外面形成了一层保护铠甲。"我猜你得回家了？"

她不情愿地点点头。让妈妈同意自己进行暗影猎手训练一开始着实进行了好长一番并不愉快的争论。乔斯琳固执己见，说她花了毕生精力就是为了不让克拉丽接触到暗影猎手的事情，她认为这太危险——不仅仅充满暴力，她争论说，而且孤独、残酷。就在一年前，她还对克拉丽说，如果克拉丽决定训练成为一个暗影猎手，那就意味着她再也不能和自己的妈妈说话了。克拉丽反驳说圣廷暂停一些规定，新的长老会重新审视《大律法》，这意味着圣廷改变了，与乔斯琳年轻时不同了，而且无论如何，她需要学会如何保护自己。

"我希望这不仅仅是因为杰斯，"乔斯琳最终说，"我知道爱上一个人的时候是什么样子。你想去他所在的地方，做他所做的事情，可是克拉丽——"

"我不是你，"克拉丽强忍住愤怒说，"暗影猎手们不是当年那个集团了，而杰斯也不是瓦伦丁。"

"我没说瓦伦丁什么。"

"但那是你所想的，"克拉丽说，"也许是瓦伦丁抚养杰斯长大的，但杰斯一点儿也不像他。"

"好吧，我希望如此，"乔斯琳轻声说，"为了我们所有人。"她最终让步了，可立下些规矩：

克拉丽不住在学院，而是和妈妈一起住在卢克家。乔斯琳每周会收到玛丽斯的进度报告，克拉丽推测这么做是为了确保自己是在学习，而不仅仅是整天和杰斯眉来眼去，或者她所担心的其他事情。而且克拉丽不能在学院过夜——任何时候都不行。"不许在男朋友的住处过夜，"乔斯琳坚决地说，"我不在乎是不是学院。绝不允许。"

男朋友。听到这个词，她仍有些震惊。好长一段时间以来，杰斯会成为她的男朋友，以及他们除了做兄妹之外还能成为对方的其他什么，这些似乎都绝无可能。那个事实太可怕，太难以面对了。他们曾决定，彼此不再见面会更好些，否则那样会像死去一样。之后，他们奇迹般地获得了自由。现在六周过去了，可克拉丽对这个词还不曾感到厌烦。

"我必须得回家，"她说，"快十一点了，我待在这儿超过十点，我妈妈都会疯掉。"

"好。"杰斯把战斗服扔在长凳上，或者说至少是上半身的战斗服。他里面穿了件薄T恤，透过它，克拉丽能看到他身上的印记，像是墨水透过湿了的纸。"我送你出去。"

他们走出去时，学院很安静。此时没有从其他城市过来拜访的暗影猎手住在这里。罗伯特，也就是伊莎贝尔和亚历克的父亲，在伊德里斯，协助成立新的长老会。而霍奇和麦克斯永远地离开了，亚历克也和马格纳斯在一起。克拉丽感到似乎剩下的住客像是一所几乎空空如也的宾馆中的客人。她希望圣廷的其他成员能经常过来，可她猜测所有人此时都想给莱特伍德一家一些时间。一些纪念麦克斯的时间，一些遗忘的时间。

"那你最近有没有听到亚历克和马格纳斯的消息？"她问道，"他们玩得开心吗？"

"听上去似乎是这样，"杰斯从口袋里拿出手机递给她，"亚历克一直给我发讨人厌的照片，还有许多配图文字，像是'多希望你在这儿，但并没有'。"

"好吧，你不能责备他。那该是个浪漫假期。"她一边快速翻看杰斯手机里的照片，一边咯咯笑着。亚历克和马格纳斯站在埃菲尔铁塔前，亚历克像平常那样穿着牛仔服，马格纳斯穿着条纹罗纹毛衣和皮裤，戴着一顶怪异的贝雷帽。在波波里花园，亚历克还是牛仔服，马格纳斯则穿着巨大的威尼斯斗篷，戴着一顶威尼斯船夫帽，看起来像是《歌剧魅影》里的幽灵。在普拉多美术馆前，他穿着一件闪闪发光的斗牛士外套，踩着一双厚底靴，而背景中，亚历克在安静地喂鸽子。

"在你翻到印度的照片前，我拿走了，"杰斯说着拿回手机，"马格纳斯穿着件纱丽，那东西真让人难忘。"

克拉丽大笑起来，他们已经到了电梯处，杰斯按了往下的按钮，电梯门格格作响地打开了。她走进去，杰斯跟着她。电梯启动向下的那一瞬——在电梯开始下降时，总会令人心悸地一颤，克拉丽想自己是不会习惯于此了——昏暗中，他朝克拉丽靠过来，把她拉近。她的双手放在他的胸口，感觉到他T恤衫下面结实的肌肉，还有里面的心跳。在朦胧的灯光下，他的双眸发亮。"抱歉我不能留下。"她小声说。

"别感到抱歉，"他的声音中有一丝不平静，这让她吃惊，"乔斯琳不想让你变得像我一样，我不怪她。"

"杰斯，"她说，杰斯的语气中有种苦涩，她感到些许迷惑，"你还好吗？"

他没有回答，而是吻了她，把她紧紧搂入怀中。他的身体把她压向墙壁，她的后背靠在冰冷的金属镜面上，他的手在她的腰间滑动，继而又沿着她的毛衣下面向上。她总是很喜欢他抱着自己的方式，很小心，但又不是过于温柔。这样她不觉得他比自己有更好的自我控制力。他们都无法控制对对方的感觉，而她喜欢这样，喜欢他怦怦跳动的心脏贴近自己的，喜欢她回应他的吻时，他在自己唇边的呢喃。

电梯格楞一声停住了，门打开了。电梯外，她看到教堂空荡荡的中殿，沿着中间走道一排大枝形烛台发出微弱的光。她搂住杰斯，很庆幸电梯里并不明亮，她从镜中看不到自己通红发热的脸庞。

"也许我可以留下来，"她轻声说，"就再多一小会儿。"

他什么都没说。她能感觉到他的紧张，她自己也紧张起来。这不光是一种欲望的紧张。他在颤抖，当他把脸埋在她的颈弯里时，他的整个身体都在颤抖。

"杰斯。"她说。

这时，他突然放开她，后退几步。他的脸颊绯红，眼睛明亮而热情。"不，"他说，"我不想再给你妈妈一个理由让她不喜欢我，她已经觉得我是第二个我父亲了——"

还没等克拉丽说出瓦伦丁不是你父亲，他便没说下去了。杰斯通常很小心，即便提到瓦伦丁，都是直呼瓦伦丁·摩根斯特恩其名，从未称他作"我父亲"。平常，他们不谈这个话题，而克拉丽从没向杰斯承认过她母亲担心他会在什么隐秘的地方与瓦伦丁相似，因为她知道即便是些许暗示，都会伤他很重。很多情况下，克拉丽只是竭尽所能让他们两者区分开来。

还不等她能说些什么，他伸手经过她身边，把电梯门按开了。"我爱你，克拉丽。"他说，但没有看她。他望着外面的教堂，望着那一排排点亮的蜡烛，它们金色的火光在他的眼中跳动。"比我——"他一顿，"上天啊，也许比我应该爱你的还要多。你知道的，不是吗？"

她走出电梯，转身面向他。她想说的有千言万语，可他已经不再看她，并且按下了让电梯上楼回到学院的按钮。她开始抗议，可电梯已经动了。电梯格楞楞往上回去之时，门关上了，咔嗒一声。她盯着门看了好一会儿，门上画着天使，双翼展开，望向上方。到处都画着天使。

她说话时，声音在空荡的房间中回响，有些刺耳。"我也爱你。"她说。

第三章

七 倍

"你知道最酷的是什么?"埃里克说着放下他的鼓槌,"我们乐队里有个吸血鬼。这个真的能让我们变成一流乐队。"

科克压下麦克风,转了转眼珠。埃里克总是说要把乐队变成一流的,可是至今没有真正实现。他们所拥有的最出色的成绩就是在一家名叫针织工厂的音乐俱乐部里有过一场表演,只去了四个观众,而且其中一个还是西蒙的妈妈。"我不明白,如果我们不能告诉任何人他是吸血鬼,那这怎么能让我们成为一流的呢?"

"太不幸了。"西蒙说。他坐在一个话筒前,克拉丽坐在旁边,后者正埋头发信息,可能是给杰斯。"不管怎样,没人会相信你,因为,瞧——我在这儿,大白天。"他抬起手臂,指着从埃里克家车库顶棚的小洞里倾泻而下的阳光。这里是他们目前的排练场地。

"这多少会影响我们的可信度,"马特说着拨开眼前的浅红色头发,瞥了西蒙一眼,"也许你可以戴上假的尖牙。"

"他不需要假牙,"克拉丽放下手机,烦躁地说,"他有真的尖牙,你们看到过。"

这是真的。他刚开始把这个消息告诉乐队的时候,不得不亮出尖牙。起初,他们以为他的脑袋受伤了,或者是疯了。在他向他们亮出尖牙后,他们才改了主意。埃里克甚至说他一点儿都不觉得意外。"我一直知道有吸血鬼,哥们儿,"他说,"因为,你知道的,怎么总是有你知道的一些人一直是一个模样,甚至是当他们有一百岁那么老?像是大卫·鲍伊①?那是因为他们是吸血鬼。"

西蒙没有告诉他们克拉丽和伊莎贝尔是暗影猎手,这并不是他的秘密,也不该由他说出口。他们也不知道迈亚是狼人。他们只是认为迈亚和伊莎贝尔是两个漂亮姑娘,而且都莫名其妙地同意和西蒙约会。他们把这个归因为科克所说的

---

① 大卫·鲍伊(David Bowie,1947—2016),英国著名摇滚音乐家。

"吸血鬼的性感魔咒"。西蒙并不真的在意他们称之为什么,只要他们别说漏嘴,别把对方的事情告诉迈亚和伊莎贝尔。到目前为止,他成功邀请她们两人分别观看不同的演出,所以她们从来不会同时出现在同一场合。

"也许你可以在舞台上亮出尖牙,"埃里克建议说,"那个,就、就一次,哥们儿。朝观众亮一下。"

"如果他那么做了,纽约吸血鬼部落的主事就会把你们都杀了,"克拉丽说,"你们知道的,对吧?"她朝西蒙的方向摇摇头。"我真不敢相信,你告诉他们你是个吸血鬼,"她压低声音补充说,只有西蒙能听到,"他们是群白痴,也许你没注意到。"

"他们是我的朋友。"西蒙嘟哝道。

"他们是你的朋友,并且他们是白痴。"

"我想让自己在乎的人知道关于我的真相。"

"哦?"克拉丽很不友善地说,"那你准备什么时候告诉你妈妈?"

还不等西蒙回答,车库的大门上发出一声响亮的敲击。片刻后,门拉了起来,秋日的阳光一下子倾泻进来。西蒙眨了眨眼看过去。其实这不过是他人类时期遗留下的一种条件反射。他的眼睛刹那间就能适应黑暗或光明。

一个男孩站在车库门口,背对着明亮的阳光。他手里拿着一张纸,不确定地看看它,然后又抬头看看乐队。"嘿,"他说,"我在这儿能找到危险污点乐队吗?"

"我们现在叫二分狐猴,"埃里克说着往前一步,"你是谁?"

"我叫凯尔。"男孩说着从车库门下弯腰进来。站直后,他把落在眼前的棕色头发拨到后面,把那张纸递给埃里克。"我看到你们在找主唱。"

"哇,"马特说,"我们发那个传单,像是一年前的事了。我完全忘了这事。"

"是啊,"埃里克说,"那时我们在做其他不同的东西。现在我们基本上没有演唱的部分了。你有经验?"

凯尔——他个子很高,西蒙发觉,但一点不显得瘦长而笨拙——耸了耸肩,说:"其实没什么。可大家都说我很会唱歌。"他的发音稍微有些拖长音,有点慢吞吞的,比起南方人更像是个网瘾少年。

乐队成员不确定地彼此看看。埃里克挠挠耳后,说:"你能给我们一分钟时间吗,兄弟?"

"当然。"凯尔弯腰走出车库,把门在他身后拉下来。西蒙能听到他在外面轻轻吹着口哨,听起来像是那首《她会绕过大山而来》,可不怎么在调上。

"我不知道,"埃里克说,"我不确定我们现在能不能用新人,因为,我的意思是，我们不能告诉他吸血鬼的事情，对吧？"

"不，"西蒙说，"你们不能。"

"那好，"马特一耸肩，"太糟糕了，我们需要个主唱，科克不行。无意冒犯，科克。"

"去你的，"科克说，"我没有不行。"

"是的，你的确不行，"马特说，"你这个又蠢又笨的——"

"我觉得，"克拉丽提高声音，打断了他们，"你们应该让他试试。"

西蒙盯着她。"为什么？"

"因为他很帅啊。"克拉丽说，这让西蒙很吃惊。他并没有特别被凯尔的外貌所吸引，可也许对于男生的外貌，他并不是最好的评判者。"而你们的乐队需要一些男生的吸引力。"

"谢谢，"西蒙说，"我代表我们所有人，非常非常感谢你。"

克拉丽不耐烦地哼了一声。"是的，是的，你们所有人都很帅，特别是你，西蒙，"她拍了拍他的手，"但是凯尔帅得像是能让人发出哇的一声，我就是这么说说而已。作为一个女生，我的客观意见是，如果你们让凯尔加入乐队，你们的女性粉丝人数会翻倍。"

"这意味着我们会有两个女粉丝，而不是只有一个。"科克说。

"哪一个？"马特看上去真的很好奇。

"埃里克表妹的那个朋友。她叫什么名字？迷上西蒙的那一个。我们所有的演出她都来，而且告诉所有人她是他女朋友。"

西蒙一皱眉。"她才十三岁。"

"那是你的吸血鬼魔咒在起作用，伙计，"马特说，"女士们无法抗拒。"

"哦，天哪，"克拉丽说，"根本没有什么吸血鬼魔咒。"她用手指着埃里克，"而且别说什么'吸血鬼魔咒'听上去像是个乐队名字，否则我就——"

车库门又拉起来了。"嘿，伙计们，"又是凯尔，"瞧，如果你们不想让我试试，也没关系。也许你们改了曲风，诸如此类。说句话，我就走了。"

埃里克把头歪到一边。"进来，让我们看看你。"

凯尔走进车库。西蒙盯着他，想判定出是什么让克拉丽说他很帅。他很高，肩背宽阔，身材苗条，颧骨很高，棕色的长发盖在额前，也在脖颈处卷成小卷，棕色皮肤上的夏日色调还没褪去，长而密的睫毛覆盖在他那双迷人的褐绿色眸子上，这让他看上去像是个长相精致的摇滚明星。他穿着一件合身的绿色T恤衫和牛仔裤，露在外面的两条手臂上布满文身——不是印记，就只是普通的文身，看起来像是涡卷形的文字缠绕在他的肌肤之上，直到衬衫的袖子处消失不见。

好吧，西蒙不得不承认，他不丑。

"你知道，"科克终于说道，打破了沉默，"我看出来了，他的确挺帅。"

科克眨了眨眼，转头看着埃里克。"那么，你们想不想让我唱一下？"

埃里克从架子上取下麦克风，递给他。"来吧，"他说，"试试看。"

"你要知道，他真的不错，"克拉丽说，"我之前说让凯尔加入乐队是有点在开玩笑，但他真的会唱歌。"

他们正沿着肯特大道往前走，去卢克家。天色暗下来，由蓝变灰，快到黄昏了，低矮的云层悬在东河上。克拉丽用一只戴着手套的手一路摸着钢丝网眼栅栏，弄得金属叮叮咣咣地响。这道栅栏把他们与破碎的水泥堤岸分隔开。

"你这么说仅仅是因为你觉得他很帅。"西蒙说。

她浅浅一笑。"也没那么帅。不是我见过的最帅的人，"那个人，西蒙想，应该是杰斯，尽管她很贴心地没有说出口，"但老实说，我觉得让他加入乐队是个好主意。如果埃里克和其他人不会告诉他你是个吸血鬼，那么他们也不会告诉别人。但愿这能结束那个愚蠢的主意。"他们快到卢克家了，西蒙能在街对面看见房子了，窗户在渐黑的暮色中亮起一抹黄光。克拉丽在栅栏的一个豁口处停了下来。"还记得我们在这儿杀死了一群罗姆魔吗？"

"你和杰斯杀死了几个罗姆魔，而我几乎要吐出来。"西蒙记得，可他的心思不在这个上面。他正想着卡米尔，想着她在庭院中，坐在自己对面说："你和暗影猎手做朋友，但你永远不可能是他们，你总是其他人，是外人。"他斜眼看看克拉丽，思索着如果告诉她自己和这个吸血鬼的会面，以及她的提议，克拉丽会说什么。他想象她可能会被吓到，他不会受到伤害这个事实并没有让她停止为他的安危担忧。

"你现在不会被吓到了，"她轻声说，好像读到了他的心思，"现在你有了印记。"她转头看着他，但仍倚着栅栏。"有人注意到它，或者问过你吗？"

他摇摇头。"我的头发挡住了，基本上。而且不管怎样，它变淡了不少。你看。"他把头发拨到一边。

克拉丽伸出手，摸了摸他的额头和上面弯弯曲曲刻下的印记。她的眼神忧伤，像是那天在阿利坎特的天使大厅，她在他的肌肤上刻下这个世间的诅咒时那样。"痛吗？"

"不，不痛，"该隐对耶和华说，我的刑罚太重，过于我所能当的，"你知道我不怪你，对吧？你救了我的命。"

"我知道。"她的眼中闪着光。她把手从他的额前放下，用手套背面擦了下脸颊。"讨厌，我不喜欢哭。"

"那个，你最好习惯一下。"他说。她的眼睛睁大了，他慌忙补充说："我是指婚礼。是什么时候，下周六？所有人都会在婚礼上哭的。"

她嗤笑了一下。

"不管怎么说，你妈妈和卢克还好吗？"

"爱得让人看着恶心，太吓人了。那个——"她拍拍他的肩膀，"我该进去了。明天见？"

他点点头。"当然。明天见。"

他看着她跑过马路，走上卢克家前门的台阶。明天见。他思忖着自己消失数日，见不到克拉丽，那是多久之前的事了。他思忖着成为这世间的一名逃亡者、流浪者，像卡米尔所说的那样，像拉斐尔所说的那样。你兄弟的血从地里向我哀告①。他不是该隐，那个杀了他兄弟的人，但这个诅咒让他就是该隐。他想，等待着失去一切，而且还不知道会不会发生，这太奇怪了。

大门在克拉丽身后关上。西蒙转身沿着肯特大道走向地铁 G 线的洛里默大街站。现在天几乎全黑了，头顶上的天空是灰黑色的一团。西蒙听到身后的马路上传来轮胎的嘎吱声，但他没有回头。这条路上经常有车开得过快，尽管路上有不少裂缝和坑洼之处。直到一辆蓝色的货车开到他身边，戛然刹住，他才转头去看。

货车司机从车上拔下钥匙，熄灭引擎，打开车门。是个男人——个子很高，穿着一件带风帽的灰色田径服，脚踩一双运动鞋。他把帽子拉得很低，盖住了脸的大部分。他从驾驶座上跳下来，西蒙看到他手中拿着一把闪着微光的长刀。

后来西蒙想到自己应该跑。他是个吸血鬼，速度比任何一个人类都快。他应该跑，但他太吃惊了，他站着没动，而那个男人手里拿着明晃晃的刀，朝他走过来。那个人低沉着声音说了些什么，粗声粗气的，是一种西蒙不懂的语言。

西蒙后退了一步。"瞧，"他说着摸向口袋，"你可以拿走我的钱包——"

那个男人冲向西蒙，刀朝他的胸口刺去。西蒙难以置信地向下看去，所有的一切似乎都发生得很慢，好像时间被拉长了一般。他看到刀靠近自己的胸膛，刀尖把皮夹克刺得凹陷进去——然后刀扭到了一边，好像有人抓住了这个攻击者的

---

① 出自《圣经·旧约·创世记》第四章第十节，译文参考和合本。

手臂，猛地一拉。这个男人发出一声尖叫，便被扯向了空中，像是一个木偶，有人拉动了他身上的线。西蒙四下张望——一定有人听到或者注意到了这些喧闹的动静，可是没人出现。那个男人还在尖叫，疯狂地挣扎。此时，他的衣衫从前面撕开了，好像有一只无形的手扯开了它。

西蒙惊恐地盯着他。男人的躯干上出现了巨大的裂口，他的头后仰，血从口中溅出。他立即停止了尖叫——然后跌落下来，好像那只无形的手松开了。他摔在地上，像玻璃般碎成千万个闪光的颗粒，散落在人行道上。

西蒙瘫软着跪下。那把原本意图杀害他的刀躺在不远处，一伸手就能够到。除了那堆闪闪发光的晶体，这是那个攻击者所留下的唯一的东西了，而冷风已经开始把它们吹散了。他小心地拿起一粒。

那是一粒盐。他看着自己的双手，那双颤抖着的双手。他知道发生了什么，而且知道原因。

耶和华对他说："凡杀该隐的，必遭报七倍。"①

所以说，这就是遭报七倍的样子。

还不等他来到排水沟边，他便弯着身子，把血呕在了街上。

西蒙打开门的刹那就知道自己估计错了。他以为母亲此刻应该睡了，可她并没有。她醒着，坐在正对大门的扶手椅里，手机放在旁边的桌子上。她一眼便看到了他外套上的血迹。

让他吃惊的是，她并没有大叫起来，但她的手还是捂住了嘴巴。"西蒙。"

"这不是我的血，"他赶紧说，"我在埃里克家，马特流鼻血了——"

"我不想听。"她很少用这种尖刻的语气。这让他想起父亲病重的最后那几个月里她讲话的方式，那时她声音中的焦虑像是尖刀。"我不想再听到更多的谎言了。"

西蒙把钥匙放在门旁的桌子上。"妈妈——"

"你所做的一切都是在欺骗我。我已经厌倦了。"

"这不是真的，"他说，可却感到一阵恶心，因为他知道事实的确如此，"只是现在我的生活中发生了许多事情。"

"我知道。"母亲站了起来。她一直都是个瘦小的女人，此刻看上去更加消瘦。她深色的头发与他的发色一样，当头发垂落在她的脸旁，其中夹杂了灰白的几缕，

---

① 出自《圣经·旧约·创世记》第四章第十五节，译文参考和合本。

比他记忆中的要多些。"跟我来,年轻人。现在。"

西蒙迷惑不解地跟着她走进小小的浅黄色的厨房。母亲停下来,指着台面说:"你想解释一下这个吗?"

西蒙口唇发干。原本在他衣橱里小冰箱中的一瓶瓶血在台面上排成一排,像是一排玩具士兵。其中一瓶只剩下一半,其余的是满的,里面的红色液体十分刺眼,像是一种控告。母亲还找到了他洗干净的空血袋,他把它们小心地塞进一只购物袋中,还没来得及扔进垃圾桶。它们也被放在台面上,像是些奇形怪状的装饰。

"我一开始以为这些瓶子是我的,"伊莱恩·刘易斯颤抖着声音说,"然后我发现了这些袋子,于是我打开一只瓶子。这是血,对吧?"

西蒙什么也没说,他似乎失声了。

"你最近行为古怪,"他母亲继续说,"一直外出,你从不吃东西,几乎不睡觉,还有些我从没见过也从没听说过的朋友。你以为我分辨不出你什么时候在对我撒谎吗?我可以的,西蒙。我原本以为你吸毒了。"

西蒙能出声了。"这么说你搜查了我的房间?"

他母亲的脸红了。"我不得不这么做!我觉得——我觉得如果我能在里面找到毒品,我就能帮助你,让你去戒毒。可这个?"她激动地指着那些瓶子,"我甚至都不知道要怎么面对这个。发生了什么,西蒙?你是加入了什么邪教吗?"

西蒙摇摇头。

"那么,告诉我,"他妈妈说,她的嘴唇颤抖着,"因为我能想到的唯一解释让人感到恐怖恶心。西蒙,请你——"

"我是吸血鬼。"西蒙说。他不知道自己是怎么说出口的,甚至也不知道为什么要说出口。可这已然发生。这几个字飘浮在他们之间的空气中,像是有毒的气体。

他母亲似乎膝盖一软,瘫坐在厨房的一把椅子上。"你刚才说了什么?"她喘着气说。

"我是个吸血鬼,"西蒙说,"到现在已经大约两个月了。很抱歉我之前没有告诉你。我不知道要怎么说这事。"

伊莱恩·刘易斯的脸色煞白。"不存在吸血鬼,西蒙。"

"不,"他说,"存在。你瞧,不是我要变成吸血鬼的,我是受到了攻击,我别无选择。如果我可以的话,我一定会改变这个结果。"他努力回想克拉丽很久之前给他的那本小册子,就是关于向父母坦白自己是同性恋的那本。那时似乎是个可笑的类比,可现在不是了。

"你觉得自己是个吸血鬼,"西蒙的妈妈麻木地说,"你觉得自己要喝血。"

"我的确需要喝血,"西蒙说,"我喝动物血。"

"可你吃素啊。"他母亲看上去马上要哭了。

"我以前是,可现在不了。我没办法,我需要血才能活下来,"西蒙的喉咙一紧,"我从没伤害过什么人,我从没喝过人的血。我还是同一个人,我还是我。"

他母亲似乎努力控制住自己。"你的新朋友——他们也是吸血鬼吗?"

西蒙想到伊莎贝尔、迈亚和杰斯。他没办法解释清楚暗影猎手和狼人,这让人太难以理解了。"不是,但——他们知道我是。"

"是——是他们给你毒品的吗?让你吸食什么东西?能让你产生幻觉的什么东西?"她好像几乎没有听到他的回答。

"不,妈妈,这是真的。"

"这不是真的,"她小声说,"你觉得这是真的。哦,天哪,西蒙。对不起,我应该注意到的。我们会帮助你,找到什么人帮忙,找个医生。无论付出什么代价——"

"我不能去看医生,妈妈。"

"不,你得去。你需要去什么地方,医院,或许——"

他朝母亲伸出手腕。"摸一下我的脉搏。"他说。

她看着他,一脸困惑。"什么?"

"我的脉搏,"他说,"摸一下。如果我有脉搏,没问题,我跟你一起去医院。如果没有,你就得相信我。"

她把眼泪从眼睛上抹去,慢慢伸手过去握住他的手腕。西蒙父亲病重之时,在照顾了他那么久之后,她学会了怎么摸脉搏,和任何一个护士一样老练。她把食指按在他手腕内侧,等待着。

他看着她的脸色变化,痛苦,不安,迷惑,最后是恐惧。她站起来,丢下他的手,后退着离开他。她那张苍白的脸上,一双乌黑的眼睛睁大了。"你是什么?"

西蒙感到一阵恶心。"我告诉你了,我是吸血鬼。"

"你不是我儿子,你不是西蒙,"她颤抖着,"什么活物会没有脉搏?你是什么怪物?你把我的孩子怎么了?"

"我是西蒙——"他朝母亲迈近一步。

她尖叫起来。他从没听到她曾这样尖叫过,而且他也不愿再听到。那是一种可怕的声音。

"走开,"她的声音发抖,"别靠近。"她开始用希伯来语低吟:"上帝啊,请听到我的祷告……"

她在祷告，西蒙意识到，他心头一震。她对他如此恐惧，要靠祷告让他离开，驱赶他。而且更糟糕的是，他能感觉到，上帝之名让他腹中收紧，喉管疼痛。

她做祈祷是正确的，他想，因为对他的灵魂感到厌恶。他是受诅咒的人，他不属于这个世界。什么活物会没有脉搏？

"妈妈，"他轻声说，"妈妈，停下。"

她看着他，眼睛睁大了，可嘴唇仍在动。

"妈妈，你不需要如此不安。"他听到自己的声音似乎从远方传来，轻柔而舒缓，是一个陌生人的声音。他说话的时候眼睛盯着母亲，用自己的目光捕捉她的目光，就像是猫捉住老鼠那般。"什么都没有发生。你在客厅里的扶手椅上睡着了。你做了个噩梦，梦到我回家告诉你说我是吸血鬼。但这太疯狂了，这从来没有发生过。"

她停止了祷告，眨了眨眼。"我在做梦。"她重复道。

"是个噩梦。"西蒙说着走向她，把手放在她肩头。她没有挣脱，而是垂下了头，像个疲倦的孩子。"就只是一个梦，你从没在我房间里发现过任何东西，什么都没发生。你只是睡着了，就这样。"

他拉起她的手，而她任由他领着回到客厅。他把她安置在扶手椅中，给她盖上毯子，让她闭上眼睛。她微微笑了一下。

他回到厨房，敏捷而有条不紊地把瓶子和装血的袋子扫进一只垃圾袋。他系紧袋口，拿回自己房间。他换下沾了血的外套，穿上一件新衣服，又飞快地把一些东西扔进行李袋。他关上灯，离开房间，在身后关上门。

当他经过客厅的时候，妈妈已经熟睡。他伸手轻轻碰了碰她的手。

"我要离开几天，"他小声说，"但你不用担心，不用盼着我回来。你以为我随学校外出旅行了。不需要打电话，一切都好。"

他把手缩回来。在昏暗的灯光下，母亲看上去比他所熟悉的样子要年老些，但又似乎要年轻些。她像个孩子般娇小，蜷缩在毯子下面，可在她脸上有几道新增的皱纹，以前他不曾留意。

"妈妈。"他呢喃着。

他抚摸着她的手，她动了动。不愿弄醒她，他迅速收回手，无声地来到门口，一把从桌上抓起钥匙，走了。

学院里寂静无声，这几天都是如此。杰斯晚上就让窗户开着，这样他能听到约克大街上来往的车声、救护车警笛偶尔的嘶鸣和汽车的喇叭声。他还能听到些盲呆无法听到的声音，这些声音穿透夜幕，进入他的梦境——吸血鬼的空中摩托车所发出的气流声、有翅膀的精灵鼓动翅膀的声音、满月之夜狼人在远处的号叫声。

现在月亮只有一半，但洒下的月光足够让他躺在床上之时能够阅读。他把父亲那只银质的盒子在面前打开，翻找起里面的东西。里面有父亲的一根石杖，一把银手柄的狩猎匕首，手柄上刻着字母 SWH，还有——这是让杰斯最感兴趣的——一沓信。

过去的六个星期，他每晚都读上一到两封信，希望能了解些许生父的为人。慢慢地，出现了一幅画面，一个有想法的年轻人，他的父母要求严苛，并且为瓦伦丁和集团所吸引，因为他们想给他一个机会，让他在这世间出人头地。他一直给阿玛提斯写信，即便是在他们离婚之后，这是阿玛提斯之前不曾提到的。在这些信中可以清楚地看出他不再对瓦伦丁抱有幻想，并且对集团的行为感到厌恶。可是他很少，或是说从不，提到杰斯的母亲瑟琳娜。这也说得通——阿玛提斯不会想听到取代自己的那个人——可杰斯还是忍不住因此对父亲稍有憎恶。如果他完全不在乎杰斯的母亲，为什么要娶她？如果他如此厌恶集团，为什么不离开？瓦伦丁是个疯子，可至少他能坚守自己的原则。

之后，当然，杰斯只能感觉更糟糕，相比于亲生父亲，自己竟更倾向于瓦伦丁。这让他成为什么人？

一阵敲门声把他从自我责备中拉出来，他下了床，去开门，本想着是伊莎贝尔，不是来借东西，就是来抱怨什么事情。

可不是伊莎贝尔。是克拉丽。

她与平时的穿着不同，一件低领黑色紧身背心，白色的衬衫罩在外面，没怎么系着，敞着怀，一条短裙，足以看到她大腿中部的曲线。她浅红色的头发编成了辫子，几缕散下的鬓发贴在鬓角边，好像外面下了小雨。她看到他，笑起来，眉眼也弯了。她的眉毛是红棕色的，与那双淡绿色眼眸周围的精致睫毛一样。"你不准备让我进去吗？"

他四下看看走廊，没有人，谢天谢地。抓着克拉丽的胳膊，他把她拉进房间，关上门。他靠着门，问："你来这儿干什么？一切都还好吗？"

"都好。"她把鞋子踢掉，坐在床边。她用手撑着往后一仰，裙子更加向上了，露出更多大腿。但这并没有让杰斯特别注意。"我想念你。而且妈妈和卢克已经睡了，他们不会注意到我出来了。"

"你不该来这儿。"这话像是句呻吟。他讨厌说这话,可是知道必须这么说,出于某种她甚至不知道的原因。而且他希望她永远不要知道。

"好吧,如果你想让我走,我会的。"她站起来,眼眸中闪着淡绿色的光亮。她走近了一步。"可是我大老远过来,你至少应该吻我一下,与我道别。"

他伸手拉过她,让她靠近自己,然后吻了她。有些事不得不做,尽管那么做并不明智。她抱住他,像是轻柔的丝绸。他的手伸进她的头发,手指穿过秀发,解开辫子。她的头发散落在肩头,这是他所喜欢的样子。他记得第一次见到她时,自己就想这么做,但那时他阻止了这个念头,觉得太荒唐。她是个盲呆,是个陌生人,没理由想要接近她。之后,他第一次吻她,在花房,那几乎让他疯狂。他们那时走下楼,撞见了西蒙,他从没想要杀掉一个人像是在那一刻想要杀掉西蒙那般,尽管他的理智告诉他,西蒙并没做错什么。可是他的感觉和理智无关。当他想象她因为西蒙而离开自己时,这个想法让他感到难受与害怕,从没有什么恶魔能让他有如此感受。

随后,瓦伦丁告诉他们,他们是兄妹。杰斯意识到这世上还有比克拉丽因为别人而离开自己更糟的事情,无比糟糕——那就是知道他爱她是一件如此可笑而错误的事情,那就是在他生命中最为纯洁、最为无瑕的事情现在被玷污得不可救赎。他想起父亲说过,当天使堕落的时候,他们是在痛苦中下落,因为他们曾见过上帝的脸,此刻他们再也不会了。他想自己知道他们的感受。

这并没有让他不再想与她亲近,而是让这种亲近变成了一种折磨。有时候,这种折磨的阴影掠过他的记忆,甚至是在他吻她的时候,就像是现在,这让他把她拥得更紧。她惊讶地叫了一声,但没有反抗,即便是在他抱起她,把她抱上床时。

他们一起躺在床上,压皱了一些信。杰斯还把那只盒子拨弄到一旁好给他们腾出些空间。他的心脏在胸腔中猛烈地跳动。他们以前从没在床上像这样,从没有。那晚在伊德里斯她的房间中,他们几乎没有触碰对方。乔斯琳非常小心,从不让他们中的一个人在另一个人住的地方过夜。她不怎么喜欢自己,杰斯推测,并且他几乎无法责怪她。他怀疑如果自己处在她的位置上,也不会怎么喜欢他自己。

"我爱你。"克拉丽轻声说。她脱掉他的衬衫,指尖抚摸着他背上的疤痕,还有他肩头那个星型的伤疤,和她自己的那个一模一样。那是天使遗留之物,他们两人体内都拥有那个天使的血液。"我永远都不想失去你。"

他的一只手滑下去,解开她衬衫上所打的结,另一只撑着床垫的手碰到狩猎匕首冰冷的金属。匕首一定是和盒子里的其他东西一起撒到床上的。"那绝对不会发生。"

她发亮的眼睛抬起来看着他。"你怎么能如此确定？"

他的手握紧匕首柄。当他拿起匕首时，从窗口倾泻而入的月光划过刀身。"我确定。"他说着落下匕首。刀尖割入她的肌肤，好似那是一张纸。当她的嘴巴惊恐地张开成 O 形，鲜血浸透她白色衬衫的前襟时，他想，天哪，不要再一次。

从噩梦中惊醒就像是打碎一面玻璃窗。那尖利的碎片似乎划破了杰斯的身体，即便是当他挣脱开，坐起来，喘着气。他滚下床，本能地想离开，可手脚却撞在石头地面上。冷冽的空气从敞开的窗户吹进来，让他打起寒颤，可却清扫走了最后一丝纠缠不散的噩梦。

他盯着自己的双手，上面没有血。可床上乱作一团，床单、毯子都在他的拉扯翻转中卷成了一团。但那只装着他父亲遗物的盒子还放在床头柜上，他睡觉前就放在那儿的。

他最初几次做噩梦，醒来后都会呕吐。现在他会很小心，在睡觉前几个小时都不吃东西。于是他的身体有了其他的报复反应，一阵阵恶心与发热会猛烈地折磨他。此时，一阵折磨袭来，他蜷缩成一团，大口喘气，干呕，直到这阵袭击过去。

当折磨退去，他把额头贴在冰冷的石头地面上。身上的汗渐渐冷却，衬衫黏在身上。并非漫不经心，他想这噩梦会不会最终令他丧命。为了摆脱这些梦境，他试了所有的办法——安眠药片和饮剂、安睡如尼文、宁静与治愈如尼文。可无一奏效。噩梦像是毒药潜入他的头脑，无法将其排除在外。

甚至是在他醒着的时候，他也发现很难与克拉丽对视。她总是能看穿他，其他人都不行。他只能想象如果她知道了自己的梦，会做何感想。他翻了个身，侧过来盯着床头柜上的盒子，月光在上面跳跃。然后，他想到了瓦伦丁。瓦伦丁折磨、毒害他曾爱过的唯一一个女人，他教给自己的儿子——他的两个儿子——爱某个东西就是去永远地毁灭它。

他对自己一遍又一遍地说着那几句话，发疯似的感到头晕目眩。这几句话对他而言变成了一种吟唱，像任何一种吟唱那样，文字开始失去其独特的意义。

我不像瓦伦丁，我不想变得像他，我不会像他一样。我不会。

他看到了塞巴斯蒂安——其实是乔纳森——算是他的兄弟。乔纳森龇牙笑着，透过一缕银白色的头发看着他，黑色的眼眸中闪烁着一丝无情的喜悦。他看到自己的匕首刺入乔纳森的身体，然后拔出。乔纳森跌入下面的河中，他的血染红了河岸边缘的草地和水草。

我不像瓦伦丁。

对于杀了乔纳森，他并不感到难过。如果再给他一次机会，他还会这么做。

我不想变得像他。

当然，这不是件平常事，杀人——而且杀的是自己的兄弟，虽没有血缘关系——并且对此并不感到怎样。

我不会像他一样。

可是他的父亲教育他，无情地杀戮是一种美德。也许你永远无法忘记父母所教给你的东西，无论你多么努力地想去忘记。

我不会像他。

也许人永远无法真正改变。

我不会。

第四章
八肢的艺术

　　这里所珍藏的是伟大心灵中的渴望、超越潮流的高贵之物、为奇迹插上翅膀的魔力文字和永不枯竭的智慧积累。

　　这句话刻在位于大军团广场上的布鲁克林公共图书馆的前门。西蒙坐在门口的台阶上，抬头看着图书馆外墙。那些文字在石墙的映衬下闪着黯淡的镀金亮光。每当有路过车辆的车灯照过来，单个的文字便会闪现一下短暂的生命之光。

　　在他还是个孩子的时候，图书馆就总是他最喜爱的去处之一。旁边有一个单独的儿童入口，多年来，每个周六他都会遇到克拉丽。他们会挑选一大摞书，然后去隔壁的植物园。他们能在那里读上几个小时，伸展四肢躺在草地上，远处持续不断的车流声是一种单调的嗡鸣。

　　他今晚是怎么到这儿来的，他也不太确定。他尽快离开家，只意识到自己无处可去。他不能选择去克拉丽家——她一定会被自己的所作所为给吓坏，而且会想让自己回去收拾残局。埃里克和其他朋友不会理解。杰斯不喜欢他，并且他也进不去学院。那里是座教堂，拿非力人起初住在那里的原因正是为了不让像他这类的东西靠近。最终，他想到了自己可以打电话给谁，可这个念头实在让人不悦，他花了好一阵工夫才鼓起勇气去采取实际行动。

　　在他看到摩托车之前就先听到了声音，引擎巨大的轰鸣声穿透了大军团广场周围不甚吵闹的车流声。摩托车猛冲过十字路口，上了人行道，随后前轮抬起，冲上台阶。车子在西蒙身边轻巧地停下来，西蒙往一旁挪了挪，拉斐尔松开车把手。

　　摩托车瞬间安静下来。吸血鬼摩托车靠恶魔能量驱动，像宠物那样顺从主人的意志。西蒙觉得这车真是让人毛骨悚然。

　　"你想见我，日光行者？"拉斐尔像往常一样优雅，穿着一件黑色外套和看上去很贵的牛仔裤。他从车上下来，让摩托车靠在图书馆台阶的栏杆上。"最好是有什么事情，"他又说道，"我大老远到布鲁克林来，可不是闲来无事。拉斐尔·圣地亚哥不属于这种边远地区。"

"哦，好吧。你也开始在说到自己的时候用第三人称了，这并不表示你眼看着就要成为一个自大狂或者其他什么。"

拉斐尔一耸肩。"你可以有话直说了，否则我走了。这全由你定，"他看了看表，"你有三十秒。"

"我告诉了我妈妈我是个吸血鬼。"

拉斐尔眉头一扬，他的眉毛又细又密。在不那么宽宏大量的时候，西蒙偶尔会想知道他是不是描了眉。"那又怎样？"

"她说我是怪物，然后试图朝我祝祷。"这记忆让过期血液的苦涩味道在西蒙的喉管内涌起。

"然后呢？"

"然后我也不确定发生了什么。我开始用一种真的非常奇怪、非常让人舒缓的声音对她讲话，告诉她什么都没有发生，一切都只是个梦。"

"她相信你了。"

"她信我了。"西蒙勉强地说。

"她当然信了，"拉斐尔说，"因为你是个吸血鬼，这是我们所具有的能力。魅惑力。你也可以称之为说服力。如果你学会如何恰当地运用这种能力，你可以让盲呆人类相信几乎任何事情。"

"可我不想用在她身上，她是我妈妈。有什么方法能帮她解除吗——有什么补救的办法吗？"

"补救过来让她再恨你吗？让她认为你是个怪物？这可是补救的一种非常奇怪的定义。"

"我不在乎，"西蒙说，"有什么办法吗？"

"没有，"拉斐尔兴高采烈地说，"当然，你如果不是对自己的同类如此蔑视，就该知道这一切。"

"没错。你这样说像是我拒绝了你，而不是你曾试图杀掉我，或者是其他什么。"

拉斐尔耸耸肩。"这都是政治，不是个人恩怨。"他往后靠着栏杆，双臂抱在胸前。他戴着黑色的摩托车手套，西蒙不得不承认，他看上去挺酷的。"请告诉我，你让我到这儿来，就是为了给我讲这个关于你姐姐的无聊故事。"

"是我妈妈。"西蒙纠正说。

拉斐尔轻蔑地一扬手。"管他呢。你生活中的某个女性拒绝了你。我可以告诉你，这不会是最后一次。为什么你要把这个告诉我？"

"我想知道我能不能过来住在迪蒙酒店。"西蒙飞快地说出这句话，这样他就不能半路退缩。他似乎不相信自己这么问了，他对吸血鬼酒店的记忆全是鲜血、恐惧和痛苦。可那是个能去的地方，是个能待下去的地方，在那里没人会去找他，他也不必回家。他是个吸血鬼，害怕去一个全是其他吸血鬼的酒店，这很愚蠢。"我没什么地方可去。"

拉斐尔的双眼放光。"啊，"他说，语气中有种小小的胜利感，西蒙不是特别喜欢，"现在你想要从我这儿得到什么了。"

"我想是的。但你对这事如此兴奋，真让人毛骨悚然，拉斐尔。"

拉斐尔哼了一声。"如果你过来待在迪蒙酒店，你不能称呼我拉斐尔，而是主事、大人或者是伟大的领袖。"

西蒙略有防备地问道："那卡米尔呢？"

拉斐尔一惊。"你什么意思？"

"你总是告诉我说，你不是真正的吸血鬼首领，"西蒙泰然地说道，"然后在伊德里斯，你告诉我主事是个叫卡米尔的人，你说她还没有回到纽约。但我猜测，她回来时，她会是主事，或者其他什么？"

拉斐尔的目光阴沉下来。"我想我不喜欢你提问的方式，日光行者。"

"我有权利知道一些事情。"

"不，"拉斐尔说，"你没有。是你来找我询问是否能住在我的酒店，因为你无处可去，而不是因为你希望和自己的其他同类在一起。你故意躲避我们。"

"这一点，我已经说过了，是和你那时想杀掉我有关。"

"迪蒙酒店可不是半路上给不情不愿的吸血鬼提供的住所，"拉斐尔继续说，"你和人类住在一起，你在日光下行走，你玩什么愚蠢的乐队——对，别以为我不知道。在所有的方面，你都不接受真正的自己。只要的确如此，迪蒙酒店就不欢迎你。"

西蒙想起了卡米尔的话。他的追随者一看到你和我在一起，就会离开他，到我这边来。我相信他们对他只是惧怕，在那之下隐藏的是对我的忠诚。一旦他们看到我们一起出现，惧怕就会消失，他们就会到我们这边来。"你知道，"他说，"我还有其他选择。"

拉斐尔看着他，好像他疯了似的。"什么选择？"

"就是……选择。"西蒙含糊地说。

"玩弄政治手腕，你真是糟透了，西蒙·刘易斯。我建议你别再尝试了。"

"好吧，"西蒙说，"我来这儿是为了告诉你一些事情的，但现在我不想了。"

"我猜想你还准备把买给我的生日礼物扔掉，"拉斐尔说，"这真是个悲剧。"

他拉过摩托车,抬起一条腿跨上去,引擎发动起来,排气管喷出红色的火花。"如果你再来烦我,日光行者,最好是有什么好的理由。否则我不会这么宽容。"

如此说着,摩托车向前向上冲起。西蒙仰起头看着,拉斐尔拖着一道火光升上了天空,像是他名字中的那个天使。

克拉丽坐着,速写本放在膝盖上,略有所思地咬着铅笔。她画过杰斯好多次——她猜想,很多女生会在日记中写到自己的男朋友,而她的方式是这样——可她似乎从没能够把他画得分毫不差。一个原因是让他纹丝不动站着几乎不可能。于是她想,此刻他睡着了,该是个好机会——可仍不是她想要的样子。这看上去不像是他。

她把速写本扔在毯子上,恼怒地叹了一口气,蜷起双膝,低头看着他。她没想到他会睡着。趁天气尚好之际,他们到中央公园来吃午餐,并进行户外训练。他们已经完成了一件事。塔基饭店的外带餐盒零散地放在毯子旁边的草地上。杰斯没吃什么,他在那盒芝麻面条里胡乱地挑挑拣拣一番,随后便把餐盒扔在一边,倒头躺在了毯子上,盯着上面的天空。克拉丽坐下低头看着他,看着云朵映在他清澈的眼眸中,看着他抱在脑后的双臂上的肌肉线条,看着他T恤衫边缘和牛仔裤皮带之间露出的一条无瑕的肌肤。她本想伸手过去,滑过他结实平坦的腹部,可她只是把视线移到别处,四下找寻速写本。当她转回身,手握铅笔时,他已经闭上了眼睛,呼吸轻柔而平稳。

她此刻已经试着画了三稿,但没一个让她满意的。现在看着他,她思忖到底为什么画不成他。光线很好,十月份柔和的金色阳光在他原本便是金色的头发和肌肤上又镀了一层淡淡的光泽。他紧闭的眼睑周围也有一层金色的光晕,比头发的颜色略深。他的一只手随意地垂在胸前,另一只在身侧摊开。睡眠中,他的脸部放松而脆弱,比他醒着的时候要柔和些,不那么棱角分明。也许这就是问题所在。他很少如此放松,如此毫无防备,这样很难捕捉到他那种线条。这让人感觉……非常陌生。

就在这时,他动了动。睡梦中,他开始发出轻声的喘息,双眼在紧闭的眼睑下来回移动。他的手猛地一抽,在胸前握紧,然后他坐了起来。这太突然了,他几乎要把克拉丽撞倒。他的眼睛一下睁开,一时间,看上去满是惶惑,脸色苍白得吓人。

"杰斯?"克拉丽无法隐藏自己的惊讶。

他的眼睛盯着她,片刻之后,一把拉过她,却不见往日的温柔。他把她拉倒在自己的大腿上，用力地吻着她，他的手伸入她的发中。她能感觉到他剧烈的心跳应和着自己的，也能感觉到自己双颊绯红。他们身处公园中，她想，也许这会引人侧目。

"哇，"他说着抽身出来，嘴唇上扬，微笑起来，"对不起，你可能没想到会这样。"

"这是个不错的惊喜，"她的声音在她自己听起来又低又哑，"你梦到了什么？"

"你，"他用手指卷起她的一缕发丝，"我总是梦到你。"

克拉丽仍然躺在他的大腿上，她的腿挨着他的，说："哦，是吗？我还以为你做了噩梦。"

他歪头看看她。"有时候我会梦到你不见了，"他说，"我就一直在想，什么时候你才能明白自己会变得更好，然后离开我。"

克拉丽用指尖触碰着他的脸，小心地划过他的双颊，一直向下到他的唇边。杰斯只对她说过这样的话。亚历克和伊莎贝尔与他一同生活，爱着他，这些让他们知道他的幽默感和伪装出的傲慢不过是种保护盔甲，在那之下是仍旧折磨他的记忆和童年的尖利碎片。但她是唯一一个可以让他将这些话大声倾吐出来的人。她摇着头，头发掉下来落在额前，她不耐烦地把头发拨开。"我希望能像你那样说话，"她说，"你说的所有，你选择的词语，都那么完美。你总是能找到对的话、或者对的东西来说，让我相信你爱我。如果我没办法让你相信我永远不会离开你——"

他握住她的手。"你再说一遍。"

"我永远不会离开你。"她说。

"不论发生了什么，不论我做了什么？"

"我永远不会放弃你，"她说，"永不。我对你的感觉——"她结结巴巴地说出这句话，"是我所感受到的最重要的东西。"

见鬼，她想，这听上去太蠢了。可杰斯似乎并不这么认为，他深情地一笑，说："正是这爱推动太阳和其他群星。"

"这是拉丁文中的话吗？"

"是意大利文，"他说，"但丁。"

她的指尖掠过他的唇，他微微一颤。"我不懂意大利文。"她轻柔地说。

"这句话的意思是，"他说，"爱是这世间最强之力，爱无所不能。"

她把手从他的手中抽出来，同时意识到他半睁着眼睛，看着自己。她的双手在他脖子后面扣住，身子前倾，用唇触碰了他的双唇——这次不算是个吻，只是两人的唇轻轻一触。这便足够了，她感觉到他的心跳加快了。他俯身过来，想捕捉住她的唇，可她摇了摇头。头发落了下来挡住了她的双唇，像是窗帘似的，这也让其避开了公园中其他人的目光。"如果你累了，我们可以回学院去，"她说，像是耳语，"打个盹。我们还从没有睡在同一张床上，自从——自从伊德里斯那次之后。"

他们的目光相遇了，她知道他也记起了同样的事情。淡淡的月光从阿玛提斯家那间小客房的窗中穿透进来，他的声音里有一丝绝望。我就是想躺在你身边，然后在你身边醒来，就一次，哪怕在我生命中只有这一次。那一整个夜晚，他们并肩躺着，只有手彼此触碰。那晚之后，他们的接触更多了，可从没在一起过夜。他知道她所提出的不仅仅是在学院空置的卧室中打个盹。她也确定他能在她眼中看出来——即使她自己也不大确定自己意欲为何。可这不要紧，杰斯从不要求她给予她不想给予的东西。

"我是想回去，"她看见他眼中的炙热，听出他声音中的不安，这些告诉她，他不是在撒谎，"可是——我们不能。"他坚定地抓住她的手腕，把她的手臂拉下来，并在他们两人之间握住她的双手，这样便形成了一道屏障。

克拉丽睁大了眼睛。"为什么不能？"

他深吸了一口气。"我们来这儿是训练的，那么我们就该训练。如果我们把所有应该训练的时间都用来亲热，那他们就不会再让我帮忙训练你了。"

"反正他们不是都要找个别的什么人来全职训练我吗？"

"不错，"他说着站起来，也把她拉起来站在自己身边，"我担心如果你养成了和自己的教练亲热的习惯，最后的结果是，你也会和他卿卿我我。"

"不要有性别歧视。他们可以给我找个女教练。"

"这样的话，我允许你和她亲热，只要我能看着。"

"很好。"克拉丽咧嘴一笑。她弯腰下去把他们带来铺在地上的毯子叠起来。"你只是担心他们会雇用一个男教练，而且比你帅。"

杰斯的眉毛上挑。"比我帅？"

"这有可能，"克拉丽说，"你知道的，理论上来讲。"

"理论上来讲，这颗星球有可能突然裂成两半，我在一边，而你在另一边，我们就如此悲剧性地永远天各一方，但是我不担心这个。有些事情，"杰斯说着露出他惯常的那种坏笑，"是想都不用想的。"

他伸出手，她拉着他的手，他们一同穿过草地，走向东草坪的一片矮树林，那里似乎只有暗影猎手知道。克拉丽猜测这里被施了法，因为她经常和杰斯在这里训练，除了伊莎贝尔和玛丽斯，从没有其他人打扰过他们。

秋季的中央公园五彩斑斓，草地周围的树木都换上了最靓丽的颜色，用耀眼的金色、红色、紫铜色和橙褐色环绕着这一抹绿色。这真是美好的一天，于公园中浪漫地散步，寻一座石桥接吻。可是，这些都不会发生。显然在杰斯看来，公园是学院训练室的室外延伸，他们来这儿是为了让克拉丽进行各种训练，包括地形导航、逃脱术、躲避术以及徒手制敌。

通常而言，对于学习如何徒手制敌，她会感到很兴奋。可是她仍旧为杰斯的事情感到心烦，她没办法摆脱那种令人不安的感觉，一定是出了什么严重的问题。她想，要是有一种如尼文能让他告诉她他的真实感受就好了。可她绝不会创造出那样一种如尼文，她急忙提醒自己。运用自己的能力去控制别人，这太不道德了。此外，自从她在伊德里斯创造出联合如尼文之后，她的能力似乎就休眠了。她感到既没有冲动去画那些旧的如尼文，也再没有想象出要去创造的新如尼文的画面。玛丽斯告诉她，一旦训练正式开始，他们想找一个如尼文专家来教导她，可至今为止，这一点也没能实现。她并不真的介意这个，但她不得不承认连她自己也不确定，如果自己的能力永远地消失了，她会不会非常难过。

"你遇到恶魔，却没有打斗武器，这是常有的情况。"他们一边穿过一排树，杰斯一边说。树上低悬的叶子涵盖了从翠绿到金黄的所有颜色。"这种情况下，你不能慌张。首先，你必须记住任何东西都可能成为武器。一截树枝、一把硬币——它们是很好的指节铜套——一只鞋，任何东西。第二，记住你自己也是武器。理论上，当你完成训练，应该可以在墙上踢个洞，或者能一拳打倒一头麋鹿。"

"我绝不会打麋鹿，"克拉丽说，"它们濒临灭绝了。"

杰斯微微一笑，转身面向她。他们已经走进矮树丛，来到树林中央一片小小的开阔地。他们周围的树干上刻着如尼文，将此地标记为暗影猎手的场地。

"有一种叫作泰拳的古老打斗方式，"他说，"你听说过吗？"

她摇摇头。阳光明亮而持久，她穿着运动裤和保暖外套感觉有点太热了。杰斯脱掉外套，回到她身边，活动着他那双钢琴家般的纤细双手。他的双眸在秋日的阳光中愈显金色，速度印记、敏捷印记和力量印记沿着他的手腕向上延展，像是藤蔓图案，一直到鼓起的上臂，最后消失在T恤衫的袖子下面。她思忖着为什么他要不厌其烦地把自己刻满印记，好像她是个需要重视的仇敌似的。

"我听说下周来的新教练是个泰拳高手，"他说，"而且还精通散波摔跤、缅甸拳、马来拳、以色列格斗术、柔道，还有一种老实说我也不记得名字的拳术，但是也涉及用棍棒还是什么东西伤人。我的重点是，这位男教练或者女教练不应该用来训练你这个年龄而且如此没有经验的人。所以说，如果能先教你一些基础的东西，我希望让他感到对你可以稍微宽容一些。"他伸出手，放在她的身后。"现在转过来，面向我。"

克拉丽按照指令转过身，两人像这样面对面时，她的头顶刚到他的下巴。她把双手轻轻放在他的上臂上。

"泰拳被称作'八肢的艺术'。这是因为你不仅仅将拳和脚作为攻击点，还要用上膝盖和手肘。第一步你要把对手拉近，然后用每一个攻击点连续击打他，直到对方瘫倒。"

"这个对恶魔也管用？"克拉丽扬起眉毛。

"个头小的可以，"杰斯靠近了她一些，"好，把你的一只手伸过来，抓住我脖子后面。"

他要求的这个动作刚好可以不用踮起脚尖就能做到。克拉丽埋怨自己不够高，而且不止一次了。

"现在抬起另一只手，做同样的动作，这样你的双手就绕在了我的脖子后面。"

她照做了。他脖子后面让太阳晒得暖暖的，而且柔软的头发让她的手指痒痒的。他们两人的身体紧靠在一处，她能感觉到自己脖子上戴的那条链子上的戒指挤在两人中间，像是两只手掌间的一枚鹅卵石。

"在真实的战斗中，你需要更加快速地做这个动作。"他说。他的声音有些颤抖，除非这是她想象出来的。"既然抓住我让你得到优势，你就要利用这个优势把自己拉近，并且加大你膝盖上踢的冲击力——"

"哎哟，"一个冷冷的声音打趣地说道，"不过六个星期，就已经要打架了？凡人之爱消逝得如此之快啊。"

克拉丽松开杰斯，转过身，尽管她已经知道是谁了。希丽宫的精灵女王站在两棵树的阴影之下。如果克拉丽不知道她在那儿，她想也许都不会看到她，尽管自己拥有洞见力。女王穿着一件和草地颜色一样的绿色长裙，长发披肩，是变黄了的树叶的颜色。她和这个行将就木的季节一样美丽而可怖。克拉丽从没信任过她。

"你在这儿做什么？"是杰斯，他眯起眼睛，"这里是暗影猎手的场地。"

"我有涉及暗影猎手的消息。"女王优雅地踱步向前，阳光从树缝间穿透而下，在她所戴的金色果实头冠上闪耀。克拉丽有时会想不知女王是否精心计划了这些戏剧性的出场，如果是的话，那又是如何做到的。"又有一起死亡事件。"

"是哪一类的？"

"又一个你们的人。死了个拿非力人，"女王说这话的时候有种特别的兴味，"尸体是今天凌晨在橡树桥下发现的。你知道的，公园是我的领地。人类的死亡事件我不关心，可这次死的似乎不是盲呆人类。尸体被运到希丽宫，我的医师们检查了一下。他们说死的是你们的人。"

克拉丽飞快地看了一眼杰斯，想起两天前暗影猎手死亡的消息。她看得出杰斯也正想着同一件事，他的脸色苍白。"尸体在哪儿？"他问道。

"你担心我的待客之道？他在我宫里。我向你保证，我们善待了他的遗体，如同我们尊重一名活着的暗影猎手那般。既然我的人在长老会中有一席之地，在你和你的人身侧，你便不能质疑我们的善意。"

"像往常一样，善意和您随行。"杰斯声调中的嘲讽意味显而易见，可女王只是笑了笑。她喜欢杰斯，克拉丽一直这样认为，精灵喜欢漂亮东西就因为它们好看。她认为女王不喜欢自己，而且这感觉是相互的。"为什么你把这个消息告诉我们，而不是玛丽斯？惯例是——"

"哦，惯例，"女王一扬手打发掉这些约定俗成，"你们在这儿，似乎很方便。"

杰斯又眯缝着眼看了她一下，掀开手机。他向克拉丽打了个手势，让她待在原地，然后自己走远了一些。她能听到他说话。"玛丽斯？"电话接通了，随后他的声音淹没在附近运动场传来的叫喊声中。

克拉丽感到一阵阴冷的恐惧，她回头看看女王。自从在伊德里斯的最后一夜，她便再没见过希丽宫的这位女王了。那个时候，克拉丽对她并没有十分客气。她怀疑女王是否已经忘记或者已经原谅她了。你真要拒绝来自希丽宫女王的好处吗？

"我听说米利翁在长老会得到了一个席位，"克拉丽此刻说，"您一定很高兴。"

"的确，"女王饶有兴致地看着她，"我是非常高兴。"

"那么，"克拉丽说，"没什么不好的情绪？"

女王的笑容在嘴角变得冰冷，像是池塘的边缘有一圈冰霜。"我想你指的是我要给予你的东西，那个你极其无理地拒绝掉的东西，"她说，"你知道的，无论如何，我的目的达成了。损失是你的，我想大多数人会同意这点。"

"我不想要您的交易，"克拉丽想努力克制住声音中锋利的语调，可是并没成功，"您知道，人们不可能总是依您所想行事。"

"别想教育我，孩子。"女王的眼神跟随着杰斯的身影，后者手握电话，在树林边来回踱步。"他很英俊，"她说，"我看得出你为什么爱他。但是你可曾想过，你为什么吸引他？"

克拉丽对此什么也没说，似乎没什么好说的。

"天使之血将你们联结，"女王说，"血液召唤血液，在肌肤之下。可是爱与血缘不一样。"

"谜语，"克拉丽生气地说，"您这么说话的时候是真的想表达什么意思吗？"

"他与你密切相关，"女王说，"可是他爱你吗？"

克拉丽感到自己的手抽动了一下。她很想在女王身上试试自己刚学会的新招式，可她知道这是何等的不明智。"是的，他爱。"

"那么他想要你吗？因为爱与欲望并不总是一体。"

"这不关您的事。"克拉丽简洁地说，可她看得出女王在她身上的目光像针似的锐利。

"你想拥有他，你从不曾像这样想拥有别的东西。可是，他也如此觉得吗？"女王的声音虽轻柔，但不可抗拒，"他可以拥有他想要的任何东西或者任何人。你想过没有，他为什么选择你？你想过没有，他是否后悔过？他对你改变心意了吗？"

克拉丽感到眼眶后面泪水上涌。"不，他没有。"可是她想起那晚他在电梯中的脸庞，想起当她说自己可以留下时，他让她回家的样子。

"你告诉过我，说你不希望和我订立契约，因为我没什么可给你的。你说过这世上没什么你想要的，"女王的眼神闪烁，"想想没有他的生活，你还是同样的感受吗？"

你为什么要这么对我？克拉丽想尖叫，可她什么都没说，因为精灵女王看向她身后，笑了笑，说："擦干眼泪，因为他回来了。让他看到你哭对你可没什么好处。"

克拉丽慌忙用手背擦了擦眼睛，转过身。杰斯皱着眉朝她们走过来。"玛丽斯在去希丽宫的路上了，"他说，"女王去哪儿了？"

克拉丽吃惊地看着他。"她就在这儿啊。"她说着转身——然后突然住了口。杰斯是对的，女王不见了，只有克拉丽脚边的一团树叶显示出她曾站立的地方。

西蒙把外套揉成一团垫在脑后，仰面躺着，盯着埃里克家车库满是窟窿的顶棚，感到命运的无情。他的行李袋放在脚边，电话贴在耳畔。此时电话的另一端是克拉丽熟悉的声音，这是唯一能让他不彻底崩溃的东西了。

"西蒙，真抱歉，"他能听出她在城里的什么地方，她的背后是轰鸣的车流，这让她的声音变得模糊，"你真的在埃里克家的车库吗？他知道你在那儿吗？"

"不，"西蒙说，"现在没人在家，我有车库的钥匙。这里似乎是个能待着的地方。可是你在哪儿？"

"在城里，"对布鲁克林人来说，曼哈顿总是意味着"城里"，而且除此之外没别的城存在了，"我正和杰斯训练，可之后他得回学院去处理一些圣廷事务。我现在正往卢克家的方向去。"背景中，一辆车用力按着喇叭。"瞧，你想和我们住吗？你可以睡在卢克家的沙发上。"

西蒙犹豫了一下，他对卢克家有美好的记忆。在他认识克拉丽的这么多年里，卢克一直住在书店上面那幢破旧但舒适的老排屋里。克拉丽有一把钥匙，她和西蒙在那儿度过了许多快乐的时光，阅读他们从楼下书店"借"来的书，或者在电视上看老电影。

但是现在事情不同了。

"也许我妈妈可以和你母亲谈谈，"克拉丽说，听上去对于他的沉默很担忧，"让她理解。"

"让她理解我是个吸血鬼？克拉丽，我想她是理解这一点的，以一种奇怪的方式。但这并不意味着她会接受，或者觉得没事。"

"那好，可是你也不能一直让她不记得啊，西蒙，"克拉丽说，"这不会一直奏效的。"

"为什么不会？"他知道自己没什么道理，可是躺在硬邦邦的地板上，周围都是汽油味，还有蜘蛛在车库角落里织网的微弱声音，他感到无比孤独，讲道理这事似乎无比遥远。

"因为那样你和她的整个关系就都是个谎言，你永远不能回家——"

"那又怎样呢？"西蒙不客气地打断，"这就是诅咒的一部分，不是吗？'你必流离飘荡①。'"

在背景的车流噪音和喋喋不休的嘈杂声中，他还是能听到克拉丽突然倒抽了一口气。

"你觉得我也应该把这个告诉她？"他说，"你是怎么给了我该隐印记？我是怎么成了个活诅咒？你觉得她会想在家里要这么个东西吗？"

背景音听上去安静了一些，克拉丽一定是躲进了某个门廊。他能听出她说话时尽力抑制住泪水。"西蒙，对不起。你知道我很抱歉——"

"这不是你的错。"他突然觉得精疲力竭。吓着母亲，再让最好的朋友哭鼻子，真是不错，是个好日子，西蒙。"你瞧，很显然，我现在不宜见人。我就打算待在

---

① 出自《圣经·旧约·创世记》第四章第十五节，译文参考和合本。

这儿，埃里克回家后，我就和他挤挤。"

她抽了下鼻子，哭中带笑。"什么，埃里克不算人吗？"

"我稍后再找你，"他说，犹豫了一下，"我明天再打给你，好吗？"

"你明天要见我。你答应了要和我去试衣服，记得吗？"

"哇，"他说，"我一定是真的爱你。"

"我知道，"她说，"我也爱你。"

西蒙合上手机躺好，并把它放在胸口。真是有趣，他想。现在他能对克拉丽说"我爱你"，而多年来，他曾挣扎着想说出那几个字，但从没能说出口。既然他这话不再有同样的意味，就变得简单了。

有时他的确想过，如果没有那个叫杰斯·维兰德的家伙出现，如果克拉丽不曾发现自己是个暗影猎手，那将会发生什么。可他赶走了这个念头——毫无意义，别再想下去。你不可能改变过去，你只能往前走。可这并不意味着他对于前路有什么想法。他不能永远待在埃里克家的车库里，即便是照他现有的情绪来看，他也不得不承认这是个糟糕的容身之所。他不冷——他不再感到真实的寒冷和炎热——可是地板很硬，他总是睡不好。他希望可以让自己的感官不那么灵敏，外面车流的巨大噪音让他无法休息，还有让人难受的汽油味。可下一步要做什么，这种折磨人的担忧才是最糟糕的。

他扔掉了大部分的血液供给，只把剩下的藏在了背包里，接下来几天还够，可之后他就有麻烦了。不论埃里克在哪儿，他都肯定乐意让西蒙留在家里，只要西蒙愿意。但是这样的结果可能是埃里克的父母打电话给西蒙的妈妈。而且她认为他是去了学校的旅行，这样对他而言毫无益处。

几天，他想。这是他有的时间，在他没有血液之前，在他妈妈开始想到他去哪儿了，继而打电话给学校去找他之前，在她想起来之前。他现在是个吸血鬼了，他应该有永恒的时间，可他所拥有的只是几天而已。

他曾小心翼翼，如此努力地想去过他所认为的正常生活——学校、朋友、自己的家、自己的卧室。精神十分紧张，但生活就是这个样子。其他的选择似乎都太过无望而孤单，不忍让人思虑一二。可是卡米尔的声音在他的脑海中回响。可是十年之后呢，那时你应该要二十六岁了？二十年后呢？三十年后呢？你觉得没人会注意到他们在变老，在变化，而你没有吗？

他小心翼翼为自己所营造的环境与他过去的生活如同一个模子中刻出来的，但那绝不能持久，他此刻想着心头一沉。那绝不可能实现。他一直抓住牢牢不放的只是幻影与记忆。他再次想到卡米尔，想到她的提议，它此时听上去比之前要好些。那个提议中涉及一个生活圈子，尽管并不是他想要的圈子。在她来寻求答复之前，他只有三天时间了。当她来时，他将告诉她什么？他曾以为自己知晓，可此刻他不那么确定了。

一阵吱吱嘎嘎的噪声打断了他的沉思。车库的门向上卷起，明亮的日光刺入室内昏暗的空间。西蒙坐起来，浑身上下突然警惕起来。

"埃里克？"

"不，是我，凯尔。"

"凯尔？"西蒙一脸茫然，随后他想起来了——那个他们同意作为主唱的家伙。西蒙几乎又躺回地板上。"哦，对。其他人现在都不在，所以说，如果你想排练的话……"

"没关系。这不是我过来的原因，"凯尔走进车库，在黑暗中眨巴着眼睛，双手插在牛仔裤后面的口袋里，"你是那个，贝司手，对吧？"

西蒙站起来，把衣服上沾的车库地板上的灰尘拍掉。"我叫西蒙。"

凯尔四下打量，眉毛间有一道皱纹，颇为疑惑。"我觉得昨天我把钥匙忘这儿了。我一直到处找。嘿，在这儿。"他弯腰钻进架子鼓后面，片刻后又出来了，手中胜利般地拿着一串钥匙哗啦啦作响。他和前几天看起来没什么变化，今天还是身穿蓝色的T恤，外面一件皮夹克，脖子上一块刻着圣徒名字的金色圣牌闪闪发光，深色的头发比从前乱些。"那，"凯尔说，他靠在一只话筒架上，"你是，好像是，睡在这儿？在地板上？"

西蒙点点头。"被从家里赶出来了。"这不完全准确，但这是他想说的全部。

凯尔同情地点点头。"老妈发现了你藏大麻的地方？真倒霉。"

"不。没有……什么大麻，"西蒙一耸肩，"对于我的生活方式，我们有不同意见。"

"这么说，她发现你有两个女朋友？"凯尔龇牙一笑。他很帅，西蒙不得不承认，但是不像杰斯。杰斯似乎准确地知道自己有多帅，而凯尔看上去则像是几个礼拜都没梳过头的人。可他身上有种开朗友好的性子，像是小狗那样，十分招人喜欢。"对，科克告诉我的。干得漂亮，兄弟。"

西蒙摇摇头。"不是这个。"

他们之间有片刻沉默，随后：

"我……也不在家里住，"凯尔说，"我几年前便离开了。"他抱起双臂，低下头，声音也十分低沉。"从那之后，我再没和父母说过话了。我的意思是，我自己一个人还好，但是……我明白。"

"你的文身,"西蒙说着轻轻触碰了一下自己的手臂,"是什么意思?"

凯尔伸出手臂。"平和,"他说,"是《奥义书》①里的祷文,梵语,祈祷和平的。"

平常时候,西蒙会觉得在身上刻梵语文身太过矫揉造作。但此时,他并不这么想。"Shalom。"他说。

凯尔朝他眨眨眼。"什么?"

"意思是和平,"西蒙说,"希伯来文。我只是在想这两个词听上去有些相似。"

凯尔意味深长地看了看他,似乎是有意如此。最后他说:"这听上去会有些疯狂——"

"哦,我不知道。我对于疯狂的定义在过去几个月里变化挺大的。"

"——我有一处公寓,在字母城②,而且我室友刚搬出去。有两间卧室,所以你可以用他那间。里面有张床,该有的都有。"

西蒙犹豫了一下。一方面,他根本不了解凯尔,搬进一个完全是陌生人的公寓似乎是极其愚蠢之举。凯尔实际上可能是个连环杀手,尽管他文着和平文身。另一方面,他对凯尔一无所知意味着没人会去那儿找他。而且如果凯尔实际上是个连环杀手又有什么关系呢?他愤懑地想道。那样的结果对凯尔更糟,而不是对他,就如同昨晚的那个劫匪。

"你知道,"他说,"我想我就听你的了,如果这可以的话。"

凯尔点点头。"我的货车就在外面,如果你想和我一起进城的话。"

西蒙弯腰拿起行李袋,然后站起身,把袋子挂在肩上,手机塞进口袋。他摊开双手,表示准备好了。"我们走吧。"

---

① 《奥义书》,印度教古代吠陀教义的思辨作品,为后世各派印度哲学所依据。
② 字母城(Alphabet City),纽约曼哈顿东村的一片街区,街道名多为单个字母。

第五章

地狱呼唤地狱

　　凯尔的公寓是个令人愉快的惊喜。西蒙原本以为是在 D 大道上那种没电梯的脏乱出租大楼中的一间，墙上爬满蟑螂，床铺也不过是由泡沫床垫和饮料送货塑料箱组成。事实上，这是一间干净的两居室，还有一间小小的客厅和许多书架，墙上挂着不少照片，都是著名的冲浪胜地。诚然，凯尔似乎在窗外太平梯上种大麻，但是你不可能要求十全十美。

　　西蒙的房间基本上空空如也。不论之前住的是谁，几乎什么都没留下，除了一张沙发床。墙上什么都没有，地板上也是，只有一扇窗户。透过这扇窗，西蒙能看到街对面中餐馆的霓虹招牌。"你喜欢吗？"凯尔问，他在门口转来转去，淡褐色的眼睛睁得大大的，十分友好。

　　"很不错，"西蒙如实回答，"正是我需要的。"

　　公寓中最值钱的东西是客厅中的平板电视。他们坐在长沙发上，看着不怎么好看的电视节目，外面的阳光黯淡下去。凯尔挺酷的，西蒙作出判断。他不说话，不打探，也不问问题。他似乎不想要任何东西作为住房的交换，除了要求西蒙交些购买日常杂物的钱。他是个友好的家伙。西蒙想自己是否已经忘了正常的人类是什么样子。

　　凯尔出去上晚班之后，西蒙回到自己的房间，瘫倒在沙发床上，听着 B 大道上的车流声。

　　自他离家后，母亲的脸庞便一直萦绕在脑海：她厌恶而恐惧地看着他，好像他是家里的一名闯入者。即使他不需要呼吸，想到这个他还是觉得胸闷。可现在……

　　在他还是个孩子的时候，他一直喜欢旅行，因为去一个新的地方意味着远离一切烦恼。甚至是在这里，与布鲁克林仅仅一河之隔，那些像酸性物质般侵蚀他记忆的东西——那个劫匪的死、母亲对于自己真实身份的反应——似乎都变得模糊和遥远了。

　　也许这就是奥秘所在，他想。继续向前，像鲨鱼那般。去一个没人能找到你的地方。你必流离飘荡。

可是这只有在你身后没有你所关心的人的情况下才奏效。

他一整夜都睡得不踏实。他的天性是想白天睡觉,尽管他拥有不惧阳光的能力。他努力赶走那种不安稳和梦境,很晚才醒了过来,太阳穿过窗户照进来。从背包里拿出干净衣服换上,他离开卧室,发现凯尔正在厨房里用不粘锅煎培根和鸡蛋。

"嘿,室友,"凯尔开心地朝他打招呼,"想来点早餐吗?"

看到食物让西蒙的肚子稍感不适。"不,谢了。但我要来点咖啡。"他在一把稍有倾斜的高脚凳上坐下。

凯尔把一只有缺口的杯子从台面一端朝他推过来。"早餐是一天当中最重要的一餐,兄弟,即便现在已经中午了。"

西蒙用手抱住杯子,感觉热量渗入他冰冷的肌肤。他寻思找个聊天的话题——一个无关他吃得很少的话题。"那个,我昨晚没问你——你靠什么谋生?"

凯尔从锅里取出一片培根,咬了一口。西蒙注意到他脖子上的金色圣牌上有叶子的图案,还有一些字母,"Beati Bellicosi"。西蒙知道,"Beati"是个和圣徒有关的单词,凯尔一定是个天主教徒①。"骑车送信,"他一边嚼一边说,"这工作很棒。我满城到处跑,可以见到很多事,与很多人聊天。比高中强太多。"

"你退学了?"

"我有高三结业证书。我更喜欢生活这所学校,"如果不是凯尔在说到"生活这所学校"的时候,像他说到其他所有东西时那样真心实意,西蒙会认为他听上去太过荒唐,"那你呢?有什么计划吗?"

哦,你知道的。四处游荡,杀戮破坏,殃及无辜之人。也许找点血喝。永生不死但不再有任何乐趣。老样子。"我眼下还只是由着性子来。"

"你的意思是说不想成为一个音乐人?"凯尔问。

让西蒙解脱的是,在他不得不回答之时,电话响了。他摸索着从口袋里拿出电话,看了看屏幕。是迈亚。"嗨,"他和她打了个招呼,"什么事?"

"今天下午你会和克拉丽去试衣服吗?"她问,她的声音在电话线路中显得有些尖利。她可能是在位于中国城的族群聚居地打的电话,那里信号不是很好。"她告诉我说,她要你陪她去。"

"什么?哦,对。是的,我会过去。"克拉丽要求西蒙陪她去试伴娘的衣服,

---

① 圣牌通常为天主教徒所佩戴,一般是铸有宗教人物像或图案的硬币状金属牌。

因为之后他们可以一起去买漫画书。这样，她会觉得，用她的话说，"不那么小女生"。

"好，到时我也会去。我有个族群的消息要告诉卢克，而且我感觉好像已经好久没见过你了。"

"我知道。我真的很抱歉——"

"没关系，"她轻声说，"但你得告诉我，你最终决定穿什么去参加婚礼，因为否则的话，我们可能会不搭配。"

她挂了电话，只留下西蒙盯着手机。克拉丽是对的。婚礼就是那个大日子，他很可悲地对这场战役毫无准备。

"你的一个女朋友？"凯尔好奇地问，"在车库那个红头发的女孩是其中一个吗？因为她挺可爱的。"

"不。那是克拉丽，我最好的朋友，"西蒙把手机放进口袋，"而且她有男朋友。是真的真的有男朋友了，而且是超重量级的男朋友。这点你得信我。"

凯尔龇牙一笑。"我就问问而已，"他把此刻已经空了的培根煎锅扔进水池，"那个，你的两个女朋友，她们都什么样？"

"她们非常、非常……不同。"在某些方面，西蒙想，她们正相反。迈亚安静而清醒，而伊莎贝尔的生活充满高强度的刺激与兴奋。迈亚是黑暗中一束稳定的光，而伊莎贝尔是颗夺目的星，划过虚空。"我的意思是，她们俩都很好。漂亮，聪明……"

"她们不认识对方？"凯尔倚着台面，"完全不认识？"

西蒙开始解释——自打从伊德里斯回来（尽管他没提到这个地名），她们俩是如何开始给他打电话，想约出来见面。因为喜欢她们两人，他便去了。不知怎地，他与这两人之间的关系都不经意间变得像是在谈情说爱，可似乎又从没有机会向两人中的任何一个说明他也在与其他人约会。然后不知怎地，事情就像滚雪球，越来越糟，成了现在这样。他不想伤害任何一人，可也不知道下一步要怎样。

"那个，如果你问我，"凯尔说着转身把剩下的咖啡倒进水池，"你应该选一个，别再举棋不定。我就这么一说。"

他背朝着西蒙，所以西蒙没办法看到他的脸。有那么一瞬，他揣测凯尔是不是真的生气了，他的声音听上去有些生硬，与平常不同。可当凯尔转回来时，他的表情又像往常那样坦诚而友好了。西蒙想那一定是自己想象出来的。

"我知道，"他说，"你是对的。"他回头看了卧室一眼。"瞧，你确定吗，我待在这儿没问题？我可以随时搬走……"

"没关系。你留下吧，想待多久就待多久，"凯尔打开厨房中的一个抽屉，一通翻找，直到找到他想要的东西——一串多余的钥匙，上面还有个橡胶圈，"这串给你。你在这儿绝对受欢迎，好吗？我得去工作了，但你可以继续待着，如果你乐意的话。玩玩光晕游戏，或者其他什么。我回来时你还会在吗？"

西蒙一耸肩。"可能不在。我三点要去试衣服。"

"好，"凯尔说着把信差包挎在肩上，朝门口走去，"让他们给你找件红色的衣服穿，你配那个颜色最好。"

"那个，"克拉丽说着走出试衣间，"你觉得怎么样？"

她试着转了一圈。西蒙不安稳地坐在凯伦婚纱店内一把不舒适的白色椅子上。他换了个姿势，皱了皱眉，说："看上去还不错。"

她看上去比不错要更好些。克拉丽是她母亲唯一的伴娘，所以允许她挑选任何一件她想穿的礼服。她选了一件非常简单的紫铜色丝质礼服，上面的细丝带很好地勾勒出她的轮廓。她唯一的首饰是那枚摩根斯特恩戒指，戒指穿在她脖子上的一根链子上。这根素雅的银链子突出了她锁骨的形状和脖子的曲线。

就在几个月前，如果看到克拉丽为婚礼而打扮，西蒙会有种复杂的感情：灰暗的绝望（她绝不会爱上自己）和极度的兴奋（或者也许她会，如果他有胆量告诉她自己的感受）。现在，这只让他感到些许不舍。

"还不错？"克拉丽重复说，"就这样？唉。"她转向迈亚。"你觉得怎么样？"

迈亚放弃了不舒适的椅子，坐在地板上，背靠着墙，墙上装饰着花冠和长长的薄纱。她把西蒙的游戏机放在一个膝盖上，似乎正将至少部分心思倾注于侠盗猎车手的游戏中。"别问我，"她说，"我讨厌礼服。如果可以的话，我会穿牛仔裤参加婚礼。"

这是真的。西蒙很少看到迈亚穿牛仔裤和T恤衫之外的衣服。在这方面，她和伊莎贝尔正相反，后者即便是在最不适宜的场合也穿着裙子和高跟鞋（但是自从有一次看到她用一只靴子的细高跟打发了一只蠕虫恶魔之后，他就不太担心她的着装问题了）。

商店门口的铃铛叮当一响，乔斯琳进来了，后面跟着卢克。两人手里都拿着热气腾腾的咖啡，乔斯琳抬头看着卢克，脸颊绯红，眼睛闪光。西蒙想起克拉丽对他们的评价，爱得看着让人恶心。他并没有觉得恶心，但可能是因为他们不是他的父母。他们两人似乎都非常开心，而他觉得这事实上非常不错。

乔斯琳看到克拉丽的时候眼睛一下睁大了。"宝贝，你看上去美极了！"

"对啊，你肯定会这么说，你是我妈妈啊，"克拉丽说，不过无论如何，她咧嘴一笑，"嘿，那个碰巧是杯清咖吗？"

"对。把它看作是份迟到的礼物吧，"卢克说着把杯子递给她，"我们有事耽搁了，酒席的事情，还有其他的。"他朝西蒙和迈亚点点头。"你们好。"

迈亚也点点头。卢克是当地狼群的首领，而迈亚是其中一员。尽管他改掉了她称呼他"首领"或者"大人"的习惯，但他在场的时候，她还是很恭敬。"我给您带来了族群的消息，"她说着放下游戏机，"他们对在钢铁厂举办的派对有些疑问——"

迈亚和卢克交谈起来，是关于狼群为庆祝首领结婚而举办的派对。这时，婚纱店的老板，一个高个子的女人，之前孩子们聊天的时候她一直在柜台后面看杂志，可现在意识到实际上要为礼服付款的人刚刚到来，便急忙过来招呼他们。"我刚为你在后面准备好礼服，那看上去太美了，"她一边装腔作势地说，一边挽起克拉丽母亲的手臂，领她走向商店后面，"过来试试吧。"卢克准备跟上，她用手威胁地指着他。"你待在这儿。"

卢克看着未婚妻消失在一排画着报婚钟的白色弹簧门后面，一脸迷惑。

"盲呆认为你不应该在婚礼之前看到新娘穿婚纱，"克拉丽提醒他说，"否则会不吉利。她可能认为你来试衣服挺奇怪的。"

"可是乔斯琳希望听听我的意见——"卢克没说下去，并摇了摇头，"啊，好吧。盲呆的习俗真是挺奇特的。"他在一把椅子上坐下，上面雕刻着的一朵玫瑰花戳了一下他的后背，他一皱眉，"哎哟。"

"那暗影猎手的婚礼是怎样的？"迈亚好奇地问，"他们有自己的习俗吗？"

"他们有，"卢克缓缓说道，"可是我们的婚礼不会严格遵循暗影猎手的仪式。有些习俗特别不适用于一方不是暗影猎手的情况。"

"真的吗？"迈亚看上去挺吃惊，"这些我不知道。"

"暗影猎手婚礼仪式的一部分是在双方的身体上刻下永恒的如尼文，"卢克说，他的声音很平静，可是眼神有些哀伤，"关于爱与承诺的如尼文。可是，如果不是暗影猎手，当然没办法承受来自天使的如尼文。所以作为替代，乔斯琳和我将会交换戒指。"

"这太糟了。"迈亚说。

听到这个，卢克一笑。"其实也没有啦。能娶到乔斯琳就是我想要的全部了，而且对于这些细节我也不是特别在意。而且，事情也正在改变。新的长老会成员也推动了很多进展，想说服圣廷容忍这类——"

"克拉丽！"是乔斯琳的声音从商店后面传来，"你能过来一下吗？"

"来了！"克拉丽喊道，然后一口喝下了剩余的咖啡，"哦，听上去像是试衣出现了紧急状况。"

"好吧，祝好运，"迈亚站起来，把游戏机扔回西蒙腿上，随后又俯身吻了一下他的脸颊，"我得走了。我要在猎人之月酒吧见一些朋友。"

她闻上去有股令人惬意的香草味。在那之下，像往常一样，西蒙还能闻到血液的咸味，混合着狼人所特有的强烈的柠檬气味。每一类暗影魅族的血液闻起来都各不相同——精灵的像是凋谢的花朵，巫师的像是燃尽的火柴，吸血鬼的像是金属。

克拉丽有一次曾问过他暗影猎手的闻起来像什么。

"阳光。"他说。

"再见，亲爱的。"迈亚直起身子，又摸了摸西蒙的头发，然后离开了。当店门在她身后关上，克拉丽目光犀利地看了西蒙一眼。

"你必须要在下周六前搞定你的感情生活，"她说，"我是认真的，西蒙。如果你不告诉她们，我会的。"

卢克看上去十分困惑。"告诉谁什么？"

克拉丽朝西蒙摇摇头。"你现在脚下是层薄冰，刘易斯。"发表了这番声明之后，她急匆匆地离开，走的时候提着丝质礼服。西蒙注意到她裙子下面穿着一双绿色的运动鞋，觉得好笑。

"很明显，"卢克说，"发生了一些我不知道的事情。"

西蒙看着他。"有时我以为这是我的生活格言。"

卢克挑起眉毛。"发生了什么吗？"

西蒙犹豫了一下。他当然不能告诉卢克自己的感情生活——卢克和迈亚是一个族群的，狼人比街上的黑帮团伙要忠诚得多。这会让卢克陷入尴尬的境地。可是，卢克也的确能提供些消息。作为曼哈顿狼群的首领，他能获得各种信息，而且也深谙暗影魅族之道。"你听说过一个叫卡米尔的吸血鬼吗？"

卢克低声吹了下口哨。"我知道她是谁。但我很吃惊你知道她。"

"那个，她是纽约吸血鬼部落的主事。我的确知道一些关于他们的事情。"西蒙说，带着些许不自然。

"我没意识到你知道这些。我以为你想尽可能过得像个普通人，"卢克的声音中没有道德评判的语调，只是好奇而已，"那个，在我从上一任首领那里接管城中族群的时候，她就让拉斐尔主事了。我想没有人准确知道她去哪儿了。据我所知，她是个传奇人物，是一个年龄非常非常古老的吸血鬼。以残忍和狡猾著称，和精灵相比她毫不逊色。"

"你见过她吗？"

卢克摇摇头。"我想我没有。没见过。你为什么如此好奇？"

"拉斐尔提到过她。"西蒙含糊地说。

卢克皱起眉头。"你最近见过拉斐尔？"

还不等西蒙回答，商店的门铃又响了。让西蒙吃惊的是，杰斯走了进来。克拉丽没提到他要来。

事实上，他意识到，最近克拉丽都不怎么提到杰斯。

杰斯看看卢克，又看看西蒙，好像看到他们两人在这儿稍微有些意外，尽管这不易察觉。西蒙猜想杰斯和克拉丽单独相处时，会有各类面部表情，但周围有其他人时，他总是面无表情。"他看起来，"西蒙有一次对伊莎贝尔说，"像是在思考什么深奥而富有意义的事情，可是如果你问他那是什么，他就会一拳打在你脸上。"

"那就别问他，"伊莎贝尔说，好像觉得西蒙有些荒唐，"没人说你们两个要成为朋友。"

"克拉丽在吗？"杰斯一边问，一边在身后关上了门。他看上去很疲惫，眼睛下面有黑眼圈，而且他看上去似乎没有心思穿件外套，尽管秋风已有凉意。虽然寒冷对西蒙不再有太多影响，但看到杰斯只穿着牛仔裤和保暖衬衫，他还是感到寒意袭人。

"她在给乔斯琳帮忙，"卢克解释说，"但你可以和我们一起在这儿等。"

杰斯不安地看看四周的墙壁，上面挂着白纱、扇子、花冠和缀满小珍珠的拖裙。"这些都……太白了。"

"当然是白的了，"西蒙说，"这是婚礼。"

"白色对暗影猎手而言是葬礼的颜色，"卢克解释道，"但对盲呆而言，杰斯，是婚礼的颜色。新娘穿白色意味着她们的纯洁。"

"我想乔斯琳说过她的礼服不是白色的。"西蒙说。

"好吧，"杰斯说，"我想那是因为船已经出过航了。"

卢克呛了一口咖啡。在他能说什么——或者做什么——之前，克拉丽回到了房间中。她的头发梳了起来，戴着亮闪闪的发卡，旁边有一些鬈发垂下来。"我不知道，"她一边说一边走近他们，"凯伦动手弄了我的头发，但我不确定这些发亮的——"

她看到杰斯，住了口。她的表情清楚地说明，她也没想到他会来。她惊讶地张开嘴，但什么也没说，反倒是杰斯盯着她。西蒙在他的生命之中终于有一次像是阅读一本书那样看懂了杰斯的表情，那好像是这世上的一切都远离了他，只剩下他和克拉丽。他看着她，饱含一种无法掩藏的渴求与欲望。这让西蒙感到尴尬，好像自己不知怎地闯入了私人时刻。

杰斯清了清嗓子。"你看上去很美。"

"杰斯，"克拉丽看上去只是困惑，"事情还好吧？我想你说过不能来，因为有圣廷的会议。"

"对啊，"卢克说，"我听说了公园中的暗影猎手尸体。有什么消息吗？"

杰斯摇摇头，仍旧盯着克拉丽。"没有。他不是圣廷纽约分支的人，可除此之外，他的身份无法确认。两具尸体都没能确认。无声使者此刻正在检视他们。"

"这很好。无声使者会弄清楚他们是谁。"卢克说。

杰斯什么也没说，他仍旧看着克拉丽。这真是最奇怪的一种表情了，西蒙想——对于某个你所爱的，但是却永远无法拥有的人，你可能会给出这种表情。他猜想杰斯之前曾对克拉丽是这种感觉，可是现在呢？

"杰斯？"克拉丽说着朝他走近一步。

他把凝视的目光从她身上移开。"昨天在公园你从我这里借走的那件外套，"他说，"你还穿吗？"

此时克拉丽看上去更加困惑不解了。她指着被问到的那件衣服，是件再普通不过的棕色绒面外套，挂在一把椅子后面。"在那儿。我准备拿给你的，等我——"

"好的，"杰斯说着拿起衣服，急忙把胳膊伸进衣袖里，好像突然很着急的样子，"现在不必了。"

"杰斯，"卢克用他那种平静的语调说，"我们准备在这之后早点去公园坡① 吃晚餐，你也一起来吧。"

"不了，"杰斯说着拉起外套拉链，"我今天下午有训练，我得走了。"

"训练？"克拉丽回应道，"可我们昨天训练过。"

"有些人得每天训练，克拉丽。"杰斯听上去并没有生气，可是语调有些严厉。克拉丽脸红了。"晚点再见。"他补充说，但没有看她，而是几乎冲向门口。

---

① 公园坡（Park Slope），纽约布鲁克林西北一区域。

门在他身后关上了，克拉丽抬起手生气地把卡子从头发上扯掉，于是头发便乱糟糟地散落在她的肩膀上。

"克拉丽，"卢克柔声说着站起来，"你干什么？"

"我的头发。"她把最后一枚卡子扯下来，眼睛中闪着光。西蒙看得出她正强迫自己不要哭出来。"我不想梳这个发型，这看起来很傻。"

"不，没有啊，"卢克接过她手中的发卡，放在一张白色的小茶几上，"你瞧，婚礼会让男人紧张分分，对吧？但这并不意味着什么。"

"对。"克拉丽努力笑笑。她几乎勉强挤出了个笑容，可西蒙知道她并不相信卢克所说的。他无法责备她，看到了杰斯脸上的表情，西蒙也不相信。

远处，第五大道餐厅亮着灯，像是黄昏淡蓝色天空映衬下的一颗星。西蒙走在克拉丽身边，他们沿着街道而行，乔斯琳和卢克在前面几步远的地方。克拉丽已经换下礼服，现在又穿回了牛仔裤，脖子上围着一条厚厚的白围巾。每过一会儿，她便伸手摸摸脖子上那条链子尽头的戒指，这表示她有些不安。西蒙想，不知她自己是否意识到这点。

他们离开婚纱店时，他问了她是否知道杰斯怎么了，可她并没有认真回答。她对他的问题不予理睬，倒是问起他的事情怎么样了，他是否已经和母亲谈过，还有他是否介意和埃里克住。当他告诉她，他和凯尔挤在一处时，她很吃惊。

"可你几乎不认识他，"她说，"他可能是个连环杀手。"

"我也这样想过。我检查过公寓了，如果他有只装满武器的小冰箱，那我还没发现。无论如何，他似乎相当真诚。"

"那他的公寓什么样？"

"对于字母城来说还不错。你晚点应该过来看看。"

"今晚不行，"克拉丽说，有点儿心不在焉，她又在摸索那枚戒指，"也许明天？"

要去见杰斯？西蒙想，可他没有追问。如果她不想谈，他不会强迫她。"我们到了。"他为她打开餐厅的门，迎面扑来一股烤肉串香味的温暖气息。

他们找到一处卡座，旁边墙上是一排巨大的平板电视。他们挤进去，乔斯琳和卢克热烈地聊着婚礼安排。没有邀请卢克的族群参加婚礼仪式，他们似乎觉得受到了侮辱——尽管所邀请的宾客很少——于是坚持要在皇后区一处翻修过的工厂中举办他们自己的庆祝活动。克拉丽听着，什么也不说。服务生走过来，递上菜单。这压成薄片的菜单如此僵硬，都可以用作武器了。西蒙把他那份放在桌上，望着窗外。街对面是家健身房，透过前面的大块玻璃，他能看见里面的人在跑步机上跑步，胳膊摆动，耳朵上戴着耳机。一直跑，但哪儿都去不了，他想，这就是我的生活。

他努力把自己的思绪从黑暗之中赶出来，几乎要成功了。这是他生活中最熟悉的场景之一了，他想——在餐厅角落的一处座位上，他，克拉丽，还有克拉丽的家人。卢克一直都是家人，即便是在他还没有要娶克拉丽母亲的时候。西蒙应该觉得自在。他努力挤出笑容，但却意识到克拉丽的母亲刚刚问了他什么，可他没听到。桌上所有人都有所期待地盯着他。

"对不起，"他说，"我没有——你刚刚说什么？"

乔斯琳耐心地一笑。"克拉丽告诉我，你们的乐队增加了一名新成员？"

西蒙知道她只是出于礼貌。好吧，就是当父母假装认真对待你的爱好时所表现出的那种礼貌。但她之前还是来看过几次他的演出，仅仅是为了增加观众人数。她的确关心他，并且一贯如此。在西蒙心里那个隐藏起来的幽暗角落中，他怀疑她一直都知道自己对克拉丽的感觉。他思忖如果她想让自己的女儿做出不同的选择，是否会是一个她能控制的选择。他知道她并不怎么喜欢杰斯，从她叫他名字的样子甚至就能明显地觉察出来。

"对，"他说，"凯尔。他是个有点奇怪的家伙，但人非常好。"卢克接着又问了凯尔的奇怪之处，西蒙把凯尔的公寓告诉了他们——他小心避开了现在那里也是他的公寓这一细节——还有凯尔的信差工作和他那辆破旧的小货车。"他还在阳台上养了一些奇怪的植物，"他补充说，"不是大麻——我检查过了。那植物有一种银色的叶子——"

卢克皱了皱眉，但是还没等他说什么，服务生过来了，端着一只巨大的银色咖啡壶。服务生很年轻，漂白过的淡色头发梳成两条辫子。她弯腰给西蒙倒咖啡的时候，一条辫子扫过他的手臂。他能闻到她身上的汗味，在那之下是血的气味。人类的血，所有气味中最鲜美的。他的腹中感到那种熟悉的憋闷感，浑身掠过一阵寒意。他很饥饿，而他在凯尔那里所放的全部东西不过是室温血液，已经开始分解——这个展望让人恶心，即便是对一个吸血鬼而言。

你还没尝过人血，是吗？你会的。而且当你尝过之后，你就不会忘掉它。

他闭上眼睛。当他再次睁开时，服务生走了，克拉丽从桌子对面好奇地盯着他。"你还好吗？"

"还好。"他伸手抱住咖啡杯，杯子抖了抖。他们头顶上的电视还在播着晚间新闻。

"呃，"克拉丽说着抬头看看屏幕，"你听到这个吗？"

西蒙随她的目光看去，新闻主播的表情是那种每当他们播报一些惨不忍睹的事情时惯常会有的。"几天前在贝斯以色列医院的后巷中发现一具弃婴，还无人前来认领，"他播报着，"弃婴为白种人，重六斤，除此之外比较健康。在巷子中的垃圾桶后面发现他时，他被绑在婴儿安全座椅上。"主播接着说："最令人不安的是，孩子身上的毯子里塞有一张手写字条，请求医院方面将孩子安乐死，因为'我没有勇气自己动手'。警方说很可能孩子的母亲有精神疾病，并称已掌握'有价值的线索'。任何人如有相关信息可拨打治安热线，电话是——"

"太可怕了，"克拉丽说，她从电视那边转回来，身子一抖，"我不明白怎么会有人把自己的孩子扔掉，像是扔垃圾——"

"乔斯琳。"卢克的声音严厉而关切。西蒙看向克拉丽的母亲，她面色苍白，看上去像是马上要吐了。她匆忙把盘子推开，站起身离开餐桌，冲向卫生间。片刻之后，卢克也扔下餐巾，随她而去。

"哦，糟糕，"克拉丽用手捂住嘴，"我不敢相信我说了这个，我太蠢了。"

西蒙完全晕了。"发生了什么？"

克拉丽瘫坐在座位中。"她想起了塞巴斯蒂安，"她说，"我是说乔纳森，我哥哥。我想你记得他。"

她这是在挖苦人。他们没有人会不记得塞巴斯蒂安，他的真名是乔纳森，他杀了霍奇和麦克斯，并且差点帮助瓦伦丁赢得了那场能让所有暗影猎手毁灭的战争。乔纳森，他有一双炙热的黑色眼眸和刀片般的锐利笑容，他的血尝起来像是电池酸液。西蒙曾经咬过他一口，但他并不后悔。

"可你妈妈没有抛弃他啊，"西蒙说，"她还是坚持抚养他，尽管知道他有什么地方不对劲。"

"但是她恨他，"克拉丽说，"我认为她一直无法释怀。想象一下憎恨你自己的孩子。每年他的生日，她总会拿出一只盒子，里面装着他小时候的东西，她会抱着大哭一场。我想她哭的是那个她本该拥有的孩子——你知道，如果瓦伦丁没做那些事情的话。"

"那么你会有个哥哥，"西蒙说，"像是一个真的哥哥，而不是那个杀人狂魔。"

克拉丽看上去快要哭出来，她推开盘子。"我现在感觉难受，"她说，"你知道这种感觉，觉得饿但是吃不下？"

西蒙看了一眼那个漂染过头发的服务生，她正倚着餐厅吧台。"对，"他说，"我知道。"

卢克最后回到餐桌旁，可只是过来告诉克拉丽和西蒙，他要带乔斯琳回家了，然后留下些钱。他们用这钱结了账，然后走出餐厅，去第七大道上的星系漫画屋。可两人都无法集中精神好好娱乐，于是便各自分开，约好明日再见。

西蒙乘地铁进城，他戴上风帽和 iPod，耳朵里充斥着音乐声。听音乐一直是他把一切隔绝在外的方式。他从第二大道出来往休斯顿大街走去时，天空下起小雨，他的腹中拧成了一团。

他转进第一街，那里几乎没人，是第一大道和 A 大道明亮灯光中间的一条黑暗地带。因为他戴着 iPod，所以没听到他们从后面跟上他，一直到他们几乎扑上来。他首先觉察到情况不对是发现路边有一条长长的人影，与自己的重合在一起。接着又一条人影加入进来，并且是在他的另一侧。他转过身——

然后看到身后有两个人，都穿的和那晚袭击他的劫匪一模一样——灰色的运动服，灰色的风帽拉起，遮住他们的脸。他们近得足以触碰到他。

西蒙往后一跃，力量大得让他自己吃惊。他的吸血鬼能力对他而言依然新鲜，仍旧能让他感到惊讶。片刻之后，他发觉自己落在一幢褐砂石房子的门廊处，距离劫匪好几米远。他能跳到这儿实在太令人震惊了，连他自己都呆住了。

劫匪追上来，他们和第一个劫匪都说着同样含糊不清的语言——西蒙开始猜测他们根本不是劫匪。据他所知，劫匪从不团伙作案，第一个劫匪不可能有想为同伙之死来找他寻仇的同为罪犯的朋友。很显然这其中另有隐情。

他们到了门廊，成功把他围困在台阶上。西蒙把 iPod 的耳机扯下来，急忙举起手。"瞧，"他说，"我不知道这是为什么，可你们最好别惹我。"

劫匪只是看着他，或者说，至少他认为他们看着他。在风帽的阴影中，不可能看清他们的脸。

"我有种感觉，是有人派你们来跟踪我，"他说，"但这是个自杀式任务。真的。我不知道他们付了你们多少钱，但根本不够。"

一个穿运动服的人大笑起来，另一只手伸进口袋，掏出什么东西，一个在街灯下闪着黑光的东西。

一把枪。

"哦，兄弟，"西蒙说，"你真的真的不能这么干。我不是开玩笑。"他后退一步，上了一级台阶。也许如果他足够高，他实际上能从他们头顶跳过去。随便怎样，只要别让他们攻击他。他觉得自己无法再次面对那种结果，不要再一次。

拿枪的人抬起枪，当他扳下击锤时，只听咔嗒一声。

西蒙咬了一下嘴唇，惊恐之中，他的尖牙露了出来。牙齿陷入皮肤的时候，他浑身一疼。"别——"

一个黑色的物体从天而降。一开始，西蒙以为只是从上面的一扇窗口落下什么东西——一台松了的空调，或者有人太懒了，不想下楼扔垃圾。可他看到，落下的东西是个人——下落时有方向感，有目的性，而且很优雅。那人落在劫匪身上，将其击倒。枪从他手上飞出去，而他则发出一声尖叫，音调又细又高。

第二个劫匪弯腰夺过枪，还不等西蒙反应，便抬起来扣动了扳机。枪口喷出火花。

随后枪飞了出去，劫匪也随之飞了出去，速度太快了，他甚至都没能叫出声。他本想迅速置西蒙于死地，可他所得到的却是一个更快的绝杀。他像玻璃似的粉碎了，好像万花筒中撒出来的彩纸。有一下微弱的爆破声——是被搅动的空气的声音——随后便只剩下盐粒撒下的轻柔声响。盐粒落在人行道上，像是凝固了的雨滴。

西蒙的视线模糊，跌坐在台阶上。他意识到耳畔有巨大的嗡鸣，然后有人粗暴地抓着他的手腕，用力摇晃着他。"西蒙！西蒙！"

他抬起头，抓着他摇晃他的是杰斯。后者没有穿战斗服，而是穿着牛仔裤和从克拉丽那里拿回来的外套。他衣冠不整，衣服上和脸上有一条条的泥土和黑灰，头发也被雨水打湿了。

"那到底是什么？"杰斯问。

西蒙四下看看街道，仍旧荒无人烟，柏油路闪着光，黑黢黢，湿漉漉，空荡荡。第二个劫匪不见了。

"你，"他有些迷迷糊糊地说，"你跳到劫匪——"

"他们不是劫匪。从你出了地铁站后，他们就跟着你。有人派他们来的。"杰斯确信无疑地说。

"另一个呢，"西蒙说，"他怎么了？"

"他消失了，"杰斯打了个响指，"他看到同伴的下场，便不见了，就像这样。我并不准确知道他们是什么。不是恶魔，但准确地说也不是人类。"

"是，这部分我想到了，谢谢。"

杰斯又仔细看看他。"那个——发生在劫匪身上的事——那个是你干的，对吗？你的印记，这里，"他指着他的额头，"我看见它发白了，在那个家伙……消解之前。"

西蒙什么也没说。

"我见多识广，"杰斯说，他的语调一改那股讽刺或嘲弄的味道，"可从没见过像这样的。"

"我没做什么,"西蒙轻声说,"我什么也没干。"

"你不必做什么,"杰斯说,他沾满泥水的脸上金色的目光如炬,"因为经书上记着:'主说,伸冤在我,我必报应。'[①]"

[①] 出自《圣经·新约·罗马书》第十二章第十九节。

第六章

唤醒逝者

杰斯的房间像往常那样整洁——床铺收拾得妥帖，书籍排放在架上，并按照字母排序，笔记和课本仔细地放在书桌上。甚至连武器都按照大小靠墙排成一排，大到巨型的大刀，小到一套匕首。

克拉丽站在门口，深吸了一口气。这种整洁很好，她已经习惯了。她总是想，这是杰斯掌控生活中各种事务的方式，否则那些东西会混乱不堪。他在过去的很长一段时间都不清楚真正的自己是谁——或者说是什么。对于他那种将诗集按照字母排序的习惯，她没法发什么牢骚。

他不在这儿，她倒是可以对此发发牢骚——而且也的确这么做了。如果他离开婚纱店之后没回家，那他去哪儿了呢？她四下看着房间，一种不真实感涌上心头。这些都不可能发生，不是吗？从其他女生的抱怨中，她知道分手是什么样子。第一步是疏远，渐渐拒绝回复留言或者电话，含糊不清地说一切都没什么问题，只是另一半需要一些空间。然后是那番话，说什么"不是因为你，而是我"。最后是大哭的部分。

她从没想过这些会适用于她和杰斯，他们所拥有的并不寻常，或者说不遵循寻常的恋爱和分手守则。他们完全属于彼此，而且会一直如此，就是这样。

可也许所有人都这样觉得？等到他们意识到自己爱的是其他人时，他们曾信以为真的一切便会崩塌。

房间中有件闪着银光的东西吸引了她的注意，是阿玛提斯给杰斯的那只盒子。盒子周围是精巧的小鸟图案。她知道他正在翻看盒子里的东西，慢慢读着那些信，翻翻笔记，看看照片。他没怎么对她提起，她也不想窥探。他对生父的情感是他自己需要去面对的东西。

可现在，她发现自己被盒子所吸引。她记得在伊德里斯，他坐在天使大厅门前的台阶上，抱着腿上的盒子。好像我能不爱你，他曾说过。她摸了摸盒盖，手指寻到了搭扣。搭扣很轻易地弹开了，里面散乱地放着一些纸和旧照片。她拿出一张，仔细端详着出了神。照片上有两个人，一个年轻的女人和一个年轻的男人。她一下认出了这个女人，是卢克的姐姐，她注视着那个男人，满眼全是初恋的光彩。那个男人十分英俊，身形高大，金色头发，但眼睛是蓝色的而不是金色的，脸部轮廓也没有杰斯那样棱角分明……但她仍旧知道他的身份——杰斯的父亲——这还是让她心中一紧。

她急忙把斯蒂文·希伦戴尔的照片放下，差点让横放在盒子里的那把细长狩猎匕首的锋刃割破手指。匕首柄上刻着小鸟，刀刃有些锈迹，或者说看上去像是锈迹，一定是没得到适当的清理。她飞快地盖上盒子，转过身去，罪恶感的分量压在她的肩头。

她想过要留个字条，可还是决定最好等等，最好能和杰斯当面谈谈。她离开房间，走向有电梯的大厅。之前她敲过伊莎贝尔的房门，可她好像也不在家。甚至连走廊中的巫光火把都似乎比平时黯淡一些。她感到无比沮丧，伸手按了电梯按钮——可意识到按钮亮着，有人正从底层上来。

杰斯，她立即想到，心狂跳起来。可当然，也许不是他，她告诉自己。可能是伊莎，可能是玛丽斯，也可能是——

"卢克？"电梯门打开时，她惊讶地说道，"你来这儿做什么？"

"我可能要问你同样的问题呢。"他走出电梯，把门在身后拉上。他穿着那件边上带毛的法兰绒拉链外套，自从他们第一次约会起，乔斯琳就一直试图让他把这件衣服扔掉。但克拉丽想，似乎没什么能让卢克改变，无论他的生活中发生了什么，这倒是相当不错。他喜欢自己钟情的东西，就是这样，即便是一件看上去破旧的外套。"只是我觉得我能猜到。这么说，他在吗？"

"杰斯？不在，"克拉丽耸耸肩，尽力装出一副满不在乎的样子，"没关系，我明天再找他。"

卢克犹豫了一下。"克拉丽——"

"卢西恩，"他们身后传来冷冷的一声，是玛丽斯，"谢谢你，这么急着把你叫来。"

他转身朝她点点头。"玛丽斯。"

玛丽斯·莱特伍德站在门口，手轻轻扶着门框。她戴着手套，浅灰色的手套和灰色的定制西装很搭配。克拉丽猜想不知玛丽斯是否穿过牛仔裤。她从没见伊莎贝尔和亚历克的母亲穿过干练有力的西装和战斗服之外的衣服。"克拉丽，"她说，"我没意识到你也在。"

克拉丽感到脸上一红。玛丽斯似乎不介意她的出入，可是她也从没正式认可过她和杰斯的交往。这不能怪她。玛丽斯还在消化麦克斯的离世，那只不过是六周前的事情。她正独自面对，罗伯特·莱特伍德还在伊德里斯。她心里有比杰斯的感情生活更重要的事情。

"我正要走。"克拉丽说。

"我这儿结束之后送你回家。"卢克说着把一只手放在她的肩上。"玛丽斯，我们谈话的时候克拉丽在，有问题吗？因为我想让她留下。"

玛丽斯摇摇头。"我想没问题，"她叹了口气，用手梳理了一下头发，"相信我，我真希望根本用不着麻烦你。我知道还有一周就是你们的婚礼了——祝贺你们，顺便说一下。我不知道之前有没有祝贺过。"

"没有，"卢克说，"但很感谢，谢谢你。"

"仅仅六周，"玛丽斯淡淡一笑，"真是旋风般的求婚速度。"

卢克的手在克拉丽的肩头一紧，这正显出他的不耐烦。"我想你让我过来不是为了祝贺我要结婚，对吧？"

玛丽斯摇摇头。她看上去十分疲惫，克拉丽想，她向上梳起的深色头发中有几缕从前不曾有的灰白头发。"不是。我想你已然听闻差不多过去一周我们发现的几具尸体？"

"暗影猎手的尸体，是的。"

"我们今晚又发现了一具，被塞在哥伦布公园附近的一只大垃圾桶里，是你们族群的领地。"

卢克的眉毛一挑。"对。可是其他的——"

"第一具尸体是在绿点区，巫师的领地。第二具漂在中央公园的池塘上，精灵的领地。现在我们有了狼人的领地，"她的目光固定在卢克身上，"这让你想到什么？"

"有人对新的《圣约》不那么满意，试图让暗影魅族相互对抗，"卢克说，"我可以向你保证我的族群和此事没有任何关系。我不知道幕后黑手是谁，但这是非常愚蠢的举动，如果你问我的话。我希望圣廷能够看清这一点。"

"不止这些，"玛丽斯说，"我们确定了前两具尸体的身份。这花了些时间，因为第一具几乎烧得无法辨认，而第二具也腐烂得厉害。你能猜到他们会是谁吗？"

"玛丽斯——"

"安森·潘波恩，"她说，"和查尔斯·弗里曼。我可能要提醒你的是，他们两人自瓦伦丁死后，都音讯全无——"

"但这不可能，"克拉丽插嘴说，"卢克杀了潘波恩，早在八月的时候——在伦维克废墟。"

"他杀的是埃米尔·潘波恩，"玛丽斯说，"安森是埃米尔的弟弟。他们两人都曾在集团中。"

"弗里曼也是，"卢克说，"这么说有人杀的不只是暗影猎手，而且是前集团成员？并把他们的尸体留在暗影魅族的领地？"他摇着头，"这听起来像是有人想要动摇圣廷中一些更为……桀骜不驯的成员？也许，是为了让他们重新考虑新《圣约》。我们应该料想到这点。"

"我想，"玛丽斯说，"我已经见过希丽宫女王，也给马格纳斯送去了消息，不论他在哪儿。"她转了转眼珠。玛丽斯和罗伯特似乎已经接受了亚历克和马格纳斯的关系，大度地让人吃惊。但克拉丽看得出，玛丽斯至少没把它当真。"我只是在想，也许——"她叹了口气，"我最近太累了，感觉自己已经不能正常思考了。我希望你能有些想法，可能是谁干了这个，你能有一些我没想到过的想法。"

卢克摇摇头。"那些对新体系不满的人。但这有可能是任何人。我想尸体上没有任何迹象？"

玛丽斯叹了口气。"没什么决定性的。要是死人能讲话就好了，嗯，卢西恩？"

玛丽斯像是抬起手，撩开了克拉丽眼前的帘幕。克拉丽的视野中一片漆黑，除了一个图案，像是夜晚空荡的天空中悬着一个耀眼的标志。

终究她的能力似乎没有消失。

"如果……"她缓缓地说，抬起眼睛看着玛丽斯，"如果他们能呢？"

在凯尔那所小公寓的卫生间镜子里盯着自己，西蒙禁不住想，关于吸血鬼不能在镜子里看见自己的那些传闻是哪里来的。在镜子昏暗的表面，他能很清楚地看到自己——乱蓬蓬的棕色头发，大大的棕色眼睛，白色的无瑕肌肤。他擦去了嘴唇裂口上的血迹，尽管那里的皮肤已经愈合。

他知道，客观来说，变成吸血鬼是让他更迷人了。伊莎贝尔告诉过他，他的动作变得更优雅了，还有他以前似乎不大整洁，不知怎地，现在他的不修边幅看上去也很有吸引力，好像他刚从床上起来。"别人的床。"她强调说。他告诉她，他已经明白了她的意思，谢谢。

可当他看着自己，他一点也看不出这些。他的皮肤白白净净，连毛孔都没有，这一贯让他不安，还有太阳穴那里凸显出的深色血管纹路，那表明他今天还没有进食。他看上去很陌生，不像他自己。也许，一旦你变成吸血鬼便无法在镜子里看见自己的那些传闻都出于心中所渴求的想法。可能那只是因为你不再能认出看着你的那个影像。

收拾干净，他回到客厅，杰斯正伸展四肢靠在沙发上，看着凯尔那本破烂不堪的《指环王》。西蒙进来的时候，他把书扔在咖啡桌上。他的头发看上去刚打湿过，好像他在厨房的水池洗了把脸。

"我看得出你为什么喜欢这里，"他说着一挥手，指了指凯尔所收藏的电影海报和科幻书，"到处都有这种呆子。"

"谢谢。我很感激。"西蒙狠狠看了杰斯一眼。仔细近看，在头顶没有灯罩的电灯泡的明亮灯光下，杰斯有点——病态。西蒙之前便注意到的他眼睛下面的黑眼圈比以往更加突出了，脸上的皮肤似乎也紧包着骨头。当他用那个特有的动作把额前的头发拨开时，他的手也有些抖。

西蒙摇摇头，好像是要清醒一下。从什么时候开始他如此了解杰斯，竟能够认出哪些是他的特有动作了？他们好像还不是朋友。"你看上去状况很糟。"他说。

杰斯眨眨眼。"想来找麻烦，这似乎是个奇怪的时机。但如果你坚持的话，我也许能想象点好的。"

"不，我是说真的。你看上去不大好。"

"这话是出自一个没什么魅力的家伙之口。瞧，我知道你可能会觉得嫉妒，创造了我的上帝没有用那双同样灵巧的手创造你，可你没有理由去——"

"我不是找你麻烦，"西蒙打断了他，"我的意思是你看上去病了。你上次吃东西是什么时候？"

杰斯看上去略有所思。"昨天？"

"你昨天吃了东西，你确定吗？"

杰斯一耸肩。"好吧，我不会指着《圣经》发誓，但我想是昨天。"

西蒙之前搜查房间的时候翻过凯尔冰箱里的东西，里面没什么，只有一只干瘪的青柠、几罐苏打水、一斤牛肉末，冷藏室里还莫名其妙地有一块果塔饼干。他从厨房台面上一把抓过钥匙。"走，"他说，"街角有家超市，我们去给你弄点吃的。"

杰斯看起来像是要反对，可之后耸了耸肩。"好，"他说，这语调是出自那种不在乎他们去哪儿或者去做什么的人，"走吧。"

在门外的台阶上，西蒙用那些他仍旧需要熟悉的钥匙锁上门，而杰斯则检视着公寓门铃旁的那排名字。"这个是你们的，嗯？"他指着3A问道，"怎么只有'凯尔'？他没有姓吗？"

"凯尔想成为一个摇滚明星，"西蒙说着走下台阶，"我想他只想有个名字，不要姓氏，像是蕾哈娜。"

杰斯跟着他，为了挡风微微耸起了肩，但他没有把那件早先从克拉丽那里取回的绒面外套的拉链拉上。"我不知道你说的是什么。"

"我确定你不知道。"

他们转过街角走上B大道时，西蒙斜眼看看杰斯。"那个，"他说，"你是在跟踪我吗？或者说这只是个惊人的巧合，我在路上遇袭，而你恰好就在那幢建筑的屋顶上？"

杰斯在街角停住，等着信号灯变绿。显然，即便是暗影猎手也要遵守交通规则。"我是在跟踪你。"

"意思是你在告诉我，你悄悄爱上我了吗？吸血鬼魔咒又奏效了。"

"根本没什么吸血鬼魔咒，"杰斯说，这相当诡异地跟克拉丽之前的话相呼应，"我是在跟踪克拉丽，但之后她上了一辆出租车，我不可能跟上出租车。所以我折回来，转而跟踪你了。主要是找点事做。"

"你跟踪克拉丽？"西蒙重复道，"有个热门忠告：大多数女生不喜欢被跟踪。"

"她把手机忘在我外套的口袋里了，"杰斯说着拍拍右侧，大概是放手机的地方，"我想如果我能弄清楚她要去哪儿，就可以把手机放在一个她能找到的地方。"

"或者，"西蒙说，"你可以给她家里打个电话，告诉她你有她的手机，然后她可以过来找你取。"

杰斯什么也没说。信号灯变了，他们穿过马路走向超市，超市还开着。曼哈顿的商店从不关门，西蒙想，这倒是离开布鲁克林的一个可喜变化。曼哈顿是个做吸血鬼的好地方，你可以大半夜出来买所有的东西，没人会觉得奇怪。

"你在躲着克拉丽，"西蒙说，"我猜你不想告诉我为什么？"

"不，我不想，"杰斯说，"就当你自己很幸运吧，我那时跟踪了你，否则——"

"否则怎样？另一个劫匪也会死掉？"西蒙能听出自己声音中的那股苦涩，"你看到发生了什么。"

"是。而且我还看到事情发生时你脸上的神情，"杰斯的语调中不带什么情感，"这不是你第一次看到这事发生，是吗？"

西蒙把在威廉斯堡所遭遇的袭击告诉了杰斯，那也是个穿运动装的人，还有他如何推测那只是一起抢劫。"他死后变成了盐粒，"他最后说，"就和第二个家伙一样。我猜这和《圣经》有关，里面有盐柱，像罗得的妻子那样。"

他们到了超市，杰斯把门推开，西蒙跟着进去，抓过门口附近那排银色小推车中的一辆。他推着车沿一排货架往前，杰斯跟在后面，显然陷入了沉思之中。

"但我想问题是,"杰斯说,"你知道可能是谁想杀你吗?"

西蒙一耸肩。看到周围全是食物让他的胃里一紧,这让他想起自己有多饿,尽管不是因为这里所贩售的任何东西。"也许是拉斐尔,他似乎挺恨我。而且他之前也想要我死——"

"不是拉斐尔。"杰斯说。

"你怎么如此确定?"

"因为拉斐尔知道你的印记,他不会傻到像那样直接来袭击你。他确切地知道会发生什么。追杀你的人是比较了解你、知道你可能会去哪儿的人,但是又不知道印记的事。"

"但这可能是任何人。"

"正是。"杰斯说着龇牙一笑。这一瞬间,他几乎看上去又像是他了。

西蒙摇摇头。"瞧,你知道自己想吃什么吗? 或者你只是想让我来来回回沿着走道推车子,因为这让你觉得很好笑?"

"那个,"杰斯说,"我真的不熟悉盲呆杂货店里卖的东西。通常是玛丽斯做饭,或者我们叫外卖。"他一耸肩,随便拿起一只水果。"这是什么?"

"芒果。"西蒙盯着杰斯。有时候,暗影猎手真像是来自其他星球。

"我觉得我从没见过一只没切开的,"杰斯打趣地说,"我喜欢芒果。"

西蒙抓过芒果,扔进车里。"太好了。你还喜欢什么?"

杰斯想了一会儿。"番茄汤。"他终于说道。

"番茄汤? 你晚饭想吃番茄汤和芒果?"

杰斯耸耸肩。"我并不太介意吃什么。"

"好吧,管它呢。待在这儿,我马上回来。"暗影猎手啊,西蒙暗自抱怨。他转了个弯,来到一排摆着速食汤的货架。他们是一种有钱人和战士的怪异结合体——他们从不用考虑生活琐事,像如何买吃的、如何在地铁里使用自助售票机,但他们又有着严格的自律和持久的训练。也许这样对他们而言更简单些,戴着眼罩生活。他一边这么想,一边从货架上抓过一罐汤。也许这能帮助你将注意力集中在更宏大的图景上——你的职责从根本上来说是保卫世界安全,免受邪恶侵扰。这的确是相当宏大的图景。

他几乎要同情杰斯了,这时他接近了离开杰斯的那条过道——但随后停住了。杰斯靠在推车上,手里把弄着什么东西。隔着这段距离,西蒙看不清那是什么,可他也无法靠近,因为两个十几岁的女孩挡住了他的路。她们两人站在走道中央,一边咯咯笑着,一边挤在一起,用女孩子的那种方式说着悄悄话。她们很明显想从穿着上装扮成二十一岁的样子,高跟鞋、短裙、塑形内衣,还没穿御寒的外套。

她们闻起来像是唇彩。唇彩、婴儿爽身粉和血液的气味。

他当然能听到她们在说什么,尽管是悄悄话。她们正在谈论杰斯,他有多么帅,两人都在鼓动对方上去跟他搭讪。谈话的大部分内容都是关于他的头发和腹肌,但她们怎么能透过T恤衫真的见识到他的腹肌呢,西蒙也不确定。哼,他想,真是荒唐。他正要说"不好意思",这时她们两人中的一个,高个子深色头发的那个行动了。她慢慢朝杰斯走过去,踩在高跟鞋上让她有点摇晃。她靠近他时,他抬起头,眼神十分警惕。西蒙突然有了个让人惊恐万分的念头,也许杰斯会将她误认为是吸血鬼或者其他什么女妖,然后当场抽出一把天使之刃。那样他们两人都会被抓起来。

他其实无需担心,杰斯只是挑起眉头。那个女孩上气不接下气地跟他说了些什么,他一耸肩,然后她把什么东西塞进他手里,转而冲回朋友身边。她们两人摇摇晃晃地离开商店,还一起傻笑着。

西蒙来到杰斯身边,把汤扔进推车里。"那都是些什么?"

"我想,"杰斯说,"她是问能不能摸摸我的芒果。"

"她说了这个?"

杰斯耸耸肩。"对,然后她给了我她的电话号码,"他把纸条给西蒙看了看,一脸的漠不关心,然后将其扔进车里,"现在我们能走了吗?"

"你不会打给她的,是吧?"

杰斯看着他,好像他不正常似的。

"请忘记我说过那个,"西蒙说,"你一直遇到这种事,对吧?姑娘们跑过来搭讪?"

"只有在我没用魔力伪装的时候。"

"对,因为如果你用了,姑娘们就看不到你了,因为你是隐形的,"西蒙摇摇头,"你是个公众危害,不应该允许你一个人外出。"

"嫉妒是一种如此丑陋的情绪,刘易斯。"杰斯歪着嘴龇牙一笑,通常这种笑容会让西蒙想打他。可这一次并没有。西蒙刚意识到杰斯手里把弄的是什么,他一直在手里把那东西翻来覆去,好像是很珍贵的东西,或者很危险,又或者两者都有。那是克拉丽的手机。

"我还是不确定这是不是一个好主意。"卢克说。

克拉丽双臂抱在胸前来抵御无声之城的寒意。她斜眼看了看他。"也许你应该在我们到这儿之前说这个。"

"我很确定我说了，而且说了好几次。"卢克的声音在头顶上方的石柱间回响。那些石柱上有些不甚贵重的宝石条带——黑色的缟玛瑙、绿色的玉石、玫瑰色的光玉髓和蓝色的天青石。火把插在石柱上，燃着银色的巫光，照着沿墙壁排列的陵墓，折射出白色的亮光，看上去几乎太过刺眼。

自克拉丽上次来这儿，无声之城几乎没变。这里仍让人觉得陌生与诡异，虽然地面上遍布的如尼文中那些雕出的卷曲线条和蚀刻的复杂图案，现在在她的头脑中有些模糊的意义，不再是完全的不可理解。他们一到，玛丽斯便把她和卢克留在门口的这个房间中，她想要独自去见无声使者，与他们商议。不能保证他们会让三人进去看尸体，她提醒过克拉丽。离世的拿非力人是骸骨之城守卫者的职责范围，其他人无权管辖。

这样的守卫者所剩无几。瓦伦丁搜寻圣剑的时候几乎把他们都杀光了，只剩下当时不在无声之城的少数几人。从那之后也有新成员加入他们的队伍，但克拉丽怀疑这世上所剩的无声使者不超过十或十五个。

在玛丽斯的身影还没出现之前，她的高跟鞋在石头地面上尖锐的碰撞声就提醒了他们，她回来了，身后还跟着一个穿长袍的无声使者。"你们在这儿，"她说，好像克拉丽和卢克并不在她离开时的那个准确位置上了，"这是圣者撒迦利亚。圣者撒迦利亚，这是那个我向你提起的女孩。"

无声使者将头上的风帽微微向后拉了一点儿。克拉丽吓得一惊。他不像圣者耶利米那样眼睛空无，嘴巴缝合。圣者撒迦利亚的眼睛闭着，两边高耸的颧骨上都刻着一个黑色的如尼文。但是他的嘴并没有缝合，而且她觉得他的头也没有剃光。不过因为有风帽，很难说她看到的是阴影还是深色的头发。

她感到他的声音进入了自己的头脑。"你真的相信自己能做这件事，瓦伦丁的女儿？"

她感到自己的脸颊一红。她讨厌有人提起她是谁的女儿。

"你肯定听闻过她所做的其他事情，"卢克说，"她的联合如尼文帮助我们终结了那场生死之战。"

圣者撒迦利亚又把风帽拉起，遮住了脸。"跟我来存尸所吧。"

克拉丽看看卢克，希望他能点点头以示支持，可他直直地看着前方，用手拨弄着眼镜，他感到不安时就会这样。叹了一口气，她跟着玛丽斯和圣者撒迦利亚出发了。无声使者的脚步像云雾般无声，而玛丽斯的高跟鞋踩在大理石地面上听上去像是枪声。克拉丽揣测不知道伊莎贝尔不合时宜的穿鞋习惯是否来自遗传。

他们沿着石柱间一条蜿蜒的道路向前，经过会说话的星星所在的大厅，就是在那里，无声使者第一次向克拉丽提起马格纳斯·贝恩。大厅后面是一道拱形门廊，入口处有两扇巨大的铁门。大门正面刻着如尼文，克拉丽认出那是死亡与和平的如尼文。门的上方还写有一句拉丁文，克拉丽真希望自己随身带着笔记。作为一个暗影猎手，她学习拉丁文的进度大为滞后。他们大部分人说拉丁语就像是第二外语。

"让谈话终止，笑声停歇，"卢克大声读着，"这里是逝者乐于教导生者之处。"

圣者撒迦利亚把一只手放在门上。"最近遭遇谋杀的死者已经为你们准备就绪。你们准备好了吗？"

克拉丽用力咽了一下口水，想着她究竟把自己卷进了什么事情之中。"我准备好了。"

大门敞开了，他们鱼贯而入。里面是一间巨大的房间，没有窗户，墙壁是光滑洁白的大理石，上面除了些钩子外没有任何装饰。那些钩子上悬挂着银质的解剖工具：闪光的解剖刀、看上去像是锤子的东西、骨锯和肋骨撑开器。这些东西旁边的架子上甚至还有更多的专用工具：像是螺丝起子似的巨型工具、一页页的砂纸材料和一瓶瓶五颜六色的液体，其中有一瓶绿兮兮的上面标着"酸"，而且似乎还冒着烟。

房间的中央有一排大理石高台，大多数是空的，但有三张上面有东西。克拉丽只能辨别出其中两张盖在白布单下面的是人形。第三张高台上放着一具尸体，布单拉开到肋骨处。这具尸体腰部以上赤裸着，很显然是个男性，就如同是个暗影猎手那般明显。尸体苍白的皮肤上画满了印记。死者的眼睛被白绸带绑着，这是暗影猎手的习俗。

克拉丽把那股泛上来的恶心压下去，走过去站在尸体旁边。卢克陪着她，并出于保护，把手放在她的肩头。玛丽斯站在他们对面，用她那双好奇的蓝色眼睛看着这一切，亚历克的眼睛也是同样的颜色。

克拉丽从口袋里拿出石杖。当她朝死者俯身下去的时候，可以透过衬衫感觉到大理石的冰冷。这么近的距离让她能够看清一些细节——死者的头发是棕红色的，喉咙上有条带状的撕裂口子，像是被一只巨大的爪子撕开的。

圣者撒迦利亚伸手从死者眼睛上拿掉绸布带，那下面是一双紧闭的眼睛。"你可以开始了。"

克拉丽深吸一口气，把石杖的尖端放在死者手臂的皮肤上。之前她在学院大厅里所想象到的那个如尼文又浮现出来，清晰得就如同她自己的名字。她画了起来。

黑色的印记从石杖的尖端弯弯曲曲地流出，与以往差不多——只是她的手觉得有些沉重，石杖也有些迟缓，好像她是在泥地里书写，而不是在肌肤上。似乎魔法的效用也有些让人困惑，在死人的皮肤上写写画画，却想寻求暗影猎手那早已不存在的鲜活灵魂。克拉丽一边画，胃里一边觉得翻江倒海。她画完收起石杖的时候，已是大汗淋漓，一阵阵作呕。

好长一段时间什么反应都没有。然后，让人一惊的突然之间，死去的暗影猎手的眼睛一下子睁开了。那是双蓝色的眼睛，眼白里有红色的血点。

玛丽斯长吸了一口气。很显然，她并不真的相信如尼文会管用。"我的天使啊。"

死者发出不安的喘息声，是那种有人试图从撕裂的喉咙中所发出的喘气声。他脖子上割破的皮肤像是鱼鳃那样扇动，他的胸口上下起伏，嘴里吐出话来。

"疼。"

卢克咒骂了一句，看了撒迦利亚一眼，可无声使者无动于衷。

玛丽斯朝高台靠近了一些，她的目光忽然变得锐利，几乎像是捕食者那般。"暗影猎手，"她说，"你是谁？我询问你的姓名。"

这人的头来回摇动，手臂也上下抽搐。"疼……让这疼痛停止。"

克拉丽的石杖几乎从手中掉落，这比她所想象到的还要可怕。她看向卢克，后者远离高台，睁大的眼中全是恐惧。

"暗影猎手，"玛丽斯的声音十分专横，"是谁对你做了这些？"

"求求你……"

卢克转过身，背对着克拉丽。他似乎在无声使者的工具里翻找什么东西。克拉丽僵直地站着，此时玛丽斯一下伸出戴着灰色手套的手，按在死者的肩头，她的手指都陷进去了。"以天使之名，我要求你回答我！"

暗影猎手哽咽了一下。"暗影魅族……吸血鬼……"

"哪个吸血鬼？"玛丽斯问道。

"卡米尔。古老的那个——"这句话没说完便被从死者嘴里涌出的一团黑血块噎住了。

玛丽斯吸了一口气，一下把手收回来。与此同时，卢克又出现了，手里拿着克拉丽早先注意到的那一瓶绿色酸性液体。他猛的一下揭开瓶盖，把酸液泼到尸体手臂的印记上，将其除去。尸体发出一声尖叫，那处血肉也嘶嘶作响——随后便瘫在高台上，两眼空洞，死死盯着前方。无论是什么力量让其短暂复活了，现在很显然都已消失不见。

卢克把那瓶空的酸液放在高台上。"玛丽斯，"他的语气中有一丝责备，"这不是我们对待逝者的方式。"

"我会决定如何对待我们的逝者，暗影魅族，"玛丽斯的脸色苍白，只有脸颊略红，"我们现在有了个名字。卡米尔。也许我们能阻止其他死亡事件。"

"有比死亡更糟糕的事情，"卢克说着伸手拉过克拉丽，没有看玛丽斯，"来，克拉丽。我想我们该走了。"

"所以说你真的想不到有其他什么人可能想杀你？"杰斯问，这不是第一次了。那份名单他们已经过了好几遍了，西蒙开始厌倦同一个问题被问了一遍又一遍，更别提他怀疑杰斯并没有全神贯注。杰斯已经吃了西蒙买给他的汤——冷的，用勺子直接从罐子里吃的，这样让西蒙忍不住觉得会很难吃——他现在倚着窗户，窗帘稍微拉在一边，能看到 B 大道上来往的车辆，还有街对面公寓亮着灯的窗户。透过那些窗，西蒙能看到人们吃晚餐、看电视、围坐在桌前聊天。平常人做的平常事。这让他感到异常空虚。

"不像你，"西蒙说，"事实上没有那么多不喜欢我的人。"

杰斯没理他。"你有事没告诉我。"

西蒙叹了口气。他本不想提及卡米尔的交易，可面对有人想杀了他，尽管没能成功，也许保守秘密并不是首选。他解释了与那个女吸血鬼会面时发生了什么，其间杰斯专注地看着他。

等他说完，杰斯说："很有趣，可她也不像是要杀你的那个人。她知道你的印记，这是一点。而且我不确定她会如此急切地想像这样因破坏《圣约》而被抓。当暗影魅族到了这般年纪，他们通常知道如何置身事外。"他放下汤罐。"我们可以再出去，"他提议说，"看看他们是否会第三次袭击。如果我们能抓住他们当中的一个，也许我们——"

"不，"西蒙说，"为什么你总是让自己置身死地？"

"这是我的使命。"

"这是你们使命的危险性，至少对大部分暗影猎手而言。可对于你，那似乎是种目的。"

杰斯一耸肩。"我父亲常说——"他停住了，脸色变得阴沉，"对不起。我的意思是瓦伦丁。天使啊，每一次我这么称呼他，都感觉好像我背叛了自己真正的父亲。"

西蒙为杰斯感到一丝同情，尽管他不想这样。"瞧，你觉得他是你的父亲，有多久，十六年？这种感觉不会在一天之内就消失。而且你从没见过你真正的父亲，他去世了。所以说，你不会真正地背叛他。这段时间你就把自己当作是有两个父亲的人。"

"不可以有两个父亲。"

"你当然可以，"西蒙说，"谁说不可以的？我们可以给你买一本他们给小孩子看的书，《蒂米有两个爸爸》。只是我想他们没有一本书叫作《蒂米有两个爸爸，其中一个是坏人》。这个部分你得自己解决。"

杰斯转了转眼珠。"真是有趣，"他说，"你知道这么多词，都是英文，可是当你把它们连成一串句子，就完全讲不通。"他轻轻拉了拉窗帘。"我没指望你能理解。"

"我父亲也去世了。"西蒙说。

杰斯回头看着他。"什么？"

"我想你不知道，"西蒙说，"我的意思是，你可能不会问起，或者并不会对我的事情特别感兴趣。但是，是的，我父亲去世了。这么说我们的确有相同之处。"他忽然感觉很疲惫，便向后靠在长沙发上。他感到恶心、眩晕、疲惫——一种深刻的疲惫感似乎钻入骨髓。而杰斯好像拥有一种永不停歇的能量，这让西蒙有些不安。看着他吃掉那罐番茄汤也十分不易，因为那看上去太像血了。

杰斯看着他。"你有多久没有……吃东西了？你看上不太好。"

西蒙叹了口气。他想，在纠缠着杰斯吃了东西之后，自己没什么好多说的。"等一下，"他说，"我就回来。"

他不舍地从长沙发上起身，走进卧室，从床下取出最后一瓶血。他尽量不去看它——分解的血液看上去很恶心。他一边用力摇晃着瓶子，一边回到客厅。杰斯仍旧望着窗外。

倚着厨房吧台，西蒙拧开那瓶血，喝了一大口。通常他不喜欢在其他人面前喝这东西，可这是杰斯，他不在乎杰斯怎么想。此外，杰斯也不是没见过他喝血。至少凯尔不在家，这是件很难向他的新室友解释的事情。没人会喜欢一个在冰箱里保存血液的家伙。

两个杰斯都看着他——一个是真实的，一个是窗户玻璃上的倒影。"你不能不进食，你知道的。"

西蒙耸耸肩。"我现在正吃着呢。"

"是啊，"杰斯说，"你是吸血鬼，血液对你而言不是食物，而是……血液。"

"这真是振聋发聩。"西蒙坐进电视对面的扶手椅中。椅子也许曾经是淡金色天鹅绒的，可现在磨成了灰兮兮的一团。"你还有其他什么像这样的高见吗？血液是血液？烤面包机是烤面包机？黏胶立方怪①是黏胶立方怪？"

杰斯一耸肩。"好吧。忽略我的忠告吧，你以后会后悔的。"

还不等他回答，西蒙便听到了开门的声音。他对杰斯怒目而视。"是我的室友，凯尔。友好点。"

杰斯迷人地一笑。"我一直都很友好。"

西蒙没机会对此做出回应，因为片刻之后，凯尔已经跃进房间，看上去双眼放光，活力十足。"兄弟，我今天到处跑，"他说，"我差点迷路，可你知道他们会怎么说。布朗克斯区在北面，炮台公园在南面——"他看着杰斯，迟钝地意识到房间里还有其他人。"哦，嘿。我不知道你有朋友在。"他伸出一只手。"我叫凯尔。"

杰斯并没有友善地应答。让西蒙吃惊的是，杰斯浑身严肃起来，他眯起淡金色的眼睛，整个身体显示出暗影猎手的那种戒备，这似乎一下子让他变了样，不再是那个普通的十几岁男孩。

"有趣，"他说，"你知道，西蒙从没说过他的新室友是个狼人。"

克拉丽和卢克在回布鲁克林的路上大部分时候都沉默着。一路上，克拉丽盯着窗外，眼看着穿过中国城，然后是威廉斯堡大桥。在夜幕下，亮灯的大桥像是一串钻石。远处，越过漆黑的水面，能看到伦维克废墟，那里像往常一样亮着灯，并且看上去又像是一处废墟了，空荡荡的漆黑窗户张着大口，像是骷髅头上的眼洞。死去的暗影猎手的声音在她的脑海中低吟："疼……让这疼痛停止。"

她一哆嗦，把外套在肩头拉紧了一些。卢克飞快地看了她一眼，可没说什么。一直等到他把车停在家门前，关了货车的发动机，才转身对她说话。

"克拉丽，"他说，"你刚才所做——"

"是错的，"她说，"我知道是错误的。我也在那儿。"她用袖口擦了一下脸。"继续，骂我吧。"

卢克盯着挡风玻璃。"我不是要骂你。你不知道会发生什么。该死，我也认为

---

① 游戏《龙与地下城》中的一种怪兽。

那会奏效。如果我认为那没用就不会和你一起去了。"

克拉丽知道这应该会让她好受些，可并没有。"如果你没有把酸液泼到如尼文上——"

"可我泼了。"

"我甚至不知道你会这么做，像那样毁掉如尼文。"

"如果你能尽量将其消除，就可以把法力最小化或者破坏掉魔法。有时候，在战斗中敌人会试图烧掉或者割掉暗影猎手的皮肤，就是为了夺去他们身上如尼文的法力。"卢克听上去心烦意乱。

克拉丽感到自己的嘴唇在发抖，便用力闭上，紧紧地，想不再发抖。有时候，她忘记了作为一名暗影猎手所要面对的噩梦般的经历——伤痕与杀戮的生活，如同霍奇曾经对她说的。"好吧，"她说，"我再也不会做了。"

"不会再做什么？使用那个如尼文？我毫不怀疑你不会了，可我不确定这是否能解决问题，"卢克的手指在方向盘上敲击，"你有种能力，克拉丽，一种伟大的能力。但你绝对不明白它意味着什么。你完全未经训练，对于如尼文的历史几乎一无所知，还有如尼文几个世纪以来对拿非力人的意义。你无法分辨一个如尼文是被创造用来做好事还是坏事的。"

"创造联合如尼文时，你很高兴地让我使用我的能力，"她生气地说，"那时你没有说不让我创造如尼文。"

"我现在也不是让你不要运用你的能力。事实上，我认为问题在于你很少运用它。那不像是你运用能力去改变指甲油的颜色，或者让地铁在你想让它来的时候就来。你只是偶尔在那些生死攸关的时刻才使用它。"

"如尼文只有在这样的时刻才会出现在我头脑中。"

"也许这是因为你还没有得到训练，没有学会运用你的能力。想想马格纳斯，他的能力就是他的一部分。你似乎认为你的能力是与你分离的一部分，是发生在你身上的什么事。可它不是。它是你需要学会使用的工具。"

"杰斯说玛丽斯想找一名如尼文专家来教我，可还没找到。"

"是啊，"卢克说，"我想玛丽斯手头上有其他事情。"他把钥匙从车上拔下来，沉默着坐了片刻。"像她失去麦克斯那样失去一个孩子，"他说，"我无法想象。我应该对她的行为更宽容。如果你遭遇不测，我……"

他的声音轻了下去。

"我希望罗伯特能从伊德里斯回来，"克拉丽说，"我不明白为什么她要独自面对这一切。那一定很糟糕。"

"许多婚姻都因为孩子的去世而破裂。夫妻双方无法停止自责,或者相互指责。我猜测罗伯特离开正是因为他需要一些空间,或者玛丽斯需要。"

"可他们彼此相爱,"克拉丽颇为震惊地说,"这不正是爱的意义吗?当对方需要时,你应该在那儿,无论发生什么?"

卢克看向河面,看着漆黑的河水在秋夜的月光下缓缓流动。"有时候,克拉丽,"他说,"爱是不够的。"

第七章
卢普斯护卫队

瓶子从西蒙的手中滑落到地板上，砰的一声摔碎了，玻璃碎片溅得到处都是。"凯尔是狼人？"

"他当然是狼人，你这个傻瓜。"杰斯说道。他看着凯尔。"难道你不是吗？"

凯尔没说话。刚才那种放松幽默的神情已经消失不见了。他那淡褐色的眼睛像玻璃一样生硬而坚决。"你是谁？"

杰斯从窗户边走开。虽然他的神态并没有明显的敌视，但是他举手投足间却暗含着明确无误的威胁。他的双手漫不经心地放在身体的两侧，但西蒙记得自己以前看见过杰斯像现在这样，他会出其不意攻其不备，思想与反应之间结合得天衣无缝。"杰斯·莱特伍德，"他说道，"来自莱特伍德学院。你效力于哪个狼群？"

"上帝啊，"凯尔说道，"你是暗影猎手？"他看着西蒙。"在车库跟你一起的那个可爱的红头发女孩——她也是暗影猎手，是不是？"

西蒙大吃一惊，点了点头。

"你知道，有些人认为暗影猎手只是神话，就像木乃伊和妖怪那样，"凯尔对杰斯微微一笑，"你能满足别人的愿望吗？"

事实是，凯尔刚才说克拉丽很可爱似乎并不那么让杰斯高兴，他的脸警觉地紧绷起来。"那得看情况，"他说道，"你希望被打脸吗？"

"啊呀，啊呀，"凯尔说，"我以为这些日子你们全都同心协力地遵守《圣约》呢——"

"《圣约》只适用于吸血鬼和狼人中那些确定无疑的盟友，"杰斯打断他，"告诉我你效忠于哪个狼群，否则我会假设你是独狼一只。"

"好吧，够了，"西蒙说道，"你们两个，停下来，不要拳头相向。"他看着凯尔。"你本该先告诉我你是狼人的。"

"我也没有注意到你跟我说你是吸血鬼啊。可能我以为这不关你的事儿。"

西蒙吓得全身一抖。"什么？"他低头看着地上打碎的玻璃杯和血，"之前没——我没——"

"别烦了,"杰斯平静地说,"他能感觉到你是吸血鬼。就好比,你再多些练习也会有能力觉察出狼人和其他暗影魅族。从遇见你的那一刻起,他就知道你的身份了。难道那不是事实吗?"他的眼睛直视着凯尔冰冷的淡褐色眼睛。凯尔没说话。"还有他在阳台上种的那个东西,是狼毒草。现在你知道了。"

西蒙双手环抱在胸前,愤怒地看着凯尔。"那么,这他妈到底是怎么回事儿?某种圈套?你为什么要我跟你一起住?狼人憎恨吸血鬼。"

"我不恨,"凯尔说道,"不过,我不是太喜欢他们那个族类。"他用手指指着杰斯。"他们自以为高人一等。"

"不是,"杰斯说,"我认为我高人一等。这个看法有充足的证据来支撑。"

凯尔看着西蒙。"他一直都这样说话吗?"

"是的。"

"有什么东西能让他闭嘴吗?当然,除了狠揍他一顿让他别那么多废话之外?"

杰斯离开窗边。"我很乐意让你试一试。"

西蒙挡在他们中间。"我不会让你们俩打架的。"

"你打算如何处理,如果……哦,"杰斯的眼神慢慢上移落在西蒙的额头上,他不情愿地笑了,"这么说来,你是在威胁我吗?如果我照办的话,你就要把我变成什么东西之后再向它抛洒爆米花吗?"

凯尔一脸迷惑。"你在——"

"我只是认为你们俩应该谈一谈,"西蒙打断道,"那么,凯尔是狼人,我是吸血鬼,而你也不全然是邻家男孩,"他对着杰斯补充道,"我提议先搞清楚状况,然后再决定怎么办。"

"你那愚蠢的信任感可真是毫无止境啊。"杰斯说道,不过他在窗台上坐了下来,双臂环抱在一起。过了一会儿,凯尔也在长沙发上坐了下来。他们愤怒地瞪着对方。不过,西蒙心想,总算有进步。

"好吧,"凯尔说,"我是狼人。我不属于任何狼群,但我确实有个盟友。你们听说过卢普斯护卫队吗?"

"我听说过狼疮①,"西蒙说,"难道那不是一种病吗?"

杰斯疲惫地看了他一眼。"'卢普斯'的意思是'狼',"他解释道,"最高执政官是罗马的精英武装部队。所以我猜翻译过来就是'狼人卫队。'"他耸了耸肩。"我碰巧听到别人提起过他们,但他们是个非常秘密的组织。"

---

① "卢普斯"的原文 lupus 亦可译作"狼疮"。

"暗影猎手就不是吗？"凯尔说。

"我们有充分的理由。"

"我们也有。"凯尔的身体往前倾。他用胳膊肘撑住膝盖时手臂上的肌肉在缩。"有两种狼人，"他解释道，"一种是天生的狼人，有狼人父母，还有一种是狼咬之后感染而成的。"西蒙惊讶地看着他。他以前没想过凯尔，这个自由散漫的自行车信使居然会知道"变狼术"的学名，更别说居然知道如何发音了。但凯尔截然不同——专注、坚决而直接。"对于我们这些被狼咬之后才变成狼人的人而言，头几年生死攸关。导致变形为狼的恶魔应变会引起一大堆其他的改变——一阵阵不受控制的攻击、缺少控制狂怒的能力、自杀式的愤怒和绝望。狼群会有所帮助，但许多新感染的人不会那么幸运地融入狼群。他们我行我素，努力应付这些压倒一切的变化，其中有许多人变得很暴力——既对别人，又对自己。因此，自杀率和内部暴力率都很高。"他看着西蒙。"吸血鬼也一样，只不过情况更糟糕。孤儿般毫无经验的吸血鬼根本不清楚发生了什么事。如果没有人引导，他就不知道该如何安全地进食，更别说躲避阳光了。在这种情况下我们就得干预了。"

"然后做什么呢？"西蒙问。

"我们追捕成为孤儿的暗影魅族——刚刚被转变但还不自知的吸血鬼和狼人。有时候甚至包括巫师——他们当中有些人许多年都不知道自己的真实身份。我们会干预，努力使他们融入狼群或部族，努力帮助他们控制自己的力量。"

"了不起的乐善好施者，是不是啊？"杰斯的眼睛闪烁着光芒。

"实际上，我们就是，"凯尔说道，他似乎正努力保持中立的口吻，"我们会赶在新生暗影魅族变得暴力、伤害自己或别人之前进行干预。我知道倘若我不是效力于护卫队的话，我身上会发生什么样的事情。我曾做过坏事，真的很坏。"

"有多坏？"杰斯问道，"违法的那种坏？"

"闭嘴，杰斯，"西蒙说道，"你下班了，好吗？暂时别当暗影猎手。"他转而对凯尔说："那么，你怎么会跑到我那蹩脚的乐队来试唱呢？"

"我没意识到你知道乐队很蹩脚。"

"回答问题。"

"我们得到有新吸血鬼的报告——一个日光行者，一个人生活，没有和任何部落在一起。你的秘密可不像你想的那样隐秘。初生的吸血鬼没有部落帮助他们的话会很危险。我被派来监视你。"

"那么，你其实是在说，"西蒙说，"既然你是个狼人，你不仅不希望我搬出"

去，而且你也不会让我搬出去？"

"正确，"凯尔说道，"我的意思是，你可以搬出去，但我会跟你一起。"

"那倒没必要，"杰斯说，"我可以非常负责地看好他，谢谢你。他是我的新手暗影魅族，供我嘲弄，任我指使，而不是你的。"

"闭嘴！"西蒙叫道，"你们两个。今天早些时候有人想杀死我，你们两个都不在——"

"我在，"杰斯说，"你知道，最终我出现了。"

凯尔的眼睛亮了起来，像黑夜中的狼眼一般。"有人想杀死你？发生了什么事？"

西蒙对视着房间对面的杰斯。两个人默契地达成共识，最好不要提及该隐印记。"两天前，还有今天我被一群穿灰色运动服的人跟踪，还遭到他们袭击。"

"是人类吗？"

"我们不确定。"

"你也不知道他们想从你身上得到什么？"

"他们肯定希望我死，"西蒙说，"除此之外，我真的不知道，不知道。"

"我们有一些线索，"杰斯说，"我们很快就会调查。"

凯尔摇了摇头。"好吧。不管你们隐瞒了什么，我最终会弄清楚的。"他站起来。"那么现在，我累了要睡觉。明天早上见。"他对西蒙说。"你，"他对杰斯说道，"好吧，我猜我还会见到你。你是我遇到的第一个暗影猎手。"

"那太糟糕了，"杰斯说，"因为从现在起你遇到的所有暗影猎手都会令你失望透顶。"

凯尔翻了个白眼，然后离开了，他的卧室门砰的一声在身后关上了。

西蒙看着杰斯。"你不打算回学院，是不是？"他说道。

杰斯摇摇头。"你需要保护。谁知道什么时候可能又有人想杀掉你？"

"你逃避克拉丽的事情还真转变成英雄事迹了啊，"西蒙说着站了起来，"你不回家了？"

杰斯看着他。"你呢？"

西蒙昂首阔步地走进厨房拿来一把扫帚，打扫起摔破的瓶子的玻璃碎片。这是他剩下的最后一瓶。他把碎片倒进垃圾桶，从杰斯身边经过走进自己的小房间，然后脱下外套和鞋子，用力地扑倒在沙发床上。

不一会儿，杰斯来到房间里。他看了看四周，淡淡的眉毛扬了起来，脸上露出打趣的表情。"你的地方可不小啊。极简风格。我喜欢。"

西蒙翻身侧卧，难以置信地看着杰斯。"请你告诉我，你不是真的打算在我房间里留宿吧？"

杰斯蹲在窗台上，俯视着他。"你真的不明白保镖这件事，是不是？"

"我没想到你竟然会那么喜欢我，"西蒙说道，"这是不是那种亲吾友，更亲吾敌之类的事情？"

"我以为这是那种亲近朋友以便有人半夜开车送你潜入敌人家，然后往他的邮箱里呕吐的事情。"

"我很确信事情并非如此。保护我这件事与其说是令人感动，还不如说是令人毛骨悚然，你心知肚明。我没事。你已经见过要是有人企图伤害我的话结果会怎样了。"

"是啊，我见识过了，"杰斯说，"但是，试图杀害你的那个人最终会弄清楚该隐印记。然后他们要么放弃，要么就是找到攻击你的其他办法，"他斜靠在窗框上，"这就是我在这儿的原因。"

尽管西蒙很恼怒，但他却找不出这个观点中的漏洞，或者说至少没有什么大的漏洞值得他辩驳。他翻了个身趴在床上，将脸埋在胳膊里。没过几分钟他就睡着了。

阳光下，他步行着穿越沙漠，走在炙烤的沙粒上，经过森森白骨。他从未感到如此地口渴。他咽了咽口水，但嘴巴就像被沙子覆盖了一样，喉咙疼得犹如刀割。

手机刺耳的嗡嗡声惊醒了西蒙。他翻了个身，疲倦地抓住自己的夹克衫。没等他费力地从口袋里拿出手机，铃声就停了。

他翻开手机想看看是谁打来的电话。是卢克。

糟了。我打赌是我妈打电话到克拉丽家问我在不在，他心想着坐起身来。他还没完全从睡梦中清醒过来，头脑迷迷糊糊的，过了好一会儿他才记起来他在这个房间睡着的时候可不是一个人。

他迅速地看向窗户。杰斯还在那里，不过他睡得很沉——身体坐着，头斜靠在窗户玻璃上。淡蓝色的晨光透过他渗进来。这样的他看起来非常年轻，西蒙心想。没有揶揄的表情，也没有防备或挖苦。几乎可以想象到克拉丽眼中的他是什么样。

很显然他并没有那么严肃地对待自己的保镖职责，不过这从一开始起就是显而易见的。西蒙很纳闷，这并不是第一次，克拉丽和杰斯之间到底是怎么回事儿？

第七章 | 卢普斯护卫队

手机又响了起来。西蒙支撑着自己站起来,放轻脚步走进客厅,在电话转成语音留言之前按下接听键。"卢克?"

"很抱歉吵醒你,西蒙。"卢克总是那么彬彬有礼,一如既往。

"我本来就醒了。"西蒙撒谎道。

"我要你半小时后在华盛顿广场公园跟我碰头,"卢克说道,"在喷泉那儿。"

现在西蒙真的警觉起来了。"一切都好吗?克拉丽还好吗?"

"她很好。这事跟她无关。"他身后传来一阵轰隆声。西蒙猜想卢克发动了皮卡的引擎。"在公园里跟我见面就行。别带任何人来。"

他踩着油门出发了。

卢克的皮卡从公路上开走的声音使克拉丽从令人不安的梦中惊醒。她坐了起来,感到后怕。在她睡着时脖子上的链子勾住了头发,她把它从头上取了下来,小心翼翼地解开缠在上面的头发。

她把戒指放在手心,链子围绕在它周围。这个小小的银色圆环上刻着星星图案,似乎正在讽刺地朝她眨着眼睛。她想起杰斯送给她这枚戒指时的情景,那时他把它包在一张留给她的纸条里,然后出发去追捕乔纳森了。不管怎样,想到这枚戒指会永远也找不到,我就难以忍受,就如同想到我要永远地离开你。

那差不多是两个月前。她曾经确信他爱自己,如此确信以至于希丽宫女王竟然无法引诱她。只要拥有杰斯,夫复何求?

但或许你从来未曾真的拥有过谁,她此刻心想。或许,无论你多么爱他们,他们还是会像水一般从你的指缝中流走,你对此无计可施。她明白人们为什么会说心"碎"。她感到自己的心就像是由破裂的玻璃构成的,当她呼吸时碎片就像小刀一样在她胸中刺痛。想一想你的生活中没有他,希丽宫女王曾经说过——

电话响了,克拉丽感到片刻欣慰,至少有事情,不管是什么事情,只要能让她暂时忘却自己的悲伤。她的第二个念头还是,杰斯。或许他没法打她的手机,所以打电话到家里来了。她把戒指放在床头柜上,然后伸手将听筒从电话机座上取下来。她正准备打个招呼,这时却意识到有人已经接了电话,是她妈妈。

"喂?"她妈妈的声音很焦急,这么早竟然如此清醒。

回答的声音不熟悉,稍微有些口音。"我是贝斯以色列医院的卡塔丽娜。我找乔斯琳。"

克拉丽一动不动。医院?发生什么事了,或许是卢克?他开车离开时车速太快了——

"我是乔斯琳,"她妈妈听起来并不害怕,反而让人觉得她是在等电话似的,"谢谢你这么快回我电话。"

"当然啦。我很高兴听到你的消息。很少看见有人会从像你遭受的那种咒语中痊愈,"对了,克拉丽心想,她妈妈曾经在贝斯以色列医院住过院,为了防止瓦伦丁盘问她,她喝下的毒药导致她昏迷不醒,"而且马格纳斯·贝恩的朋友就是我的朋友。"

乔斯琳听起来很紧张。"我的消息有意义吗?你知道我为什么给你打电话吧?"

"你想知道那个孩子的事情。"电话那头的女人说道。克拉丽知道她应该挂掉电话,但她不能。什么孩子?究竟是什么事?"那个被遗弃的孩子。"

乔斯琳的声音有些哽噎。"是、是的,我以为——"

"我很抱歉这么说,但是他死了。他昨天晚上死了。"

乔斯琳沉默了片刻。克拉丽能够感受到她妈妈的惊恐从电话线那端传过来。"死了?怎么会?"

"我不确定我自己是否了解。牧师昨天晚上过来给孩子洗礼,接着——"

"哦,天哪,"乔斯琳的声音在颤抖,"我能——我能不能过来一趟看一看尸体?"

沉默了许久,护士终于说道:"我不是很确定。现在尸体在太平间,等待被送往验尸官的办公室。"

"卡塔丽娜,我想我知道男孩身上发生了什么事,"乔斯琳好像喘不过气来,"而且如果我能确认的话,或许我能阻止这种事情再次发生。"

"乔斯琳——"

"我要过来。"克拉丽的妈妈说着挂断了电话。克拉丽茫然地盯着听筒看了一会儿才挂掉。她匆忙地站起来,梳了梳头发,快速地穿上牛仔裤和毛衣,赶紧冲出房间,正好看到妈妈在客厅,她正在电话机旁边的便签纸上潦草地写着留言。克拉丽进来的时候她抬头一看吓了一跳,脸上写满内疚。

"我正准备出门,"她说道,"我刚刚想到婚礼最后几分钟的事情,而且——"

"别费心骗我了,"克拉丽没有任何铺垫地说道,"我刚才听过电话,我知道你究竟要去哪里。"

乔斯琳脸色惨白。缓慢地,她放下手中的笔。"克拉丽——"

"你得停止试图保护我,"克拉丽说,"我打赌,你还没跟卢克说过,有关给医院打电话的事情。"

乔斯琳紧张地把头发推到耳后。"这似乎对他不公平。婚礼就快举行了,一切——"

"是的。婚礼。你还有婚礼。为什么要那样？因为你要结婚了。难道你不认为现在是时候信任卢克了吗？信任我？"

"我确实信任你。"乔斯琳轻声说道。

"假如那样的话，你就不会介意我跟你一起去医院。"

"克拉丽，我不认为——"

"我知道你在想什么。你认为这就和发生在塞巴斯蒂安身上的事情一样——我的意思是乔纳森。你认为或许有人正在对婴儿们下毒手，就像瓦伦丁对我哥哥做的事情一样。"

乔斯琳的声音有些颤抖。"瓦伦丁死了。但集团还有其他人从来没有被抓到过。"

而且他们全都没有找到乔纳森的尸体。这可不是克拉丽喜欢想的事情。此外，伊莎贝尔也在场，而且她一直很坚决，因为杰斯用匕首划断了乔纳森的脊椎，结果乔纳森死了，这事千真万确。她还跳进水里核查过，她说过。没有脉搏，没有心跳。

"妈妈，"克拉丽说道。"他是我的哥哥。我有权利跟你一起去。"

非常缓慢地，乔斯琳点了点头。"你是对的。我想你确实有权利，"她伸手去拿挂在门背后挂钩上的包，"好吧，那么走吧，带上你的大衣。天气预报说可能会下雨。"

清晨的华盛顿广场公园几乎空荡荡的。空气新鲜，弥漫着清晨的洁净味道，红色、金色和深绿色的树叶像厚厚的一层毯子覆盖着路面。西蒙从公园最北边的石拱门下方经过的时候把它们踢到了路边。

那里有几个人——几个无家可归的人睡在长凳上，有的裹着睡袋，有的裹着磨得薄薄的毯子，还有几个人穿着绿色的环卫工作服在倾倒垃圾桶。有个男人推着一辆手推车穿过公园，在贩卖甜甜圈、咖啡和切好的硬面包圈。在公园中心的那个圆形大石头喷泉旁边的是卢克。他穿着一件绿色的拉链式防风夹克，看见西蒙时向他挥了挥手。

西蒙也向他挥了挥手，有些不确定。他仍然不确定自己是否有麻烦。西蒙越走越近，看见卢克的表情后他心中不祥的预感更加强烈了。卢克面露倦色，不只是有一点儿精疲力竭。他的眼神落在西蒙身上时充满了关切。

"西蒙，"他说道，"谢谢你能来。"

"不客气，"西蒙不冷，但还是把手插进了夹克口袋里，只是为了手有地方放，"出什么事了？"

"我没说过出事了。"

"如果没什么事，你是不会在拂晓的时候就把我拖到这里来的，"西蒙指出，"如果这跟克拉丽无关，那么……"

"昨天，在新娘用品商店，"卢克说，"你向我打听过一个人。卡米尔。"

一群乌鸦叫着从附近的树上飞了起来。西蒙想起他妈妈以前背给他听的一首童谣，是关于喜鹊的。你应该数一数，然后说："一只是悲伤，两只是快乐，三只是婚礼，四只是新生；五只是银，六只是金，七只是秘密，永远不能言说。"

"对。"西蒙说道。他已经不记得数到第几只鸟了。七只，他猜。永远不能言说的秘密，不管那是什么秘密。

"大概一个星期前城里有几个暗影猎手被发现遇害了，你知道这件事，"卢克说，"对不对？"

西蒙慢慢地点了点头。他对话题的走向有种糟糕的预感。

"可能卡米尔似乎该对此负责，"卢克说，"我不禁想到你曾经问起过她。就在一天的时间里，两次听见她的名字，而且是在多年以来从未听说过她之后——似乎真是种巧合。"

"无巧不成书。"

"这得视情况而定，"卢克说，"不过这很少会是最可能的答案。今晚玛丽斯会召见拉斐尔，盘问他卡米尔是否涉嫌这些谋杀案。如果情况表明你知道卡米尔的情况——你曾经跟她接触过——我不希望你被出卖，西蒙。"

"我同意。"西蒙的头又开始疼了。吸血鬼该患头痛病吗？他想不起来在过去这几天发生的一系列事件之前，上一次他头疼是什么时候。"我遇到过卡米尔，"他说，"大概四天前。我以为我是被拉斐尔召去的，结果却是她。她想要我当城里第二重要的吸血鬼。"

"为什么她希望你为她效力？"卢克的语气是中立的。

"她知道我有印记的事情，"西蒙说，"她说拉斐尔背叛了她，她要利用我夺回部落的控制权。我有种感觉，她并不是很喜欢拉斐尔。"

"那非常奇怪，"卢克说，"我听到的版本是大概一年前卡米尔因无限期地缺席而不能领导部落，她委派拉斐尔临时继任。如果她选择让他代替她领导部落，为什么她要反对他呢？"

西蒙耸了耸肩。"我不知道。我只是告诉你她说过的话。"

"为什么你不告诉我们有关她的事情呢，西蒙？"卢克非常平静地说。

"她要我别这么做。"西蒙意识到这听起来有多么愚蠢。"我以前从未遇到过像她那样的吸血鬼，"他补充道，"只遇到过拉斐尔和迪蒙酒店的其他吸血鬼。很难解释她的样子。她说的一切你都想相信。她要你做的一切，你都想要做。我想要取悦她，尽管我知道她只是在糊弄我。"

推着咖啡和甜甜圈小推车的那个男人又经过了。卢克买了杯咖啡和一个硬面包圈，在喷泉的边缘坐了下来。过了一会儿，西蒙也坐了下来。

"给我卡米尔名字的那个人称她为'古老的人'，"卢克说，"她是很古老，我想，是这个世界上非常非常老的吸血鬼。我想她会让大多数人感到自己非常渺小。"

"她使我觉得自己就是只小虫子，"西蒙说，"她倒是答应如果五天内我还是不想为她卖命，她就再也不来烦我了。所以我告诉她我会考虑。"

"你这么说的？考虑过了？"

"如果她在杀害暗影猎手，我就不想跟她有任何牵连，"西蒙说，"我只能告诉你那么多。"

"我确信玛丽斯听到这个会很欣慰。"

"你这是在讽刺我。"

"我没有。"卢克说，表情非常严肃。正是在像这样的时刻西蒙才能抛开有关卢克的印象——某种程度上他是克拉丽的继父，总是在他们身边的那个人，总是愿意顺便载你放学回家，或者借给你十块钱去买书或买电影票——然后想起卢克领导着城里最大的狼群，在危急关头他是个大人物，整个圣廷都会听他的。"你忘记自己的身份了，西蒙。你忘记自己的力量了。"

"我希望我能忘记，"西蒙苦涩地说道，"我希望如果我不使用它，它就会消失。"

卢克摇头。"力量像磁铁。它吸引那些渴望它的人。卡米尔就是其中之一，但还会有其他人。我们一直很幸运，就某种意义上而言，已经过了那么久，"他看着西蒙，"如果她再召唤你的话，你能不能知会我，或者圣廷的人，让我们知道在哪里可以找到她？"

"好的，"西蒙缓缓地说道，"她给了我联系她的方式。但并不是我一吹魔法口哨她就会出现的那种。上次她想跟我谈话，就指使她的附属人突袭我，然后带我去见她。所以，如果我周围有别人尝试联系她是不会奏效的。否则你只能招来她的附属人，但你不会见到她。"

"嗯，"卢克考虑道，"那么，我们得想一个聪明的办法。"

"最好快一点儿。她说给我五天时间，也就是说到明天她就会期待我给她某种信号。"

"我想她会，"卢克说，"实际上，我正期望如此呢。"

西蒙谨慎地打开凯尔公寓的正门。"嘿，你好，"他喊道，来到玄关把夹克衫挂起来，"有人在家吗？"

没有人回答，西蒙听见从客厅传来的熟悉的游戏音效声。他朝房间走去，拎着他从A大街"硬面包圈天地"用白色袋子打包回来的硬面包圈，算是某种主动求和的举动吧。"我买了早餐……"

他的声音越来越轻。他不确定他那两个自我任命的保镖意识到自己从他们背后偷偷溜出公寓之后会发生什么。他们肯定会说些"再试试看，我会杀了你"之类的话。绝不会意料到的是凯尔和杰斯肩并肩地坐在长沙发上，在全世界看来都像是一对新结识的挚友。凯尔手里拿着一只游戏机控制柄，杰斯身体往前倾，胳膊肘顶着膝盖，专注地看着。他们似乎没有注意到西蒙进来。

"角落里的那个家伙完全看着别处，"杰斯指着电视机屏幕评论道，"旋转车轮踢就能让他报废。"

"在这个游戏里我不能踢人。我只能朝他们射击。明白？"凯尔碾压着一些按钮。

"那很蠢。"杰斯这时似乎才注意到西蒙回来了。"我明白了，早餐会面结束后回来了，"他说的时候可没有多少欢迎的语气，"我打赌你以为自己很聪明，像那样溜出去。"

"中等聪明，"西蒙承认道，"像《十一罗汉》中的乔治·克鲁尼和《流言终结者》中的那些家伙的交叉点，不过，你知道，要更好看一些。"

"我总是感到很高兴的是，不知道你为什么盲目地喋喋不休，"杰斯说，"这让我充满宁静感和幸福感。"

凯尔放下控制柄，任由屏幕定格在一支巨大的边缘针枪的特写镜头上。"我要个硬面包圈。"

西蒙扔给他一个，凯尔走进厨房去烤面包然后加黄油，一张长长的台子将厨房和客厅隔开。杰斯看着白色的袋子，不屑一顾地挥了挥手。"不用了，谢谢。"

西蒙在咖啡桌边坐下来。"你应该吃点儿东西。"

"瞧谁在说话。"

"我现在没有血了，"西蒙说，"除非你提供一些。"

"不用了，谢谢。我们以前尝试过，我认为只做朋友的话对双方都好。"杰斯的语气和以前一样夹杂着些揶揄，不过离他这么近，西蒙发现他看起来多么苍白，他的眼睛周围都是灰色的黑眼圈。颧骨似乎较之以前更加凸出了。

"真的，"西蒙说着把袋子从桌子上推到杰斯面前，"你该吃点儿东西。我不是在开玩笑。"

杰斯低头看着这袋食物，退缩了。他的眼睑因为疲惫变成蓝灰色。"这个想法让我不舒服，老实说。"

"你昨晚睡着了，"西蒙说，"而那时你本该保护我的。但我仍然认为保镖这件事情于你在很大程度上只是个玩笑。不过，你有多久没睡觉了？"

"是说睡一整晚吗？"杰斯想了想，"两个星期，或许三个星期。"

西蒙吃惊得张大嘴巴。"为什么？我的意思是，发生了什么事？"

杰斯露出一个若隐若现的微笑。"我可以把自己关在一只坚果壳里，当自己是无限空间的国王，要不是我总是做噩梦的话。"

"我实际上了解这种状况。哈姆雷特。那么你是在说你不能睡是因为你做噩梦？"

"吸血鬼，"杰斯带着一种疲倦的肯定语气说道，"你不明白。"

"嘿。"凯尔绕过台子回来了，一屁股坐在一张竹节摇椅上。他咬了一口硬面包圈。"发生了什么事？"

"我去见卢克了。"西蒙说道，他认为没有理由隐瞒，于是解释了事情的经过。他略过卡米尔想要他加入，不仅仅是因为他是日光行者，还因为他的该隐印记。他说完后凯尔点了点头。"卢克·加洛维。他是城里狼群的首领。我听说过他。他是个大人物。"

"他的真名不是加洛维，"杰斯说，"他以前是暗影猎手。"

"对。我也听说过这个。现在他在新的《圣约》事务中扮演重要角色，"凯尔扫了一眼西蒙，"你认识一些重要人物。"

"重要人物麻烦多，"西蒙说，"比如，卡米尔。"

"一旦卢克告诉玛丽斯发生的事情，圣廷就会对付她，"杰斯说道，"有处理独狼暗影魅族的协议。"话音刚落凯尔就用眼角的余光看了一眼杰斯，但杰斯似乎没注意。"我已经告诉过你，我认为她不是那个要置你于死地的人。她知道——"杰斯没说完就话锋一转，"她比那更明智。"

"而且此外，她想要利用你。"凯尔说。

"有道理，"杰斯说，"没有人会浪费一个有价值的资源。"

西蒙一会儿看看这个，一会儿看看那个，然后摇了摇头。"你们俩什么时候开始这样一唱一和了？昨天晚上都还是，'我是最优秀的勇士！''不，我才是最优秀的勇士！'今天你们俩就开始互戴高帽子，唱双簧称赞对方的好点子。"

"我们意识到我们有相同之处，"杰斯说，"你惹到我们俩了。"

"就这件事，我有个想法，"西蒙说道，"不过，我认为你们俩没人会喜欢。"

凯尔挑起眉毛。"说来听听。"

"你们俩一直关注着我的问题，"西蒙说道，"如果你们一直在的话，企图杀害我的人就不会动手，如果他们不再尝试的话，我们就无从知晓他们是什么人，此外，你们还是得一直看着我。而且我猜想你们还有更想做的事情。好吧，"他看着杰斯的方向补充道，"可能你没有。"

"然后呢？"凯尔问，"你有什么建议？"

"我们把他们引出来。让他们再发动袭击。尝试抓住其中一个，弄清楚谁指使他们来的。"

"如果我没记错的话，"杰斯说，"那天我提到过，但你不是很赞成。"

"我那时很累，"西蒙说道，"但是现在我一直在想。到目前为止，就我跟坏蛋打交道的经验来看，他们并不会因为你忽略他们就离开的。他们一直会以不同的方式出来。所以，要么我让这些家伙来找我，要么就坐等他们再来袭击。"

"我加入，"杰斯说，尽管凯尔仍然面露疑虑，"那么，你只是想出去逛逛直到他们再次出现吗？"

"我想过让他们别费周折。在所有人都知道我该出现的某个地方出现。"

"你的意思是……"凯尔问道。

西蒙指着冰箱上的宣传单。

千禧年林特乐队，十月十六日，埃尔托酒吧，布鲁克林，晚上九点。

"我的意思是这个演奏会。为什么不呢？"他的头还在疼，疼得更加厉害了。他强忍住不去想自己到底有多么累，也不去想自己将如何支撑着完成演出。不管怎样，他得弄到更多的血。非得要。

杰斯的眼睛闪着亮光。"你知道，那实际上是个非常棒的主意，吸血鬼。"

"你希望他们在舞台上袭击你？"凯尔问。

"那可就是场令人兴奋的演出了。"西蒙说道，他的语气比他实际感觉到的更欢快。再次遭遇袭击的想法几乎超越了他所能忍受的极限，即使他并不畏惧个人安危。他不确定他能坚持到看见该隐印记再次发威。

杰斯摇了摇头。"他们不会在公共场合袭击。他们会等到表演结束之后。而且我们会在那里对付他们。"

凯尔摇头。"我不知道……"

他们又争辩了几个回合，杰斯和西蒙站在论辩一方，而凯尔则站在另一方。西蒙感到有些内疚。如果凯尔知道印记的话，他可能会更容易被说服。最终他顶不住压力而失去控制，不情愿地同意了，尽管他一直坚持说那是个"愚蠢的计划"。

"但是，"他站起身，抖掉衬衣上的硬面包圈屑，最后说道，"我这么做只是因为我意识到不管我答应与否你们俩都会这么干。所以，我不妨也在那里。"他看着西蒙。"谁会想到保护你不自我伤害竟然那么难？"

"我本该告诉你这个的。"杰斯说道，而凯尔则披上一件夹克朝门口走去。他得工作，他对他们解释说。他看起来真像个自行车信使。卢普斯护卫队，尽管这个名头很响亮，但薪水却不高。门在他身后关上了，杰斯转身面对西蒙。"那么，演奏会是九点，对吗？剩下的这半天我们做什么呢？"

"我们？"西蒙难以置信地看着他，"你再不回家了？"

"什么？已经厌倦了我的陪伴？"

"让我问你件事，"西蒙说，"你觉得跟我在一起很陶醉吗？"

"什么意思？"杰斯说，"对不起，我想我刚刚睡着了。继续，不管你刚才说的是何种催眠的东西，都请继续吧。"

"别说了，"西蒙说，"暂时停止挖苦人。你不吃东西，不睡觉。你知道另一个不吃不睡的人吗？克拉丽。我不知道你和她之间究竟怎么了，因为坦白地说她对此什么也没说过。我猜她也不想谈论此事。不过很显然你们俩吵架了。而且如果你打算跟她分手——"

"跟她分手？"杰斯盯着他，"你疯了？"

"如果你一直躲着她，"西蒙说，"她就会跟你分手。"

杰斯站了起来。他那从容放松的姿态消失不见了。现在他非常紧张，像只悄悄行动准备捕猎的猫。他走到窗户边，坐立不安地猛地拉开窗帘。晚晨的光透过缝隙照射进来，冲淡了他眼睛的颜色。"我这么做是有理由的。"他终于说道。

"好极了，"西蒙说，"克拉丽知道吗？"

杰斯什么也没说。

"她所做的一切都是因为爱你，信任你，"西蒙说，"你欠她——"

"有比诚实更重要的事情,"杰斯说,"你认为我喜欢伤害她?你认为我喜欢知道我正在让她生气,或者让她恨我?你认为我为什么在这里?"他看着西蒙,狂怒中有种凄凉。"我不能跟她在一起,"他说道,"如果我不能跟她在一起,我在哪里其实都无所谓。我不妨跟你在一起,因为至少如果她知道我在努力保护你的话,可能会让她开心一点。"

"所以你试着让她开心,尽管实际情况是她不开心打一开始起就是因为你,"西蒙说道,语气并不算友好,"这似乎自相矛盾,是不是?"

"爱情就是种矛盾。"杰斯说着又转身面向窗户。

第八章
夜　行

克拉丽已经忘记自己多么讨厌医院的气味了，直到她们穿过贝斯以色列医院的正门。无菌，夹杂着金属和陈旧的咖啡味，还有漂白剂的刺鼻气味根本不足以掩盖疾病和悲惨的恶臭。一想到她妈妈的病，一想到乔斯琳身上插满了各种各样的管子和电线，躺在医院的病床上既没有知觉，也毫无反应，就犹如有人扇了她一巴掌一样，她吸进一口气，努力不去尝空气的味道。

"你没事吧？"乔斯琳把她外套上的兜帽拉下来，看着克拉丽，绿色的眼睛里写满焦虑。

克拉丽点了点头，拱起肩膀缩进夹克里，然后看了看四周。大厅里全是冷冰冰的大理石、金属和塑料。有一张很大的问询台，后面有几个女人，很可能是护士，正在磨咖啡；指示牌指向重症监护室、放射室、肿瘤外科、儿科等等。她很可能曾经在梦中找到过餐厅，她曾经在那里给卢克买过许多不冷不热的咖啡，多得足以填满中央公园的蓄水池。

"对不起。"一个身材苗条的护士推着轮椅上的老人从她们身旁经过，滚轮差一点就压到了克拉丽的脚趾头。克拉丽看了看身后——那里有东西——一阵微光——

"别看，克拉丽。"乔斯琳压低声音说道。她用胳膊抱住克拉丽的肩膀，使她转身面对通向候诊室的门，那里是人们抽血的化验室。克拉丽看见自己和妈妈的影子反射到门框里黑乎乎的玻璃上。尽管她仍然比妈妈矮半个头，她们真的看起来很像，是不是？过去，人们这么说的时候她总是耸耸肩一带而过。乔斯琳很美，但她不美。不过，她们的眼睛和嘴巴的形状是一样的，红色的头发、绿色的眼睛和瘦长的手也是一样的。为什么她只遗传了一点点瓦伦丁的外貌，而她哥哥却完全继承了他的外表呢？克拉丽很纳闷。他有着与他们的父亲一样的金发，令人惊叹的黑眼睛。她想，不过如果细看的话，她或许就能看见自己顽固的下巴的轮廓还是有一些瓦伦丁的影子的。

"乔斯琳。"她们俩都转过身来。刚才推轮椅的那位护士站在她们面前。她很瘦，看起来很年轻，皮肤黝黑，眼珠漆黑——然后，当克拉丽看着她的时候，魔法伪装一层层剥落了。她仍然是那个身材苗条、外表年轻的女人，但现在她的皮肤呈深蓝色，她的头发在后脑勺上挽成的一个发髻此刻呈雪白色。她皮肤上的蓝色与她那浅粉色的小个头对比鲜明，令人震惊。

"克拉丽，"乔斯琳说道，"这位是卡塔丽娜·洛斯。我住院的时候是她照顾我的。她也是马格纳斯的朋友。"

"你是巫师。"克拉丽脱口而出，来不及阻止自己。

"嘘。"这个女巫师面露惧色。她瞪着乔斯琳。"我不记得你说过打算带你女儿来。她只是个孩子。"

"克拉丽莎会很乖的，"乔斯琳严厉地看着克拉丽，"你能做到吗？"

克拉丽点点头。她以前见过马格纳斯之外的巫师，在伊德里斯的战场上。她从中了解到所有的巫师都有一种特征将他们与人类区分开来，比如马格纳斯的猫眼。有些有翅膀，有些有带蹼的脚趾，有些则有爪状的手指。但拥有十足的蓝色皮肤却是难以用隐形眼镜或大号外套掩饰的特征。卡塔丽娜·洛斯肯定每天都需要用魔力掩饰自己，哪怕只是为了出去一下——特别是在盲呆医院里工作的情况下。

巫师跷起大拇指指向电梯。"来吧。跟我来。让我们赶快搞定这件事。"

克拉丽和乔斯琳快步跟在她身后来到电梯间，然后步入打开的第一部电梯。门在她们身后嘘的一声关上时，卡塔丽娜按了一下突兀地标示着 M 的按键。金属旁边有个地方凹进去了，这表明要进入 M 层必须使用访问码，但当她触摸按键的时候，蓝色的火花从她的手指里迸出来，接着按键亮了起来。电梯开始朝下运行。

卡塔丽娜开始摇头。"如果你们不是马格纳斯·贝恩的朋友，乔斯琳·菲尔柴尔德——"

"弗雷，"乔斯琳说道，"我现在叫乔斯琳·弗雷。"

"你不再用暗影猎手的名字了？"卡塔丽娜得意地笑道，她的嘴唇在蓝色皮肤的映衬下红得吓人，"你呢，小姑娘？你会像你爸爸那样成为暗影猎手吗？"

克拉丽努力掩饰自己的愠怒。"不会，"她说，"我会成为暗影猎手，但不会像我爸爸。而且我的名字是克拉丽莎，不过你可以叫我克拉丽。"

电梯突然停了下来，门滑开了。女巫师用蓝色的眼睛看了克拉丽片刻。"哦，我知道你的名字，"她说，"克拉丽莎·摩根斯特恩。停止战争的那个小姑娘。"

"我猜是的，"克拉丽跟着卡塔丽娜出了电梯，她妈妈紧随其后，"你在场吗？我不记得见过你。"

"卡塔丽娜在这儿。"乔斯琳说,紧跟在她们后面让她有些喘不过气来。她们顺着一条几乎毫无特点的过道走下去。没有窗户,走廊边也没有门。墙壁被粉刷成了病态的淡绿色。"她帮助马格纳斯使用《白色魔法书》将我唤醒。后来当他返回伊德里斯的时候她则留下来守护它。"

"守护书?"

"这是一本非常重要的书。"卡塔丽娜说道,她疾步向前走的时候橡胶鞋底拍打着地面,啪啪作响。

"我认为这是一场非常重要的战争。"克拉丽轻声地咕哝道。

她们终于来到一扇门这里。门里面镶嵌着一片正方形的磨砂玻璃,上面用黑色写着"太平间"三个大字。卡塔丽娜用手转动门把手,脸上露出饶有兴致的表情,然后凝视着克拉丽。"我年纪很小的时候就得知我有治愈的天赋,"她说道,"这是我使用的魔法。所以,我为了微薄的收入在这家医院工作,而且我尽自己所能治愈盲呆,他们要是知道我真正的模样肯定会尖叫的。把我的技术卖给那些自以为了解魔法的暗影猎手和愚蠢的盲呆们,我可以大赚一笔,但我不会这么做。我在这里工作。所以,别对我态度傲慢,红头发的小姑娘。就因为你有名,不等于你比我出色。"

克拉丽的脸颊烧了起来。她以前从来没想过自己很有名。"说得有道理,"她说,"我很抱歉。"

女巫师的蓝色眼睛扫到乔斯琳身上,乔斯琳脸色苍白,神色紧张。"你准备好了吗?"

乔斯琳点点头,看着克拉丽,她也点了点头。卡塔丽娜推开门,她们跟着她进了太平间。

令克拉丽惊讶的第一件事情是寒冷。房间里面冰冷如铁,她赶忙拉上了外套的拉链。第二件事情是气味,清洁用品刺鼻的恶臭与腐败的甜味叠加在一起。泛黄的灯光从头顶的日光灯洒落下来。两张空无一物的大工作台摆放在屋子中央。屋里还有个水槽,金属架子上摆放着一个称器官重量的秤。沿着一面墙摆放着一溜钢制隔间,像银行里的保险存储箱,但要大得多。卡塔丽娜走到对面的一个隔间,拉住把手,将它一把拉开。隔间顺着滚轮滑了出来。躺在里面金属板上的是一具婴儿的尸体。

乔斯琳的喉咙里发出一声哽咽。不一会儿,她就跑到了卡塔丽娜的身边,克拉丽则略微迟缓地跟在后面。她以前见过死尸——她看见过麦克斯·莱特伍德的尸体,她还认识他。他只有九岁,但一个婴儿——

乔斯琳用手捂住嘴巴，她的眼睛又大又黑，紧紧地盯着这个孩子的尸体。克拉丽低下头看着。乍一看，这个婴儿——是个男孩——看起来很正常。他有十个手指和十个脚趾。但仔细查看——如果用她想看透魔法伪装的那种方式观察的话——她看见这个孩子的手上长着的根本不是手指，而是爪子，向内弯曲，尖锐而锋利。孩子的皮肤是灰色的，他的眼睛瞪得非常大，一动不动，而且呈现出绝对的黑色——不仅仅是瞳孔，就连眼白也是。

乔斯琳低声说道："乔纳森出生时眼睛就是这样——像黑漆漆的隧道一样。他们的眼睛后来变颜色了，看起来更像人类，但我记得……"

她一阵颤栗，转过身冲出房间，太平间的门在她身后旋转着关上了。

克拉丽瞟了一眼卡塔丽娜，她看起来无动于衷。"医生难道看不出来？"她问道，"我的意思是，他的眼睛——还有那双手——"

卡塔丽娜摇摇头。"他们看不见他们不想看的东西，"她说着耸了耸肩，"这里有一些我以前不太看得见的魔法。恶魔的魔法。坏东西。"她从口袋里摸出一个东西。是一种织物的样本，折叠着放在一个塑封袋里，"这是他们把他送进来的时候包裹他的东西，上面也散发着恶魔魔法的恶臭。把这个给你妈妈。或许她能把它送到无声使者那里去，看看他们是否能从中找到蛛丝马迹，弄清楚是谁干的。"

克拉丽麻木地接住它。当她的双手将袋子合住的时候，一个如尼文在她背后升腾起来，那是一种由线条、螺旋体和飒飒作响的形象组成的矩阵，她把百洁袋一塞进外套口袋，它们就消失不见了。

不过，她的心怦怦跳得很快。我不会把它交给无声使者，她心想，在我搞清楚这其中暗含的如尼文之前不行。

"你会给马格纳斯打电话吗？"卡塔丽娜说道，"告诉他我给你妈妈看了她想看的东西。"

克拉丽机械地点了点头，像个布娃娃似的。突然，她一心只想离开这里，离开这个亮着黄色灯光的房间，远离死亡的味道，还有仍然躺在平板上面的那具遭到玷污的小尸体。她想到了妈妈每年在乔纳森的生日那天都会拿出那只盒子，对着他的那缕头发哭泣，为她本该拥有却被像这样的东西取代的那个儿子哭泣。我认为这不是她想见到的东西，克拉丽心想，我想这是她满心期望不可能发生的事情。不过，她还是说："当然，我会告诉他的。"

埃尔托酒吧是典型的消息灵通人士聚集的低级酒吧，一部分位于绿点区布鲁克林—皇后区高速公路立交桥的下面。不过，每个星期六这里都有对所有年龄段开放的夜场活动,埃里克是老板的朋友,所以,只要西蒙的乐队想在任何一个星期六来演出,他们都会答应,哪怕事实上他们一直在改名字,而且不能指望他们吸引客人。

凯尔和其他乐队成员已经在舞台上调试设备,并且做最后的检查了。他们打算表演以前的曲目,由凯尔主唱。他背歌词很快,他们都感到信心十足。西蒙同意在演出开始之前一直待在后台,这样似乎会减轻一些凯尔的压力。此刻,西蒙在后台透过沾满灰尘的天鹅绒幕布费力地四处张望,想要瞥一眼谁可能会来捧场。

酒吧的内部曾经装修得很时髦,墙壁和天花板镀锡,使人想起旧式的地下酒吧,吧台后面是磨砂艺术装饰玻璃。现在这里比以前刚开业的时候邋遢许多,因为墙壁上沾满了永远也擦不掉的烟雾污垢。地板上覆盖着的锯末由于洒落的啤酒或更糟糕的东西结成了块。

好的地方是,靠墙摆放的桌子几乎都坐满了。西蒙看见伊莎贝尔一个人坐在一张桌子边,她穿着一条银色的网状裙子,看起来像锁子甲,脚上穿着一双能踩死恶魔的靴子。她的头发盘成一个凌乱的发髻,上面插着许多银色的筷子。西蒙知道每根筷子都锋利如刀,能够切断金属或骨头。她的口红是鲜红色的,像新鲜的血液一般。

把持住,西蒙告诉自己,别再想血了。

更多的桌子被乐队成员的其他朋友占据了。布莱斯和凯特分别是科克和马特的女朋友,她们坐在一张桌子旁,分享着一盘颜色苍白的墨西哥烤玉米片。埃里克有各种各样的女性朋友,她们分别坐在房间里的其他桌子旁,他学校的大多数朋友也都来了,使这个地方看来坐得更满了。独自一人坐在角落里的是莫林,她是西蒙的一个乐迷,这个个子瘦小的金发女孩看起来大概十二岁,却声称自己十六岁。他猜想她很可能实际上是十四岁。看见他从帘子后面钻出来的脑袋时,她充满活力地向他挥了挥手,冲他微笑。

西蒙像乌龟一样将脑袋缩回去,猛地一下拉上了幕布。

"嗨,"杰斯说道,他坐在一个倒过来的扩音器上,看着手机,"你想看一眼亚历克和马格纳斯在柏林的照片吗?"

"不太想看。"西蒙说。

"马格纳斯穿着皮短裤。"

"那又怎样?还是不要。"

杰斯把电话插进口袋,疑惑地看着西蒙。"你没事儿吧?"

"没事儿。"西蒙说,但他言不由衷。他感到头昏脑涨,有些恶心,也很紧张,他将之归因于担心今天晚上将会发生的一切。他没有进食于事无补，他很快就要应付这个问题。他希望克拉丽在这儿，但是他知道她来不了。她要负责一些婚礼事务，并且很久以前就告诉过他自己没办法来。在他们来到这里之前，他将之归咎于杰斯。杰斯似乎既如释重负，又备感失望，心境悲惨，各种情绪交织在一起，令人印象深刻。

"嘿，嘿，"凯尔说，从幕布后面钻过来，"我们马上就要开始了。"他打量着西蒙。"你确定就这样安排了？"

西蒙看看凯尔，又看看杰斯。"你知道你们俩很搭吗？"

他们低头扫了一眼自己，然后又看了看对方。两个人都穿着牛仔裤和黑色的长袖T恤衫。杰斯拽着衣角而不自知。"我是向凯尔借的T恤。我其他的T恤太脏了。"

"哇，你们俩都互相穿对方的衣服了。那是，好像只有好基友才会这么做。"

"感到被排挤在外了？"凯尔问，"我猜你也想借一件黑色T恤衫。"

西蒙没有戳破这显而易见的事情，一看就明白适合凯尔或杰斯的任何衣服都不可能适合他骨瘦如柴的架子。"只要大家都穿着自己的裤子就行。"

"我来得好像正是时候嘛，你们谈话正在兴头上嘛，"埃里克的头从幕布里探过来，"来吧，是时候开始了。"

凯尔和西蒙朝舞台走去，杰斯则起身站了起来。就在他那借来的T恤的衣角下面，西蒙看到一把匕首，边缘正发着光。"别在那儿摔断腿，"杰斯坏坏地露齿一笑，"我会在这儿等着，希望打断其他人的腿。"

拉斐尔本该午夜就到的，但是他让他们在约定的时间之后等了大概三个小时，他的投影才出现在学院图书室里。

吸血鬼策略，卢克冷漠地想道。当暗影猎手呼叫时，如果必须的话，纽约吸血鬼部落的主事就会来。但他不会被召唤，也不会准时。卢克为了打发这几个小时读了图书室的几本书；玛丽斯对谈话毫无兴趣，她大部分时间都站在窗边，从一只水晶切割的红酒杯里呷着红酒，目不转睛地盯着约克大街上的车来车往。

仿佛一支白色的粉笔在黑暗中划过，拉斐尔出现了，玛丽斯转过身来。首先出现的是他苍白的脸和手，然后是他的黑色衣服和头发。最后他站立着，使一个外形固化的投影充实起来。他看着玛丽斯匆忙地向他走来，继而说道："你呼我了，暗影猎手？"他接着转过身来，目光倏地扫到卢克身上。"狼人也在这里，我明白了。我是不是被召唤来参加某个议事会？"

"并不完全是，"玛丽斯将酒杯放在桌面上，"你听说过最近的死亡事件吧，拉斐尔？有人发现暗影猎手的尸体？"

拉斐尔意味深长地扬起眉毛。"我听说了。我没有注意这件事。这跟我的部落没有关系。"

"一具尸体在巫师领地被发现，一具在狼人领地被发现，还有一具在精灵领地被发现，"卢克说道，"我猜想你的部落会是下一个。看起来似乎有人要在暗影世界挑起纠纷。我是带着善意来这里的，以向你表明我相信你没有责任，拉斐尔。"

"多么宽慰啊，"拉斐尔说道，但他的眼睛阴沉而警觉，"为什么会有人暗示我负有责任呢？"

"死者当中有一个能够告诉我们谁袭击了他，"玛丽斯小心翼翼地说道，"在他死之前——他让我们知道负有责任的人叫卡米尔。"

"卡米尔，"拉斐尔语气谨慎，但他不经意间流露出震惊的表情，转瞬间他又训练有素地露出一脸茫然，"但那不可能。"

"为什么不可能，拉斐尔？"卢克问道，"她是你们部落的首领。她非常强大，出了名地无情。而且她似乎已经失踪了。她根本没和你一起到伊德里斯与你并肩作战。她从来都没认可过新的《圣约》。好几个月以来，暗影猎手都没看见或听见别人说起她——直到现在。"

拉斐尔什么也没说。

"事情有蹊跷，"玛丽斯说，"在向圣廷汇报卡米尔牵连其中之前，我们希望给你解释的机会，以示我们的善意。"

"是的，"拉斐尔说道，"是的，当然表明了。"

"拉斐尔，"卢克说道，他的语气并没有不友善，"你不一定要保护她。如果你关心她的话——"

"关心她？"拉斐尔别过脸，吐了一口口水，尽管他只是个投影，这更多的是为了做做样子而不是为了取得实际效果，"我恨她。我鄙视她。每天晚上当我起床时，我都希望她死掉。"

"哦，"玛丽斯小心翼翼地说道，"那么，或许——"

"她领导我们很多年，"拉斐尔说道，"我被变成吸血鬼时她是部落的主事，那是五十年前。在此之前，她从伦敦来找我们。她是这个城市的陌生人，但是她心狠手辣，只用了短短几个月地位就不断攀升，领导曼哈顿部落。去年我成为她的副手。接着，几个月前，我发现她在杀害人类。杀人取乐，喝掉他们的血，违反《大律法》。这种事情有时候会发生。吸血鬼单打独斗起来没有什么能够阻止得了。

但这种事情发生在部落的主事身上——他们应该不至于如此。"他站着一动不动，黑色的眼睛若有所思，陷入了回忆之中。"我们不像狼人，那些野蛮人。我们不会杀死一个主事再找另一个。因为吸血鬼对其他吸血鬼动手是最严重的罪行，即使那个吸血鬼违法了《大律法》。卡米尔有许多盟友，也有许多追随者。我不能挺身而出除掉她。相反，我找她谈话并且告诉她必须离开我们，退出，否则我就去找圣廷。当然，我不想那么做，因为我知道如果事情败露，圣廷的怒火会蔓延至整个部落。我们会失信于人，遭到调查。我们在其他部落面前会很丢脸，被羞辱，抬不起头来。"

玛丽斯不耐烦地说道："有比丢脸更重要的事情。"

"当你身为吸血鬼时，这件事生死攸关，"拉斐尔的声音突然降低了，"我赌她相信我会这么做，结果她信了。她同意离开。我送走了她，但留下了难题。我不能取代她，因为她并没有退位。不揭露她所做的一切我就没法解释她离开的原因。我不得不将之解释为长久的缺位，需要外出旅行。漫游癖在我们的族类并不是没有听说过，时不时地发生在我们身上。当你能永生时，在一个地方待上许多许多年以后会变得像蹲监狱一般枯燥乏味。"

"你以为你能维护这个伪装多久而不被识破？"卢克询问道。

"尽我所能地维持吧，"拉斐尔说道，"直到现在，情况似乎是这样。"他的目光从他们身上移到了窗户和外面闪闪发光的夜晚。

卢克斜靠在一个书架上。他感到有些好笑，因为他注意到自己正好站在关于变形的图书区，那里陈列着一卷卷有关狼人、龙、妖狐和海豹女等话题的书籍。"你或许有兴趣知道她谈到你时跟你讲的故事如出一辙。"他说的时候忘记提她跟谁说到这件事了。

"我以为她离开城里了呢。"

"或许她离开过，但她回来了，"玛丽斯说，"而且她不再只满足于人血，现在的情况似乎是这样。"

"我不知道我能告诉你们什么，"拉斐尔说，"我只是想努力保护我的部落。如果《大律法》必须要惩罚我的话，那么我会接受惩罚。"

"我们对惩罚你不感兴趣，拉斐尔，"卢克说，"除非你拒绝合作。"

拉斐尔转身背对着他们，黑色的眼睛目光如炬。"为什么合作？"

"我们想要抓捕卡米尔。要活的，"玛丽斯说，"我们想要盘问她。我们需要知道她为什么要杀害暗影猎手——并且特别是这几个暗影猎手。"

"如果你们真心希望得手的话，我希望你们有非常精明的计划，"拉斐尔的声音里打趣和责备的成分兼而有之,"卡米尔甚至对我们的族类而言都是相当狡猾的,而我们本来就很狡猾。"

"我有个计划,"卢克说,"这和日光行者有关系。西蒙·刘易斯。"

拉斐尔做了个鬼脸。"我不喜欢他,"他说,"我宁愿不参加依靠他参与的计划。"

"好吧,"卢克说,"难道这对你而言不是太糟糕了吗?"

真蠢,克拉丽心想,没带雨伞真是蠢。妈妈告诉她早上会下朦朦胧胧的毛毛雨,结果她还没走到洛里默大街上的埃尔托酒吧就已经变成瓢泼大雨了。她艰难地从在人行道上抽烟的人群中穿过,猫着腰庆幸地钻进了温暖干燥的酒吧。

千禧年林特乐队已经在台上表演了,小伙子们猛烈地击打着他们的乐器,站在前面的是凯尔,他性感地对着麦克风低吼着。满意之情在克拉丽心中油然而生。在很大程度上是因为她的影响他们才雇了凯尔,很显然他的表现使他们备感自豪。

她快速地环顾了一下酒吧,希望看见迈亚或伊莎贝尔。她知道她们两个不可能同时出现,因为西蒙小心翼翼地邀请她们轮流参加不同的演奏会。她的眼神落在了一个黑头发的颀长身影上,她朝那张桌子走去,却在半路上停了下来。根本不是伊莎贝尔,而是个年纪大得多的女人,她的脸上化着妆,眼线描得很黑。她穿着一套精干的西装,正在读报纸,显然没有注意到音乐。

"克拉丽!在这里!"克拉丽转过身看见了真正的伊莎贝尔坐在靠近舞台的一张桌子旁。她穿着一条像银色灯塔一样闪亮的裙子。克拉丽朝那张桌子走去,一屁股在伊莎对面的椅子上坐了下来。"淋雨了,我明白了。"伊莎贝尔评论道。

克拉丽悲伤地笑着把脸上潮湿的头发拨到后面。"跟大自然母亲打赌,可就输定了。"

伊莎贝尔挑起黑色的眉毛。"我以为你今晚不会来。西蒙说你要应付婚礼之类的事情。"伊莎贝尔对婚礼或浪漫爱情陷阱之类的事情没什么兴趣,克拉丽看得出来。

"我妈妈不太舒服,"克拉丽说道,"她决定改时间。"

在某种程度上,这是事实。她们从医院回家之后,乔斯琳就进了房间关上了门。听见她轻轻的啜泣声从门里传了出来,克拉丽感到既无助又沮丧,但她妈妈不让她进去,也不愿意谈一谈。最后卢克回家了,克拉丽心怀感激地将照顾妈妈的重任交给他，然后出门在城里兜了一圈才来观看西蒙的乐队演出。她总是尽可能地赶过来看他的演奏会，此外，跟他聊一聊会让她好受一些。

"哈。"伊莎贝尔没有再追问下去。有时候，她对别人的困难几乎完全缺乏兴趣，这算得上是种解脱。"好吧，我确信西蒙会很高兴你过来。"

克拉丽看向舞台。"到目前为止表演进行得怎么样？"

"很好，"伊莎贝尔若有所思地嚼着吸管，"他们雇的那个新主唱很性感。他单身吗？我想载着他在城里兜风，就像骑着一匹很坏、很坏的小马一样——"

"伊莎贝尔！"

"怎么啦？"伊莎贝尔的眼神瞟到她身上，然后耸了耸肩，"哦，算了吧。西蒙和我又不是只有彼此。我跟你说过的。"

老实说，克拉丽心想，西蒙在这一特殊的情景下也没什么立场。但他仍然是她的朋友。她正准备为他辩护，这时她再次看向舞台——什么东西吸引了她的视线。一个熟悉的身影出现在舞台的门边。无论何时何地她都会认出他，无论房间有多么黑，看见他有多么出乎意料。

杰斯。他穿得像个盲呆：牛仔裤，紧身黑T恤将他肩膀和后背上消瘦的肌肉展现得一览无余。他的头发在舞台的灯光下闪着微光。台下觊觎的目光跟随着他朝墙边走去，他斜靠在那里专心地看着房间的前部。克拉丽感到自己的心在怦怦直跳。有种一日不见如隔三秋的感觉，尽管她知道离他们上次相见只隔了一天。然而，就这样看着他，感觉就像看着与自己很疏远的人，像看着陌生人一般。他究竟在这里干什么？他不喜欢西蒙！他以前从未看过乐队的任何一场演出。

"克拉丽！"伊莎贝尔不无责备地说。克拉丽转过头才发现她不小心打翻了伊莎贝尔的杯子，水正滴落到她那条漂亮的银色裙子上。

伊莎贝尔抓着一条餐巾，阴郁地看着她。"去跟他谈一谈，"她说，"我知道你想的。"

"对不起。"克拉丽说道。

伊莎贝尔朝她的方向轻轻地嘘了一声。"去吧。"

克拉丽起身，把自己的裙子抚平。要是她知道杰斯会来这里的话，就会穿别的衣服，而不是红色的紧身裤、靴子和一件过时的艳粉色贝齐·约翰逊牌裙子，她正好发现这条裙子挂在卢克空余的壁橱里。曾经，她认为前襟上一排花型的绿色纽扣很时髦、很酷，但现在，她觉得自己相形见绌，她不像伊莎贝尔那样会打扮，也不像她那样精致。

她吃力地横穿过舞池，里面现在挤满了人，有的在跳舞，有的站着不动喝着啤酒，随着音乐摇摆。她不禁想起自己第一次见到杰斯的情景。也是在一个酒吧，她看着他穿过舞池，看着他金黄的头发，肩膀的样子很傲慢。她那时认为他很英俊，不是适合她的那种英俊。她那时候以为，他不是她会约会的那种男生。他不属于这个世界。

直到她快要站在他面前，他才注意到她。离他如此之近，她看得出他有多么憔悴，好像好几天都不曾睡觉了。他的脸因为疲倦而紧绷，皮肤下颧骨的轮廓显得更加棱角分明。他正斜倚着墙壁，手指勾住皮带圈，淡金色的眼睛很警觉。

"杰斯。"她说道。

他吓了一跳，眼神转向她。他的眼睛亮了一下，当他看见自己时总是这样的眼神，她感到狂热的希望在胸中升起。

顷刻间他眼里的光亮消失了，脸上的血色渐渐地褪却。"我以为——西蒙说你不会来。"

一阵难受涌上心头，她伸手扶着墙让自己保持平衡。"那么，你来这儿就是因为你以为我不会来吗？"

他摇了摇头。"我——"

"你是不是不打算再跟我说话了？"克拉丽听到自己提高了嗓门，然后拼命地克制住不爆发出来。她的手在身体两侧紧紧地攥着，指甲用力地掐着手掌。"如果你打算分手，你最起码也该告诉我，而不是不再跟我说话，让我一个人在那里猜。"

"为什么，"杰斯说，"每个人都不停地问我是不是要跟你分手？首先是西蒙，然后现在——"

"你跟西蒙谈过我们的事情了？"克拉丽摇着头，"为什么？为什么你不跟我说？"

"因为我不能跟你说，"杰斯说，"我不能跟你说话，我不能跟你在一起，我甚至不能看见你。"

克拉丽猛吸一口气，吸进来的空气就像蓄电池酸液似的。"什么？"

他似乎明白了他刚才说的话，突然惊恐地陷入沉默。他们就这样看了一会儿对方。然后克拉丽转身奔跑着冲回人群，推开甩动的胳膊肘和正在聊天的人群，对身边的一切茫然不知，只想尽可能快地跑到门边。

"那么现在，"埃里克对着麦克风喊道，"我们打算唱一首新歌——我们刚写的一首。这首歌是送给我女朋友的。我们约会三个星期了，该死，我们是真爱。我们要永远在一起，宝贝。这首歌叫《像鼓一样敲击你》。"

音乐响起时观众中传来了笑声和掌声，但西蒙不确定埃里克是否意识到他们以为他只是在开玩笑，而他自己却很当真。埃里克总是爱上他刚刚约会的女孩，而且他总是会写一首不合时宜的歌。正常情况下，西蒙不会在意，但他真的希望他们在前一首歌结束时就谢幕。他感到从未有过的难受——眩晕，黏糊糊的汗水让人难受，他的嘴里有股金属味，像不新鲜的血液一样。

音乐在他身边轰鸣，好像指甲戳着他的耳鼓一样。弹吉他的时候他的手指从琴弦上滑落，他看见科克带着询问的目光望向他。他努力强迫自己集中精力，专心，但这种努力就好像要发动电池熄火的汽车一样。他的头脑里有种空洞的嘎吱声，却没有火花燃起。

他远望着吧台，想寻找——他甚至不是很确定为什么——伊莎贝尔，他只看见白色脸孔的海洋转过来看着他，而他却想起了在迪蒙酒店的第一个夜晚，吸血鬼的脸庞转向他，像白色的纸花在黑暗的空洞中绽放一样。一股疼痛的恶心感攫住了他。他跟跄着后退，双手不由自主地从吉他上滑落。脚下的土地似乎在摇撼。乐队的其他成员沉醉在音乐中，似乎没有注意到这一切。西蒙将吉他肩带从肩膀上扯开，推开马特来到后台的幕布面前，猫着腰钻了过去，一下子跪倒在地上开始干呕。

什么也没呕出来。他的胃像井一样空洞。他站起来斜靠着墙，用冰冷的手按住自己的脸。几个星期以来他要么觉得冷，要么觉得热，但此刻他感到狂热——还很害怕。在他身上会发生什么？

他记得杰斯说过，你是吸血鬼。血对你而言不是食物。血就是……血。难道这一切都是因为他没有进食吗？但他不觉得饿，甚至不觉得渴，真的。他感到垂死般的难受。或许他中毒了。或许该隐印记不能防御那样的东西？

他慢慢地朝消防门走去，这样他就能走出去来到酒吧后面的街道上。或许外面的冷空气能让他头脑清醒。或许所有的这一切都是疲倦和紧张造成的。

"西蒙？"有人小声地叫他，像鸟的啁啾一般。他恐惧地低头一看，发现莫林正站在他的胳膊肘旁边。离他那么近，她看起来更加娇小了——像小鸟似的骨架，非常苍白的金发很浓密，像瀑布一样从一顶编织的粉色帽子下面披到肩膀上。她戴着彩虹条纹的臂套，穿着一件白色的短袖T恤，上面印着草莓脆饼图案。西蒙在心里呻吟着。

"时机真的不太好，莫。"他说道。

"我只是想用我的手机相机给你拍张照，"她说道，紧张兮兮地把头发拨到耳后,"这样我就能给朋友们看了,好吗?"

"好吧。"他头痛难耐。这很荒唐。并不是他难以抵挡歌迷的盛情。莫林实际上是他们乐队唯一的歌迷,这一点他清楚,而且她是埃里克小表妹的朋友,不能撵走她。他觉得自己真的负担不起疏远她的代价。"来吧,快拍吧。"

她举起手机咔嚓按下按键,然后皱起眉头。"现在我们俩合个影吧?"她小心翼翼地快步向他跑过来,紧紧地挤在他身边。他能闻到她身上有股唇彩的草莓味,在这股味道下面散发着汗水的咸味和更加咸的人类血液的气味。她抬头看着他,举起相机,伸出另一只空着的手,露齿而笑。她的两颗门牙之间有缝隙,喉咙处露出蓝色的血管。她呼吸的时候血管在跳动。

"笑一笑。"她说道。

双重疼痛涌遍了西蒙的全身,他的尖牙冒了出来,戳进他的嘴唇里。他听见莫林一声惊呼,接着她的手机飞走了,他一把抓住她将她旋转过来面对自己,他那尖如犬牙似的牙齿咬进了她的喉咙里。

血液在他的喉咙里迸发,这种味道与众不同,感觉就像他一直吸不到空气,此刻正在呼吸,大口地吸进干净冰冷的氧气一样。莫林在挣扎,她推着他,但他浑然不觉。他甚至没有注意到她的身体松软无力,死亡的重量将他拽到地板上,以至于他躺在她的身上,双手紧紧抓住她的肩膀,吸血的时候一会儿咬紧,一会儿松开。

你从来没有进食过纯粹的人血,对不对?卡米尔曾经说过。你会尝到的。

而且当你尝过以后,将永生难忘。

第九章

爱火与怒火的纠缠

克拉丽伸手打开门,冲进了湿气缭绕的雨夜。此刻,大雨滂沱,她立刻就浑身湿透了。雨水和泪水交织在一起,她哽咽着从埃里克那辆似曾相识的黄色面包车旁边飞奔而过,雨水从车顶倾泻而下溅入排水沟。她正准备赶在交通指示灯变红之前跑过马路,这时,一只手拽住了她的胳膊,使她转过身来。

是杰斯。他和她一样浑身湿漉漉的,雨水使他那金黄色的头发紧贴着头皮,T恤像黑色油漆一般贴在他的身体上。"克拉丽,难道你没有听见我叫你吗?"

"放开我。"她的声音在颤抖。

"不行,除非你跟我说话,"他环顾四周,仔细打量了一下街道,上面空无一人,雨水噼里啪啦地拍打着黑乎乎的水泥地面,像一簇簇迅速绽放的花朵,"好了。"

他仍然拉着她的胳膊,半拖半拽地牵着她绕过面包车来到一条狭窄的巷子里,边上就是埃尔托酒吧。酒吧里面还在演奏,模糊不清的音乐声从他们上方高高的窗户流淌而出。巷子两边是砖墙,很显然,这里是废弃的乐器零部件的倾倒场。到处都是破碎的扩音器和旧麦克风,还有啤酒玻璃杯的碎片和烟蒂。

克拉丽甩着胳膊挣脱杰斯,转身看着他。"如果你打算道歉的话就别费心了,"她把脸上厚重的湿头发拨开,"我不想听。"

"我本来打算告诉你我正在努力帮助西蒙脱离困境,"他说,雨水从他的睫毛上滴落,像眼泪一样顺着他的脸颊流淌下来,"我一直在他那里,过去——"

"而你却不能告诉我?不能给我发一条短信,让我知道你在哪里?哦,等等。你不能,因为你还有我那该死的电话。还给我。"

默默地,他把手伸进牛仔裤的口袋里拿出电话递给了她。看起来没坏。趁雨水还没把它弄坏之前,她赶紧把它塞进自己的邮差包里。杰斯看着她的一举一动,感觉就像她打了自己一巴掌似的。这只是让她更生气了。他有什么权利受到伤害?

"我想,"他慢慢地说道,"我以为要跟你在一起最紧要的事情就是跟西蒙在一起。好好看着他。我的想法很愚蠢，以为这样你就会意识到我这么做全是因为你，你会因此而原谅我——"

克拉丽所有的愤怒都迸发出来，宛如一股势不可挡的热流。"我甚至都不知道你认为我该为什么事原谅你，"她大叫道，"我该原谅你不再爱我了吗？因为如果那是你所希望的话，杰斯·莱特伍德，你可以毫不犹豫地继续——"她往后退了一步，由于毫无方向感，她差点被一只废弃的扩音器绊倒了。她伸手让自己保持平衡的时候包滑到了地上，但杰斯已经来到这里。他朝前迈步伸手去拉她，并且一直往前走，直到她的背顶住了巷子的墙壁，接着他用胳膊搂住她，猛烈地吻住她。

她知道自己应该推开他。她的理智告诉自己这才是明智之举，但除此之外她根本不在乎什么才是理智的事情。杰斯吻着她，那种感觉就像他认为为此哪怕下地狱也在所不惜一样，在这种情况下她根本不在乎。

她的手指深深地嵌入他的肩膀，陷进了他那湿漉漉的T恤衫里面。她感受到T恤下面肌肉的反作用力，然后用尽全力地回吻着他，将过去几天里所有的绝望、不知道他身在何方的惶恐、仿佛自己的心脏有一部分被人从胸腔里撕扯出来而永远得不到足够空气的那种窒息感，一股脑地融入这一深深吻之中。"告诉我，"她一边吻着他一边说，两张湿漉漉的脸颊互相摩挲着，"告诉我出了什么事——哦。"她大口喘着粗气，杰斯从她那里抽离开来，离她只有一臂之遥，刚好够他伸手搂住她的腰。他把她抱起来，让她站在破裂的扩音器上面，这样他们就差不多高了。然后，他用双手捧着她的头倾身向前，他们的身体就快碰到一起了——但就差那么一点点。这是极其令人伤脑筋的事情。她能感受到从他身上释放出来的躁动不安的热量，她的手仍然放在他的肩膀上，但这还不够。她希望他抱着自己，紧紧地将她揽入怀中。"为——为什么，"她轻声说，"不能跟我说话？为什么你不能看着我？"

他低下头深情地看着她的脸。他的眼睛，被雨水淋湿的黑睫毛包围着，闪烁着那种不可思议的金光。

"因为我爱你。"

她再也无法忍受了。她把手从他肩膀上放下，用手指勾住他的皮带圈，将他拉到自己面前。他任由她这么做，没有任何反抗，并且用双手撑住墙壁，弯曲身体顶住她，直到他们身体的每个部位都贴合在一起——胸部、臀部、腿——就像拼图一样。他的手滑落到她的腰上，他吻着她，长长地、缠绵地吻着她，这令她震颤。

她推开他。"这没有道理。"

"这也没有道理，"他说，"但我不在乎。我厌倦了努力假装没有你我也能活。难道你不了解这一点吗？难道你看不出这在一步一步地害死我吗？"

她目不转睛地凝视着他。她看得出他是认真的，她从自己熟悉的那双眼睛里，从自己的眼睛里，从那双眼睛下方受伤的黑眼圈里，还有在他颈间跳动的脉搏里，她看得到这一切。她对答案的渴望与她脑中更加重要的一部分在抗争，然后失败了。"那么吻我。"她低语道，他吻住她的双唇，两颗心在将他们分开的那两层薄薄的衣服下猛烈地跳动着。她沉溺其中，沉溺在他吻着自己的震颤中；沉溺在无处不在、从她的睫毛上流淌而下的雨水之中；沉溺在他的爱抚中。她任由他的手在她的裙子上四处游走，雨水淋湿了她的衣裙，使其变成皱巴巴的薄薄的一层贴在她身上，感觉就像他的手触摸着她裸露的皮肤、她的胸、她的臀和她的肚子一般。他的手摸到了她的裙摆，他一把抓紧她的腿，更加用力地把她顶在墙上，而她则用双腿夹住了他的腰。

他惊讶地低吟了一声，将手指伸进了她身上那层薄薄的紧身裤。并不令人感到意外，紧身裤撕裂了，他潮湿的手指突然摸到了她双腿上赤裸的皮肤。不想甘拜下风，她将手伸到他湿透的 T 恤下面，让她的手指探索着下面的一切：他肋骨上面紧实炙热的皮肤，结实的腹肌，背上的伤痕，牛仔裤腰带上方髋骨的轮廓。这是她未知的领地，但这似乎使他疯狂。他在她的唇边轻轻地呻吟着，吻得越来越用力，仿佛这永远也不够，根本就不够——

接着一声恐怖的哐当声在克拉丽的耳边炸开，使她从亲吻与雨水的梦中惊醒。她喘着粗气将杰斯推开，推得很用力，结果他放开她，她则从扩音器上面跟跄着跌落下来，脚下也没站稳，急急忙忙地拉直了裙子。她的心在胸腔里怦怦地跳动着，就像不断撞击的公羊似的，这让她感到眩晕。

"该死。"伊莎贝尔站在巷口，她那湿漉漉的黑发就像披在肩上的斗篷一样。她一脚踢开挡住路的易拉罐，低声吼道："哦，看在老天的分上，我简直不敢相信。为什么？卧室有问题吗？不要隐私了？"

克拉丽看着杰斯。杰斯全身湿透了，水成片地从他身上流淌下来，他的金发贴着头皮，在远处昏暗的街灯照射下几乎呈现出一种银色。仅仅就这样看着他就让克拉丽想要再次抚摸他，管他伊莎贝尔不伊莎贝尔的，这种渴望几乎让她感到疼痛。他正目不转睛地看着伊莎，脸上带着那种仿佛被人掌掴后从梦中惊醒的表情——迷惑，气愤，逐渐明白。

第九章 | 爱火与怒火的纠缠

"我只是在找西蒙，"伊莎贝尔看着杰斯的表情辩解道，"他跑下舞台，然后不知去向。"克拉丽方才意识到音乐不知何时已经停了，她没有注意到是什么时候停的。"算了，他显然不在这里。你们继续吧。有人让你壁咚干吗要浪费那堵完美的砖墙呢？我一直这么说。"然后她大步流星地离开，朝酒吧走去。

克拉丽看着杰斯。在其他任何时候他们俩都会因伊莎贝尔的喜怒无常大笑成一团，但他的表情里不见丝毫的幽默感，她随即明白他们之间无论有过什么——在他失去控制的片刻里无论是什么在绽放——此刻都已经烟消云散了。她尝到了口中有血的味道，不确定是自己还是他咬破了她的嘴唇。

"杰斯——"她朝他迈近一步。

"不要，"他说道，语气很生硬，"我不能。"

接着他就离开了，跑得飞快，仿佛他只能跑似的，然后他的身影变得模糊不清，消失在远处，而她则根本来不及喘口气叫他回来。

"西蒙！"

愤怒的声音在西蒙的耳边炸开。那时他本来要放开莫林的——或者说他是这么告诉自己的——但是他没有抓住机会。强有力的手抓住了他的胳膊，将他从她身上推开。他被脸色煞白的凯尔拖倒在地，而凯尔仍然因为他们刚才的表演而头发凌乱，汗流满面。"到底是怎么回事，西蒙？到底是——"

"我不是有心的。"西蒙喘着粗气说。他的声音在他耳边听起来很模糊。他的尖牙仍然露在外面，他还没学会戴着这个该死的玩意儿说话。在凯尔那边的地上，他看到莫林蜷缩着躺在那里，一动不动地令人感到恐怖。"只是就这样发生了——"

"我告诉过你。我告诉过你。"凯尔提高音量，他推了西蒙一下，很用力。西蒙跌跌撞撞地朝后退，额头发亮，这时一只看不见的手将凯尔提起来，狠狠地将他抛向他身后的那堵墙。他撞在墙上，滑倒在地，双手和膝盖撑住地面像狼一样蹲坐着。他摇摇晃晃地站起来，盯着他。"上帝啊。西蒙——"

但西蒙一下子跪在莫林的旁边，他把手放在她身上，狂乱地去摸她喉咙处的脉搏。她的脉搏在他的指甲下面颤抖，尽管很微弱但却很稳定，他差一点儿就如释重负地哭出来了。

"离她远一点儿，"凯尔的声音听起来很紧张，他走过来站在西蒙身后，"起来，走吧。"

西蒙很不情愿地站起来，面朝凯尔看向莫林了无生气的身体。光线突然从引向舞台的帘子的缝隙里照射进来。他听到其他乐队成员就在那里，互相聊着天，已经开始拆舞台了。他们随时都可能来这里。

"你刚才所做的，"凯尔说，"你——推过我吗？因为我没看见你动过。"

"我不是故意的。"西蒙又说道，一脸痛苦。这些天，他好像能说的就只有这句话。

凯尔摇了摇头，他的头发飞起来。"离开这儿。到面包车边上等着。我来处理她。"他弯下腰，用胳膊抱起莫林。和他那高大的身躯相比，她显得格外娇小，像只布娃娃。他愤怒地盯着西蒙。"快走。我希望你觉得糟糕透了。"

西蒙离开了。他来到防火门这里，把门推开。警铃没有响，这个铃已经坏了好几个月了。门在他身后关上了，他全身每个部位都开始颤抖，只得背靠酒吧的后墙支撑自己。酒吧背对着一条狭窄的街道，街上是一排仓库。街对面是一个空旷的停车场，一条松垂的铁丝网栅栏将其隔开。丑陋的低矮灌木从水泥路面的裂缝中长出来。雨瓢泼而下，浸湿了散落在街上的垃圾，破旧的啤酒罐漂浮在满是污秽的排水沟里。

西蒙以为这是他曾见到过的最美的情境。整个夜晚仿佛在色彩斑斓的光线里迅速扩散。栅栏变成了一条由璀璨的银色铁丝连接而成的链条，每一滴雨珠都是一颗铂金色的眼泪。

我希望你觉得糟糕透了，凯尔说过。但是这种感觉要糟糕得多。他觉得很怪诞，活着，却是以一种他从未体验过的方式。在某种意义上，人血对吸血鬼而言显然是最完美、最理想的食物。一股股能量像电流般在他的身体里流动。他头部和胃部的疼痛已经消失不见了。无论跑多远他都不会觉得累。

感觉糟透了。

"嘿，你还好吗？"一个很有教养的声音说道，听起来很开心。西蒙转过身，看见一个身穿黑色军用防水短上衣的女人，头顶上撑着一把鲜黄色的雨伞。得益于他那棱镜般全新的视力，雨伞看起来像一朵散发着微光的向日葵。女人本身就很美丽——尽管此刻一切在他看来都是那么美——她有一头闪闪发光的黑发，抹着红色唇膏的嘴唇香艳欲滴。他隐隐约约地想起来自己看见她在乐队表演时坐在其中一张桌子旁。

他点了点头，不相信自己会说话。他肯定自己看起来惊恐万状，就连毫不相干的陌生人都走过来询问他是否安好。

"你看起来就像有人在你头上打了一枪似的，"她说道，指的是他的额头，"这道伤痕好丑。你确定不需要我叫人来帮你吗？"

他慌张地伸手将头发拢到额头上挡住印记。"我没事。这没什么。"

"好吧,如果你这么说的话。"她的声音略带怀疑。接着,她把手伸进口袋里,取出一张名片递给了他。上面写着一个名字"萨特丽娜·肯德尔"。名字下面用小号大写字母写着头衔"乐队推广"、电话号码和地址。"这是我,"她说,"我欣赏你们在这儿的表演。如果你们想把乐队做得更大的话,给我打电话。"

说完,她转身大摇大摆地走了,留下西蒙凝视着她远去的背影。他心想,这个夜晚不可能发生更诡异的事情了。

摇晃着头——这个动作使雨水溅得到处都是——他转过街角,脚下咯吱作响地向面包车停泊的地方赶去。酒吧的门开着,人们鱼贯而出。周遭的一切仍然让他觉得明亮得不自然,西蒙心想,但他那棱镜般的视力开始慢慢地变弱了。眼前的一幕看起来很正常——酒吧正在清场,边门敞开,面包车的后门开着,马特和科克以及他们形形色色的朋友已经把各种设备搬上来了。他慢慢走近时看见伊莎贝尔斜靠在面包车的一侧,一条腿向后抬起,靴子的后跟撑在面包车表面起泡的侧面上。她本可以帮忙拆舞台,这是当然的——伊莎贝尔的力气比乐队里的任何人都大,可能除了凯尔——但显然她不愿费这个事。西蒙觉得这太正常了。

她抬头看着他越走越近。雨小了,但她显然在外面待了一段时间了,她的头发像一层厚重的湿窗帘一样披在肩上。"嘿,你好,"她说着蹬腿离开面包车的侧面向他走过来,"你去哪儿了?你就这样跑下舞台——"

"是的,"他说,"我感觉不舒服。对不起。"

"只要你现在感觉舒服些就行了。"她用胳膊搂住她,微笑着仰视他的脸。没有想要咬她的冲动,这让他感到一阵欣慰。接着他想起了原因又感到一阵内疚。

"你没在哪儿见到过杰斯,是不是?"他问。

她翻了个白眼。"我正巧撞见他和克拉丽在亲热,"她说,"不过,他们现在走了——我希望是回家了。这两个家伙就是'开房'的典型。"

"我以为克拉丽不会来。"西蒙说,尽管这也没那么奇怪。他猜想挑选蛋糕的预约已经取消了之类的。结果表明杰斯是个糟糕的保镖,他甚至没有精力为此恼火。他并不曾真的认为杰斯会严肃对待他的个人安危。他只是希望杰斯和克拉丽已经解决了他们之间的问题,不管是什么问题。

"管他呢,"伊莎贝尔露齿一笑,"既然只有我们俩,你想去哪儿吗——"

一个声音——一个非常熟悉的声音——突然从离他们最近的路灯照射范围之外的阴影中开口了。"是西蒙吗?"

哦，不，不是现在。不是此刻。

他慢慢地转过身。伊莎贝尔的胳膊还松散地搂着他的腰，尽管他知道这样不会持续太久。不会很久，如果说话的这个人正是他心中所想的那个人的话。

正是如此。

迈亚已经走进有亮光的地方，站在那里看着他，脸上露出难以置信的表情。她的鬈发现在被雨水打湿了紧贴着头皮，琥珀色的眼睛瞪得很大，牛仔裤和牛仔夹克都湿透了。她左手捏着一张卷起来的纸片。

西蒙模模糊糊地意识到面包车那边乐队成员们的动作慢了下来，毫无遮掩地呆看着他们。伊莎贝尔的胳膊从他的腰上滑落下来。"西蒙，"她说，"怎么回事？"

"你告诉我你会很忙，"迈亚看着西蒙说道，"然后今天早上有人从门下面塞进来这个。"她把卷起来的纸扔过去。马上就可以辨认出来这是今晚乐队表演的一张宣传单。

伊莎贝尔看了看西蒙，又看了看迈亚，脸上慢慢地显露出恍然大悟的表情。"等等，"她说道，"你们俩在约会？"

迈亚抬起下巴。"你们也在？"

"是的，"伊莎贝尔说道，"已经有几个星期了。"

迈亚的眼睛眯了起来。"我们也是。我们从九月份就开始约会了。"

"我简直不敢相信。"伊莎贝尔说道。她真的看起来难以置信。"西蒙，"她转身面对他，双手叉腰，"你要解释吗？"

乐队终于将所有的设备都扔进了面包车——鼓都打包好放在后排座上，吉他和贝斯则放在后备箱里——他们从车后面走出来，公然地盯着他们。埃里克用手捧住嘴巴做成一个扩音器的样子。"女士们，女士们，"他吟唱道，"没必要打架。西蒙这样的人多得是啊。"

伊莎贝尔倏地转过身，恶狠狠地朝埃里克瞪了一眼，那个眼神如此可怕，他马上就一言不发了。面包车的后门砰的一声关上了，然后朝路上开去。叛徒，西蒙心想，尽管公平地说，他们很可能以为他会搭凯尔的顺风车，他的车就停在街角。他真是活够了。

"我不敢相信你居然这样做，西蒙。"迈亚说。她也双手叉腰站在那里，姿势跟伊莎贝尔一模一样。"你在想什么？你怎么能像那样撒谎呢？"

"我没撒谎，"西蒙辩解道，"我们从来没有说过我们只有对方！"他转身看着伊莎贝尔。"我们也没有！而且我知道你在跟其他人约会——"

"不是你认识的人，"伊莎贝尔说道，语气犀利，"不是你的朋友。如果你发现我正在跟埃里克约会你会怎么想？"

"坦白说，会很震惊，"西蒙说，"他真的不是你的菜。"

"这不是重点，西蒙。"迈亚走到伊莎贝尔身边，她们两人把他逼到中间，女性的愤怒成为一堵无法移动的墙。酒吧已经完全清空了，街上除了他们三个再没有其他人。他在想从这堵墙里逃出去的机会有几成，最后确定机会不大。狼人速度很快，而伊莎贝尔是个训练有素的吸血鬼捕手。

"我真的很抱歉。"西蒙说。由于吸血引起的嗡鸣声开始消退，谢天谢地。那种压倒一切的感觉不再那么令人眩晕了，但此刻他感到更加恐慌。更糟糕的是，莫林的身影一直在他的脑海里浮现，他惦记着自己对她所做的一切，她是否安然无恙。请让她安然无恙吧。"我本应该告诉你们俩的。只是——我真的很喜欢你们俩，而且我也不想伤害你们当中任何一个的感情。"

话一说出口，他就意识到自己听起来有多么愚蠢。只不过是另一个头脑简单的家伙为自己愚蠢的行为找借口罢了。西蒙从未这样想过自己。他是个好人，那种因为性感的坏男孩或者遭受煎熬的艺术家类型而被人忽略、被错过的男生。那种自我专注而不会想到同时跟两个女生约会，可能不会真的对自己所做的事情撒谎，但也不会说出真相的那种人。

"哇，"他说，几乎是在自言自语，"我是个超级大混球。"

"这可能是我来到这里之后你讲过的第一句真话。"迈亚说。

"阿门，"伊莎贝尔说，"不过，如果你问我的话，这话有点儿太、太迟了——"

酒吧的边门打开了，有人出来。是凯尔。西蒙顿感欣慰。凯尔的表情很严肃，但并不像西蒙以为莫林遭遇不测之后的那种严肃。

他朝他们走过来。现在雨差不多变成了毛毛细雨。迈亚和伊莎贝尔背对着他。她们两个愤怒地盯着西蒙，眼中闪烁着激光般的怒火。"我希望你不会期望我们两个当中的任何一个再跟你说话，"伊莎贝尔说道，"而且我要跟克拉丽谈一谈——跟她非常认真地讨论她选择朋友的问题。"

"凯尔，"西蒙喊道，凯尔走到听得见他们谈话的位置时他已经无法掩饰自己欣慰的语气了，"嗯，莫林——她是——"

他不知道在不让迈亚和伊莎贝尔知道真相的情况下如何问他想问的问题，但事实表明，这无关紧要，因为他根本没有机会把话说完。迈亚和伊莎贝尔转过身。伊莎贝尔看起来很恼火，而迈亚则一脸惊讶，显然想知道谁是凯尔。

迈亚一认出凯尔脸色就变了。她的眼睛瞪得很大，脸上的血色慢慢消失了。

而凯尔也转而盯着她，脸上带着从噩梦中惊醒却发现这是真的并且还在继续的表情。他的嘴唇动了动，准备说话，但却没有声音发出来。

"哇，"伊莎贝尔说着来回打量着他们俩，"你们两个——互相认识吗？"

迈亚张了张嘴。她仍然瞪着凯尔。一切发生得很快：西蒙只有时间想到她看自己的眼神从未如此炽烈，紧接着只听见迈亚耳语般地喊出"乔丹"——向凯尔纵身扑过去，她的爪子伸了出来，非常锋利，一把抓进了他的脖子。

卷·二
为了每一条生命

没有什么免费。一切都要付费。

受益一物,他物付款。

生命的代价,是死亡。就连你的音乐,

我们听得那么多,也得付费。

你的妻子就是你音乐的代价。地狱现在满足了。

——特德·休斯①,《虎骨》

---

① 特德·休斯(Ted.Hughes,1930—1998),英国诗人,诗作粗犷豪放,富有机智,常运用形象化比喻和方言。主要作品有诗集《雨中苍鹰》《卢泼卡尔神》《生日信札》《沃德沃怪物》和组诗《乌鸦》。一九八四年被封为桂冠诗人。

第十章
河滨大道 232 号

西蒙坐在凯尔家客厅的椅子上,盯着角落里电视屏幕上停滞的画面。画面停留在凯尔和杰斯玩的游戏上,是一条看起来阴暗潮湿的地道,地上一片倒下的尸体,还有显得非常真实的几摊血。这画面让人难受,可是西蒙没有精力也不想费事去关掉。在他脑海中已经奔腾了整晚的画面变得更恐怖了。

光通过窗户倾泻而来,拂晓似水的柔光越来越强,变成清晨浅淡的亮白。西蒙对此却几乎没有察觉。他总能看见莫林无力的身体躺倒在地上,金色的头发沾染了血污。他自己摇摇摆摆地冲进夜色,血管里莫林的鲜血在唱歌。然后迈亚张开爪子扑向凯尔,而凯尔躺在那里,根本没有举起手进行防卫。要不是伊莎贝尔劝阻,把迈亚从他身上拉开,使迈亚滚落在人行道上,然后抱着她直到她的愤怒消退成泪水,凯尔很可能让她杀了自己。西蒙想要靠近迈亚,但是伊莎贝尔抱着她,举起一只手将他挡开,愤怒地瞪着他不准他过来。

"走开,"她说,"带走他。我不知道他对她做了什么,但肯定是非常恶劣的事。"

是的。西蒙知道他的名字,乔丹。这名字以前出现过。他问她是怎么变成狼人的,她说是前男友干的。他卑劣野蛮地攻击了她,把她变成狼人,然后跑了,留下她独自面对之后的变化。

他原本叫乔丹。

这就是为什么凯尔家的门铃旁只有一个名字。因为这是他的姓,他的全名肯定是乔丹·凯尔。西蒙才意识到。他太笨了,笨得难以置信,以前竟然没有想到。他这么想并非因为他现在需要再多一个恨自己的理由。

凯尔——或者——乔丹是一个狼人,他愈合得很快。西蒙用力把他拽起来,扶着他回到车里,这时他喉咙处和撕破的衬衫下面,深伤口已经结了痂。西蒙从他那里拿来钥匙,开车送他回到曼哈顿,一路上大多数时间都沉默不语。乔丹坐在座位上,低头盯着满是血的双手,几乎一动不动。

"莫林没事,"他们驶过威廉斯堡大桥时他终于说道,"实际情况没有那么糟。

你还不太善于喝人血，所以她没有失太多血。我送她上了出租车。她什么也不记得。她以为自己在你面前晕厥了，而且她真的觉得很不好意思。"

西蒙知道应该谢谢乔丹，可是他却做不到。"你是乔丹，"他说，"迈亚的老朋友。把她变成狼人的那个人。"

他们现在驶在肯莫街上，西蒙向北转弯，上了两旁有廉价旅馆和灯具店的包厘街。"是，"乔丹终于说道，"凯尔是我的姓。我加入护卫队后就开始叫这个名字了。"

"如果伊莎贝尔不管，她已经杀死你了。"

"如果她想，她完全有权杀了我。"乔丹说，然后就沉默了。西蒙找地方停车的过程中他没再说别的，然后他们艰难地上楼梯进了公寓。他连沾满血的外套都没脱就进了自己的房间，砰的一声关上了门。

西蒙把自己的东西塞进背包，打算离开公寓。这时他又犹豫了。他不清楚都到了这时候了，为什么要这样，可是他没有离去，而是把包丢在门边，又坐回已经坐了一夜的椅子上。

他希望能打电话给克拉丽，但是现在太早了，而且伊莎贝尔说她和杰斯一起走了，想到打扰他们的特别时刻，他觉得不太好。他不知道妈妈怎么样了。假如她看到昨天晚上的他，还有莫林，她会认为他完全就是她叱责的那种怪物。

也许他就是。

乔丹房间的门突然开了，他抬起头看。乔丹出来了。他光着脚，仍然穿着昨天的牛仔裤和衬衫，喉咙那里的伤疤已经消退成了红线。他看着西蒙，平时十分明亮快活的浅绿褐色眼睛蒙上了黯淡的阴影。"我以为你会走。"他说。

"我原本是要走，"西蒙说，"可是后来我觉得应该给你一个解释的机会。"

"没什么要解释的，"乔丹拖着脚步走进厨房，在一个抽屉里翻来找去，最后拿出一只咖啡壶，"不管迈亚说了我什么，我确信都是真的。"

"她说你打她。"西蒙说。

乔丹在厨房里愣住了。他低头看着咖啡壶，好像不知道它是用来做什么的。

"她说你们在一起几个月，一切都很好，"西蒙继续道，"然后你变得暴力、嫉妒。她跟你谈到这个时，你打了她。她和你分了手，后来有天晚上她回家的路上，什么东西袭击了她，差点杀死了她。而你——你离开了这座城市。没有道歉，没有解释。"

乔丹把咖啡壶放在桌面上。"她是怎么到这儿的？是怎么找到卢克·加洛维的狼群的？"

西蒙摇摇头。"她跳上一列火车来到纽约追踪到他们。她活了下来。她没让你的伤害毁了自己。而许多人都会。"

"这是你留下的原因吗？"乔丹问，"告诉我我是个混蛋？因为我已经知道我是。"

"我留下，"西蒙说，"是因为我昨天晚上的所作所为。假如昨天我发现你的事情，我就已经离开了。但是在我对莫林做了那样的事以后……"他咬着嘴唇。"我以为我能控制发生在我身上的事情，可是我没有。我伤害了不应该伤害的人。所以这就是我为什么要留下。"

"因为如果我不是怪物，那么你也不是怪物。"

"因为我想知道现在要怎么做，也许你能告诉我，"西蒙向前倾着身体，"因为自从我认识你，你一直是个好人。我从来没见过你刻薄或生气。然后我想到狼群护卫队，还有你说的你加入它是因为你做了坏事。我想迈亚或许就是你努力补偿的做过的坏事。"

"没错，"乔丹说，"是她。"

克拉丽坐在卢克家小客房的桌边，面前铺展着她从贝斯以色列医院太平间拿过来的那片布。她伏在上面，用铅笔在两面比划着，另一只手里拿着石杖，努力回忆着在医院时脑海中浮现的如尼文。

她很难集中精神。她不停想着杰斯，想着昨天晚上。他可能去了哪儿，为什么这么不高兴。直到见到他，她才意识到他和自己一样难过，而这让她心痛。她想给他打电话，可是到家后好几次都阻止自己那么做。如果他要告诉她有什么问题，不用问他也会说的。她很了解他，知道这一点。

她闭上眼睛，努力强迫自己想如尼文。她很确定，这不是她想象出来的。这是实际存在的，虽然她不确定在《灰色格雷》中见过。它的形状对她而言更多的是种启示而不是翻译，是隐藏在地下的形状的显示；是缓缓吹掉表面的尘埃，然后读底下的铭文……

石杖在她手中抽动，她睁开眼惊讶地发现已经在布的边缘画了一个小小的图案。几乎像一团墨渍，朝每个方向伸展。她皱皱眉，疑惑着自己是否已经失去了这项技能。但是这布头却开始闪出微光，就像沥青路面上热气在升腾。她瞪眼看着文字在布面上展开，仿佛有一只隐形的手在写字：

塔尔图教堂。河滨大道232号。

她感到一阵兴奋。这是一条线索,一条真正的线索。而且是她自己找到的,没有借助任何人的帮助。

河滨大道232号。在上西区,她想着,就在河滨公园,从新泽西过来的河对岸。不太远的距离。塔尔图教堂。克拉丽放下石杖,担心地皱了皱眉。不管它是什么,听起来都像坏消息。她匆忙把椅子挪到卢克的旧台式电脑边,然后联上网。输入"塔尔图教堂"没有出来看得懂的结果,对此她并不感到奇怪。那块布头角上的文字不管写的是什么,都应该会是波哥狄克文,或克托尼亚文,或是其他的恶魔语。

有件事她是肯定的:无论塔尔图教堂是什么,它都是秘密的,而且极可能是邪恶的。如果它牵涉到将人类婴儿变成有爪子而没有手的东西,那它就不是任何真正的宗教。克拉丽想着把孩子丢在医院附近的母亲会不会是这个教派的成员,在孩子出生前知不知道自己变成了什么。

她感到浑身冰冷,伸手拿出手机——突然停住了。她本来要打给妈妈,可是她不能为这事打给她。乔斯琳才停止哭泣,同意和卢克出去看戒指。虽然克拉丽觉得妈妈足够坚强,无论真相最终是什么,都能应付,可是没有通知圣廷就调查了这么多,会让她陷入与圣廷的大麻烦中。

卢克。可是卢克和她妈妈在一起。她不能打给他。

也许,玛丽斯。打给她,光想想似乎就很别扭吓人。而且,克拉丽知道——虽然不太想承认这也是一个因素——如果让圣廷接管这事,她会被罚离场的,被挤到一个看起来极为私人的秘密边缘,更别提感觉像是把妈妈出卖给了圣廷。

可是自己一个人跑过去,也不知道会发现什么……呃,她训练过,可是训练得没那么多。她知道自己常常先行动,再思考。她不情愿地拿过电话,犹豫了一会儿——然后快速发送了一条短信:

河滨大道232号。马上和我在那里碰面。很重要。

她摁下发送键,坐了一刻,直到屏幕伴随着回复音亮了起来:

好。

克拉丽叹了口气,放下手机,去拿武器。

"我爱迈亚。"乔丹说。他现在坐在沙发床上,终于煮好了咖啡,虽然还没喝一口。他只是手里拿着咖啡杯,一边说话一边不停地转动着杯子。"我告诉你别的事情之前,你要知道这一点。我们两个都来自新泽西一个令人讨厌的沉闷小城,她总是遇到烦心事,因为她的爸爸是黑人,妈妈是白人。她还有一个哥哥,是个十足的变态。我不知道她有没有跟你说起过他,丹尼尔。"

"没怎么说过。"西蒙说。

"所有这一切让她的生活非常糟糕,可是她没让这些打倒。我是在一家音像店里买旧唱片的时候遇见她的。黑胶唱片,对。我们交谈起来,我了解到,她差不多是方圆几里之内最酷的女孩。也很美,很甜,"乔丹的眼神变得遥远,"我们一起出去玩,感觉好极了。我们完全陷入了爱情,十六岁时的那种爱情。后来我被咬了。有天晚上我在一家夜总会打架,我以前常常打架。我习惯了被踢,被拳打,可是被咬?我觉得这么做的家伙疯了,可不管怎样我被咬了。我去了医院缝合,然后忘了这事。"

"大约三周后开始发作了。一波又一波无法控制的狂暴和怒火。我的眼前会发黑,而我不知道是怎么回事。我用手击碎厨房窗户,只是因为一只抽屉卡住了。我为了迈亚发疯地嫉妒,认为她在看别的男人,认为……我甚至不知道我在想些什么。我只知道我厉声叫喊着。我打了她。我想说我不记得做了这些,可是我记得。然后她就和我分手了……"他的声音慢慢消退了。他喝了一口咖啡。西蒙觉得他看起来病了。他以前肯定没怎么讲过这些事,或者从来没有讲过。"几天后的一个晚上我去了一个聚会,她也在那儿。和另一个家伙跳舞,亲他,好像想要向我证明我们结束了。她选那天晚上真是太糟糕了,而她是不会知道的。那晚是我被咬之后的第一个圆月,"他握住杯子的手关节发白,"我变形后的第一次。变形撕扯着我全身,把我的骨头和皮肤撕扯开来。我备受煎熬,然而又不光是因为这个。我想要她,想要她回到我身边,想要解释,但是我只会号叫。我沿着街道跑开,就在那时候我看到她正穿过她家附近的公园。她正要回家……"

"你袭击了她,"西蒙说,"你咬了她。"

"是的,"乔丹目光散漫地回首往事,"第二天醒来后,我知道了我做的事。我试过去她家,跟她解释。走了一半,有个高大的家伙走到我面前低头打量我。他知道我是谁,知道我的一切。他解释说他是卢普斯护卫队的成员,被派来带我。他有些生气到得太晚了,我已经咬了人。他不准我靠近她,他说我只会让事情更糟。他保证狼群护卫队会看着她。他告诉我既然我已经咬了人,而这是被严格禁止的，唯一逃脱惩罚的方式就是加入护卫队，接受训练来控制自己。"

"我不愿意。我想吐他一口唾沫，然后接受他们想要给我的任何惩罚。我那么恨自己。但是当他跟我解释道我可以帮助像我一样的人，也许让发生在我和迈亚身上的事不再发生的时候，我就像在黑暗中看到了未来的光明。比如说也许这是一个修复我所做的事的机会。"

"好吧，"西蒙慢慢说道，"可是这难道不是种奇怪的巧合吗，你后来被派来保护我？一个和你曾咬过而且变成狼人的女孩约会的家伙？"

"不是巧合，"乔丹说，"你的档案是我分到的其中一个。我选你是因为注解中提到了迈亚。一个狼人和一个吸血鬼约会。要知道，这像是一桩大事。这是我第一次意识到她已经变成了狼人，在我——做了那样的事以后。"

"你从来没有查找真相？这似乎有些——"

"我试过。护卫队不想让我调查，可是我尽我所能查出她怎么了。我知道她离家出走了，可是反正她家的生活乱七八糟，所以这说明不了什么。而且也没有像全国狼人登记之类的东西能让我查找。我只是……希望她没有变形。"

"那么你接受对我的任务是因为迈亚？"

乔丹脸红了。"我想着也许我遇见你，就能知道她发生了什么。她是不是还好。"

"这就是为什么你指责我对她脚踩两只船，"西蒙回想着说道，"你在保护她。"

乔丹的目光越过咖啡杯的边缘瞪着他。"是的，嗯，那是混蛋行为。"

"你就是那个在她门下塞乐队表演传单的人，不是吗？"西蒙摇摇头，"那么，打扰我的爱情生活是任务的一部分，还是只是你个人额外的私心？"

"我负了她，"乔丹说，"不想看到她再被别人欺负。"

"可是你没想到如果她来看我们的表演，她会撕破你的脸？如果她不是来晚了，也许甚至你在台上她都会那么做。那对观众来说可是让人兴奋的加戏。"

"我不知道，"乔丹说，"我没意识到她那么恨我。我的意思是，我不恨那个让我变成狼人的人，我有点理解他可能无法控制自己。"

"对，"西蒙说，"可是你从没爱过那个家伙。你跟他未曾有过任何感情。迈亚爱你。她认为你咬了她，然后抛弃她，再也不想她了。她曾经有多爱你，就会多恨你。"

乔丹还没来得及答话，门铃响了——不是那种有人在楼下摁铃的门铃响声，而是只有人在他们门外过道站着才有的那种铃声。两个男孩疑惑地看着对方。"你在等什么人？"西蒙问。

乔丹摇摇头，放下咖啡杯。他们一起走到狭窄的门口。乔丹拉开门前，打着手势示意西蒙站在他身后。

门外没有人。相反欢迎地垫上有一张折叠起来的纸张，用一块厚实的石头压着。乔丹弯腰拿起那张纸，皱着眉头把它弄平了。

"给你的。"他说着递给西蒙。

西蒙疑惑地打开那张纸。纸的中间用幼稚的大写印刷体写着：

西蒙·刘易斯，你女朋友在我们手里。你今天必须去河滨大道232号。天黑前到那儿，不然我们割断她的喉咙。

"是开玩笑，"西蒙麻木地盯着这张纸说道，"一定是。"

乔丹一言不发，拽着西蒙的胳膊把他拖进客厅。他放开他，到处翻找，直到找到了无绳电话。"打给她，"他把电话拍在西蒙的胸口上说，"打给迈亚，确认她没事。"

"可是也可能不是她。"西蒙低头看着电话，恐怖的情景在头脑中浮现，仿佛有一个食尸鬼在门外晃来晃去，恳求放它进来。他告诉自己，集中精神，不要惊慌。"也可能是伊莎贝尔。"

"哦，上帝，"乔丹对他怒目而视，"你还有其他女朋友吗？我们要列个名单打电话吗？"

西蒙从他手里一把夺过电话，转身摁下号码。

响两声后迈亚接了。"喂？"

"迈亚——我是西蒙。"

她声音中的友好消失了。"哦。你有什么事？"

"我只是想看看你是不是还好。"他说。

"我很好，"她僵硬地说，"我们之间的事不怎么当真。我不高兴，可是我会活下去。然而你还是一个混球。"

"不是，"西蒙说，"我是说我想看看你是不是没事。"

"是为了乔丹吗？"他能听出她说到他的名字时那种紧绷的愤怒，"对。你们一起玩的，是吧？你们是朋友之类的，对吧？好吧，你可以告诉他让他不要来烦我。事实上，你们两个都不要烦我。"

她挂了电话。断线音沿着电话传来，就像只愤怒的蜜蜂在嗡嗡叫。

西蒙看着乔丹。"她没事。她恨我们两个，可是真的不像出了什么事。"

"很好，"乔丹紧张地说，"打给伊莎贝尔。"

打了两通电话，伊莎才接。西蒙几乎慌乱起来，这时她的声音沿着电话线传过来，听起来有些恼怒和心不在焉。"不管是谁，最好是好事。"

西蒙放心了。"伊莎贝尔，我是西蒙。"

"哦，以上帝的名义。你想干什么？"

"我只想确定一下你没事——"

"哦，什么，我应该毁灭，因为你是一条说瞎话、撒谎、脚踩两只船的狗——"

"不，"这真的让西蒙开始恼火了，"我的意思是，你还好吗？你没被绑架或什么的吧？"

长久的沉默。"西蒙，"伊莎贝尔最后说，"这真的是，实在是我人生中听到过的最愚蠢烦人假惺惺的电话借口。你吃错什么药了？"

"我不知道。"西蒙说道，在她没挂电话之前就挂了电话。他把电话递给乔丹。"她也没事。"

"我不明白，"乔丹露出疑惑的神色，"要是完全是假的，谁会进行这样的威胁？我是说，要发现这是谎言如此轻而易举。"

"他们肯定认为我很笨。"西蒙开口道，然后停下来，脑海中浮现出一个可怕的想法。他一把从乔丹手里抓回电话，开始用麻木的手指拨号。

"谁？"乔丹说，"你打给谁？"

就在克拉丽转过第九十六大街的转角进入河滨大道时，她的手机响了。雨水洗去了这座城市平日的灰尘，太阳在光辉的天空照耀着河畔公园里明亮的绿化带。今天的河水接近蓝色。

她伸手在包里找手机，找到后打开。"喂？"

西蒙的声音传了过来。"哦，谢——"他停了下来，"你好吗？你没有被绑架什么的？"

"绑架？"克拉丽一边走一边使劲看建筑物的号码。220，224。她并不完全确定她找的是什么。它看起来会像一座教堂吗？或是别的，用魔法伪装使它看起来像是废弃的荒地？"你是醉了还是怎么了？"

"现在也有点太早了吧，"他的声音明显轻松了，"不是，我只是——我收到一张奇怪的纸条。有人威胁要抓我的女朋友。"

"哪一个？"

西蒙听起来不是在搞笑。"我已经打了电话给迈亚和伊莎贝尔,她们都没事。然后我想到了你——我的意思是,我们经常在一起。有人可能误会了。可是现在我不知道该怎么想了。"

"我不知道。"河滨大道232号突然矗立在克拉丽面前,是一幢很大的方石尖顶建筑。它可能某个时期是座教堂,她想,虽然现在看起来不太像。

"对了,迈亚和伊莎贝尔昨天晚上知道了对方的存在。事情糟了,"西蒙又说,"你说玩火的话是对的。"

克拉丽检视着232号的正面。沿着大道的建筑大都是昂贵的公寓楼,里面有穿着制服的门卫候着。而这个只有一排高高的圆顶木门,装着老式的金属门把而不是圆形把手。"哦,哎呀。对不起,西蒙。她们两个都跟你说话了?"

"没怎么说话。"

她握住门把,推了一下。门发出轻柔的声响,开了。克拉丽压低了声音。"或许是她们俩其中一个留的纸条?"

"这不太像她们的风格,"西蒙说道,听起来真的很困惑,"你觉得杰斯会这么做吗?"

听到他的名字,她的肚子仿佛遭了一拳。克拉丽屏住呼吸说:"我真觉得他不会这么做,即使他生气了。"她把电话从耳边拿开。从半开的门望去,她能看见里面像正常的教堂,这让她放心——长长的过道,像烛光一样摇曳的光线。偷偷看看里面肯定不会有什么问题。"我要走了,西蒙,"她说,"回头打给你。"

她关上手机,迈步进去。

"你真觉得这是个玩笑?"乔丹在公寓里来回踱步,就像一只在动物园笼子里走来走去的老虎,"我不懂。在我看来,这真的是个讨厌的玩笑。"

"我没说不讨厌。"西蒙瞄了一眼那张纸条。纸条放在咖啡桌上,即使隔了段距离,那些大写印刷体字母也清晰可见。只是看看纸条就让他感觉胃部猛地一紧,虽然他知道这毫无意义。"我在想可能是谁送的纸条。还有为什么。"

"也许我应该今天暂时不保护你,而是看着她,"乔丹说,"你知道的,只是以防万一。"

"我猜你说的是迈亚,"西蒙说,"我知道你是好意,可我真不觉得她愿意你在她身边。不管是什么情况。"

乔丹绷紧了下巴。"我会待在一边,让她看不见我。"

"哇,你真的还很爱她,是吧?"

"是我的责任，"乔丹的语气很生硬，"我的感觉并不重要。"

"你可以做你想做的，"西蒙说，"可是我认为——"

门铃又响了。两个男孩互相看了彼此一眼，然后像离弦之箭一般穿过狭窄的过道冲到门口。乔丹先到，他一把抓向门口竖着的衣帽架，拽下外套，然后猛地把门拉开，衣帽架斜悬在他的头顶上方，仿佛一杆标枪。

门的那边是杰斯。他眨眨眼。"那是衣帽架吗？"

乔丹将衣帽架用力地放在地上，叹了口气。"如果你是吸血鬼，这个就有用多了。"

"是的，"杰斯说，"不然，你知道的，只是某个有许多衣服的人。"

西蒙打量着乔丹说："对不起，我们今天上午压力太大了。"

"对，那个，"杰斯说，"还要有更大的压力。我来带你去学院，西蒙。圣廷想要召见你，他们不喜欢等。"

塔尔图教堂的门在身后关上的那一刻，克拉丽感觉进入了另一个世界，纽约市的喧闹和繁华全部被关在了外面。这座建筑的内部空间很大很高，天花板高悬在上方。狭窄的过道两边是一排排坐凳，粗壮的棕色蜡烛在墙壁上安装的烛台里燃烧着。在克拉丽看来，这里面光线太暗了，不过也许只是因为她习惯了巫光的明亮。

她沿着过道往前走，脚上的运动鞋在布满灰尘的石头地面上发出轻柔的脚步声。她觉得很奇怪，这是一座没有任何窗户的教堂。她走到过道的尽头，来到一个半圆形的内室，一组石阶向上通到一个讲台，讲台上有一个祭坛。她眨着眼睛向上张望，明白了奇怪的是什么：这座教堂里没有十字架。祭坛上倒是有一块竖着的石板，上面雕了一只猫头鹰的形象。石板上写着：

> 她的家陷入死地，
> 她的路偏向阴间。
> 凡到她那里去的不得转回，
> 也得不着生命的路。①

克拉丽眨了眨眼睛。她对《圣经》不太熟——她肯定不像杰斯那样，几乎能

---

① 出自《圣经新约·箴言》第二章第十八节，译文参考和合本。

一字不差地大段大段背诵——不过尽管读起来是宗教文献，可是教堂里出现这样一段文字还是有点奇怪的。她打了个寒颤，向祭坛走得更近一些。祭坛上留下了一本合着的大部头书，其中一页好像做了标记。克拉丽打开那书，才意识到她原以为是书签的东西是一把黑色手柄的匕首，上面雕刻着神秘的图案。她以前在教科书里见过。这是阿萨姆，常用于恶魔召唤仪式。

她浑身变得冰冷，可还是俯身扫了一眼标记的那页，决心要了解些东西——却只发现一种难以辨认的有固定格式的字体。假使这种字体是英语，也很难读懂。这不是英语，而是一种尖锐的、有利角形状的字母，她肯定自己从来没有见过。文字的上面是一幅图，克拉丽认出是召唤圆圈——巫师使咒语生效前在地上画的那种图案。召唤圆圈是用来引出和聚合魔法力量的。这一个召唤圆圈涂着绿色的墨水铺展在页面上，看起来像中心有一个正方形的两个同心圆。两个圆圈之间的地方，爬满了如尼文。克拉丽并不认识，可是她从骨子里可以感受到如尼文语言，这语言让她战栗。死亡和鲜血。

她匆忙翻了翻书页，突然看见一组图，让她倒吸了口气。

这是一组演化图，开始是一个女人的形象，左肩上立着一只鸟。这只鸟可能是只乌鸦，看起来邪恶又狡诈。第二幅图鸟不见了，而这个女人明显是怀孕了。第三幅图里，这个女人躺在一个祭坛上，正像克拉丽现在站在它前面的这个祭坛。一个身上裹着长袍的人站在她前面，手里拿着一支刺眼的现代样子的注射器。注射器里装满了暗红色的液体。这个女人显然知道她要被注射，因为她在尖叫。

最后一幅图中这个女人坐着，腿上坐着一个婴儿。这个婴儿看起来几乎与正常孩子无异，除了他的眼睛完全是黑色的，根本没有眼白。女人一脸惊恐，低头看着她的孩子。

克拉丽感到脖子后面的头发扎人，如芒在刺。她妈妈是对的。有人想要制造出更多像乔纳森一样的婴儿。事实上，他们已经这么做了。

她退下祭坛，身体里的每一处神经都在尖叫着这个地方非常不对劲。她觉得自己一秒也待不下去了，最好到外面等援兵到来。她可能独自发现了这个线索，可是它的结果却远远超过了她独自承受的能力。

就在这时她听到一个声音。

似乎有轻柔的沙沙声从她的上方传来，就像潮水缓慢回拍的声音。她手里抓着阿萨姆，抬头张望。楼上的走廊里站满了一排排沉默的身影。他们的穿着看起来像灰色的运动套装——运动鞋，灰色的运动服，拉链拉到头，用衣服上的风帽遮着脸。他们一动不动，手抓着走廊栏杆，低头盯着。至少她觉得是盯着她看。

他们的脸完全藏在阴影里,她连他们是男是女都分不清。

"对……对不起,"她说道,声音在石头建成的房子里回声很大,"我不是有意要闯入的,或者……"

没有回复,只有沉默。沉重的沉默。克拉丽的心跳开始加速了。

"那,我就走。"她说,费力地咽着口水。她走向前把阿萨姆放在祭坛上,然后转身要离开。就在那时,她转身前的一刹那,她闻到了空气中的那种气味——那种熟悉的腐坏垃圾恶臭。她和大门之间,涌现出噩梦般的一团东西,皮肤上覆盖着鳞片,尖牙似刀子,利爪到处挥舞,仿佛一堵墙。

在过去的七周里,克拉丽进行训练以在战斗中面对恶魔,甚至是一个巨大的恶魔。可是现在这真实发生了,她却只会尖叫。

第十一章
我们族类

　　恶魔扑向克拉丽，她一下子停止了尖叫向后跃起，越过祭坛——一个完美的后空翻，有那么诡异的一刻，她希望杰斯能在那儿看到。她蜷伏着落在地上，就在这时有什么东西重重地撞向祭坛，使得祭坛振动起来。

　　一声长嚎响彻教堂。克拉丽挣扎着跪起身来，越过祭坛的边缘看去。这个恶魔没有她一开始以为的那么大，但是也不小——大概有冰箱那么大，摇摇晃晃的身躯上长了三只脑袋。它的头上没有眼睛，张着巨大的下颚，里面垂下绳子般的绿色长舌。恶魔抓她的时候，最左边的脑袋似乎重重地撞在了祭坛上，因为它来回摇动着这颗头，好像想要清理一下。

　　克拉丽狂乱地向上瞥了一眼，可是那些穿着运动服的身影仍然在原来的地方，没有一个移动。他们似乎超然地观看着发生的一切。她转身看看身后，可是看起来除了她进来的那个门，这个教堂没有其他的出口，而恶魔正挡着她的路。她意识到正在浪费宝贵的时间，爬起来去抓阿萨姆。恶魔又向她出击，她从祭坛上猛地拿起阿萨姆，然后俯身躲开。她滚到一边，这时恶魔粗壮脖子上摇摇晃晃的一颗头冲向祭坛，粗厚的黑舌头迅疾弹出搜寻她。她大叫一声，一下子将阿萨姆扎进这东西的颈部，然后又急忙拔出，翻爬着退后躲开。

　　这东西尖叫起来，头部向后仰起，黑色的血液从她刺的伤口喷涌而出。但这一击并不致命。甚至克拉丽的视线还没移开，恶魔的伤口就开始慢慢愈合了，黑绿色的皮肉交错合起，就像缝补起来的织物。她的心一沉。不足为奇。暗影猎手使用刻有如尼文的武器的全部原因就是因为如尼文能阻止恶魔愈合。

　　就在恶魔又过来的同时，她的左手摸向腰间皮带里的石杖，把它抽了出来。她跳到一边，忍痛滚下石阶，一直滚到第一排长凳那里。恶魔转过身，有点笨拙地移动着，又向她扑来。她意识到自己还抓着石杖和那把匕首——实际上，她刚才滚落的时候被匕首划到了，鲜血很快就弄脏了她的外衣前襟——就把匕首换到左手，石杖换到右手，然后迅速拼命地在阿萨姆的手柄上刻上恩克利如尼文。

　　随着代表天使力量如尼文的刻画，匕首手柄上其他的符号开始融化。克拉丽抬头一看，恶魔的三颗头正在伸过来，嘴巴大张着，几乎已经挨着她了。她挣扎着站起来，抡起胳膊，使出最大的力气将匕首掷出。让她大感惊讶的是，匕首扎在中间那只脑袋头骨的正中，一直没至手柄。恶魔尖叫着，那颗头激烈地抽打起来——克拉丽的心提着——然后那颗头就掉落下来，砸在地上发出令人作呕的重击声。恶魔还是不管不顾地不停向克拉丽走来，已经死去了的头颅还拖在软塌塌的脖子后面。

上面传来许多脚步声。克拉丽抬头看到，穿着运动服的身影已经不见了，走廊空了。这可不是让人安心的景象。她的心脏在胸腔跳着狂野的探戈，她转身向前面的门跑去，可是恶魔比她更快。随着用力的嘶喊，它跃过她，落在门前，挡住了她出去的路。它摆动着两颗活着的头，发出嘶嘶的声音向她靠近，然后挺起身来，伸展全部的身体要向她发起进攻——

某个东西从空中闪过，一束飞冲而来的金银色火焰。恶魔猛地转过头来，嘶嘶声变成了大声的尖叫，但是已经太晚了——那个银色的东西已经将恶魔剩余的两颗头缠住，紧紧勒起，随着喷出的黑色血液，头被勒掉了。飞喷的黑血溅到克拉丽的身上，灼伤了她的皮肤。然后这个没有头的躯体摇晃着倒向她，她连忙把脑袋躲开。

然后不见了。恶魔轰然倒地的同时消失了，被吸回它自己的次元。克拉丽小心翼翼地抬起头。教堂的前门开着，入口处站着伊莎贝尔，穿着靴子和黑色的裙子，手里拿着她的电鞭。她慢慢把鞭子绕回到手腕上，一边扫视着教堂四处，黑色的眉毛由于好奇皱了起来。目光落在克拉丽身上时，她咧嘴笑了。

"他妈的，姑娘，"她说，"你现在又惹了什么麻烦？"

吸血鬼附属人的手触碰到西蒙的皮肤，又冷又轻，仿佛冰翼的触摸。他们解开他头上的眼罩，枯萎的皮肤挨着他的皮肤，很不舒服，让他有些战栗，然后他们弯着腰向后退去。

他眨眨眼睛打量着四周。不久以前，他还站在七十八大街和第二大道交叉路口转角的阳光下——离学院的距离够远，他判断这个距离可以让他安全地使用墓地的泥土和卡米尔联系，而不引起她的怀疑。现在他在一个光线暗淡的房间里，房间很大，地面铺着平整的大理石，精美的大理石柱子支撑着高高的天花板。沿着左边的墙壁是一排玻璃窗口的隔间，每个隔间都悬吊着一块刻有字母的黄铜牌子，上面写着"柜员"。墙上还有另外一块黄铜牌子，显示这里是道格拉斯国家银行。地面上以及人们曾经站在那里写支票或取款单的柜台上都积满了厚厚的灰尘，从天花板上悬吊下来的黄铜灯上覆盖着一层铜锈。

房间的中央有一把高高的扶手椅,椅子上坐着卡米尔。她泛着银色的金发松散着,仿佛金箔一般披在她的肩上。她漂亮的脸庞洗去了妆容,可是她的嘴唇仍然鲜红。在昏暗的银行里,这几乎是西蒙可以看见的唯一颜色。

"正常情况下我不会同意和人在白天见面,日光行者,"她说,"不过既然是你,我开个特例。"

"谢谢。"他发现没有给他坐的椅子,所以继续尴尬地站着。他想如果他的心脏还跳动的话,现在会怦怦直跳。他同意为圣廷做这件事时,已经忘了卡米尔让他多么害怕。也许这不符合逻辑——她能真的把他怎么样?可他还是害怕。

"我猜这表示你已经考虑了我的提议,"卡米尔说,"而且你同意了。"

"什么让你认为我同意了?"西蒙说,非常希望她不会把这个蠢笨的问题归结为他在拖延时间。

她显得稍稍有些不耐烦。"你不会亲自来告诉我你决定拒绝我的消息。你会害怕我的脾气。"

"我应该害怕你的脾气吗?"

卡米尔在翼状后背的椅子上向后坐了坐,微笑着。这把椅子是现代风格的,很奢华,不同于这家废弃银行里的其他东西。肯定是从别的什么地方拖过来的,很可能是卡米尔的附属人干的,现在他们像静默的雕像一般在两侧远远站立着。"很多人怕,"她说,"不过你没有理由怕。我很喜欢你。虽然你一直等到最后一刻才联系我,可我觉得你做了正确的决定。"

西蒙的手机偏偏选在这个时候开始不停地振动。他吓了一跳,感到一股冷汗沿着后背淌下,然后匆忙从外套口袋里往外摸手机。"对不起,"他说着打开了手机,"电话。"

卡米尔现出惊恐的神色。"不要接。"

西蒙将电话举到耳边,接电话的同时,他设法用手指摁了几下相机键。"就几秒钟。"

"西蒙。"

他按了发送键,然后迅速合上手机。"对不起,我不想这样的。"

卡米尔的胸口由于愤怒而起伏着,尽管她实际上并没有呼吸。"我要求我的仆从给予我比这更多的尊重,"她叫道,"你永远不要再这样,否则——"

"否则什么?"西蒙说,"你和其他人一样伤不到我。而且你跟我说过我不是仆从,你说我是你的搭档。"他停了一下,声音里增加了恰如其分的傲慢语气:"也许我应该重新考虑接受你的提议这件事。"

卡米尔的眼神黯淡下来。"哦，为了上帝，不要做一个小傻瓜。"

"你怎么能说那个词？"西蒙问。

卡米尔挑了挑精巧的眉毛。"哪个词？我叫你傻瓜你不高兴了？"

"不。好吧，是，不过我的意思不是这个。你说'哦，为了——'"他停了下来，声音沙哑了。他仍然不能说那个词。上帝。

"因为我不信他，傻孩子，"卡米尔说，"而你还信。"她的头歪向一边，注视着他的样子就像一只鸟正盯着路边一条考虑要吃掉的虫子。"我觉得到发血誓的时候了。"

"血……血誓？"西蒙疑惑自己是不是听错了。

"我忘了你对我们族类习俗的了解这么有限，"卡米尔摇了摇满是银发的头，"我要你签一份誓约，血誓，说你忠于我。它会阻止你将来不服从我。把它想成类似于……婚前协议。"她微笑道，而他看到了她尖牙的闪光。"来。"她盛气凌人地打了个响指，她的附属人垂着灰色的脑袋，连忙过来。先到的那位递给她一个像旧式玻璃笔的东西，笔尖是漩涡状的那种，用来盛装墨水。"你必须要划伤自己，抽出你自己的血，"卡米尔说，"通常我会亲自下手，可是那个印记使我无法下手。所以我们只能凑合了。"

西蒙犹豫了。这样不好，很不好。他对超自然世界的了解让他清楚地知道，誓言对暗影魅族意味着什么。绝不仅仅是空洞的承诺，可以背弃，而是真的约束发誓者，就像现实中的枷锁。假如他签了这份誓约，就要真的忠于卡米尔。可能是永远。

"过来，"卡米尔说道，声音中已经有了一丝不耐烦，"没必要磨蹭。"

西蒙不情愿地向前迈了一步，然后又一步。一个附属人走到他面前，挡住了他的路。他把一把刀递给西蒙，这东西看起来很邪恶，有着针一样的刀尖。西蒙接过刀，举到他手腕上方，然后放低。"要知道，"他说，"我真不太喜欢疼痛。或者刀——"

"动手。"卡米尔吼道。

"肯定有其他办法。"

卡米尔从椅子上站起来，西蒙看到她的尖牙已经完全伸出来了。她真的发怒了。"如果你还浪费我的时间——"

忽然传来轻柔的爆裂声，就像某个巨大的东西从中间撕开的声音。一个闪烁的大平面显现在对面墙上。卡米尔转过身，看清是什么东西时，震惊地张大了嘴巴。西蒙知道她像他一样，认出了它。它只可能是一种东西。

移空门。至少有十几个暗影猎手正穿过它拥进来。

"好了。"伊莎贝尔说着，用轻快的姿势收起了急救箱。她们在学院的一个空房间里。学院里有许多空房间，用来接待到访的圣廷成员。房间很简朴，每间都只配备了一张床、一张梳妆台、一个衣橱，还有一个小小的卫生间。当然，每间还都有一只急救箱，里面有绷带、敷剂，甚至还有备用的石杖。"你的移除如尼文刻得很好，不过有些淤青还要再过段时间才能消退。这些——"她用手摸着克拉丽上臂被恶魔血溅到留下的灼伤痕迹，"可能明天才能好。可是如果你好好休息，它们就会愈合得快些。"

"没事。谢谢，伊莎贝尔。"克拉丽低头看着她的双手。她的右手缠着绷带，T恤衫撕破了，沾染了血污，尽管伊莎刻的如尼文已经使下面的伤口愈合了。她想本来自己可以刻移除如尼文的，可是有人照顾她的感觉很好。伊莎虽然不是克拉丽认识的人中最热心的，但是她愿意的时候可以能干又和善。"也谢谢你出现，你知道的，救了我，不管那是什么东西——"

"海德拉恶魔，我告诉你。它们有好几只脑袋，可是却很笨。我到那儿前你干得不错。我喜欢你用阿萨姆做的事情。重压之下思维敏捷。这与学习怎样把对手打成窟窿一样，是成为一名暗影猎手的一部分，"伊莎贝尔用力躺倒在床上，靠着克拉丽叹起气来，"在圣廷的人回来之前，我可能应该查查关于塔尔图教堂能找出点什么。也许这能帮我们搞清楚正在发生的事情。医院的事情，那些婴儿——"她打了个寒战，"我不喜欢。"

关于为什么她会在那个教堂，克拉丽把能说的全都告诉了伊莎贝尔，甚至说了医院里的恶魔婴儿，尽管她假装自己是那个怀疑的人，而把她的妈妈完全屏蔽在故事之外。克拉丽描述了那些婴儿看起来和正常婴儿别无二致，除了他们睁开的双眼是黑色的，而且代替手的是小小的爪子，伊莎贝尔对此很厌恶。"我认为他们想要制造出另一个像——像我哥哥一样的婴儿。我觉得他们用某个贫穷的凡人女子做试验，"克拉丽说，"可是婴儿出生后，她又无法接受，所以发疯了。只是——谁会做这样的事？瓦伦丁的追随者？那些未曾抓到的人，也许正努力从事他曾经做的事情？"

"也许吧。或者就是某个崇拜恶魔的魔教团体。有很多这样的团体。虽然如此，我还是无法想象，为什么有人想制造更多像塞巴斯蒂安那样的东西。"她说到他的名字时，声音由于仇恨升高了一些。

"他的名字其实是乔纳森——"

"乔纳森是杰斯的名字，"伊莎贝尔紧接着说，"我不会用和我哥哥同样的名字称呼那个怪物。对我来说，他永远都是塞巴斯蒂安。"

克拉丽不得不承认她说得有点道理。她也很难把他想成乔纳森。她觉得这对真实的塞巴斯蒂安并不公平，可是他们大家都并不真正认识他。把一个陌生人的名字安给瓦伦丁恶毒的儿子，要比用一个感觉更亲近她的家人、更亲近她的生活的名字称呼他，要容易些。

伊莎贝尔轻轻说着，可是克拉丽看得出她的脑子在转动，思索着各种可能。"不管怎样，我很高兴你给我发了短信。我从你的信息可以看出有什么怪异的事情在发生，坦白说我有点厌烦。每个人都在外面和圣廷一道做秘密的事情，我不想去，因为西蒙会在那儿，而我现在恨他。"

"西蒙和圣廷一道？"克拉丽感到震惊。她们到的时候，她注意到了学院似乎比平时空一些。杰斯当然不在，不过她也没想着他会在——虽然她不知道为什么。"我今天上午和他说过话，他完全没有提到自己在为他们做事。"克拉丽补充道。

伊莎贝尔耸耸肩。"和吸血鬼政治有关系，我就知道这个。"

"你觉得他会没事吗？"

伊莎贝尔听起来有点恼怒。"他不再需要你保护了，克拉丽。他有该隐印记。他被炸，被枪击，被淹，被捅，都会没事。"她使劲看着克拉丽。"我注意到你没有问我为什么恨西蒙，"她说，"我想你知道脚踩两条船的事？"

"我知道，"克拉丽承认道，"对不起。"

伊莎贝尔挥了挥手，不再计较克拉丽的坦白。"你是他最好的朋友。如果你不知道，这就蹊跷了。"

"我应该告诉你的，"克拉丽说，"只是——我从来不觉得你对西蒙有那么认真，你知道吧？"

伊莎贝尔面带怒色。"我没有。只不过——我以为至少他是认真的，我离他的圈子和他的一切都那么远。我想是我对他的期待超过了我对其他家伙的期待。"

"也许吧，"克拉丽平静地说，"西蒙不应该和认为自己不在他的圈子里的人约会。"伊莎贝尔看着她，她觉得自己脸红了。"对不起，你们的关系真的不关我的事。"

伊莎贝尔把她的黑发挽成一个发髻，她紧张的时候就会这样。"不，没有。我的意思是，我可以问你，为什么给我发短信，让我来这个教堂找你，而不是发给杰斯，可是我没问。我又不傻。我知道你们两个虽然还处于充满激情的约会交往阶段，可是有些不对劲，"她热切地看着克拉丽，"你们两个睡过没有？"

克拉丽感到血都冲到了脸上。"什么——我是说，没，我们没有，可是我不明白这有什么关系。"

"没关系，"伊莎贝尔说道，一边轻轻整理着她的发髻，"这只不过是不正经的好奇心。你有什么顾虑？"

"伊莎贝尔——"克拉丽蜷起腿，双臂抱膝，叹了口气，"什么也没有。只是我们不急。我从来没有——你知道的。"

"杰斯有，"伊莎贝尔说，"我是说，我猜他有。我不确定。不过如果你需要什么东西……"她停住不说了。

"需要什么东西？"

"保护。你懂的。这样你可以小心点，"伊莎贝尔说道，一副就事论事的语气，"你会觉得如果天使给我们避孕如尼文的话，就太有远见了。不过不要冒险。"

"我当然会小心的，"克拉丽语无伦次地说，感觉自己的脸颊变红了，"够了。这太尴尬了。"

"这是女孩间的谈话，"伊莎贝尔说，"你觉得尴尬是因为，你一直以来都和西蒙在一起，他是你唯一的朋友。而你不能和他谈论杰斯。那才尴尬呢。"

"杰斯真的什么都没和你说？关于他烦恼什么？"克拉丽小声说，"你发誓？"

"他不用说，"伊莎贝尔说，"你的行为方式，还有杰斯天天就像有人刚死了的样子，我不会注意不到有问题的。你应该早点来找我聊聊。"

"至少他还好吧？"克拉丽静静地问。

伊莎贝尔从床上站起来，低头看着她。"不，"她说，"他非常不好。你好吗？"

克拉丽摇摇头。

"我认为不好。"伊莎贝尔说。

让西蒙吃惊的是，卡米尔一见到那些暗影猎手甚至都没有努力坚持一下。她尖叫着向门口跑去，意识到外面是白天，从银行出去将会让她迅速烧成灰烬时才僵住。她喘着粗气，畏畏缩缩地后退，直到靠着墙壁。她的尖牙伸了出来，喉咙里发出低低的嘶嘘。

圣廷的暗影猎手蜂拥至西蒙的周围，他们像一群乌鸦，全都一身黑色。西蒙向后退了几步。他看见了杰斯，他的脸像大理石般苍白冷硬，经过其中一位附属人身边时用一把宽边长剑划过他，随意得就像行人拍死一只苍蝇。玛丽斯昂首阔步走在前面，飞舞的黑发让西蒙想起了伊莎贝尔。她的天使之刃划出锯木的动作解决了第二个退缩着的附属人，她接着向卡米尔逼近，天使之刃在她手上闪闪发亮。杰斯在她旁边，另一个暗影猎手——一个身材高大的男子，前臂上的黑色如尼文像藤蔓一样——在她另一侧。

其余的暗影猎手排列开来彻底搜查银行，用他们使用的那些奇怪东西——感应仪——扫过每个角落，检查恶魔的活动。他们无视卡米尔附属人的尸体一动不动倒在自己干了的血泊中。他们也无视西蒙，他们对他的关注就像他只是另一根柱子而已。

"卡米尔·贝尔科特，"玛丽斯说道，她的声音在大理石墙上回荡，"你违反了法律，要受到法律的惩罚。你要投降和我们走，还是要顽抗？"

卡米尔哭泣着，并没有试图遮掩眼泪。她的泪水沾染了血迹，白白的脸庞流过红红的泪线，抽泣道："沃克——还有我的阿切尔——"

玛丽斯显得很困惑。她转向左边的那个男子。"她在说什么，卡迪尔？"

"她的人类附属人，"他回答，"我想她在哀悼他们的死亡。"

玛丽斯轻蔑地挥了下手。"让人类做附属人是违犯法律的。"

"暗影魅族受你们天杀的法律约束之前我就拥有他们了，你这个贱人。他们跟着我两百年了。他们就像是我的孩子。"

玛丽斯握紧了天使之刃的手柄。"你知道什么是孩子？"她耳语道，"你的族类除了破坏还知道什么？"

卡米尔满是泪痕的脸庞有那么一刻胜利地闪亮起来。"我知道，"她说，"不管你再说什么，不管你撒什么谎，你恨我们的族类，不是吗？"

玛丽斯的脸绷紧了。"带走她，"她说，"带她去圣所。"

杰斯敏捷地走到卡米尔一边抓住她，卡迪尔抓着她另一只胳膊。他们一起把她押在中间。

"卡米尔·贝尔科特，你被指控谋杀人类，"玛丽斯庄重地说，"以及谋杀暗影猎手。你将被带往圣所，在那里接受审问。谋杀暗影猎手的判决是死刑，但是如果你和我们合作，你可能会被饶过一命。明白吗？"玛丽斯问。

卡米尔抗拒地把头转向一边。"我只会回答一个人，"她说，"如果你们不把他带到我面前，我什么都不会对你们说。你可以杀了我，可是我什么都不会告诉你。"

"很好，"玛丽斯说，"那个人是谁？"

卡米尔露出她的牙齿。"马格纳斯·贝恩。"

"马格纳斯·贝恩？"玛丽斯大吃一惊，"布鲁克林大巫师？你为什么要和他谈?"

"我会回答他,"卡米尔重复道,"否则我不会回答任何人。"

就这样结束了。她再没说一个字。她被暗影猎手拖走,而西蒙看着她离去。他并没有以为的那样觉得是种胜利。他感觉很空虚,而且胃部奇怪地觉得恶心。他低头看着被杀死的附属人的尸体。他也不怎么喜欢他们,可是他们不是自愿要这样的,并不是的。在某种程度上说,也许卡米尔也不是。但是无论如何她对暗影猎手来说是个坏蛋。也许不仅仅是因为她杀害暗影猎手。也许,他们真的,不可能对她有别的看法。

卡米尔被推过移空门。杰斯站在移空门那边,不耐烦地打着手势让西蒙跟着。"你来不来?"他叫道。

不管你再说什么,不管你撒什么谎,你恨我们族类。

"来。"西蒙说着,不情愿地向前走去。

第十二章

圣 所

"你觉得卡米尔想见马格纳斯是为了什么？"西蒙问。

他和杰斯背靠着圣所后墙站着。圣所是一个非常大的房间，通过一条狭窄的通道和学院的主体连接起来。就本身而言，圣所并不是学院的一部分；它被故意留下，未被奉作神圣的宗教场所，以便可以用作容纳恶魔和吸血鬼的地方。杰斯告诉西蒙，自从投影发明以来，圣所已经不流行了，不过有时他们也会为这里的圣所找到用处。显然，现在就是其中一次。

这是一个很大的房间，由石头砌成，里面有柱子，宽大的双扇门外有一条同样是石头砌成的进入通道，通往一条走廊，将这个房间和学院连接起来。石头地板上巨大的坑洞表明，多年来关在这里的不管是什么，都相当邪恶——并且很大。西蒙禁不住想象着他要待在多少个满是柱子的宽阔房间里。卡米尔靠着其中一根柱子，双臂背在背后，两边都由暗影猎手勇士守卫着。玛丽斯来来回回地踱步，偶尔和卡迪尔商量什么，显然正在努力制定什么计划。这个房间没有窗户，原因显而易见，不过到处都亮着巫光火炬，给整个场景投下一层特别的白光。

"我不知道，"杰斯说，"也许她想要时尚建议。"

"哈，"西蒙说，"那家伙是谁，和你妈妈一起的那个？他看起来眼熟。"

"那是卡迪尔，"杰斯说，"你可能见过他弟弟，马利克，死于对瓦伦丁轮船的进攻中。卡迪尔是圣廷排名第二的重要人物，在我妈妈之后。她很信赖他。"

西蒙看着卡迪尔把卡米尔的胳膊拽到背后绕着柱子，绑起了她的手腕。她轻轻尖叫了一声。

"福佑金属，"杰斯说道，脸上没有一丝表情，"这会灼烧他们。"

他们，西蒙想。你是说"你"。我和她一样。我不会因为你认识我而和她有什么不同。

卡米尔在啜泣。卡迪尔站回原来的地方，面容无动于衷。他深色皮肤上的深色如尼文在胳膊和脖子上缠绕得满满都是。他转身和玛丽斯说了些什么，西蒙听到"马格纳斯"和"火信"。

第十二章 | 圣 所

"又是马格纳斯,"西蒙说,"可是他不是去旅行了吗?"

"马格纳斯和卡米尔都非常老了,"杰斯说,"我想他们认识并不怎么奇怪。"他耸了耸肩,似乎对这个话题没有兴趣。"无论如何,我相当肯定,他们最终会把马格纳斯召回来的。玛丽斯想获得信息,非常想。她知道卡米尔杀死那些暗影猎手不只是为了血。想得到血液,有更容易的办法。"

西蒙闪念之间想到了莫林,觉得有些恶心。"好吧,"他说道,尽量显得平静如水,"我猜这意味着亚历克要回来了。所以是好事,对吧?"

"当然。"杰斯的声音听起来无精打采。他看起来也不那么高大了。房间里白惨惨的光将他颧骨的轮廓投射成一种新的更骨感的浮雕,这表明他瘦了。他的手指甲被咬得光秃秃的,还淌了血,眼睛下面则是深深的黑眼圈。

"至少你的计划成功了。"西蒙补充道,想要为杰斯的郁闷注入一些快乐。是杰斯出主意让西蒙用手机拍照然后发送给圣廷,这可以让他们通过移空门到达他所在的地方。"是个好主意。"

"我知道会成功的。"杰斯听起来对受到的夸赞没有兴趣。通往学院的双扇门一下子开了,他抬头看了一眼。伊莎贝尔走进门来,黑色的头发飞舞着。她环顾了一下房间——只瞥了一眼卡米尔和其他暗影猎手——向杰斯和西蒙走来,靴子在石地板上发出嗒嗒的声音。

"把可怜的马格纳斯和亚历克从度假中拽回来干什么?"伊莎贝尔问,"他们要看歌剧!"

杰斯解释着,伊莎贝尔叉腰站着,完全无视西蒙。

"好吧,"他解释完后她说道,"可是整件事情太荒谬了。她只不过是在拖延时间。她和马格纳斯能说些什么?"她回头越过肩膀看着卡米尔,她此时不仅手被铐着,而且还被一段金银色的链子绑在柱子上。链子交叉着绕过她的身体,缠绕着她的上身、膝盖,甚至脚踝,绑得她动弹不得。"那是福佑金属吗?"

杰斯点头。"手铐加了裹衬以保护她的手腕,不过如果她动得太厉害……"他发出嘶嘶的声音。西蒙想起他在伊德里斯牢房里触碰大卫之星时手被灼烧的情景,还有他的皮肤血肉模糊的样子,必须使劲才能克制住向杰斯厉声叫嚷的冲动。

"嗯,你们去追捕吸血鬼的时候,我出城击退了一个海德拉恶魔,"伊莎贝尔说,"和克拉丽一起。"

杰斯之前对周围发生的事一直都只表现出极少的兴趣,这时却突然站直了。"和克拉丽?你带她跟你一起追猎恶魔?伊莎贝尔——"

"当然不是。我到的时候,她已经战斗了好一会儿了。"

"可是你怎么知道——"

"她发短信给我，"伊莎贝尔说，"所以我就去了。"她检查着自己跟往常一样完美的指甲。

"她发短信给你？"杰斯抓住伊莎贝尔的手腕，"她好吗？她受伤了吗？"

伊莎贝尔低头看了看他抓着她手腕的手，然后又抬头看着他的脸。西蒙看不出来他是不是弄疼了她，但是她脸上的表情正如她话音里的讽刺一样尖刻，都可以割断玻璃了。"是的，她正在楼上流血而死，可是我想我才不要马上告诉你，因为我喜欢让悬念久一点。"

杰斯似乎突然意识到他自己正在干什么，放开了伊莎贝尔的手腕。"她在这里？"

"她在楼上，"伊莎贝尔说，"休息——"

可是杰斯已经离开了，向入口处的大门跑去。他冲出大门消失了。伊莎贝尔的目光追随着他，摇了摇头。

"你无法想象他不这样做。"西蒙说。

有一会儿时间她什么都没说。他不知道是不是她也许打算今后永远都无视他的任何话。"我知道，"她终于说道，"我只是希望知道他们怎么了。"

"我肯定他们知道。"

伊莎贝尔咬着下嘴唇。她突然看起来很年幼，而且显得很矛盾，这对她来说极少见。她肯定正在想着什么。西蒙静静地等着，她似乎做了一个决定。"我不想这样，"她说，"过来，我想跟你谈谈。"她开始向学院的大门走去。

"你想？"西蒙感到震惊。

她一下子转过来瞪着他。"现在我想。不过我不能保证这会持续多久。"

西蒙举起双手。"我想和你谈，伊莎。可是我不能进入学院。"

她皱起眉。"为什么？"她不再说话，而是从他看向门，又看了看卡米尔，然后目光又回到他身上，"哦，好吧。那么，你是怎么进到这儿的？"

"通过移空门，"西蒙说，"不过杰斯说有一条通道通往去外面的门。所以吸血鬼晚上可以进入这里。"他指向不远处外墙上的一扇窄门。这扇门用一个生了锈的门闩锁着，似乎很久没用了。

伊莎贝尔耸耸肩。"好吧。"

她往后一拉门闩，就发出了刺耳的声音，锈屑纷纷扬扬撒向空中，形成了细微的红色粉尘。门那边是一个小石屋，像是教堂的圣器室，还有一组门，很可能是通往外面的。没有窗户，可是冷风从门缝里钻入，使得穿着短裙的伊莎贝尔打起了冷颤。

"听着，伊莎贝尔，"西蒙说道，觉得发起讨论是自己的责任，"我对所做的事真的感到很抱歉。没有借口——"

"没，没有，"伊莎贝尔说，"既然提到了，也许你想告诉我你为什么和把迈亚变成狼人的家伙混在一起。"

西蒙跟她讲了乔丹讲述给他的故事，尽量让自己的解释不偏不倚。他觉得至少向伊莎贝尔解释他开始并不知道乔丹是什么人，以及乔丹后悔自己的所作所为是非常重要的。"并不是说这样就没问题了，"他最后说，"可是，你知道——"我们都做过坏事。可是他没办法告诉你莫林的事。现在还不能。

"我知道，"伊莎贝尔说，"而且我听说过卢普斯护卫队。如果他们愿意让他成为其中的一员，我想他不会是个十足的坏人。"她离西蒙更近了一些。"虽然我不明白你为什么需要有人保护。你有……"她指了指他的前额。

"我不能后半辈子都过每天人们朝我跑来，然后这个印记就把他们炸飞的日子，"西蒙说，"我需要知道谁想要杀我。乔丹在帮我查。杰斯也是。"

"你真觉得乔丹在帮你？圣廷和护卫队有些交情，我们可以让人换掉他。"

西蒙犹豫了。"是的，"他说，"我真觉得他在帮我。而且我也不能总依赖圣廷。"

"好吧。"伊莎贝尔向后倚靠着墙。"你想过为什么我和我的哥哥们不一样吗？"她直白地问，"我是说亚历克和杰斯。"

西蒙眨了眨眼睛。"你是说除了你是女孩他们……不是这事以外？"

"不。不是那个，笨蛋。我的意思是，看看他们两个。他们没有爱上某人的问题。他们两人都已经在恋爱中了。永远的那种。他们完了。看看杰斯。他爱克拉丽就像——像世界上没有任何其他东西，而且永远也不会有。亚历克也一样。而麦克斯——"她说不下去了，"我不知道他会怎么样，可是他信任每个人。正如你也许已经注意到的那样，我不信任任何人。"

"人和人是不同的，"西蒙说，尽力显得理解她，"这并不意味着他们比你快乐——"

"当然是这样了，"伊莎贝尔说，"你以为我不知道吗？"她用力地看着西蒙。"你知道我父母。"

"不太了解。"他们从来都不怎么急于见伊莎贝尔的吸血鬼男朋友，这种情形并没有让西蒙觉得好受些，自己仍然只是不怎么样的追求者长名单中最新近的那个。

"呃，你知道他们两个都在集团中。但我打赌你不知道这全是我妈妈的主意。我爸爸对瓦伦丁或任何事情从来都不真那么热心。后来事情发生了，他们就被放逐了。他们明白这实际上毁了他们的生活，我想他责怪她吧。可是他们已经有亚历克了，而且还怀了我，所以虽然我觉得他有点想离开，他还是留下了。后来亚历克大概九岁的时候，他找了其他人。"

"哇，"西蒙说，"你爸爸出轨了？这——这太可怕了。"

"她告诉我的，"伊莎贝尔说，"我大概十三岁的时候。她告诉我说他想要离开她，可是他们发现她怀了麦克斯，所以他们还在一起，他和另一个女人分开了。我妈妈没有告诉我她是谁。她只告诉我你不能真信任男人。她还让我不要跟任何人说。"

"你有吗？告诉别人？"

"现在之前没有。"伊莎贝尔说。

西蒙想象着小伊莎贝尔守着这个秘密，从未告诉任何人，瞒着她的兄弟们，知道家里他们永远都不会知道的事情。"她不该让你那么做，"他突然生气了，说道，"这不公平。"

"也许吧，"伊莎贝尔说，"我觉得这让我变得特别。我没想过它可能会怎样改变我。可是我看着我的哥哥把他们的心给了别人，我就想，你不是更懂吗？心是会碎的。我认为即使你伤好了，你也永远都不是以前的样子了。"

"也许你变得更好了，"西蒙说，"我知道我变得更好了。"

"你是说克拉丽，"伊莎贝尔说，"因为她让你心碎。"

"碎成渣渣。你知道，当有人更喜欢自己的哥哥胜过喜欢你，可不会提升你的信心。我原来想一旦她意识到她和杰斯永远也不会在一起，就会放弃并回到我身边。可是最终我明白了她永远都不会停止爱杰斯，无论能不能和他在一起。而且我知道如果她和我在一起只是因为不能拥有他，我宁愿一个人，所以结束了我的感情。"

"我还不知道你和她分手了呢，"伊莎贝尔说，"我以为……"

"我没有自尊？"西蒙苦笑。

"我以为你还爱着克拉丽，"伊莎贝尔说，"还有你不可能对除她以外的任何人是认真的。"

"因为你挑选的都是永远都不会对你认真的家伙，"西蒙说，"所以你永远也不用对他们认真。"

伊莎贝尔看着他，眼睛闪亮，但是她什么都没说。

第十二章 | 圣 所

"我关心你,"西蒙说,"我一直都关心你。"

她向他靠近了一步。现在他们在这个小房间里站得相当近,他都能听见她的呼吸,和更微弱的体内心跳的搏动。她身上有洗发水的香味、汗味、栀子花香水味以及暗影猎手血液的味道。

想到血让他想起了莫林,于是他的身体紧张起来。伊莎贝尔注意到了——她当然会注意到,她是一个战士,感觉得到别人身上哪怕最细微的动作——然后退后一些,脸上的表情也紧张起来。"好了,"她说,"呃,很高兴我们谈了谈。"

"伊莎贝尔——"

但是她已经走了。他追着她进入圣所,可是她走得很快。圣器室的门在他身后关上时,她已经走到圣所的中间了。于是他放弃了,看着她走过双扇门消失进了学院,知道自己无法跟随。

克拉丽坐起来,摇摇头以使昏沉的头脑清醒起来。她过了一会儿才想起自己身在何处——在学院的一间备用房间里,房间唯一的光是从唯一的一扇高高的窗户渗进来的。光是蓝色的——日暮时分的光线。她蜷曲着裹在毯子里,她的牛仔裤、外套、鞋子整齐地叠放在床边的一把椅子上。杰斯在她旁边低头看着她,像是她梦里的人物。

他坐在床边,穿着战斗服,好像刚从一场战斗中回来。他的头发乱蓬蓬的,从窗户透进来的暗淡光线映照出他眼睛下面的黑眼圈、凹陷的太阳穴、双颊的颧骨。在这样的光下,他具有莫迪利亚尼①绘画那种极致和几乎非现实的美,都是细长的平面和角度。

她揉揉眼睛,又眨了眨眼睛,驱走睡意。"几点了?"她说,"多长时间——"

他揽她入怀亲吻她。她僵了一会儿,突然意识到自己只穿了一件薄薄的T恤和内裤。然后她就软软地倒在他怀里了。这是那种长久的吻,将她的柔肠化成了水,让她觉得没有什么不对,一切都像以前一样,他见到她只感到欢喜。可是当他的双手去掀起她T恤下摆时,她推开了他的手。

"不,"她的手指握着他的手腕说道,"你不能每次见到我就只过来抱我,这不能代替真正的谈话。"

他呼吸有些急促地说:"为什么你给伊莎贝尔发短信而不是给我?如果你有麻烦——"

---

① 阿梅代奥·莫迪利亚尼(Amedeo Modigliani,1884—1920),意大利画家、雕塑家。

"因为我知道她会来,"克拉丽说,"可是你会不会来我不知道。目前还不知道。"

"假如你出了什么事——"

"那么我想你最终会听说的。你知道的,当你屈尊真的接电话的时候。"她原本还握着他的手腕,这时她松开手,坐了回去。这很难,对她的身体来说很难,像这样离他这么近却不触碰他,可是她强迫自己的手放在身体的两侧并且保持着这样的姿势。"你要么告诉我怎么回事,要么就从这个房间出去。"

他张了张嘴,可什么都没说;她有很长时间都没想到会这么严厉地跟他说话了。"对不起,"他最后说,"我是说,我知道,我这样的处事方式,你没有理由要听我说话。可能我不应该来这儿。可是伊莎贝尔说你受了伤,我情不自禁地来了。"

"一些灼烧伤,"克拉丽说,"没什么要紧。"

"你的所有事情对我来说都要紧。"

"好吧,这肯定解释了你为什么一次也没回我的电话。而且上次我看到你,你就跑开了,也不告诉我为什么。就像在和一个幽灵约会。"

杰斯稍稍撇了下嘴唇。"不全对。伊莎贝尔真的在和幽灵约会。她可以告诉你——"

"不,"克拉丽说,"这是隐喻。你知道我真正的意思。"

他沉默了一会儿。然后他说:"让我看看那些灼伤。"

她伸出胳膊,手腕内侧恶魔血溅到之处有严重的红色伤斑。他捧起她的手腕,动作极轻柔,先看着她征得同意之后,将她的手腕翻转过来。她记得他第一次触摸她是在加瓦·琼斯外面的街道上,找她手上没有的印记。"恶魔血,"他说,"几小时后会消退的。疼吗?"

克拉丽摇摇头。

"我不知道,"他说,"我不知道你需要我。"

她的声音颤抖了。"我一直都需要你。"

他低头亲吻她手腕上的灼伤。突然一阵热浪涌遍她的全身,仿佛一枚滚烫的尖钉从手腕扫到胃部。"我不知道。"他说。他亲吻她下一处灼伤,在前臂上,然后再下一个,从手臂吻到肩上,他身体的压力让她后仰,直到她靠着枕头躺着,双眼望着他。他用双肘支撑着自己低头看着她,以便他的重量不会压到她。

他们接吻的时候他眼睛的颜色总会变深,仿佛欲望以某种根本的方式改变了它们。他抚摸着她肩上白色的星形印记,那个他们两人都有的印记,它标志着他们是和天使有关联的孩子。"我知道我最近的样子很奇怪,"他说,"但不是因为你。我爱你。永远不会变。"

"那么什么——"

"我觉得发生在伊德里斯的一切——瓦伦丁、麦克斯、霍奇，甚至塞巴斯蒂安——我不停将他们抛到一边，努力想要忘掉，可他们却总跟随着我。我……我会得到帮助的。我会好起来。我保证。"

"你保证。"

"我以天使的名义发誓，"他低下头来亲吻她的脸颊，"去他的。我以我们发誓。"

克拉丽将手指伸进他T恤衫的袖子里。"为什么以我们？"

"因为不再有任何东西让我信仰。"他将头斜向一边。"假如我们要结婚，"他开口说道，而他也肯定感觉到了她在他身下的紧张，因为他笑了，"别慌，我不会现在求婚的。我只是在想你对暗影猎手的婚礼知道些什么。"

"没有婚戒，"克拉丽说道，一边用手指划过他脖子后面，那里的皮肤非常柔嫩，"只有如尼文。"

"一个在这里，"他说着，温柔地用指尖触摸着她手臂上的伤痕，"另一个在这里。"他将指尖沿着她的手臂向上划去，划过锁骨，然后往下直到停留在她急速跳动的心脏上方。"仪式的音乐选自《所罗门之歌》。'将我放在你身上如印记，带在你臂上如戳记：因为爱情如死之坚强。'"

"我们的比那还要坚强。"克拉丽耳语道，想起自己是怎样让他起死回生的。这一次，他的眼睛颜色又变深时，她伸手将他揽过来吻她。

他们吻了很长时间，直到房间里的光基本退去，而他们只剩下身影。然而杰斯没有动手，也没有碰她，她感觉到他是在等她允许。

她明白了她必须是那个进一步深入的人，如果她想要的话——而她真的想。他承认了有问题，但和她无关。这是进步：正面的进步。他应该获得奖赏，不是吗？她的嘴角微微咧开笑了。她在开什么玩笑，她想要更多。因为他是杰斯，因为她爱他，因为他如此完美，有时她觉得有必要戳戳自己的胳膊，只为了确定他是真实的。

她就那样做了。

"哦，"他说，"这是干什么？"

"脱下你的T恤。"她小声说。她伸手去抓他T恤的下摆，而他已经抓着了，向上举过头顶，然后随意地扔在地上。他扭动着让头发出来，而她几乎要期待他金黄色的发丝在房间的黑暗中散发出火星来。

"坐起来。"她轻声说。她的心跳得很快。在这样的情景中她通常不是主动的那一个，可是他似乎并不介意。他慢慢坐起来，抱着她一起，直到他们都坐在乱糟糟的毯子里。她爬上他的膝盖，跨坐在他身上。现在他们脸对着脸。她听到他吸了口气，然后举起双手去摸她的T恤，可是她推开了他的手，轻轻放在他身体两侧，反而把自己的手放在他的身上。她看着她的手指划过他的胸前和手臂，划过黑色印记交织、隆起的肱二头肌上，划过肩上星形的印记。她用食指向下抚过他胸肌中间的胸沟，越过平整紧实的腹部。她的手摸到他牛仔裤的纽扣时，两人的呼吸都很急促，可是他没有动，只是看着她，脸上的表情说：随便你想怎样。

她的心咚咚跳个不停。她的手放下来拽着自己T恤的下沿然后向上举起脱下。她希望自己穿了件更性感的文胸——这个是朴素的白色棉质的——可是当她再抬头看杰斯的表情时，这种想法消失了。他张着嘴，眼睛几乎变成了黑色。她能看见他眼中自己的倒影，知道他根本不在意她文胸是白色的、黑色的还是荧光绿的。他能看见的只有她。

她拿过他的双手，然后又放开，放在她的手腕上，仿佛在说，你现在可以碰我了。他斜起头，她的嘴唇俯下来压住他的，他们又开始亲吻起来，不过不是清浅的，而是吻得很激烈，像一团热烈而迅速燃烧的火。他的手滚烫：抚摸她的头发、她的身体，将她放下来让她躺在他的身下。当他们赤裸的肌肤贴合在一起，她突然意识到除了他的牛仔裤和她的文胸、内裤，他们中间空无一物。他向下一路吻到她的颈部，而她的手抱着他的头，抚过他丝滑蓬乱的头发。我们要进行多远？我们在干什么？她大脑的一小部分在发问，可是其余的意识却尖叫着让那一小部分闭嘴。她想要一直抚摸他、吻他；她想要他抱她，想要知道他是真实的，在这里和她在一起，永远不会再离开她。

他的手指摸到了她文胸的搭扣。她绷紧了身体。黑暗中他缓缓微笑着，眼睛大而明亮。"这样可以吗？"

她点点头。她的呼吸急促起来，在她的整个人生中还没有人曾经看见她光着上身的样子——不管怎样，没有男孩见过。他似乎察觉到她的紧张，用一只手轻轻捧起她的脸，嘴唇挑逗着她的唇，温柔地掠过，直到她感觉全身随着紧张而沦陷。他长着老茧、手指修长的右手抚过她的脸颊和肩膀，抚慰着她。然而她仍然感到惴惴不安，等待着他的另一只手再回到文胸搭扣那里，再次抚摸她，可是他似乎摸索着身后的某个东西——他在干什么？

克拉丽突然想起伊莎贝尔说的要小心的话。哦，她想。她身体有点僵硬，朝后仰了一些。"杰斯，我不知道我——"

第十二章 | 圣　所

黑暗中一道银光一闪，某个冰冷锋利的东西划过她手臂侧面。有一会儿她所感觉到的只有惊讶——然后才是疼痛。她抽回双手，眨了眨眼睛，才看清皮肤上一条暗红色血珠连成的线，是一道从手肘到手腕浅浅的划伤。"哎哟，"她说，更多的是出于恼怒和吃惊，而不是疼痛，"怎么——"

杰斯一个动作从她身上跳下，跃下了床。突然他站立在房间中央，没穿上衣，脸色煞白如骨。

克拉丽一只手紧紧握着受伤的手臂，开始坐起来。"杰斯，怎么——"

她停下来不说了。他的左手握着一把刀——那把银色手柄的匕首，她在属于他父亲的盒子里看到过。刀尖上还有一抹薄薄的血迹。

她低头看看自己的手，然后又抬起头，看着他。"我不明白……"

他张开手，刀哐啷一声掉在地上。有一阵他看起来似乎可能又要跑开，就像他在酒吧外面那样。然后他倒在地上，用手抱住了头。

"我喜欢她，"门在伊莎贝尔身后关上时卡米尔说，"她让我想起了自己。"

西蒙转身看着她。圣所里很昏暗，可是他能清楚地看见她，她背靠着柱子，双手被绑在身后。通往学院的门边站着一个暗影猎手，可是他或者没听见卡米尔说话，或者是不感兴趣。

西蒙向卡米尔走近了些，绑着她的镣铐对他有种奇怪的魔力。福佑金属。这锁链在她苍白皮肤的映衬下好像散发出柔和的幽光，他觉得能看见她手腕镣铐周围渗出的几道血痕。"她跟你一点儿也不像。"

"你这么想。"卡米尔将头斜向一边，金色的头发似乎很艺术地散在脸庞周围，尽管他知道她是不可能触摸到她的头发的。"你这么爱他们，"她说，"你的暗影猎手朋友们。正如鹰隼爱绑着它弄瞎它的主人。"

"事情不是那样的，"西蒙说，"暗影猎手和暗影魅族不是敌人。"

"你甚至都不能跟他们一起去他们的家，"她说，"你被关在外面。可是却这么热切地要为他们服务。你将站在他们那边对抗你自己的族类。"

"我没有族类，"西蒙说，"我不是他们中的一员。但是我也不是你们中的一员。而且我更愿意像他们一样，而不是像你。"

"你是我们中的一员，"她不耐烦地动着，弄响了锁链，由于疼痛发出几声吸气的声音，"有件事我在银行里没跟你说。但它是真的。"她在疼痛中勉强笑了笑，"我能闻到你身上人血的味道。最近你喝了。一个盲呆的。"

西蒙感到身体里某个东西跳了起来。"我……"

"味道很棒，不是吗？"她翘起红唇，"这是你变成吸血鬼以来第一次吃饱。"

"不。"西蒙说。

"你撒谎，"她的声音透露着确信无疑，"他们想要我们对抗我们的天性，那些暗影猎手们。我们只有假装不是自己，他们才会接纳我们——不是捕猎者，不是猎食者。你的朋友永远都不会接受你本来的样子，只会接受你假装的样子。你为他们做的，他们永远不会为你做。"

"我不知道你为什么操心这事，"西蒙说，"做了就做了。我不会放你走。我做了选择。我不想要你给我的东西。"

"也许现在不想，"卡米尔轻声说，"但是你会的。你会的。"

门开了，玛丽斯走入房间，那个暗影猎手守卫向后退了几步。她的身后跟着两个人，西蒙立即就认出了他们：伊莎贝尔的哥哥亚历克和他的朋友、巫师马格纳斯·贝恩。

亚历克穿着庄重的黑色西装。让西蒙感到惊讶的是，马格纳斯也是相似的着装，只是多了一条流苏边的白色丝质长围巾，手上戴着一副白手套。他的头发还像往常一样竖着，变化的只是他没穿闪光的服饰。卡米尔一看到他，变得非常安静。

马格纳斯似乎还没看见她。他在听玛丽斯说话。玛丽斯相当尴尬地说着，他们这么快过来太好了。"我们真的还以为你最早明天才会到。"

亚历克烦恼地隐隐约约说了什么，目光看向空中。他似乎根本不乐意来这里。除了这个，西蒙觉得他和平时没什么不同——同样的黑头发，同样坚定的蓝眼睛——虽然他显得比以前更放松，好像他不知怎么已经长成了他本身。

"幸亏维也纳歌剧院附近有个移空门，"马格纳斯说着，用漂亮的姿势把围巾搭回到肩上，"我们一接到你们的消息，就赶到这里了。"

"我真的还是不明白什么事和我们有关，"亚历克说，"那么你们抓到了一个吸血鬼干坏事。他们不是一直这样吗？"

西蒙感觉到胃里翻江倒海。他向卡米尔望去，看看她是不是在嘲笑自己，可是她的目光一直盯着马格纳斯。

亚历克才看到西蒙，脸红了。他脸红总是很明显，因为他的皮肤如此白皙。"对不起，西蒙。我不是说你。你不一样。"

如果你昨天晚上看到我咬一个十四岁的女孩，你还会这样想吗？西蒙想。然而他并没有说出口，只是朝亚历克点点头。

"她和我们目前对三位暗影猎手死亡的调查有关，"玛丽斯说，"我们需要她的信息，可是她只愿意和马格纳斯·贝恩谈话。"

"真的吗？"亚历克感兴趣了，困惑地看着卡米尔，"只和马格纳斯？"

马格纳斯追随他的目光，第一次——或者在西蒙看来是第一次——直视着卡米尔。某种东西在他们之间爆裂开了，一种能量。马格纳斯向上牵动着嘴角，咧成一个惆怅的微笑。

"是的。"玛丽斯说。她看到巫师和吸血鬼之间的表情，脸上涌过疑惑的神情。"意思是说，如果马格纳斯愿意。"

"我愿意，"马格纳斯说着，褪下了手套，"我替你们和卡米尔谈谈。"

"卡米尔？"亚历克挑起眉毛，看着马格纳斯，"那么，你认识她？或者——她认识你？"

"我们彼此认识，"马格纳斯非常轻微地耸耸肩，仿佛在说，你能怎么样，"很久很久以前她是我女朋友。"

第十三章

发现死去的女孩

"你女朋友?"亚历克非常震惊,玛丽斯也是。西蒙也不能说自己不震惊。"你和一个吸血鬼约会?一个女吸血鬼?"

"那是一百三十年前了,"马格纳斯说,"后来我再也没见过她。"

"你为什么不告诉我?"亚历克问。

马格纳斯叹了口气。"亚历山大,我已经活了几百年。我和男人一起过,和女人一起过——和精灵和巫师和吸血鬼,甚至和一个还是两个巨灵一起过,"他斜眼看着玛丽斯,玛丽斯显得有点吓到了,"太多信息了?"

"还好,"她说,虽然听起来有点虚弱,"我要和卡迪尔讨论会儿事情。我会回来的。"她朝旁边的卡迪尔走去,他们走过门口消失了。西蒙也后退了几步,假装专心研究其中一块彩色玻璃,可是他的吸血鬼听力好得让他可以听到马格纳斯和亚历克互相说的话,不管他想不想听。他知道卡米尔也能听见。她听的时候,把头歪向一边,眼皮沉重,若有所思。

"还有多少别人?"亚历克问,"大概。"

马格纳斯摇头。"我没法数,也不重要。唯一重要的是我对你的感觉。"

"一百多个?"亚历克问。马格纳斯一片茫然。"两百?"

"我无法相信我们现在在谈论这个。"马格纳斯说,没有特别对任何人说。西蒙倾向于同意他的看法,而且希望他们别在他面前说这个。

"为什么这么多?"昏暗中亚历克的蓝眼睛分外明亮。西蒙看不出他是不是在生气。他听起来没有生气,只是非常严肃,可是亚历克是一个内敛的人,也许这是他最生气的样子了。"你很快就会厌倦别人吧?"

"我是永生不死,"马格纳斯静静地说,"但是不是每个人都这样。"

亚历克看起来好像有人打了他。"所以你只是在他们活着时和他们在一起,然后再找别人?"

马格纳斯没有说话。他看着亚历克,眼睛像猫的眼睛一样闪亮。"你宁愿我孤单一人永远活着吗?"

第十三章 | 发现死去的女孩

亚历克的嘴巴抽动着。"我要去找伊莎贝尔。"他说，然后没再说一句话，转身走回了学院。

马格纳斯悲哀地目送他离去。西蒙觉得那不是种人类的悲哀。他的双眼似乎饱含着沧桑岁月的悲哀，仿佛人类悲哀锋利的棱角已被流逝的年华打磨得更为柔和，就像海水磨去玻璃碎片锋利的边缘。

马格纳斯好像能看出西蒙在想着他，斜眼看了看西蒙。"在偷听，吸血鬼？"

"我真的不喜欢人们这样叫我，"西蒙说，"我有名字。"

"我想我最好记住。毕竟，一百、两百年后，只有你和我，"马格纳斯若有所思地注视着西蒙，"留下的只有我们。"

这种想法让西蒙感觉似乎在一座电梯里，电梯突然失控，开始急速降落一千层。这种想法以前也曾出现在西蒙的头脑中，可是当然了，他总是抛之一边。想起他将永远停留在十六岁，而克拉丽将长大，杰斯将长大，他认识的每个人都将长大，成人，有孩子，而他却永远不变，这件事情太大了，太可怕了，他无法思考。

永远十六岁听起来很好，除非你真正去思考它，然后前景就不再那么美好了。

马格纳斯猫一样的眼睛是清澈的金绿色。"认真思考永生，"他说，"并不那么好玩，是吗？"

西蒙还没回答，玛丽斯回来了。"亚历克在哪儿？"她疑惑地看看周围问道。

"他去找伊莎贝尔了。"西蒙在马格纳斯说话之前说道。

"很好，"玛丽斯把她的外衣前襟抚平，尽管并没有皱，"如果你不介意……"

"我和卡米尔谈话，"马格纳斯说，"但是我想单独谈。如果你愿意在学院等我，我谈完后去找你。"

玛丽斯犹豫了。"你知道问她什么吗？"

马格纳斯目光坚定。"我知道怎么和她谈话，是的。假如她愿意说什么，她会和我说的。"

他们两人好像都忘了西蒙在那里。"要我也走吗？"他打断他们竞相盯着对方的目光问。

玛丽斯有些分神地看了看他。"哦，是的。谢谢你的帮助，西蒙，不过不需要你了。你高兴的话回家吧。"

马格纳斯未置一言。西蒙耸耸肩，转身向通往圣器室和外面的门走去。走到门口他停了一下，回头看了看。玛丽斯和马格纳斯仍在说话，虽然守卫已经打开了学院的门，准备好离开。只有卡米尔似乎还记得西蒙的存在。她从柱子那里向他微笑，嘴角向上弯起，眼睛像诺言一般闪闪发亮。

西蒙走出去，关上身后的门。

"每个夜晚都这样。"杰斯坐在地上，蜷着腿，手垂在双膝中间。他已经把匕首放到床上克拉丽旁边，他说话的时候她一只手按着它——更多的是为了让他安心而不是因为她需要这把刀自卫。杰斯仿佛耗尽了所有的力气，甚至他说话时，声音都听起来虚空遥远，好像他离得很远似的。"我梦见你来到我的房间，我们……开始做刚才做的事情。然后我伤了你。我砍你或是勒你或是捅你，于是你就死了，用那双绿色的眼睛看着我，而你的生命就在我手中流血而亡。"

"它们只是梦。"克拉丽轻声说。

"你刚看到了，不是吗？"杰斯说，"我拿起那把刀时非常清醒。"

克拉丽知道他是对的。"你在担心你要疯了吗？"

他缓慢地摇摇头。头发掉到了眼睛前面，他拂到后面。他的头发已经有点太长了，有段时间没剪了，克拉丽不知道是不是因为他不会被干扰到。她怎么会没有更多地注意到他眼睛下面的黑眼圈、咬得光秃秃的指甲、疲倦憔悴的表情？她如此关切他是否还爱她，以至于没有想别的。"我不那么担心那个，真的，"他说，"我担心伤害你。我担心无论侵入我梦境中的是什么毒，它都会流遍我清醒的生命，而我会……"他的喉咙似乎阻塞了。

"你永远也不会伤害我。"

"那把刀在我手里，克拉丽，"他抬头看看她，然后移开目光，"假如我伤害你……"他的声音越来越小，渐渐停住了。"暗影猎手很多时候很年轻就死了，"他说，"我们都知道这一点。你想成为一名暗影猎手，我永远不会阻拦你，因为不该由我来告诉你怎样安排你的生活，尤其是我自己也冒着同样的风险。如果我告诉你我可以拿我的生命冒险，而你不能，那我成什么人了？所以我想过假如你死了我会怎么样。我打赌你也想过同样的问题。"

"我知道会怎么样。"克拉丽说，想起了那个湖、那把剑，还有杰斯的血在沙滩上蔓延。他曾经死过，天使让他死而复生，可是那是她生命中最糟糕的时刻。"我想死。可是我知道如果我就那样放弃，你会对我多么失望。"

他笑了，鬼魅的微笑。"我想的一样。假如你死了，我也会想死。可是我不会自杀，因为无论我们死后发生什么，我都想和你在一起。假如我自杀，我知道你永远都再也不能和我说话了。在任何生命中。所以我要活着，我要努力让我的生命做些事情，直到我能再次和你在一起。但是如果我伤害你——如果我造成了你的死亡——那么什么都不能阻止我毁灭自己。"

"不要这么说,"克拉丽感觉冷入骨髓,"杰斯,你应该告诉我。"

"我不能。"他的声音平淡、决绝。

"为什么不能?"

"我以为我是杰斯·莱特伍德,"他说,"我以为我的成长没有影响我。可是现在我疑惑也许人们是不是无法改变。也许我将一直是杰斯·摩根斯特恩,瓦伦丁的儿子。他抚养了我十年,也许那是永远也无法洗白的污点。"

"你认为这是因为你父亲。"克拉丽说,杰斯曾告诉她的那些事情在她头脑中翻腾,爱是毁灭。然后她想到她称瓦伦丁为杰斯的父亲是多么奇怪,因为他的血脉在她的血管中流动,而不是在杰斯的血管中。但是她对瓦伦丁从没有对父亲的感觉。而杰斯有。"所以你不想让我知道?"

"我想要的只有你,"杰斯说,"也许杰斯·莱特伍德配得到他想要的一切。可是杰斯·摩根斯特恩不配。在我心里的某个地方我肯定知道这一点。否则我就不会想去毁灭我们所拥有的。"

克拉丽深深吸了口气,然后缓缓吐气。"我不觉得你在毁灭。"

他抬起头,眨着眼睛。"你说什么?"

"你认为这是心理原因,"克拉丽说,"你的问题。可我不这么想。我认为是有人对你做了手脚。"

"我没有——"

"伊修列给我托过梦,"克拉丽说,"也许有人在给你托梦。"

"伊修列托梦给你是要帮你。引领你找到真相。这些梦有什么意义?它们恶心、没有意义、残酷——"

"也许它们有意义,"克拉丽说,"也许意义只不过不是你想的那样。或者也许不管托梦给你的是谁,他是要伤害你。"

"谁会这么做?"

"某个非常不喜欢我们的人。"克拉丽说,不去想精灵女王的样子。

"也许,"杰斯柔声说,一边低头看着他的双手,"塞巴斯蒂安——"

所以他也不想称呼他乔纳森,克拉丽想。她没有责备他,这也是他自己的名字。"塞巴斯蒂安死了,"她说,本不想用这么尖刻的语气,"如果他有这种能力,他以前就已经使用了。"

杰斯的脸上忽而显现出怀疑,忽而显现出希望。"你真觉得有别人会这么做?"

克拉丽的心脏在胸腔中剧烈地跳动着。她不确定。她多么希望是这样,可是假如不是，她就会让杰斯的希望破灭。他们两人的希望。

但是那时她又觉得杰斯从不会对任何事情那么快地抱有希望。

"我觉得我们应该去无声之城，"她说，"无声使者可以进入你的头脑中，看看是不是有人在那儿搞鬼。就像他们对我做的那样。"

杰斯张了张嘴，然后又合上了。"什么时候？"他最后说。

"现在，"克拉丽说，"我不想等。你呢？"

他没有回答，只是从地上站起，捡起他的T恤。他看着克拉丽，几乎笑了。"如果我们要去无声之城，你也许想穿上衣服。我是说，我很欣赏你文胸加内裤的样子，可是我不知道无声使者是否会。他们剩下的人不多了，我可不想他们因为兴奋而死。"

克拉丽从床上起来，用枕头扔他，大半是因为松了口气。她拿过衣服，套上T恤。就在套上脑袋之前，她看到躺在床罩上的那把刀，闪着一团银色火焰般的光芒。

"卡米尔，"马格纳斯说，"好久不见，对吧？"

她微微一笑。她的皮肤比他记忆中更白了，下面深色蛛网似的青筋开始显现。她的头发仍然是银丝色，眼睛也仍然是猫眼般的绿色。她依旧美丽。他看着她，又回到了伦敦。他看见煤气灯，闻到煤烟、灰土和马匹的气味，带有金属味的刺鼻烟雾，丘园花儿的芳香。他看见一个长着像亚历克那样的黑发和蓝眼睛的男孩，听见如银色水流般的小提琴乐声。还看见一个姑娘，长着长长的棕色鬈发，神情严肃。在一个一切最终都远离他的世界，只有为数不多的东西保持不变，她是其中之一。

然后卡米尔出现在这里。

"我想你，马格纳斯。"她说。

"不，你没有。"他在圣所的地板上坐下来。他能感觉到石头的冰冷，这冰冷穿透了衣服。他很高兴戴了围巾。"为什么传信找我？只是拖延时间？"

"不是。"她向前倾了倾身体，于是锁链发出响声。他几乎听得见福佑金属碰到她腕部皮肤发出的嗞嗞声。"我听说了你的事情，马格纳斯。我听说你最近处于暗影猎手的羽翼下。我听说你赢得了其中一位暗影猎手的爱。我猜是刚才你跟他说话的那个男孩。不过你的口味总是很多样。"

"你总是听信我的谣言，"马格纳斯说，"可是你只需要问问我。这些年我一直在布鲁克林，根本不远，而我从来没收到你的消息。从未在我的哪次派对上见过你。我们之间有一堵冰墙，卡米尔。"

"不是我竖的，"她的绿眼睛睁大了，"我一直爱着你。"

"你离开了我，"他说，"你把我当宠物，然后你离开了我。如果爱是食物，靠你给我的骨头，我已经饿死了。"他不带感情地说。已经过去太久了。

"但是我们拥有永恒，"她抗议道，"你肯定知道我会回来找你的——"

"卡米尔，"马格纳斯极不耐烦地说，"你想要什么？"

她的胸口剧烈起伏着。因为她不需要呼吸，所以马格纳斯知道这主要是为了某种效果。"我知道你获得了暗影猎手的信任，"她说，"我想让你代表我和他们谈。"

"你想让我为你达成交易。"马格纳斯解释道。

她盯着他。"你的措辞总是这么现代，真令人遗憾。"

"他们说你杀了三个暗影猎手，"马格纳斯说，"你杀了吗？"

"他们是集团成员，"她说，下嘴唇颤抖着，"他们过去拷打杀害我的族类……"

"这就是你这么做的原因？报复？"她停下后，马格纳斯说，"你知道他们对杀死暗影猎手者会怎么样，卡米尔。"

她的眼睛发亮。"我需要你为我求情，马格纳斯。我想要豁免权。我想要一份圣廷签署的保证书，如果我给他们提供信息，他们就饶过我的性命，释放我。"

"他们永远也不会释放你。"

"那他们永远也不会知道他们的同伴为什么不得不死。"

"不得不死？"马格纳斯沉思道，"有趣的用语，卡米尔。这话表明背后有深意，我说得对吗？不只是流血和复仇？"

她沉默了，看着他，她的胸口狡黠地起伏着。她的一切都是狡黠的——她银丝般垂落的头发、颈部的曲线，甚至她手腕上的血迹。

"如果你想让我替你和他们谈，"马格纳斯说，"你必须至少告诉我一些小事。以示信任。"

她灿烂地笑了。"我知道你会为我跟他们谈，马格纳斯。我知道过去对你并没有完全死去。"

"如果你愿意，就认为它没死吧，"马格纳斯说，"真相是什么，卡米尔？"

她用舌头舔了舔下嘴唇。"你可以告诉他们，"她说，"我是奉命杀那些暗影猎手的。我这么做没有觉得不妥，因为他们杀过我的族类，他们的死是罪有应得。但若不是有人相求，一个比我强大得多的人，我是不会那么做的。"

马格纳斯的心跳有些加速。他不喜欢这种声音。"谁？"

但是卡米尔摇起了头。"豁免权，马格纳斯。"

"卡米尔——"

"他们会在太阳底下把我绑在柱子上，任由我死去，"她说，"对屠杀暗影猎手者，他们就这样对待。"

马格纳斯站起来。他的围巾因为掉在地上，弄脏了。他难过地看着那些脏了的地方。"我会尽我所能，卡米尔。但是我不保证。"

"你永远不作保证，"她半闭着眼睛嘟哝道，"过来，马格纳斯。离我近点。"

他不爱她，然而她是来自昔日的梦，所以他朝她走去，直到距离近得能够到她。"记得，"她柔声说，"记得伦敦吗？德昆西家的派对？记得威尔·希伦戴尔吗？我知道你记得。你的那个男孩，那个莱特伍德。他们甚至长得很像。"

"他们像吗？"马格纳斯说，好像从来没想到过。

"漂亮男孩总是你的软肋，"她说，"可是一个盲呆孩子能给你什么？十年，二十年，在容颜老去之前。四十年，五十年，在被死亡带走之前。我能给你永远。"

他摸了摸她的脸颊，比地板还要冰冷。"你可以给我过去，"他有些悲伤地说，"可亚历克是我的未来。"

"马格纳斯——"她叫道。

学院的门开了，玛丽斯站在门口，巫光在她身后映照出她的轮廓。亚历克站在她的身边，双臂交叉抱在胸前。马格纳斯想着不知道亚历克有没有隔着门听到他和卡米尔的谈话——应该没有？

"马格纳斯，"玛丽斯·莱特伍德说，"你们达成协议了吗？"

马格纳斯垂下头。"我不确定要不要称它为协议，"他转头看着玛丽斯说，"不过我的确认为我们有些事情要谈。"

克拉丽穿好衣服，和杰斯一起去他的房间。他往一个小帆布包里塞进去无声之城要带的东西，她感觉好像他要去参加某个可怕的通宵派对似的。大部分是武器——几把天使之刃；他的石杖；几经考虑之后才带上的那把银色手柄的匕首，这时匕首刀刃上的血迹已经被擦去了。他套上一件黑色皮夹克，她看着他拉上拉链，将松散的几缕金发从领子里掏出来。他转身看她，一边将包挎上肩膀，微微笑着。她看到了他左前方门牙那个微小的缺口，她一直觉得这缺口很惹人喜爱，要不是这处小瑕疵，他的外表就过于完美了。她的心脏紧缩起来，有一会儿她把目光从他身上移开,几乎无法呼吸。

他向她伸出手。"我们走吧。"

杰斯和克拉丽没有办法召唤无声使者来找他们,所以就搭乘出租车向下城豪斯顿和大理石公墓的方向驶去。克拉丽想他们本可以通过移空门进入骸骨之城——她以前去过那里,她知道它的样子——可是杰斯说那东西的使用是有规定的,于是克拉丽就总觉得无声使者可能会认为那样非常粗鲁。

杰斯坐在出租车后座她的身边,握着她的一只手,手指划着她手背上的图案。这让她有点分心,但是还不至于让她无法集中精神听他讲发生在西蒙身上的事、乔丹的故事、他们抓了卡米尔,以及她要求和马格纳斯谈谈等。

"西蒙没事吧?"她担心地说,"我都不知道。他在学院,我甚至都没看见他——"

"他在学院。他待在圣所。而且看起来他成功了。对于一个新近刚刚脱离盲呆的人来说,比我想象得要好。"

"可是这个计划听起来很危险。我是指卡米尔,她完全疯了,不是吗?"

杰斯的手指划着她的手关节。"你不能再把西蒙看成过去认识的那个盲呆男孩了。那个总是让人去救他的人。现在几乎没人能伤得了他。你没见过你给他刻的那个印记发挥作用。我见过。就像上帝之怒降临于世。我猜你应该感到骄傲。"

她颤抖起来。"我不知道。我那么做是因为逼不得已,可是它仍然是诅咒。而且我不知道他会经历所有这些。他没说。我知道伊莎贝尔和迈亚发现了对方的存在,可是我不知道乔丹的事。他其实是迈亚的前任,或者——随便什么。"因为你没问。你光顾着担心杰斯了。这可不好。

"嗯,"杰斯说,"你告诉他你要干什么了吗?因为要做两手准备。"

"没有。我其实谁都没说。"克拉丽说。在去无声之城的路上,她跟杰斯讲了卢克、玛丽斯、她在贝斯以色列医院太平间的发现,以及之后发现了塔尔图教堂的事情。

"从来没听说过,"杰斯说,"不过伊莎贝尔是对的,那里有各种各样怪诞的恶魔崇拜团体。他们大多数从来都没有成功地召唤出恶魔。这个好像成功了。"

"你认为我们杀掉的恶魔是他们崇拜的那个吗?你认为他们现在会——停止了吗?"

杰斯摇头。"那只是个海德拉恶魔,类似于看门狗。此外,'她的家陷入死地,她的路偏向阴间'。让我觉得这像是个女恶魔。那些崇拜女恶魔的魔教常常用婴儿做可怕的事情。他们对生育和婴儿有各种扭曲的观念,"他靠向椅背,半闭起眼睛,"我肯定圣廷会去那座教堂查看,可是二十比一的可能他们什么都发现不了。你们杀了他们的看门恶魔,所以这个魔教会清除并销毁证据。我们可能要等到他们在别处重新开张。"

"可是——"克拉丽的胃抽紧了,"那个婴儿,还有我在书里看到的画。我想他们在努力制造更多像——像塞巴斯蒂安那样的孩子。"

"他们不能,"杰斯说,"他们给人类婴儿注入恶魔血,就非常恶劣了,是的。可是只有将恶魔血用于暗影猎手孩子身上时才能得到像塞巴斯蒂安那样的产物。否则,婴儿就死了。"他轻轻握了握她的手,仿佛要安慰她。"他们不是好人,可是既然没有成功,我不能想象他们会再做同样的试验。"

出租车在豪斯顿和第二大道的拐角处戛然而止。"计价器坏了,"出租车司机说,"十美元。"

在别的情况下杰斯很可能会挖苦一番,他扔给司机二十美元,下了车,扶着车门让克拉丽跟着下车。"你准备好了吗?"他们向通往无声之城的铁门走去的时候他问。

她点点头。"我不能说上次来这里的旅程很愉快,不过是的,我准备好了,"她拉起他的手,"只要我们在一起,任何事情我都准备好了。"

无声使者在无声之城的入口处等他们,简直好像知道他们要来一样。克拉丽认出了里面的撒迦利亚使者。他们沉默地站成一排,挡住了克拉丽和杰斯。

"你们为什么来这里,瓦伦丁的女儿和学院的儿子?"克拉丽弄不清他们哪一个在她头脑里和她说话,还是他们全都在说,"无人引导的孩子进入无声之城可不常见。"

"孩子"的称呼听起来刺耳,但是克拉丽明白对于暗影猎手来说,十八岁以下者都是孩子,适用于不同的规定。

"我们需要你们的帮助。"显然杰斯什么都不打算说,于是克拉丽说道。他无精打采地一个个打量着无声使者,就像一个从不同医生那里得到无数最终诊断的人,现在到了最后一个医生那里,已经不抱多少希望地等着专家的结论。"这不是你们的工作吗——帮助暗影猎手?"

"可是我们不是仆从,招之即来。也不是所有问题都归我们管辖。"

"可是这个归你们管,"克拉丽坚定地说,"我相信有人进入杰斯的意识——某个强大的人——搞乱他的记忆和梦,使他做他不想做的事情。"

"催眠魔法,"其中一位无声使者说,"梦的魔法。那是只有最高级最强大的施魔法者才拥有的力量。"

"也许，"撒迦利亚使者最后说，"你们应该跟我们去会说话的星星那里。"显然，这不是邀请，而是命令，因为他们立即转身开始向无声之城的中心走去，也不等一下看看杰斯和克拉丽有没有跟着。

他们来到会说话的星星上的亭子里，无声使者在他们的黑色玄武岩桌子后面落座。圣剑已物归原位，仿佛一只银色飞鸟的羽翼挂在使者们身后的墙上，闪着幽幽的光。杰斯走到房间中央，低头注视着嵌入红色和金色地砖的金属星形。克拉丽望着他，感觉心痛。很难看到他这样，所有往常的活力都不见了，就像灰烬覆盖下焖熄的巫光。

他昂起长着金发的头，眨巴着眼睛，克拉丽知道无声使者正在他的头脑里说话，她听不到。她看见他摇摇头，然后听见他说："我不知道。我以为它们只是普通的梦。"然后他又闭紧了嘴巴，而她不禁疑惑他们在问他什么。"想象？我觉得不是。是的，我的确见到过天使，可是拥有预见未来梦境的是克拉丽，不是我。"

克拉丽紧张起来。他们已经快要问到关于那天晚上在林恩湖边杰斯和天使的事情。她原先没有想过这个。无声使者进入你的头脑探查时，他们看到的究竟是什么？仅仅是他们找寻的吗？还是所有的东西？

杰斯接下来点了点头。"好的。你准备好了，我就准备好了。"

他闭上了眼睛，克拉丽看着他，稍微放松了些。她想，无声使者第一次深入她的意识时，杰斯肯定就是这样看着她的。她看见了那时没有注意到的细节，因为她当时被困在他们和她自己意识的网中，慢慢退回到她的记忆里，消失在世界之中。

她看见杰斯全身僵硬，好像他们用手碰到他似的。他的意识回来了。他的双手垂在身体两侧，张开又合上，这时他脚边地板上的星形发出耀眼的银色光芒。在一层耀眼的银色光幕映照下，他变作优雅的黑色轮廓，宛若站在一帘瀑布中央。他们周围嘈杂，响着一种听不懂的柔声耳语。

她看着的时候，他跪了下来，双手撑地。她的心抽紧了。无声使者进入她的头脑时几乎让她昏倒，可是杰斯更强壮些，不是吗？慢慢地他弯起身来，双手抓着胃部，尽管他一直没有喊叫，可他身上每一处都忍受着煎熬。克拉丽再也忍受不了——她冲向他，穿过光幕，在他身边跪下来抱着他的身体。他转过头看着她，周围的耳语声升高爆发出抗议。银光已经使他的眼睛变得无神，看起来黯淡无光，白如大理石地板。他的嘴唇作出她名字的形状。

然后就不见了——光，声音，所有的一切，他们一起跪在亭子里没有覆盖任何东西的地上，周围尽是沉默和暗影。杰斯在发抖，他的双手挣开后，她看见他用指甲掐破皮肤的地方已经出血了。她努力抑制住愤怒，抬头看看无声使者，一只手还抱着他的胳膊。她知道这就像对一个不得不进行痛苦的治疗却能救命的医生的那种愤怒，可是当那个人是你爱的人时，保持理智却很难——这么难。

"你有事情没告诉我们，克拉丽莎·摩根斯特恩，"撒迦利亚使者说，"一个你们两人都保守的秘密。"

克拉丽的心仿佛被一只冰冷的手攫住一般。"你什么意思？"

"这个男孩身上的死亡印记。"另一个使者的声音——伊诺克，她想。

"死亡？"杰斯说，"你们是说我要死了吗？"他的声音并不惊讶。

"我们是说你死过。你曾越过生死之门到达阴影国度，你的灵魂脱离了你的躯体。"

克拉丽和杰斯彼此对视了一眼。她咽了下口水。"天使拉结尔——"她开口道。

"是的，他的印记也遍布了这男孩的全身，"伊诺克的声音没有丝毫感情，"只有两种办法让已死之人死而复生。催眠魔法，也就是钟声、巫书、蜡烛的黑魔法。这只能回到生命的假象。只有上帝的右翼天使才能将人的灵魂放回到他们的躯体中，就像将生命吹入第一个人那样容易。"他摇摇头。"生与死，善与恶的平衡是非常微妙的，年轻的暗影猎手们。你们打破了平衡。"

"可是拉结尔就是那个天使，"克拉丽说，"他法力无边。你们崇拜他，不是吗？如果他选择这么做——"

"是吗？"另一个使者问，"是他选择的吗？"

"我……"克拉丽看着杰斯。她想着，我可以要宇宙中任何东西。世界和平，治愈疾病，长生不老。可是我想要的只有你。

"我们知道圣器仪式，"撒迦利亚说，"我们知道拥有全部圣器者，圣器的主人，可以请求天使一件事。我想他不会拒绝你。"

克拉丽收紧了下巴。"好吧，"她说，"就是这样。"

杰斯鬼魅一笑。"他们可以随时杀了我，你们知道的，"他说，"来恢复平衡。"

她的双手抓紧了他的胳膊。"别乱说。"可是她的声音很细小。撒迦利亚使者从聚集在一处的无声使者中走向他们，双足在会说话的星星上无声地滑行，克拉丽更紧张了。他伸出手俯身将长长的手指放在杰斯的下巴下面，抬起这男孩的头跟他脸对着脸，克拉丽拼命控制着自己不将他推开。撒迦利亚的手指纤细平整——是年轻男人的手指。她以前从来没怎么想过无声使者的年龄，还以为他们都又干瘪又年迈。

杰斯跪在那里，抬头看着撒迦利亚带着漠然冷淡的表情低头看自己。克拉丽不禁想起中世纪的绘画，圣徒们跪着，抬头仰视，脸上弥漫着闪亮的金光。"假如，"他说，声音出人意料地柔和，"你成长的时候我在，我会看懂你脸上的真相，杰斯·莱特伍德，知道你是谁。"

杰斯显出疑惑的表情，但是没有将脸扭开。

撒迦利亚转向其他人。"我们不能也不该伤害这个男孩。希伦戴尔家族和无声使者之间存在古老的纽带，我们应该帮他。"

"帮什么？"克拉丽问，"你能看出他有问题吗——头脑中的什么东西？"

"暗影猎手出生后，要举办一个仪式，由无声使者和钢铁修女为他施加多种保护魔法。"

克拉丽从学习中得知，钢铁修女是无声使者中的姊妹团体。她们比无声使者更不喜与外界交往，负责暗影猎手武器的制造。

撒迦利亚使者继续说着。"杰斯死亡而后又复生，他就是第二次出生，那些保护和仪式都已失效。这就会让他像没锁的门一样开放着——对任何种类的恶魔影响或魔力开放。"

克拉丽舔了舔干燥的嘴唇。"附体，你的意思是？"

"不是附体。影响。我怀疑是一种强大的恶魔力量在你耳边低语，乔纳森·希伦戴尔。你很坚强，你与它斗争，可是它削弱你的力量，正如海水磨损沙子。"

"杰斯，"他苍白的嘴唇低声说，"杰斯·莱特伍德，不是希伦戴尔。"

克拉丽心系实际问题，说："你怎么能确定是恶魔？我们怎么才能去除它？"

伊诺克沉思着说："必须再实行一次仪式，第二次为他加上保护，就当他刚刚出生。"

"你能为他做吗？"克拉丽问。

撒迦利亚倾斜着头。"可以这么做。要做好准备，请一位钢铁修女，制作一只护身符……"他的声音渐渐停了，"乔纳森必须和我们待在一起，直到仪式完成。这里对他来说是最安全的地方。"

克拉丽又看向杰斯，搜索他的表情——任何表情——希望、轻松、高兴，任何表情。可是他面无表情。"要多久？"她问。

撒迦利亚摊开他纤瘦的手。"一天，也许两天。这个仪式是为婴儿准备的。我们必须修改一下，让它适合成人。如果他超过十八岁，就不可能了。现在可以，不过会有难度。但是他还有救。"

还有救。这不是克拉丽希望的。她原先想得到的答案是这个问题很简单，容易解决。她看着杰斯。他的头低着，头发垂落在前面。他的后颈在她看来如此柔弱，让她心痛。

"好吧，"她轻柔地说，"我会和你一起待在这里——"

"不，"使者们集体说道，他们的声音不容辩驳，"他必须一个人留在这里。因为对于我们要做的事情，他不能分神。"

她感到杰斯的身体紧张起来。上一次他独自一人在无声之城时，他被无端囚禁，目睹了大半无声使者可怕地死去，还被瓦伦丁折磨。她无法想象在无声之城独自再过一夜的主意，对他除了糟糕以外，还能意味着什么。

"杰斯，"她小声说，"你想让我做什么，我都会去做。如果你想走……"

"我要留下。"他说。他昂起了头，声音坚定清楚。"我要留下。无论要做什么，我都要处理好这个。我只需要你打个电话给伊莎和亚历克，告诉他们——告诉他们我要待在西蒙家看着他。告诉他们我会在明天或后天见他们。"

"可是……"

"克拉丽，"他温柔地捧起她的双手握在自己手里，"你说得对。这不是来自我的内心。有什么东西对我做了这个。对我们。你知道这是什么意思吗？如果我能……治愈……那么我和你在一起时就不用再害怕我自己了。为此我愿意在无声之城待上一千夜。"

她向前倾过身体，不顾无声使者在场，亲吻了他，迅速用她的唇压了一下他的唇。"我会回来的，"她小声说，"明天晚上，钢铁厂的派对之后，我会回来看你。"

他眼中的希望足以让她心碎。"也许那时我都好了。"

她用指尖抚摸着他的脸庞。"也许你会的。"

经过一长夜噩梦，西蒙醒来后仍然感到疲倦。他翻身平躺过来，盯着从他卧室唯一的窗户射进来的光。

他不禁疑惑，如果他像其他的吸血鬼那样白天睡觉，会不会睡得好些。虽然阳光不能伤到他，可是他能感到夜晚的吸引，在夜空中闪烁的星光下出去的那种欲望。他体内有某种东西想要生活在阴影里，感觉阳光像薄薄的刀子似的痛——正如他体内有某种东西想要血。看看和这个做斗争都让他成什么样了。

他摇晃着站起来套上几件衣服，然后走出去来到客厅里。这个地方闻起来有吐司和咖啡的味道。乔丹坐在台子旁边的一张凳子上，垂着肩膀，头发和往常一样竖立着。

"嗨,"西蒙说,"怎么了?"

乔丹望着他。他晒黑的皮肤其实没有血色。"我们有麻烦。"他说。

西蒙眨了眨眼睛。他前一天没有见过他的狼人室友。昨天晚上他从学院回家后,累得瘫倒了。乔丹没在,西蒙还以为他出去工作了。不过也许发生了什么事。"出什么事了?"

"这个是丢在我们门口的。"乔丹将一张折起的报纸推过来给西蒙。是《纽约晨报》,打开到其中一页,顶部有一张令人毛骨悚然的照片,呈现颗粒状的图像里,一具尸体横陈在某处人行道上,瘦骨嶙峋的四肢以奇怪的角度弯曲着。看起来几乎不像是人。西蒙正要问乔丹为什么他要看这个,照片下面的文字映入他的眼帘。

发现女孩尸体

警方称正在追踪十四岁女孩莫林·布朗的死亡线索,她的尸体于星期日夜间十一点被发现塞进第三大道大苹果熟食店外面的垃圾桶里。虽然法医方面还未发布官方的死亡原因,发现尸体的熟食店店主迈克尔·加沙说她的喉咙被割破。警方还未找到凶器⋯⋯

西蒙无法继续读下去,重重地跌坐在椅子上。现在他已经知道了这事,这张照片无可置疑就是莫林。他认出了她的彩虹色臂套、他最后一次见到她时穿着的很傻的粉红色衣服。我的上帝,他想说,哦,上帝。但是却没有说出一个字。

"那张纸条上不是说,"乔丹用沙哑的声音说,"如果你不去那个地址,他们就会割断你女朋友的喉咙?"

"不,"西蒙低声道,"不可能。不。"

但是他记得。

埃里克小表妹的朋友。她叫什么?暗恋西蒙的那个。我们每次表演她都来参加,告诉每个人她是他的女朋友。

西蒙记得她的手机,她小小的粉红色手机,上面贴着手机贴,她举起手机给他们拍照的样子。她的手放在他肩上的感觉,轻盈得像只蝴蝶。十四岁。他蜷缩起身体,双臂抱在胸前,仿佛他能让自己变小,小得能完全消失。

第十四章

什么梦会来

杰斯在无声之城狭窄的床上不安地翻身。他不知道使者们睡在哪儿,他们似乎也不准备透露。给他躺下的唯一地方似乎是无声之城下面的单人牢房,他们通常用它来关押囚犯。他们让门开着,以使他不太感觉像在坐牢,可是这个地方无论怎样想象也不能称之为舒适。

空气沉闷而厚重。他脱掉 T 恤,只穿着牛仔裤在床单上躺下,可他还是太热。墙壁是暗淡的灰色。有人在床架上方的石块上刻了字母 JG,让他不禁遐想是什么意思——房间里除了床别无他物,一面破碎的镜子映照出扭曲的自己,还有水槽。更不用提这个房间引起的极糟糕的回忆。

一整晚无声使者在他的意识里出出进进,直到他感觉自己像被拧破的毯子。由于他们对一切都非常保密,所以他也不知道他们有没有什么进展。他们看起来并不是很快乐,但是话又说回来,他们从来也没有快乐过。

真正的考验,他知道是睡眠。他会梦到什么?睡觉,也许会做梦。他翻过身,将脸埋在胳膊里。他觉得自己连多做一个伤害克拉丽的梦都受不了。他想也许他真会发疯,这个想法让他害怕。他从不怕死,可是想到发疯,却几乎是他所能想象的最坏的事情。然而睡觉是他的知道的唯一方法。他闭上眼睛,强迫自己入睡。

他睡着了,还做了梦。

他回到了那个山谷——伊德里斯——他和塞巴斯蒂安打斗、几乎死了的山谷。不同于上次他在那里时的盛夏,这时是山谷的秋天,树叶呈现出金黄、棕褐、橙黄、艳红等各种颜色。他站在将山谷一分为二的一条小河边——其实是条小溪。远处有个人向他走来,他还看不太清,可是这人迈着大步,特意而直接地向他走来。

他非常肯定是塞巴斯蒂安,可是直到这人走近让人看清后,他才意识到这不可能是他。塞巴斯蒂安很高,比杰斯高,可是这人很矮——他的脸在阴影中,可是他比杰斯矮了一两个头——而且很瘦,像孩子似的瘦肩膀,瘦骨嶙峋的手腕露在衣服过短的袖子外面。

第十四章 | 什么梦会来

麦克斯。

看见他的小弟弟让杰斯仿佛受到一击,他倒在青青的草地上,跪了下来。这一倒并不疼,一切东西都像处于梦境般软绵绵的。麦克斯看上去还是那样,一个膝盖圆圆的男孩,就要脱离小孩子的阶段长大。现在他永远也不会长大了。

"麦克斯,"杰斯说,"麦克斯,对不起。"

"杰斯。"麦克斯站在那里。一阵微风吹过,把他褐色的头发从脸上吹起。他眼镜后面的眼睛很严肃。"我不是自己要来这儿的,"他说,"我来这儿不是为了缠着你,也不是为了让你感到负疚。"

"他当然不是,"杰斯头脑中的一个声音说,"麦克斯只是爱你,崇拜你,认为你很了不起。"

"你做的梦,"麦克斯说,"是信息。"

"这些梦是受了恶魔的影响,麦克斯。无声使者说——"

"他们说错了,"麦克斯飞快地说,"现在只有几个是,而且它们的力量比以前弱了。这些梦是要告诉你一些事情。你误解了这些梦,它们不是让你伤害克拉丽。它们在警告你你已经在伤害了。"

杰斯缓缓摇了摇头。"我不明白。"

"天使派我跟你谈是因为我认识你,"麦克斯用他清晰的童音说,"我知道你和爱的人怎样相处,你永远也不会自愿去伤害他们。可是你还没有清除瓦伦丁在你内心的所有影响。他的声音仍然在对你耳语,而你认为自己没有听到,然而你听到了。那些梦是告诉你在你杀死自己的那部分之前,你不能和克拉丽在一起。"

"那我就杀死它,"杰斯说,"要我做什么都可以。只要告诉我怎么做。"

麦克斯露出明亮的笑容,伸出手递给他一个东西。是银色手柄的匕首——斯蒂文·希伦戴尔的银色手柄匕首,盒子里的那把,杰斯一下就认出来了。"拿着这个,"麦克斯说,"用这个刺你自己。在这个梦中和我在一起的你必须死去。剩下的你就涤荡干净了。"

杰斯拿过匕首。

麦克斯微笑起来。"很好。在彼岸的许多人都担心着你。你父亲在这里。"

"不是瓦伦丁——"

"你真正的父亲。他让我告诉你用这个。它会切除你灵魂中所有腐烂的东西。"

杰斯将匕首尖刃朝里刺向自己的时候麦克斯笑了。最后一刻时杰斯犹豫了。这太接近瓦伦丁对他做的事情了,刺破他的心脏。他用利刃在右前臂划了很长一道口子,从手肘到手腕。不觉得疼。他将匕首换到右手,在另一只手臂上同样划了道口子。鲜血从两只手臂上长长的伤口喷涌而出，比真实生活中的血更鲜红，红宝石颜色的血。鲜血淌过他的皮肤，滴落在草地上。

他听到麦克斯轻轻吐了口气。这孩子弯下腰，用手指摸了摸滴落的血。他举起手指，上面闪着猩红的光。他向杰斯走近了一步，然后又一步。离得这么近，杰斯能清楚地看见麦克斯的脸——他细腻没有毛孔的孩子的皮肤，透明的眼皮，他的眼睛——杰斯不记得他有这样乌黑的眼睛。麦克斯把手伸向杰斯的胸口，放在心脏的正上方，然后他开始用血在那里画图案，是一个如尼文。杰斯从来没有见过这种如尼文，它的形状有重叠的弯曲和奇怪的角。

画好后，麦克斯放下手，后退一步，头歪向一边，正如一个艺术家在观看他最新的作品。杰斯突然感到一阵尖锐的疼痛，觉得胸口的皮肤在燃烧。麦克斯站在那里看着他，微笑着，一边伸展他满是血迹的手。"它弄疼你了吗，杰斯·莱特伍德？"他说，声音不再是麦克斯的声音，而是别的声音，高声，沙哑而又熟悉。

"麦克斯——"杰斯低声叫道。

"因为你给别人痛苦，所以你应该被给予痛苦，"麦克斯说，他的脸开始闪光并改变，"因为你造成悲伤，所以你要感到悲伤。你现在是我的，杰斯·莱特伍德。你是我的。"

这种剧痛刺盲了眼睛。杰斯向前爬着，手捂着胸口，跌入黑暗之中。

西蒙坐在沙发上，双手捂着脸。他的脑袋嗡嗡响着。"这是我的错，"他说，"我喝她的血时可能已经杀死了她。她是因为我死的。"

乔丹在他对面的扶手椅上仰着。他穿着牛仔裤和一件绿色 T 恤，里面是件长袖打底衫，袖口处破了，他的拇指从破洞伸出去，衣服的质地不免令人担心。金色的卢普斯护卫队徽章在他脖子上闪着光芒。"别这样，"他说，"你又不可能知道。我把她放在出租车上时她还没事。那些家伙肯定抓了她，然后杀了她。"

西蒙感觉头轻飘飘的。"可是我咬了她。她不会复活的，对吧？她不会变成吸血鬼吧？"

"不会的。别这样，你和我一样，知道这个。你要给她一些你的血才能让她变成吸血鬼。假如她吸了你的血然后死了，是的，我们会去墓地冒险看着的。可是她没有。我是说，我想你会记得这样的事的。"

西蒙在喉咙深处尝到了酸楚的血腥味。"他们以为她是我女朋友，"他说，"他们警告我如果我不出现，他们会杀了她。所以当我没出现时，他们就割了她的喉咙。她肯定在那儿等了一整天，想着我会不会去。希望我能现身……"他的胃部感觉恶心，他弯腰用力地呼吸着，努力让自己不吐。

"没错，"乔丹说，"但问题是，他们是谁？"他使劲盯着西蒙。"我想也许你是时候打电话给学院了。我不喜欢暗影猎手，可是我总听说他们的档案极其详细。也许他们有纸条上那个地址的什么信息。"

西蒙犹豫了。

"求你了，"乔丹说，"你为他们做的烂事够多了。让他们为你做些事。"

西蒙耸了耸肩去拿他的手机。回到客厅后，他拨了杰斯的号码。响了两声后伊莎贝尔接了电话。"又是你？"

"对不起。"西蒙尴尬地说。显然他们在圣所的小插曲没有像他希望的那样软化她对他的态度。"我要找杰斯，可是我想我可以跟你说——"

"总是那么有魅力，"伊莎贝尔说，"我以为杰斯跟你在一块儿。"

"没有，"西蒙感到有些不安，"谁跟你说的？"

"克拉丽，"伊莎贝尔说，"也许他们偷偷在一起或者别的。"她听起来并不担心，这有道理。如果杰斯有任何麻烦，克拉丽绝不会就他去哪里撒谎的。"无论如何，杰斯把手机忘在他房间了。如果你真的看见他，提醒他今晚要去钢铁厂的派对。如果他不去，克拉丽会杀了他。"

西蒙都快忘了自己晚上要去参加那场派对。

"好的，"他说，"听着，伊莎贝尔。我这里遇到了个问题。"

"快说。我喜欢问题。"

"我不知道你会不会喜欢这个问题。"他疑惑地说，然后很快跟她说了情况。他说到他咬了莫林的部分时，她轻轻吸了一口气，于是他感觉自己的喉咙缩紧了。

"西蒙。"她低声说。

"我知道，我知道，"他难过地说，"你以为我不愧疚吗？我愧疚极了。"

"如果你杀了她，那你就违犯了法律。你是罪犯。我不得不杀了你。"

"可是我没有，"他说，声音有些颤抖，"我没杀她。乔丹发誓送她上出租车时她还没事。报纸说她被割喉了。我没有那么做。有人为了接近我这么做。我只是不知道为什么。"

"这事我们还没完，"她的声音很严厉，"但是首先去拿他们留的纸条，念给我听。"

西蒙按她说的做了，伊莎贝尔用力吸了口气，当作对西蒙的回应。

"我觉得那个地址听起来很熟悉，"她说，"是克拉丽昨天让我去找她的那个地方。是一座教堂，在郊外。某种恶魔崇拜邪魔教的总部。"

"恶魔崇拜邪魔教想从我这里要什么？"西蒙说，乔丹好奇地看看他，他只能听见一半的对话。

"我不知道。你是个日光行者。你有神奇的能力。你将成为疯子和黑魔法师的目标。就是这么回事，"西蒙觉得伊莎贝尔的声音里多了些同情，"哎，你要去钢铁厂的派对，对吧？我们可以在那里见面，谈论下一步的行动。我还会告诉我妈妈你的事。他们已经在调查塔尔图教堂了，所以他们可以把这个加进相关信息里。"

"我想——"西蒙说。这个世界上他最不愿意做的事就是参加派对。

"带上乔丹，"伊莎贝尔说，"你可以用保镖。"

"我不能那么做。迈亚会去那儿的。"

"我来跟她谈。"伊莎贝尔说。要是西蒙处在她的位置上，可不会有她听起来这么有信心。"那里见。"

她挂了电话。西蒙转向乔丹，乔丹横躺在沙发床上，头靠在其中一只布艺靠枕上。"你听到多少？"

"足够我知道我们今晚要去一个派对，"乔丹说，"我听说了钢铁厂的宴会。我不属于加洛维狼群，所以没被邀请。"

"我猜现在你要作为我的男伴和我一起去。"西蒙把手机塞回口袋。

"我的男性气质使我能很安全地接受这个，"乔丹说，"但是我们最好给你找件漂亮衣服，"西蒙返回他的房间时他叫道，"我想让你变好看。"

多年以前，长岛市不是到处都是画廊和咖啡馆的时髦街区，而是一个工业中心，钢铁厂曾是一家纺织厂。现在它有巨大的砖石外墙，里面则改造成了一个闲置但漂亮的空间。地面是交叉的拉丝钢板；头顶上方是纤巧的铁梁，缠裹着布满白色小灯的绳子。华美的铁艺楼梯呈螺旋状，向上连接装饰着下垂绿植的T形秀台。一只巨大的悬臂玻璃天花板显露出夜晚的天空。外面甚至有个露台，建在东河上方，在这里可以欣赏五十九街大桥壮观的景象，大桥矗立在上方，仿佛一段裹着金箔的冰矛从皇后区延伸到曼哈顿。

卢克的狼群在让这个地方变漂亮方面做得极好。他们艺术地放置了巨大的白镴花瓶，里面插着长茎象牙色的花儿，桌子罩上了白色的亚麻布，围着一个升起的舞台摆成一个圆圈，舞台上一支狼人弦乐四重奏乐队在演奏着古典乐。克拉丽不禁希望西蒙在那儿，她相当肯定他会觉得狼人弦乐四重奏是个很棒的乐队名。

克拉丽从一桌到另一桌，安排着不需要安排的东西，摆弄花儿，把事实上没有放歪的银器放正。目前为止，只有几个客人到达，她一个也不认识。她妈妈和卢克站在门口，微笑着问候人们。卢克穿着西装好像不舒服，乔斯琳穿着一条定制的蓝色裙子，光彩照人。前几天的事情之后，看到她妈妈看起来这么幸福，真好，虽然克拉丽不知道有多少是真的，又有多少是秀给人们看的。乔斯琳的嘴型带着某种僵硬，这让克拉丽担心——她真的幸福吗，还是只是苦中作乐？

克拉丽不仅担心妈妈。无论发生别的什么，她都无法不想起杰斯。无声使者对他做了什么？他好吗？他们会解决他的问题，阻断恶魔影响吗？她前一天晚上一夜未眠，一直在她卧室的黑暗中睁着眼睛担心，直到她觉得自己真病了。

她最希望的是他在这里。她挑好了今天晚上穿的裙子——淡金色，比她通常穿的任何衣服都贴身——她特别希望杰斯会喜欢。可是现在他看不见她穿着它了。她知道她的这种担心很浅薄，如果能让杰斯好转，她愿意余生都穿着水桶走来走去。而且，他总跟她说她很美，也从来没有抱怨过她大多时间穿牛仔裤和运动鞋，可是她想过他会喜欢她穿成这样的。

今晚站在镜子前面，连她都觉得自己很美。她妈妈总说自己晚熟，克拉丽看着自己的影子，想着是不是同样的事情也发生在她身上。她不再像块板子那么平了——在过去的这一年里，她的胸衣罩杯已经升了一号了——如果她眯起眼睛，她觉得能看到——是的，那确定无疑是乳沟。她有曲线。小小的曲线，但是你总得有开始吧。

她的首饰很简单——非常简单。

她举起手摸了摸颈部项链上的摩根斯特恩戒指。那天早晨，很长时间以来她又戴上了。她感觉这像是表示对杰斯有信心的一种沉默姿态，一种表示她忠诚的方式，无论他是否知道。她决定要一直戴着它，直到再次见到他。

"克拉丽莎·摩根斯特恩？"一个轻柔的声音在她肩膀旁边说。

克拉丽惊讶地转过身。这个声音并不熟悉。站在那里的是一个看起来约莫二十岁的瘦高女孩。她的皮肤是乳白色的，下面缠绕着鲜艳的绿色静脉，她的金发也染了少许同样的绿色。她的眼睛湛蓝，仿佛大理石，她穿了一条蓝色的裙子，薄得让克拉丽觉得她肯定要冻坏了。记忆渐渐从深处涌现出来。

"凯莉。"克拉丽慢慢说道，认出了这个在塔基餐厅为她和莱特伍德兄妹服务过不止一次的精灵服务员。闪念间让她想起凯莉和杰斯曾经有过风流韵事的征兆，可是在别的事情面前这件事显得如此微不足道，以至于她无法对此心存芥蒂。"我没意识到——你认识卢克吗？"

"不要误以为我在这里是客人，"凯莉说，她纤瘦的手在空中随意地做了一个不感兴趣的手势,"我的女王派我来这里找你——不是来参加宴会。"她好奇地回头看了看,纯蓝色的眼睛闪闪发亮。"不过我原来还不知道你妈妈要嫁给一个狼人。"

克拉丽挑了挑眉毛。"怎样?"

凯莉带着笑意上下打量着她。"我的女王说虽然你长得娇小,可是却非常强硬。在王宫你会因为这样矮小的身材被轻视的。"

"我们不在王宫,"克拉丽说,"我们也不在塔基餐厅,现在是你来找我,你有五秒钟告诉我精灵女王想要什么。我不太喜欢她,我也没心情跟她玩游戏。"

凯莉用涂着绿色指甲油的细瘦手指指着克拉丽的脖子。"我的女王说要问你,"她说,"你为什么戴着摩根斯特恩的戒指。是要承认你的父亲吗?"

克拉丽的手悄悄移到脖子那里。"是为了杰斯——因为杰斯把它给我了。"她情不自禁就说出来了,然后悄悄地骂自己。多告诉精灵女王一点点信息都是不聪明的。

"可是他不姓摩根斯特恩,"凯莉说,"而是姓希伦戴尔,他们有自己的戒指。苍鹭图案,而非晨星。这不更适合他吗?像只空中的鸟一样翱翔,而不是像路西法那样坠落。"

"凯莉,"克拉丽咬牙切齿,"精灵女王想要什么?"

精灵女孩笑了。"怎么了?"她说,"只是给你这个。"她手里递过来某个东西,一只很小的银铃挂饰,铃铛背后有一个小圆环,可以系到链子上。凯莉的手伸过来时,铃铛响了,声音如雨水一般清脆甜美。

克拉丽退缩了。"我不想要你们女王的礼物,"她说,"因为随它们一起的是谎言和期待。我不要欠女王任何东西。"

"这不是礼物,"凯莉不耐烦地说,"这是一个召唤的器具。女王原谅你以前的固执,她料想很快你会需要她的帮助。只要你选择请求她,她就愿意帮你。只需摇这个铃铛,宫廷的一个仆从就会过来把你带到她面前。"

克拉丽摇头。"我不会摇它的。"

凯莉耸耸肩。"那拿着它也不需要你付出什么。"

仿佛在梦中似的,克拉丽看到自己的手伸出来,张开手指握住了铃铛。

"你会做任何事情去救他的,"凯莉说,她的声音像那只铃铛的铃声一样清脆甜美,"无论要你付出什么,无论你可能欠地狱或天堂什么,不是吗?"

记忆中的声音在克拉丽的头脑中响起。你停下来想过吗?你妈妈告诉你的故事中可能会有虚假的内容,以此来实现她的目的?你真的认为你们知道往昔的每个秘密?

第十四章 什么梦会来

多萝西娅太太告诉杰斯他会爱上错误的人。

他不是没救。但是会很难。

克拉丽接过铃铛,铃铛发出当啷的响声,克拉丽把它握在手心里。凯莉笑了,蓝色的眼睛宛若玻璃珠子一样闪着光芒。"明智的选择。"

克拉丽犹豫了。可是她还没来得及把铃铛塞还给这个精灵女孩,便听到有人叫她的名字,她转身看见妈妈穿过人群正向她走来。她匆忙回过身,可是并不感到惊讶的是,凯莉不见了,就像清晨阳光下退散的迷雾那样,已经消失在了人群中。

"克拉丽,"乔斯琳走到她跟前说,"我在找你,然后卢克指给我看,就你一个人站在这里。没事吧?"

就你一个人站在这里。克拉丽疑惑凯莉用了什么魔法,她妈妈应该能看出大部分魔法的。"我很好,妈妈。"

"西蒙在哪儿?我以为他会来。"

克拉丽想,她当然会先想起西蒙,而不是杰斯。虽然杰斯应该要来,而且作为克拉丽的男友,他甚至应该早到了。"妈妈,"她说,然后又停了一下,"你觉得你会喜欢杰斯吗?"

乔斯琳绿色的眼睛变得柔和了。"我确实注意到他不在这儿,克拉丽。我只是不知道你想不想跟我谈这个。"

"我的意思是,"克拉丽固执地继续说,"你觉得他能做些什么让你喜欢他吗?"

"能啊,"乔斯琳说,"他可以让你快乐。"她轻轻摸了摸克拉丽的脸,而克拉丽攥着手,感觉到那只铃铛压进了她的皮肤。

"他的确让我快乐,"克拉丽说,"可是他不能控制世界上所有的事情,妈妈。其他事情发生——"她寻找着合适的词语。她怎么才能解释不是杰斯让她不快乐,而是发生在他身上的事情让她不快乐,而又不说明是什么事情呢?

"你这么爱他,"乔斯琳温柔地说,"这吓到我了。我总想让你受到保护。"

"看看结果怎么样。"克拉丽开始说道,接着她的声音又柔和下来。现在可不是责怪她妈妈或和她吵架的时候。卢克正从门口望着她们,脸上显现出爱和焦急的神色,这不是时候。"只要你了解他,"她有点无助地说,"不过我猜每个人都这么说她们的男友。"

"你说得对,"乔斯琳说,这让她吃惊,"我不了解他,不真正了解。我看见他,不知怎地就有点让我想起他的母亲。我不知道为什么——他长得并不像她,除了她也很美,也有他那种极其的脆弱——"

"脆弱?"克拉丽震惊了。她从来没有想到除了自己,还有人觉得杰斯脆弱。

"哦，是的，"乔斯琳说，"我想恨瑟琳娜从阿玛提斯身边抢走了斯蒂文，可是你就是情不自禁想要保护瑟琳娜。我对杰斯也有这样的感觉。"她听起来仿佛陷入了沉思。"或者也许只是美的事物总是如此容易被世界毁坏，"她放下手，"没关系。我和我的记忆斗争，可是他们是我的记忆。杰斯不应承担这些重负。不过我要告诉你一件事。如果不是他这么爱你——无论什么时候他看着你，都写在他的脸上——我连一分钟也不能容忍他。所以你生我气时想着这个。"

她挥手挡开了克拉丽表示没有生气的抗议，微笑了一下，拍了拍克拉丽的脸颊，最后一次让克拉丽去人群里和大家在一起，然后回头到卢克那里去了。克拉丽点点头，没有说话，目送着她妈妈离去，感觉手里握着铃铛的地方灼烫起来，就像一根燃烧的火柴的顶端。

钢铁厂周围的区域大多是仓库和画廊，晚上一般没什么人，所以乔丹和西蒙没用多长时间就找到了停车的地方。西蒙从卡车上跳下来，发现乔丹已经在路边了，挑剔地看着他。

西蒙离开家的时候没有带漂亮衣服——他身上最好看的衣服就是曾经属于他爸爸的一件短夹克——所以下午乔丹为了替他找套体面的衣服穿，和他逛遍了东村。最后他们终于在一家叫"爱拯救那天"的店里找到了一套旧杰尼亚牌西装，这家店出售的大多是闪亮的平底靴和六十年代的普契围巾。西蒙怀疑马格纳斯大部分衣服就是在这儿置办的。

"什么？"这时他说，特意把西服的袖子往下拉了拉。对他来说这衣服有点小，虽然乔丹觉得如果他不扣纽扣，没人会注意到的。"我看起来有多难看？"

乔丹耸耸肩。"你不会砸镜子，"他说，"我只是在想你要不要配武器。你想要什么吗？匕首，也许？"他把自己的西服稍微打开一些，西蒙看见里面装着闪着金属光泽的长长的东西。

"难怪你和杰斯那么喜欢对方。你们都是疯狂的行走的武器库。"西蒙疲惫地摇摇头，转身向钢铁厂入口走去。那地方在路对面，一只宽大的遮阳篷遮蔽了路边一块长方形的地方，那里装饰着深红色的地毯，地毯上有金色的狼图案。西蒙不禁感到有些好笑。

靠在撑起遮阳篷其中一根柱子上的是伊莎贝尔。她的头发盘起来了，身穿一条红色的长裙，一侧开叉，露出大半个腿。她的右臂上戴着一层层金环，看起来像手环，可是西蒙知道实际上是她的电鞭。她身上覆盖着如尼文，缠绕着她的胳膊，攀延到她的大腿，环绕着她的脖子，装点了她的胸前。由于她穿着低胸裙，胸前的许多如尼文都露在外面。西蒙尽量不盯着看。

"嗨,伊莎贝尔。"他说。

他身旁的乔丹也努力不盯着看。"呃,"他说,"嗨,我是乔丹。"

"我们见过,"伊莎贝尔冷淡地说,无视他伸过来的手,"迈亚正想要撕破你的脸。这也很正常。"

乔丹看起来很担心。"她在这儿吗?她好吗?"

"她在这儿,"伊莎贝尔说,"她感觉怎么样不关你的事……"

"我觉得自己有责任。"乔丹说。

"这种感觉在哪里?在你裤子里,也许?"

乔丹看起来很气愤。

伊莎贝尔挥了挥戴着饰品的纤手。"听着,无论你以前做了什么,那都过去了。我知道你现在是卢普斯护卫队的,而且我告诉了迈亚那是什么意思。她愿意接受你在这里,而且会无视你。不过你能得到的就只有这个了。不要骚扰她,别想跟她说话,甚至不要看她,不然我会把你折叠很多次,直到你看起来像一个手工折纸小狼人。"

西蒙鼻子里哼了一下。

"笑出来,"伊莎贝尔指着他,"她也不想跟你说话。所以虽然她今晚看起来性感极了——如果我是男人我肯定会追她——你们两个都不许和她说话。明白吗?"

他们点点头,低头盯着自己的鞋子,好像刚刚被惩罚。

放学后留校的中学生。

伊莎贝尔从倚靠着的柱子上直起身。"很好。我们进去吧。"

第十五章

保佑勇士

　　钢铁厂里面到处缠绕着闪亮的彩色小灯。不少宾客已经落座了，可是也有很多宾客端着倒满浅色气泡液体的酒杯转来转去。侍者们——西蒙注意到他们也是狼人，整个宴会的服务人员似乎都由卢克的狼群承担——在宾客中间往来穿梭，分发细长的香槟酒杯。西蒙拒绝了。从他在马格纳斯派对上的经历以后，他就感觉喝任何自己不放心的酒水都不安全，而且，他也不知道哪种不是血的液体会停留在胃里，哪种会让他呕吐。

　　迈亚站在其中一根砖石柱子那里，和另外两个狼人谈笑着。她穿了一条鲜亮的橙色缎面紧身裙，衬出她深色的皮肤，她的头发散落在脸庞周围，棕黄色的鬈发就像狂野的光晕。她看到西蒙和乔丹，故意移开目光。她的裙子后背是深 V 形的，露出大片裸露的皮肤，能看见脊柱下端横着一个蝴蝶文身。

　　"我觉得我认识她时她没有那个，"乔丹说，"我是说那个文身。"

　　西蒙看了看乔丹。他瞪大眼睛看着他的前女友，带着那种明显的渴望，西蒙怀疑如果他不小心，会让伊莎贝尔一拳打在脸上。"来，"他说着，将手放在乔丹的后背把他轻轻扳过来，"我们去看看坐哪儿。"

　　伊莎贝尔一直回头看着他们，这时露出了猫一样的微笑。"好主意。"

　　他们穿过人群来到桌子摆放的地方，结果发现他们的桌子已经坐了一半人了。克拉丽坐在其中一个座位上，低头看着一只看起来很像盛满了姜汁汽水的玻璃酒杯。她旁边是亚历克和马格纳斯，两人都身着从维也纳回来时穿着的黑色西服。马格纳斯似乎在抚弄着他长围巾的流苏边。亚历克在胸前交叉着双臂，气势汹汹地盯着远处。

　　克拉丽一看见西蒙和乔丹就跳了起来，表情明显如释重负。她绕过桌子来跟西蒙打招呼，西蒙看见她穿着一条非常简洁的金色丝裙，还有金色的低跟凉鞋。没有高跟鞋增加身高，她看起来非常娇小。摩根斯特恩戒指戴在她的脖子上，挂着戒指的链子映衬着它银色的光亮。她伸出双臂拥抱他，嘟哝着："我感觉亚历克和马格纳斯吵架了。"

"看起来像是，"他也嘟哝着回复，"你男朋友在哪里？"

听到这个，她把胳膊从他脖子上放下来。"他在学院被耽搁了。"她转过身。"嗨，凯尔。"

他有点尴尬地笑了。"其实是乔丹。"

"我听说了，"克拉丽指了指桌子，"好吧，我们不妨坐下来。我想很快就要祝酒什么的了。然后，希望，是吃的。"

他们都坐了下来。接着是尴尬的长时间沉默。

"那，"最后马格纳斯说，一只长长的白皙手指环绕着香槟杯的边缘，"乔丹，我听说你在卢普斯护卫队里。我看见你戴着一枚他们的徽章。上面说什么？"

乔丹点点头。他脸红了，褐色的眼睛发出亮光，注意力明显只有一部分在谈话上。他的目光跟随着迈亚在房间里移动，手指紧张地一会儿抓着桌布边缘，一会儿又松开。西蒙怀疑他自己都没意识到。"Beati bellicosi，保佑勇士。"

"很好的组织，"马格纳斯说，"我认识成立这个组织的人，还是在十九世纪，伍尔西·斯科特。让人尊敬的古老狼人家族。"

亚历克在喉咙后面发出难听的声音。"你和他也睡过？"

马格纳斯猫似的眼睛睁大了。"亚历山大！"

"好吧，我对你的过去一无所知，不是吗？"亚历克问，"你什么都不告诉我。你只是说这不重要。"

马格纳斯面无表情，可是说话的声音却有些气愤。"这就是说每次我提到一个见过的人，你都要问我是不是跟他们有一腿？"

亚历克一脸固执，可是西蒙不禁对他感到一丝同情。他蓝眼睛后面的伤显而易见。"也许。"

"我见过拿破仑一次，"马格纳斯说，"可是我们没有关系。相对于一个法国人来说，他极其正经。"

"你见过拿破仑？"乔丹似乎大部分谈话都没听，这时却显得钦慕不已，"那么他们说的关于巫师的话都是真的？"

亚历克十分不悦地看了他一眼。"什么是真的？"

"亚历山大。"马格纳斯冷冷地说。克拉丽的目光越过桌子和西蒙的目光相遇了。她的绿色眼睛睁得很大，满满写着"哦"。"你不能对跟我说话的每个人都无礼。"

亚历克作了一个大大的挥扫手势。"为什么不能？让你无法发挥你的魅力，对吗？我的意思是，也许你希望和这里的狼人男孩调情。他相当吸引人，如果你喜欢这种头发蓬乱、肩膀宽阔、棱角分明的漂亮面孔类型的话。"

"嘿，现在——"乔丹温和地说。

马格纳斯将头埋在双手里。

"或者这里有很多漂亮女孩，既然显然你的口味两者都有。有什么你不喜欢的吗？"

"人鱼，"马格纳斯透过手指说，"她们老是有股海草味。"

"这不好玩。"亚历克发狠道，然后踢开椅子，从桌子旁站起来，气呼呼地走到人群中。

马格纳斯仍然用手捧着脑袋，黑色的发尖从指间冒了出来。"我只是不明白，"他没有特别对谁说，"过去为什么那么重要。"

西蒙感到吃惊的是，乔丹答话了。"过去总是重要，"他说，"当你加入护卫队时他们就会跟你这么说。你不能忘记过去做过的事情，否则你永远也不会从中学到东西。"

马格纳斯抬起头，金绿色的眼睛在指间闪着光。"你多大了？"他问，"十六？"

"十八。"乔丹说，看起来稍微有些吓到了。

西蒙压制住内心想笑的冲动，心想，正好跟亚历克同龄。他并不怎么觉得亚历克和马格纳斯的闹剧好笑，可是乔丹的表情很难不让他感觉苦涩而好笑。乔丹的体型是马格纳斯的两倍——虽然马格纳斯很高，可是他纤瘦到了皮包骨的程度——然而乔丹明显害怕他。西蒙转身想和克拉丽彼此对视一下，可是她却望着前门，脸色突然变得煞白。她把餐巾放到桌子上，咕哝了一句："对不起。"接着站起来，就要逃离餐桌。

马格纳斯把手举起来。"好吧，如果要大规模离开……"他说着，优雅地站了起来，将围巾围在脖子上。他消失进人群，应该是去找亚历克了。

西蒙看看乔丹，他又在看迈亚了。她背对着他们，正在跟卢克和乔斯琳说话、大笑，还将她的鬈发往后拨了拨。"连想都不要想。"西蒙说，然后站了起来。他指着乔丹。"你待在这儿。"

"干什么？"乔丹问。

"卢普斯护卫队在这种情况下该干什么就干什么。冥想。想你的绝地武士力量。什么都行。我五分钟后就回来，而你最好还在这儿。"

乔丹向后靠了靠，双臂交叉抱在胸前，显然不满，可是西蒙已经不再注意他了。他转身进了人群，跟着克拉丽。她在移动的众人中是一个红色和金色的斑点，头上顶着光亮的头发。

他在其中一根裹着彩灯的柱子边追上她，用手拍了一下她的肩膀。她惊呼一声转过身，睁大了眼睛，举起手好像要挡开他。看清是谁后她放松了。"你吓死我了！"

"显然是的，"西蒙说，"发生什么事了？你这么害怕什么？"

"我……"她放下手，耸了耸肩。虽然她强迫自己装出一副什么都没发生的样子，然而颈部的脉搏仿佛锤子在锤击似的。"我以为我看见了杰斯。"

"我猜想，"西蒙说，"可是……"

"可是？"

"你看起来真吓到了。"他不知道究竟为什么要这么说，或者希望她回答什么。她咬了咬嘴唇，紧张的时候她总会这样。她的目光有一会儿很遥远，这是西蒙熟悉的神色。他一直喜欢克拉丽的其中一点是她多么容易就沉浸在自己的想象力中，多么容易就能置身在诅咒、王子、宿命和魔法的虚幻世界中。曾经他也同样能做到，能栖息在一个更令人兴奋的想象世界中寻求安全——寻求虚幻。现在真实世界和幻想世界冲突起来，他疑惑她是否会像他一样，渴望往昔的岁月，渴望正常的时光。他疑惑正常是否如视力或沉静那样，失去后你才意识到可贵。

"他正在经历艰难的时刻，"她低声说，"我为他害怕。"

"我知道，"西蒙说，"不是要窥探，可是——他弄清楚出了什么事了吗？有人清楚吗？"

"他——"她停住了，"他没事。他只是正在艰难地接受有关瓦伦丁的一些事情。你知道的。"西蒙的确知道。他也知道她在撒谎。克拉丽，几乎从来没向他隐瞒过任何事情。他用力地看了她一眼。

"他一直做噩梦，"她说，"他担心有恶魔参与——"

"恶魔参与？"西蒙难以置信地重复道。他知道杰斯一直做噩梦——他这么说过——可是杰斯从来没提到过恶魔。

"嗯，显然是有恶魔想要通过他的梦境接触他，"克拉丽说，似乎她对提到这个感到很难过，"不过我肯定会没事的。每个人都会做噩梦的，不是吗？"她用手拽了下西蒙的胳膊。"我正要去看看他怎么样了。我会回来的。"她的目光已经从他身上滑过，看向通往露台的门。他点点头，后退了一些让她离开，望着她走进人群中。

她看起来这么小——就像她上一年级时那种小小的样子，那时他陪她一起走到她家的前门，看着她走上台阶，幼小而坚定，走路时她的午餐盒甩打着她的膝盖。他的心脏虽已不再跳动，却感到一阵紧缩，想着在这世上是否还有什么比不能保护你爱的人更痛苦的事。

"你看起来病了，"一个声音在他身边说，沙哑，熟悉，"在想你是一个多么烂的人？"

西蒙转身看见迈亚靠在他身后的柱子上。她脖子周围有一股发着光亮的小白灯，脸上由于喝了香槟以及房间里的温暖红红的。

"或者也许我应该说，"她继续道，"你是一个多么烂的吸血鬼，除了这会让人以为你只是不擅长做吸血鬼。"

"我是不擅长做吸血鬼，"西蒙说，"但是这不意味着我擅长当男朋友。"

她歪着嘴笑了。"巴特说我不该对你这么狠，"她说，"他说有女孩在的时候男生就会做蠢事。尤其是那些以前没有多少女人缘的土帽。"

"他好像能看懂我的灵魂。"

迈亚摇头。"很难一直生你的气，"她说，"可是我正在坚持。"她转过身。

"迈亚。"西蒙说。他的头开始疼痛，感觉有点眩晕。但是如果现在他不对她说，他永远也不会说了。"求你了，等一下。"

她又回身看着他，两根眉毛质疑地挑了起来。

"我为我做过的事情说对不起，"他说，"我知道我之前说过，可是我真的是真心的。"

她耸耸肩，面无表情，什么也没说。

他忍受着头痛吞咽了一下口水。"也许巴特是对的，"他说，"可是我认为不光是那样。我想和你在一起是因为——这听起来多么自私——你让我感觉自己正常，像以前的我。"

"我是一个狼人，西蒙。不完全正常。"

"可是你——你是的，"他说，有点磕磕绊绊，"你是真诚真实的——我所认识的人当中最真实的一个。你想要过来玩光晕游戏。你想要谈论喜剧，看音乐会，去跳舞，做正常的事情。而且把我当正常人对待。你从来没叫过我'日光行者'或'吸血鬼'或别的什么，只叫我西蒙。"

"这都是朋友范畴内的事情。"迈亚说。她又靠在了柱子上，说话时眼睛发出柔和的光亮。"不是女朋友。"

西蒙只是看着她。他的头痛像心跳一样一下下跳动着。

"然后你来了，"她又说，"带着乔丹。你在想什么？"

"这样说不公平，"西蒙抗议道，"我不知道他是你前——"

"我知道。伊莎贝尔告诉我了，"迈亚打断了他，"不管怎样我只想让你们去死。"

"哦，嗯？"西蒙瞄了一眼乔丹，他独自坐在垂着亚麻布的圆桌旁，就像一个舞伴没有出现的家伙。西蒙突然感觉很厌倦——厌倦了为每个人担心，厌倦了为自己做过的以及将来可能要做的事有罪恶感。"好吧，伊莎告诉过你，乔丹要求被派来跟着我以便能接近你吗？你应该听听他打听你的样子。甚至是他说你名字的样子。哎呀，他以为我欺骗你时攻击我的样子——"

"你没有欺骗。我们不是只跟对方一人约会。欺骗不同——"

迈亚停下来时西蒙笑了，脸红红的。"我猜想你这么恨他，所以不管什么事都会站在我这边对抗他，这很好。"他说。

"有几年了，"她说，"他从来没有想办法要和我联系上。一次也没有。"

"他努力过，"西蒙说，"你知道他咬你的那个晚上是他变形后第一次咬人吗？"

她摇头，发卷弹跳着，睁大的琥珀色眼睛非常严肃。"不知道。我以为他知道——"

"知道他是狼人？不。他知道他在某方面正在失控，可是谁猜得到自己在变成狼人？咬了你的第二天他去找你，可是护卫队拦住了他。他们不让他靠近你。即使那时他都没有停止找你。我想过去的两年他没有一天不在想你在哪儿——"

"你为什么为他辩护？"她小声说。

"因为你应该知道，"西蒙说，"我做男朋友糟透了，我亏欠你。你应该知道他不是存心要抛弃你。他接受保护我的任务只是因为我的资料中提到了你的名字。"

她张开了嘴。她摇头的时候，颈间闪光的小灯像星星一样在眨眼。"我只是不知道应该怎么处理这事，西蒙。我要怎么做？"

"我不知道。"西蒙说。他感觉有人正往自己的脑袋上钉钉子。"不过我可以告诉你一件事。这个世界上我是你最不该讨教恋爱建议的家伙，"他用手按了按额头，"我要出去一下，呼吸一点空气。如果你想跟乔丹谈谈，他在桌子那里。"

他用手指了指桌子，然后转身走了，离开她充满疑问的目光，离开房间里每个人的目光，还有升高的嗓音和大笑，跌跌撞撞地向门走去。

克拉丽推开了通往露台的门，一阵冷风扑面而来。她颤抖起来，希望自己带了外衣，可又不愿耽误时间回桌子那里拿。她走出门，迈上露台，在身后关上了门。

露台很宽阔，铺了石板，四周是铁栏杆。提基神像火炬在白镴大支架上燃烧，但是并没有怎么温暖这里的空气——这可能解释了为什么除了杰斯没有人出来。

他站在栏杆边，望着河面上方。

她想跑到他身边，却又不禁犹豫起来。他穿着一套黑色的西服，西装敞着，里面是白衬衫，他的头转向远离克拉丽的一边。她从未见过他这样打扮，这使他显得年纪大一些，还添了些距离感。河面上吹过来的风拂起他的金发，于是她看见他喉咙侧面那条横着的小伤疤，这是曾被西蒙咬过的地方，而她记得是杰斯让他咬自己的，他冒着生命的危险，为了她。

"杰斯。"她说。

他转身看着她微笑了。这微笑很熟悉，似乎开启了她体内的某种东西，让她跑过石板到他身边，双臂环抱着他。他抱起她，使她双脚离地抱了很长时间，还把脸埋在她的颈间。

"你没事了。"他放她下来后她终于说。她用力地擦着涌出的眼泪。"我的意思是——如果你没好，无声使者不会放你走——可是我想他们说过仪式要用很长时间？甚至要几天？"

"没有用很长时间。"他双手捧着她的脸，微笑着低头看着她。在他身后，皇后大桥跨立在水面上。"你知道无声使者，他们所有事情都喜欢小题大做。但实际上是相当简单的仪式，"他咧嘴笑着，"我感觉有点傻。这是为小孩子搞的仪式，可是我只是一直想着如果我能很快完成，我就能看到你穿着性感派对衣服的样子了。我看到了。"他的目光上上下下打量了她一番。"让我告诉你，我没有失望。你美极了。"

"你自己也看起来非常棒，"她笑中带泪，"我甚至都想不到你有西服。"

"我没有，不得不买了套，"他用拇指在她颧骨处被眼泪打湿的地方擦过，"克拉丽——"

"你为什么出来？"她问，"好冷。你不想回里面去吗？"

他摇摇头。"我想和你单独说说话。"

"说吧。"克拉丽用几乎是耳语的声音说。她把他的手从脸上拿下来，放到腰间，她太需要他紧紧抱着她了。"出别的事了吗？你会好吗？请不要向我隐瞒任何事。这所有一切发生后，你应该知道我能应付任何坏消息。"她知道自己紧张地啰嗦个不停，可是却无法控制。她感觉心脏跳得很厉害。"我只想你没事。"她尽量平静地说道。

他金色的眼睛变深了。"我不停回想那只盒子。那只属于我父亲的盒子。我对它没有任何感觉，那些信件，那些照片。我不知道那些人是谁。他们对我来说感觉不真实。瓦伦丁是真实的。"

克拉丽眨了眨眼睛。这不是她期待他说的话。"记住,我说了这要一些时间——"

他似乎甚至都没听见她的话。"如果我真的是杰斯·摩根斯特恩,你还会爱我吗?如果我是塞巴斯蒂安,你会爱我吗?"

她捏了捏他的手。"你永远也不会那样的。"

"如果瓦伦丁对我做了他对塞巴斯蒂安做的事,你会爱我吗?"

他对这个问题的答案有一种她不明白的急切。克拉丽说:"可是那样你就不是你了。"

他屏住了呼吸,她的话似乎伤到了他——可是怎么会呢?事实是,他不像塞巴斯蒂安。他像他自己。"如果我不知道我是谁,"他说,"我看着镜子里的自己,我看见了斯蒂文·希伦戴尔,可是我的行为像莱特伍德家的人,而说话像我父亲——像瓦伦丁。所以我看见了我在你眼里是谁,我努力去做那个人,因为你信任那个人,我想信任也许足够使我成为你想要的样子。"

"你已经是我想要的样子。你一直都是。"克拉丽说,可是却情不自禁地感到自己仿佛在向一个空荡荡的房间叫喊。杰斯似乎听不见她说话,无论她告诉他多少次她爱他。"我知道你感觉不知道自己是谁,可是我知道。我了解。有一天你也会。同时你不能一直担心失去我,因为这不会发生的。"

"有种办法……"杰斯抬头看着她的眼睛,"把你的手给我。"

克拉丽感到惊讶,她伸出手,想起他第一次这样拉她的手的情景。现在她有如尼文了,眯着眼睛的那种如尼文,在她的手背上,那个他那时找却没有找到的如尼文。她第一个永久性的如尼文。他把她的手翻过来,露出她的手腕,这是她前臂上最娇嫩的皮肤。

她颤抖了,河面上吹来的风仿佛在往她的骨头里钻。"杰斯,你在干什么?"

"记得我说的暗影猎手婚礼吗?我们怎样在彼此身上刻下爱和承诺的如尼文,而非交换戒指?"他看着她,眼睛在浓密的金色睫毛下睁得很大,又很脆弱,"我想用把我们绑在一起的方式为你刻上如尼文,克拉丽。只是一个很小的如尼文,却是永久的。你愿意吗?"

她犹豫了。一个永久的如尼文,在他们这么小的时候——她妈妈会发怒的。可是其他的似乎都没有用,她的任何话都说服不了他。也许这个可以。默默地,她拿出石杖递给他。他接过来,接的时候将她的手扫到一边。她现在颤抖得更厉害了,除了被他碰到的地方外全身冰冷。他抱着她的胳膊,然后放低石杖,慢慢挨近她的皮肤,轻柔地上下移动。她没有反抗,于是力量加大了。她冷成这样,石杖的灼热几乎让她喜欢。她看着黑色的线条从石杖尖旋转而出，形成一个带有尖角的坚硬图案。

她突然有点警觉。这个图案并不对她表示爱和承诺，而是有别的东西在里面，某种更深，某种表示控制和服从、失去和黑暗的东西。他画错了吗？可是他是杰斯，肯定不会画错的。然而一种麻木感开始从石杖触碰的地方沿着她的胳膊扩散——一种难受的麻木刺感，好像神经醒过来了一样——她感到晕眩，地面好像在她脚下晃动——

"杰斯，"她提高了声音，带着一丝焦虑，"杰斯，我觉得这不是正确的——"

他放开了她的胳膊。他轻轻握着石杖，使它处于平衡状态，和他握任何武器一样优雅。"对不起，克拉丽，"他说，"我真的想和你联结在一起。我永远不会在这件事上撒谎。"

她睁开眼想要问他究竟在说什么，可是却没说出口。黑暗涌来得太快，倒下时她最后记得的是环抱着她的杰斯的胳膊。

马格纳斯觉得这派对极其无聊，到处乱逛了几乎亿年以后，他终于找到了独自坐在桌旁角落里一束假白玫瑰后面的亚历克。桌子上有许多香槟杯，大多剩半杯酒，似乎是经过的派对宾客留在这里的。亚历克看起来相当落寞，他双手支头，郁闷地瞪着空气。马格纳斯用脚勾住他对面的椅子拉过来对着他坐下，胳膊靠在椅背上，即使这样亚历克都没有抬头看。

"你想回维也纳吗？"他说。

亚历克没有回答，只是盯着空气。

"或者我们可以去别的地方，"马格纳斯说，"任何你想去的地方。泰国，南卡罗莱纳，巴西，秘鲁——哦，等等，不，我被禁止进入秘鲁。我都忘了这个。这说来话长，不过如果你想听，是很好玩的。"

亚历克的表情表明他非常不想听。有意地，他转身看着房间那边，好像狼人弦乐四重奏吸引他似的。

既然亚历克不理他，马格纳斯决定给自己找点乐趣，变化桌子上香槟酒的颜色。他把一杯变成蓝色，下一杯粉色，正在把第三杯变成绿色时，亚历克把手伸过桌子，碰了碰他的手腕。

"别变了，"他说，"大家在看着呢。"

马格纳斯低头看了看正在喷出蓝色火花的手指。也许有点太明显了。他握起了手指。"好吧，"他说，"既然你不跟我说话，我得做点什么不让自己无聊死。"

"我没有,"亚历克说,"我是说,我没有不和你说话。"

"哦?"马格纳斯说,"我刚才问你想不想去维也纳,或者泰国,或者月球,我不记得你回复过我什么。"

"我不知道我想干什么。"亚历克低头玩着一把丢弃的塑料叉子。虽然他挑衅地低垂着眼睛,可是即使透过垂下的眼睑,也能看到他眼睛的浅蓝色,浅淡精美似羊皮纸。马格纳斯一直觉得人类比地球上的任何生物都美,总奇怪为什么。分手前几年,卡米尔曾说过,是生命的有限造就了他们,火光的闪烁使火焰燃烧得更亮。正如一位诗人所说,死亡是美之母。他疑惑着天使是否考虑过让他的人类仆从,拿非力人,变得永生。但是没有,他们虽拥有这样的力量,却总要倒下,就像人类在所有时代的战斗中倒下。

"你又是那个表情,"亚历克透过他的睫毛向上看着,一脸怒气地说,"好像你在看什么我看不到的东西。你在想卡米尔吗?"

"没怎么想,"马格纳斯说,"我和她的谈话你听到多少?"

"大部分,"亚历克用叉子戳着桌布,"我在门那儿听的。足够了。"

"我觉得根本不够。"马格纳斯瞪着那把叉子,于是叉子从亚历克手里滑出,越过桌子飞到他这里。他把它用力拍在手下说:"不要玩了。我和卡米尔说的什么话惹你了?"

亚历克抬起蓝眼睛。"威尔是谁?"

马格纳斯发出似笑非笑的声音。"威尔。天啊,那是很久以前了。威尔像你一样,是个暗影猎手。不错,他确实长得像你,可是你的性格跟他一点也不像。杰斯跟威尔更像,至少个性上——而我和你的关系与我和威尔的关系根本不同。就是这个惹了你吗?"

"我不喜欢感觉你和我在一起只是因为,我长得像你喜欢过的某个死去的家伙。"

"我从来没那么说过,是卡米尔暗示的。她是暗示和操纵的高手。她一直都是。"

"你没跟她说她错了。"

"如果你给卡米尔机会,她会在各条前线攻击你。保卫了一处前线,她就会攻击另一处。对付她的唯一办法就是假装她没有触及你。"

"她说漂亮男孩是你的软肋,"亚历克说,"这听起来就像我只是你玩具长队中的一个。一个人死了或走了,你就找另一个。我什么都不是。我微不足道——"

"亚历山大——"

"这个,"亚历克又低头看着桌子,继续说,"极其不公平,因为你对我而言绝非微不足道。我为你改变了整个人生。但对你来说没有什么会改变,不是吗?我猜永生的意思就是这样。没有什么会真的那么要紧。"

"我现在就告诉你,你真的很重要——"

"《白色魔法书》,"亚历克突然说,"为什么你这么想要它?"

马格纳斯不解地看着他。"你知道原因。这是一本力量强大的魔法书。"

"但是你想要它是为了某种特定的东西,不是吗?一种里面有的魔法?"亚历克呼吸不平稳了,"你不必回答。我从你脸上能看出答案是肯定的。是——是让我长生不老的魔法吗?"

马格纳斯感觉内心最隐秘的地方都在发抖。"亚历克,"他耳语道,"不是。不,我——我不会那么做的。"

亚历克的蓝眼睛盯着他,目光仿佛能刺破人。"为什么不?为什么这么多年,你曾有过的所有感情里,你从不试着把他们中的哪一个变得像你一样长生不老?假如你能让我永远和你在一起,你不想要这么做吗?"

"我当然要!"马格纳斯意识到自己几乎在大叫,于是努力压低声音,"但是你不懂。你不会什么都不付出就得到某种东西。长生不老的代价是——"

"马格纳斯,"伊莎贝尔手里抓着电话,匆匆向他们跑来,"马格纳斯,我需要跟你谈谈。"

"伊莎贝尔。"正常情况下马格纳斯很喜欢亚历克的妹妹。这时却不那么喜欢。"可爱的、了不起的伊莎贝尔,能请你走开吗?现在真不是时候。"

伊莎贝尔的目光从马格纳斯转向她哥哥,然后又转回来。"那么,你不想让我告诉你卡米尔刚刚从圣所逃跑了,我妈妈要求你立即回学院帮他们找到她?"

"不,"马格纳斯说,"我不想让你告诉我这个。"

"好吧,糟透了,"伊莎贝尔说,"因为这是真的。我是说,我猜想你不一定非去不可,可是——"

这句话剩下的部分悬在那里,可是马格纳斯知道她没说的部分。如果他不去,圣廷将会怀疑他和卡米尔的逃跑有关,而这是他最不愿意发生的。玛丽斯将会愤怒不已,使得他和亚历克的关系甚至变得进一步复杂。然而——

"她逃跑了?"亚历克问,"没有人曾从圣所逃脱过。"

"好吧,"伊莎贝尔说,"现在有了。"

亚历克在椅子上又往下缩了缩。"去吧,"他说,"这是紧急事件。快去。我们可以以后再谈。"

"马格纳斯……"伊莎贝尔听起来有些抱歉,可是她的声音毫无疑问非常急迫。

"好吧。"马格纳斯站起来。"可是,"他在亚历克的椅子边停留了一下,倾身靠近他,"你不是微不足道。"

亚历克脸红了。"你说不是就不是。"他说。

"我说不是。"马格纳斯说,然后转身跟着伊莎贝尔走出了房间。

外面人际寥落的大街上,西蒙倚靠着钢铁厂的墙壁,倚靠着爬满了常青藤的砖石,抬头凝望着天空。大桥的灯光冲淡了星光,所以看不到星星,只有天鹅绒般的黑色夜空。他突然强烈希望能够吸进冷空气来使头脑清醒,能够感受脸上、皮肤上的冷空气。他只穿了件薄薄的衬衫,可是却没什么不同。他不会颤抖,甚至记忆中颤抖的感觉也在离他远去,每一天,像对另一种生活的记忆那样渐渐消逝。

"西蒙?"

他在原地僵住了。那个声音,小小的,很熟悉,仿佛一根线飘荡在寒冷的空气中。微笑。这是她对他说的最后一句话。

"你不肯看我吗,西蒙?"她的声音永远都这么小,几乎只是呼吸,"我就在这儿。"

恐惧沿着他的脊柱爬上来。他睁开眼,慢慢转过头。

莫林就站在弗农大道转角处一个路灯投下的光晕里。她穿着一条纯美的白色长裙,头发梳得顺直,披在肩上,在路灯下闪着黄色的光泽,上面还有一些墓地的泥土。她的脚上是一双小小的白色拖鞋。她的脸色灰白,脸蛋上擦了胭脂,嘴唇是深粉红色的,好像用马克笔涂的似的。

西蒙的膝盖软了。他顺着靠倚着的墙滑了下来,直到在地上弯起膝盖坐了下来。他的头感觉就要爆炸了。

莫林像个小女孩那样咯咯笑了一下,迈步走出了路灯的光晕。她向他走来,头低垂着,脸上带着感到好玩的满足。

"我想你会大吃一惊的。"她说。

"你是吸血鬼,"西蒙说,"可是——怎么变的?不是我干的,我知道我没有。"

莫林摇摇头。"不是你。但是是因为你。你知道,他们以为我是你女朋友。他们夜里把我从我的卧室里带走,第二天一整天都把我关在笼子里。他们告诉我不要担心,因为你会来救我。可是你没来。你一直没来。"

"我不知道，"西蒙的声音嘶哑了，"假如我知道我会来的。"

莫林把她的金发向后甩过肩膀，这个姿势让西蒙突然而又痛苦地想起了卡米尔。"没关系，"她用她小女孩的声音说，"太阳落山后，他们告诉我说我可以死或者我可以选择像这样活着，作为一个吸血鬼。"

"所以你选择了这个？"

"我不想死，"她说，"现在我会永远年轻漂亮。我可以整夜都在外面，再也不需要回家。而且她照顾我。"

"你在说谁？她是谁？你是说卡米尔吗？听着，莫林，她是疯子。你不该听她的，"西蒙摇晃着站了起来，"我可以帮你。找个住的地方。教你怎么做一个吸血鬼——"

"哦，西蒙，"她笑了，小小的白牙排列得非常整齐，"我认为你也不知道怎么做一个吸血鬼。你不想咬我，可是你咬了。我记得。你的眼睛全都变黑了，像鲨鱼的眼睛，然后你咬了我。"

"非常抱歉。如果你愿意让我帮你——"

"你可以跟我走，"她说，"这样就是帮我。"

"和你去哪儿？"

莫林打量了一下空荡荡的街道。她穿着窄瘦的白裙，看起来就像个鬼魂。风吹着她的身体，可是她显然不觉得冷。"你被选中，"她说，"因为你是日光行者。这么对我的人想要你。可是他们知道你现在有那个印记。除非你选择去找他们，他们没办法找你。所以他们派我作信使。"她把头歪向一边，像只鸟那样。"我可能是对你无关紧要的人，"她说，"可是下一个不可会这样。他们会不停抓走你爱的人，直到一个也不剩，所以你还是跟我走为好，看看他们想要什么。"

"你知道吗？"西蒙问，"你知道他们想要什么吗？"

她摇头。散漫的灯光下她如此苍白，以至于看起来几乎是透明的，西蒙似乎能直接看穿她。那条路，西蒙想，他一直都能。

"这有关系吗？"她说，伸出了手。

"不，"他说，"不，我猜没关系。"他拉起她的手。

第十六章

纽约天使

"我们到了。"莫林对西蒙说。

她在人行道中间停下来,抬头仰望一栋矗立在他们面前的玻璃和石材建造的大楼。大楼的设计明显是仿造二战前曼哈顿上东区的一栋豪华公寓楼,可是其中的现代风味却出卖了它——高高的玻璃幕墙,不见铜锈的铜屋顶,悬挂在大楼正面墙体的条幅,上面写着"豪华公寓楼起价七十五万美元"。显然,购买一套公寓,你就有权享用十二月即将开启的楼顶花园、健身中心、温水泳池,还有二十四小时的门卫服务。目前这个地方还处于在建之中,四周的脚手架上挂着牌子,上面写着"请勿靠近,私人物业"。

西蒙看着莫林。她似乎对做吸血鬼适应得相当快。他们一路跑过皇后大桥,沿着第二大道来到这里,她的白色拖鞋已经完全磨损成碎条了。可是她没有减慢过速度,也从未惊讶于感觉不到疲惫。她现在一脸幸福地仰望着这栋大楼,小小的脸上洋溢着西蒙只能猜测是期待的那种神色。

"这地方关门了,"他知道自己说的是显而易见的事情,"莫林——"

"嘘。"她伸出小小的手,揭开贴在脚手架角落处的一个标牌。随着撕扯石膏板和拔出钉子的声音,标牌被揭掉了,一些钉子哐啷着掉落在西蒙的脚边。莫林把方形的石膏板扔到一边,对着她弄出的洞咧嘴笑了。

一个老头从他们旁边经过,牵着一条穿格子呢衣服的贵宾犬。他停下脚步,看着他们。"你应该给你的小妹妹加件外衣,"他对西蒙说,"她那么瘦,在这样的天气会冻坏的。"

西蒙还没来得及回答,莫林转向这个人,带着凶狠的笑容,露出她全部的牙齿,包括针似的尖牙。"我不是他妹妹。"她凶巴巴地说。

这人脸变得煞白,牵起他的狗,匆匆走了。

西蒙对莫林摇起了头。"你没必要这样。"

她的尖牙刺破了她的下唇,西蒙没习惯尖牙前也常这样。细细的血流顺着她的下巴流淌。"别管我干什么。"她生气地说,可是收起了她的尖牙。她做了个孩子似的手势，用手背擦了一下下巴，抹开了血迹。然后她又转身对着弄出的洞口说："过来。"

她猫着腰穿行，西蒙跟着她。他们经过一个地方，显然是建筑工人丢弃垃圾之处。到处扔着坏了的工具、碎砖块、旧塑料袋，还有随处乱丢的可乐罐。莫林提起裙子，轻盈地在垃圾堆里找路前行，脸上露出厌恶的神情。她跳过一条窄沟，迈上一排开裂的石头台阶。西蒙跟着她。

这些台阶通往一组开着的玻璃门，穿过门就来到了一个富丽堂皇的大理石门厅。天花板上悬挂着一只没开的巨大枝形吊灯，却没有光线让它垂下的水晶灯闪光。对于寻常人类来说，房间里暗得根本就看不见这只吊灯。大厅里有一张给门卫的大理石桌子，墙上挂了一面镀金边框的镜子，镜子下方是一把绿色的长靠椅，大厅的两边各有几组电梯。莫林按了电梯按钮，让西蒙吃惊的是，按钮亮了。

"我们去哪儿？"他问。

电梯砰的一声开了，莫林走进去，西蒙跟着她。电梯里是金色和红色的壁板，每面都装着磨砂玻璃。"上。"她按下通往楼顶的按钮，咯咯地笑了起来。"上到天堂。"她说，然后电梯门关闭了。

"我找不到西蒙。"

伊莎贝尔抬起头，看见乔丹正向她走来。她正靠着钢铁厂里面的一根柱子，听到这个，她让自己尽量不去担心。她想，他的个子真是不可思议地高，应该至少有一米八十八。他有一头蓬乱的深色头发，绿莹莹的眼睛，她第一次看见他时觉得他很有吸引力，可是现在她知道了他是迈亚的前任，就将他坚决移入她在心里为越界男生设置的那块区域。

"哦，我没看见他，"她说，"我想你应该是看着他的人。"

"他告诉我马上回来。那是四十分钟前。我以为他去洗手间了。"

"你是什么护卫啊？难道你不应该跟他一起去洗手间吗？"伊莎贝尔问。

乔丹吓了一跳。"男人，"他说，"不跟着哥们儿去上洗手间。"

伊莎贝尔叹了口气。"潜在的同性恋恐慌每次都害死你，"她说，"快来，我们去找他。"

他们在宾客中出出进进，看了一圈派对上的人们。亚历克闷闷不乐地独自坐在桌子旁，玩着一只空香槟酒杯。"没，我没看见他，"他回答他们的问题，"虽然我承认我根本没注意。"

"那，你可以跟我们一起找他，"伊莎贝尔说，"这会让你在难过之余，给你点事干。"

亚历克耸耸肩,加入了他们。他们决定分头在派对各处寻找。亚历克上楼去秀台和二楼寻找,伊莎贝尔查找派对区。她正想着,查看桌子底下的举动会不会真的很滑稽,迈亚来到了她身后。"一切都还好吗?"她问。她朝楼上的亚历克瞥了一眼,又看了一下乔丹走开的方向。"我一看就知道你们在找什么。你们在找什么?遇到麻烦了吗?"

伊莎贝尔告诉她西蒙的情况。

"半小时前我刚跟他说过话。"

"乔丹也说过,可是现在他不见了。既然有人最近一直要杀他……"

迈亚把酒杯放在桌子上。"我帮你们找。"

"不用。我知道你现在不太喜欢西蒙——"

"那不意味着如果他有麻烦我不想帮忙,"迈亚说道,好像伊莎贝尔非常可笑似的,"乔丹不是应该看着他的吗?"

伊莎贝尔抬起双手。"是啊,可是显然男人不干跟着哥们儿上洗手间之类的事。他没什么道理。"

"男人从来都没有。"迈亚说,一边跟着她。他们在人群里穿梭进出,虽然伊莎贝尔已经相当肯定这样不会找到西蒙。她的胃有一小块冰点,正在越长越大,还愈发冰冷。等他们所有人都回到了出发的桌子边,她感觉仿佛吞了一大杯冰水。

"他不在这儿。"她说。

乔丹咒骂着,然后负疚地盯着迈亚。"对不起。"

"我还听到过更坏的,"她说,"那下一步怎么办?谁试着给他打个电话?"

"直接通到语音信箱了。"乔丹说。

"他有可能去哪儿?"亚历克问。

"最好的情况,可能回公寓了,"乔丹说,"最坏的,那些一直追寻他的人终于把他带走了。"

"那些人干什么?"亚历克显得很困惑。伊莎贝尔虽然告诉了迈亚西蒙的事情,可是还没有机会告诉她哥哥。

"我要回公寓找他,"乔丹说,"如果他在那儿,好极了。如果不在,我也应该从那里开始找起。他们知道他住在哪儿,他们给我们往那儿送消息。也许会有新的消息。"他听起来不抱太大的希望。

伊莎贝尔瞬时做了决定。"我和你一起去。"

"你不用——"

"不，我要去。我告诉西蒙他今天晚上应该来这儿，我有责任。而且，反正我在这个派对上也很无聊。"

"对，"亚历克说，看到有离开这儿的希望，他显得如释重负，"我也是。也许我们应该走。我们要告诉克拉丽吗？"

伊莎贝尔摇摇头。"这是她妈妈的派对。这样不好。我们看看只有我们三人能做什么。"

"你们三个？"迈亚问，话音中隐含着一丝轻微的不悦。

"你想和我们一起去吗，迈亚？"是乔丹。伊莎贝尔僵住了。前任直接跟迈亚搭话，她拿不准迈亚会怎样回应。迈亚紧闭了一会儿嘴巴，然后她看了一眼乔丹——好像不是恨他，而是若有所思地看了他一眼。

"这是西蒙，"她最后说，似乎这决定了一切，"我去拿我的外套。"

电梯门开了，外面一团漆黑，暗影重重。莫林又高声咯咯笑了一下，向外跳进了黑暗之中，留下西蒙叹了口气，跟着她走了出去。

他们站在一个很大的大理石房间里，房间没有窗户。没有灯，不过靠近电梯左边的那面墙上安装着一组高高的玻璃双扇门。透过门西蒙能看见平整的楼顶表面，上方是闪着微弱星光的黑色夜空。

风又猛烈地刮起来了。他跟着莫林穿过玻璃门，来到外面寒风肆虐的空气里。莫林的裙子在她身上飞舞，仿佛一只飞蛾在风中拍打着翅膀。楼顶花园就像条幅上承诺得那般精美。地面上铺着平整的六边形石材地砖；玻璃门下方，排排花儿开放，树篱被精心修剪成怪兽和动物的形状。他们走过的通道两边排列着发出微光的小灯。在他们周围，耸立的全是玻璃和钢铁建成的高层公寓楼，大楼的窗户里透着灯光。

通道的尽头是一组铺着地砖向上的台阶，台阶上面是一个宽大的平台，平台三面都是环绕着花园的高墙。这里显然是用来给大楼以后的住户进行社交的地方。平台的中央有一个很大的水泥方台，西蒙猜测很可能是将来用来放烧烤架的。这块区域四周环绕着修剪得整整齐齐的玫瑰丛，六月时会盛开鲜花，而装饰着墙壁的光秃秃的架子有一天也会被层层绿叶所遮盖。以后这里会成为一处迷人的地方，一个奢华的上东区楼顶花园，你可以在这里的躺椅上放松，阳光下就是波光粼粼的东河，而这座城市就展露在你的面前，光线闪烁，繁密交织。

除此以外，地砖表面涂画了东西。有人用某种黑色黏稠液体画了一个不那么规整的圆圈，外面还有一个更大的圆圈。两个圆圈之间布满了蔓延的如尼文。尽管西蒙不是暗影猎手，可是他见过那么多拿非力人的如尼文，认得出来《灰色格雷》里的如尼文。这些不是。它们看起来危险邪恶，像是用一种陌生语言潦草写就的咒语。

圆圈的正中心就是那个水泥方台。上面放着一个庞大的长方形物体，盖着黑布。它的形状很像棺材。方台底部四周画了更多的如尼文。假如西蒙的血液还在流动，那么流动着的也是冰冷的血液。

莫林拍了拍手。"哦，"她用小精灵似的声音说，"它很漂亮。"

"漂亮？"西蒙快速看了一眼水泥方台上鼓起的形状，"莫林，到底——"

"那么你把他带来了。"说话的是个女人的声音，文雅，有力，并且——熟悉。西蒙转过身。站在他身后通道上的是一个黑色短发的高个子女人。她非常纤瘦，穿着一件黑色长外衣，中间束着腰带，活像四十年代谍战电影里的坏女人。"莫林，谢谢你。"她接着说。她有一张刚硬而美丽的脸，棱角分明，高高的颧骨，黑色的大眼睛。"你做得非常好。你现在可以走了。"她把目光转向西蒙。"西蒙·刘易斯，"她说，"谢谢你来。"

她说出他名字的那一刻，他认出了她。上一次见到她的时候，她站在埃尔托酒吧外面的倾盆大雨中。"你。我记得你。你给我你的名片，乐队推广。哇，你肯定真的想推广我的乐队。我甚至都没觉得我们那么好。"

"别讽刺，"这个女人说，"没有用。"她瞥了一眼旁边。"莫林，你可以走了。"她这次说得很坚定，于是像个小小幽灵一样徘徊的莫林发出细小的尖叫，沿着来时的路一下跑走了。他看着她跑过通往电梯的门消失了，看到她离去还有点难过。莫林并不是个好同伴，可是没有她，他感觉十分孤单。无论这个陌生女人是谁，她都散发出明显的暗黑力量气场，先前他因为过于渴望吸血而未曾注意到。

"你带我跳了支舞，西蒙。"她说，这时她的声音来自几米外的另一个方向。西蒙迅速转身，看见她站在圆圈中心水泥方台旁边。云朵正迅疾掠过月亮，在她脸上投射下变换的阴影形状。由于他站在台阶下面，他只能后仰着脑袋向上看着她。"我以为抓到你很容易。对付一个普通吸血鬼，还是一个新变成的。甚至日光吸血鬼我以前也不是没有遇见过，虽然一百年来都没有再出现过。是的，"她笑着看了他一眼，又说，"我比看起来老。"

"你看起来相当老。"

她没理会这一羞辱。"我派出最得力的人手追捕你，但是只有一个人回来，还带回来关于圣火和上帝之怒的胡扯传说。那之后他对我就没有用处了，我不得不杀了他，这真让人讨厌。后来我决定应该亲自对付你。我跟着你去了你们愚蠢的音乐表演，之后，我走近你的时候，我看见了它，你的印记。作为一个亲身认识该隐的人，我对它的形状熟悉极了。"

"亲身认识该隐？"西蒙摇起了头，"你不会指望我去相信这事。"

"相信或者不信，"她说，"对我而言没有区别。我比你们族类的梦境还要老，小男孩。我走过伊甸园的小径。我比夏娃更早认识亚当。我是他的第一个妻子，可是我不愿服从他，所以上帝将我逐出，为亚当制造了一个新的妻子，一个按照他自己的身体定制的妻子，以使她永远顺从他。"她淡淡地笑了。"我有许多名字。不过你可以叫我莉莉丝，所有恶魔之首。"

听到这个，数月以来从未感觉寒冷的西蒙，终于发抖了。他以前听到过莉莉丝的名字。他记不清具体是在哪里听到的，可是他知道这是一个和黑暗、邪恶以及可怕事物连在一起的名字。

"你的印记成了我的难题，"莉莉丝说，"我需要你，你明白的，日光行者。你的生命力量——你的血。可是我不能强迫或伤害你。"

她说出这些，仿佛需要他的血是这世上最自然不过的事情。

"你——喝血吗？"西蒙问。他感到一片迷茫，似乎陷进一场奇怪的梦中。这肯定不可能是真正发生着的。

她笑了。"血不是恶魔的食物，傻孩子。我从你这里想要的东西不是为了我自己，"她伸出一只纤瘦的手，"靠近点。"

西蒙摇头。"我不要走近那个圆圈。"

她耸耸肩。"那么，很好。我只想让你看得更清楚。"她稍稍动了动手指，几乎是随意地，作出拉开窗帘的手势。他们中间盖着棺材形状物体的黑布消失不见了。

西蒙凝视着露出的东西。他对棺材形状的判断是对的，这是一个很大的玻璃箱子，长宽都恰好足够一个人躺进去。一只玻璃棺材，他想，像是白雪公主的。但这不是童话故事。棺材里面是浑浊的液体，而漂浮在液体里的——从腰部往上都赤裸着，浅金色的头发浮在他的周围，仿佛苍白的海草——是塞巴斯蒂安。

乔丹公寓的门上没有塞纸条，欢迎地垫上面和下面什么都没有，而且很显然公寓里面也没有。亚历克在楼下站岗，迈亚和乔丹搜遍了客厅里西蒙的背包，伊莎贝尔这时站在西蒙卧室的门口，静静地看着过去几天他睡觉的地方。这里空荡荡的——只有四面墙，没有任何装饰，光秃秃的地板上有一张沙发床，白色的毯子叠在床脚，只有一扇窗户，对着 B 大道。

她能听到这个城市的声音——这个她长大的城市,从她还是婴儿起,这个城市的噪音就一直环绕着她。她觉得伊德里斯的安静陌生得可怕,那里没有汽车的警报声、人们的喊叫声、救护车的警笛声,以及在纽约市,即使深夜都永远不会从太远的地方传来的音乐演奏声。可是现在,站在这里看着西蒙的小房间,她感觉那些噪音听起来是多么孤独,多么遥远,她想着他夜里独自一人是否孤单,是否独自躺在这里盯着上面的天花板。

然后,她又想到好像她从来没见过他在家里的卧室,想来应该到处都是乐队的海报、体育奖杯、装着他喜欢玩的游戏用具的盒子、乐器、书——所有一般无业游民的东西。他从未让她过去,他也从未暗示她过去。她非常谨慎地避免碰见他妈妈,做任何可能表明超出她意愿的承诺。可是现在,看着这间空荡荡的小屋,感受着周围所有巨大昏暗的嘈杂,她为西蒙感到一阵害怕——混合着同样多的悔恨。

她转身去公寓的其他地方,可是这时她听见客厅传来的低声嘟囔,于是停住了脚步。她听出是迈亚的声音。她听起来并没有生气,考虑到她似乎那么恨乔丹,这实在令人惊讶。

"什么都没有,"她正说着,"一些钥匙,几张纸,上面胡乱记录着游戏数据。"伊莎贝尔躲在过道里,前倾着身体看他们。她可以看见迈亚站在厨房台面一边,一只手去掏西蒙背包上的拉链袋。乔丹在厨台的另一边望着她。望着她,不是看她在干什么——而是那种当男生如此为你着迷以至于迷恋你的每个动作的样子,伊莎贝尔想。"我来查看他的钱包。"

乔丹已经把身上的正装换成了牛仔裤和皮夹克。他皱了皱眉。"他没带这个很奇怪。我能看一下吗?"他把手伸了过去。

迈亚扬起手,她往回缩得太快了,于是钱包掉了。

"我不是……"乔丹慢慢缩回手,"对不起。"

迈亚深深吸了口气。"听着,"她说,"我和西蒙谈过了,我知道你不是有意要把我变成狼人的,那个时候你不知道自己怎么了。我记得那是什么感觉,我吓坏了。"

乔丹慢慢地、小心翼翼地把手放回到厨台上。看到这么高的一个人努力让自己看起来无害而幼小,伊莎贝尔觉得有点古怪。"我原本应该和你在一起的。"

"可是护卫队不让你这么做,"迈亚说,"让我们面对它吧,你不知道做狼人是什么样,我们就像两个被蒙住眼的人在一个圆圈里到处摸索。所以我跑到可以获得帮助的地方。从狼群那里获得帮助。"

"起初我希望卢普斯护卫队让你加入，"他小声说，"那样我就可以又见到你了。后来我意识到这太自私了，我应该祝愿自己没把这种病传染给你。我知道有一半的几率。我想可能你会是个幸运儿。"

"好吧，我不是，"她实打实地说，"这些年我把你想象成怪物。我以为你当时知道自己在做什么。我以为这是报复我亲了那个男孩。所以我恨你。而恨你让一切都变得容易些，可以去怪罪某个人。"

"你应该怪我，"他说，"是我的错。"

她避开他的目光，在厨台上移动着手指。"我确实怪你。可是……不是以前的那种方式。"

乔丹伸出手抓自己的头发，使劲揪着。"我没有一天不想起我对你做的事。我咬了你。我把你变成狼人。我让你成了现在的样子。我向你举起了手，我伤害了你，那个我在这世上最爱的人。"

迈亚的眼里闪着泪花。"不要这么说。这没有用。你觉得有用吗？"

伊莎贝尔大声清了清嗓子，走进客厅。"那么，你们发现什么了吗？"

迈亚看向一边，很快地眨着眼睛。乔丹放下手，说："没找到什么。我们正要看一下他的钱包。"他把钱包从迈亚弄掉的地方捡起来。"这儿。"他扔给伊莎贝尔。

她接住钱包，然后打开。学生卡，纽约非驾照身份证，一枚吉他拨片，塞在本该用来装信用卡的地方。一张十美元的钞票，一张买骰子的收据。有样东西吸引了她的目光——一张名片，随意地塞在西蒙和克拉丽的合照后面，可能是在药店里的便宜照相亭拍的那种照片。他们两个都在笑。

伊莎贝尔拿出名片，盯着它看。名片上在云朵花纹的映衬下，飘浮着一把漩涡状的抽象设计吉他。下面有个名字。

萨特丽娜·肯德尔。乐队推广。

再下面有一个电话号码和一个上东区的地址。伊莎贝尔皱起了眉。有什么东西，是一种记忆，在她的脑海深处浮现。

伊莎贝尔将名片举到乔丹和迈亚面前，他们俩正忙着互相对视。"你们对这个有什么想法？"

他们还没来得及回应，公寓的门开了，亚历克阔步走了进来。他吼道："你们找到什么了吗？我在下面站了三十分钟，没有任何家伙过来，就连威胁性很小的家伙都没有。除非你们要把在前面台阶上呕吐的那个纽约大学学生算进来。"

"这里,"伊莎贝尔说着,把名片递给她哥哥,"看这个。有什么让你觉得奇怪的吗?"

"你的意思是除了没有乐队推广人可能会对刘易斯的烂乐队感兴趣这件事?"亚历克用两根长手指夹着名片,问道。他皱起了眉毛。"萨特丽娜?"

"这名字对你有什么意义吗?"迈亚说。她的眼睛仍然红红的,不过声音已经平稳了。

"萨特丽娜是莉莉丝的十七个名称之一,恶魔之母。她就是巫师之所以被称作莉莉丝之子的原因,"亚历克说,"因为她养育了恶魔,而恶魔又反过来产生了巫师族类。"

"你记得全部十七个名字?"乔丹听起来对此很怀疑。

亚历克冷冷地看了他一眼。"你又是谁?"

"哦,闭嘴,亚历克,"伊莎贝尔说,她只有跟她哥哥说话时才用这种语气,"听着,不是我们所有人都能像你那样记住无聊的事实。我猜你不记得莉莉丝的其他名字吧?"

亚历克带着不可一世的神情说出这些名字。"萨特丽娜,莉莉丝,伊塔,迦利,巴特娜,塔尔图——"

"塔尔图!"伊莎贝尔喊道,"就是这个。我知道我想起来了。我知道它们有关系!"她很快就告诉了他们塔尔图教堂的事、克拉丽在那里发现的东西,以及和贝斯以色列医院死去的半恶魔婴儿的关联。

"我多希望你以前就告诉我这个,"亚历克说,"是的,塔尔图是莉莉丝的另一个名字。而莉莉丝总是和婴儿有关联。她是亚当的第一任妻子,可是因为不想顺从亚当和上帝,于是从伊甸园逃了出去。然而上帝因为她的不顺从诅咒她——她生下的孩子都会死。传说她试了又试要生一个孩子,可是这些孩子生下来都死了。最后她发誓要报复上帝,使人类婴儿变得弱小,并且杀死他们。你也可以说她是死去的孩子的恶魔女神。"

"可是你说她是恶魔之母。"迈亚说。

"她能在地球上一个叫作以东的地方洒下她的血滴制造恶魔,"亚历克说,"由于他们生自对上帝和人类的仇恨,就变成了恶魔。"他意识到大家都盯着他看,于是耸了耸肩。"这只是个故事。"

"所有的故事都是真的。"伊莎贝尔说。从孩提时代起,这就是她的信条。所有的暗影猎手都相信。没有任何宗教、任何真相——任何神话是没有意义的。"你知道的，亚历克。"

"我还知道别的，"亚历克说着，把名片递还给她，"那个电话号码和地址是假的，不可能是真的。"

"也许，"伊莎贝尔说，一边把名片装进口袋，"可是我们没有任何其他东西可以开始寻找。所以我们就从那里开始。"

西蒙只会瞪眼看了。棺材里漂浮着的躯体——塞巴斯蒂安的躯体——似乎并不是活的。至少，他没有呼吸。可是他显然也没有完全死去。已经有两个月了。西蒙相当肯定，假如他死了，他的情形会比现在看起来糟糕得多。他的躯体非常苍白，像大理石一般；一只手成了残肢，绑着绷带，此外再无其他的异样。他看起来就像睡着了，眼睛闭着，胳膊放松地放在身体的两侧。只有他的胸口没有起伏这一点显示着有什么不对劲。

"可是，"西蒙说，他知道自己的话很可笑，"他死了。杰斯杀死了他。"

莉莉丝一只苍白的手放在棺材的玻璃表面上。"乔纳森。"她说，于是西蒙想起这其实才是他的名字。她叫这个名字的时候，声音有种奇怪的温柔，好像她在跟一个孩子柔声细语似的。"他很美，不是吗？"

"呃。"西蒙说着，仇恨地看着棺材里的那家伙——那个杀了九岁的麦克斯·莱特伍德的男孩。那个杀了霍奇的家伙。还想要杀了他们所有人。"不是我喜欢的类型，真的。"

"乔纳森是独一无二的，"她说，"他是我有史以来知道的唯一一个部分是大恶魔的暗影猎手。这让他非常强大。"

"他死了。"西蒙说。不知怎么地，他感觉不停地说明这一点很重要，虽然莉莉丝似乎不太能明白。

莉莉丝低头凝视着塞巴斯蒂安，皱起了眉头。"对。杰斯·莱特伍德偷偷溜到他身后，从后面刺他，刺破了心脏。"

"你怎么——"

"我在伊德里斯，"莉莉丝说，"瓦伦丁为众恶魔打开大门的时候，我进去了。不是去参加他愚蠢的战斗，最大的原因是出于好奇。瓦伦丁竟然这么目中无人——"她停了一下，耸了耸肩。"当然，上天因此摧毁了他。我看见了他的祭拜，我看见了天使升起惩罚他，我看见了什么死而复生。我是最古老的恶魔，我了解旧律。一命抵一命。我冲到乔纳森身边，几乎已经太晚了。他体内人的部分立即就死了——他的心脏停止了跳动，他的肺部不再扩充。旧律还不够。于是我就努力要把他救回来。可他走得太远了，我能做的只有这个。目前先保存他。"

西蒙想了一下，如果他跑过去——从这个发疯的恶魔身边冲过，然后从楼顶跳下来会怎么样。他不会受到另一个活着的生物的伤害，这是因为有印记的保护，可是他不太相信印记的力量会延伸至保护他跳楼都没事。还有，他是吸血鬼。如果他从四十层掉落，摔碎身体的每根骨头，他会再痊愈吗？他用力吞咽了下口水，发现莉莉丝正带着笑意看着他。

"难道你不想知道，"她用冰冷的声音引诱道，"我说的是什么时候？"他还没能回答，她向前倾了倾身体，手肘撑在棺材上。"我想你知道拿非力人产生的方式吧？天使拉结尔是怎样用他的血和人类的血混合，然后让一个人喝下，而那个人就成了第一位暗影猎手？"

"我听说过。"

"实际上天使创造了一种新族类。而现在，有了乔纳森，一种新的族类又产生了。正如暗影猎手乔纳森引领了拿非力人，这位乔纳森将引领我将要创造的新族类。"

"你将要创造的新族类——"西蒙举起了双手，"你知道吗？你想要从一个死人这里引领一个新族类，你就继续吧。我不明白这跟我有什么关系。"

"他现在死了。他不用一直这样，"莉莉丝的声音冷漠无情，"当然，有一种暗影魅族的血提供了，我们应该说，复活的可能。"

"吸血鬼，"西蒙说，"你想让我把塞巴斯蒂安变成吸血鬼？"

"他的名字是乔纳森，"她语气尖刻，"在某种程度上，是的，我想让你咬他，喝他的血，然后作为交换把你的血给他——"

"我不会这么做的。"

"你这么肯定吗？"

"一个没有塞巴斯蒂安的世界，"西蒙故意用这个名字，"比有他的世界更美好。我不会这么做。"西蒙体内迅速蹿起一股怒潮。"反正，即使我想，我也做不到。他死了。吸血鬼没办法让死人起死回生。如果你知道那么多的话，你应该知道这个。一旦灵魂离开躯体，什么也不能让一个人死而复生。谢谢。"

莉莉丝俯身瞪着他。"你真的不知道，是吧？"她说，"克拉丽从未告诉你。"

西蒙觉得够了。"从未告诉我什么？"

她咯咯笑了起来。"以眼还眼，以牙还牙，一命抵一命。为防止混乱，就必须有秩序。如果给光明一条命，就也要给黑暗一条命。"

"我，"西蒙从容地慢慢说道，"根本不知道你在说什么。我也不在乎。你们这些坏蛋，还有你可怕的物种改良计划已经让我厌烦。所以我现在要走了。欢迎你用威胁或伤害我的方式阻止我。我建议你动手试试。"

她看着他又咯咯笑了起来。"该隐现身了，"她说，"你有点像那个印记的主人。他非常固执，跟你一样。也有勇无谋。"

"他对抗——"西蒙在这个字上噎住了。上帝。"而我只是对付你。"他转身要离开。

"我不会让你对我置之不理的，日光行者。"莉莉丝说，她的声音中有种东西，让他回头看向倚靠着塞巴斯蒂安棺材的她。"你以为你不会受伤，"她讥笑道，"我的确不能动你。我不是傻瓜，我见过神圣的圣火。我一点也不想看到它惩罚我。我不是瓦伦丁，和我不懂的事物讨价还价。我是一个恶魔，但是一个非常年长的恶魔。我比你可能以为的更懂人性。我明白人性的弱点，傲慢、对权力的欲望、对肉体的渴望、贪婪、虚荣、爱。"

"爱不是弱点。"

"哦，不是吗？"她说，目光从他身边经过，神情如同冰柱般冰冷尖锐。

他不想，但是明白，他必须要转身看身后。

砖铺的走道上站着杰斯。他穿着一套黑西服，白衬衫。站在他前面的是克拉丽，仍然穿着她在钢铁厂派对上穿的那条漂亮的金色裙子。她的红色长鬈发已经从发髻里掉了下来，垂在肩头。她一动不动地站在杰斯的臂弯中。这看起来几乎就是一幅浪漫的画面，假如不是杰斯的一只手里拿着一把闪光的骨柄长刀，刀尖对准了克拉丽的喉咙的话。

西蒙盯着杰斯，震惊不已。杰斯的脸上冷漠无情，眼睛里也没有光。他似乎完全是一片空白。

他非常轻微地点了下头。

"我把她带来了，莉莉丝夫人，"他说，"如您吩咐。"

第十七章

该隐复活

克拉丽从未感觉如此寒冷。

就连她从林恩湖里爬出,咳嗽着把有毒的湖水吐到岸上,都没有这么冷过。就连她以为杰斯死了,心里都没有这种可怕冰冷的懵傻,之后她怒火中烧,对她的父亲极为愤怒。而现在她只是觉得冷,从头到脚的冰冷。

在这样一栋奇怪建筑的大理石门厅里,她在未点亮的枝形吊灯影子里恢复了意识。之前杰斯一直抱着她,一只胳膊放在她弯曲的膝盖下面,另一只手抱着她的头部。她头晕目眩,昏昏沉沉,把头在他的颈窝里埋了一会儿,努力想着她是在哪里。

"出什么事了?"她悄悄说。

他们到了电梯前。杰斯摁了按钮,克拉丽听见吱吱呀呀的声音,这表明电梯正在向下滑行。可是他们这是在哪儿?

"你昏迷了。"他说。

"可是怎么——"然后她想起来了,于是不说话了。他的手抱着她,她的石杖戳着她的皮肤,黑暗的浪潮淹没了她。他在她身上画的如尼文有问题,这个如尼文的样子和给她的感觉不太对。她在他的怀抱里一动不动,过了一会儿她说:"放我下来。"

他放她下来站好,然后他们彼此对视着。他们中间只有一小段距离,她伸出手就可以摸到他,可是自从遇见他以来这是她第一次不想这么做。她有种可怕的感觉,觉得在看着一个陌生人。他的样子是杰斯,说话的时候声音也像,她抱着他的时候也感觉像杰斯。可是他的眼神陌生而遥远,就像他嘴边带着的那一抹微笑一样。

电梯门在他身后开了。她想起站在学院的中殿里,对关上的电梯门说"我爱你"。现在门在他身后开了,黑得像个洞口。她去摸口袋里的石杖,石杖却不见了。

"你把我弄昏了,"她说,"用一个如尼文。你带我来了这里。为什么?"

他小心翼翼地使自己美丽的脸庞面无表情。"我不得不这么做。我别无选择。"

她于是转身向门口跑去，可他却比她更快。他一直都是。他跳到她前面，挡住她的路，伸出双手。"克拉丽，不要跑，"他说，"求你。为了我。"

她难以置信地看着他。他的声音还是一样——听起来很像杰斯，却不像他说的话——她觉得像他的录音，那里有他所有声音的语气和模式，但是赋予声音活力的生命不见了。她之前怎么没意识到呢？她以为他之所以听起来很遥远是由于压力和痛苦，但不是的，是因为他不见了。她的胃部一阵翻滚，她又要往门口跑，却只是被他搂住腰拽了回来。她推他，手指抓着他衬衫的衣料，从边上撕扯开了。

她瞪着他，僵住了。他胸膛的皮肤上，就在心脏的正上方，有一个如尼文。

她以前从没见过这样的如尼文。它不像暗影猎手的如尼文那样是黑色的，而是暗红色的，血的颜色。而且它也缺少《灰色格雷》上如尼文的精美优雅。它趴在那里，非常丑陋，线条尖刻残酷，并不圆润大方。

杰斯似乎没看见这个如尼文。他低头看着自己，好像在疑惑她在看什么，然后又抬头看看她，一脸不解。"没事，你没有伤到我。"

"那个如尼文——"她开口道，可是又克制着没继续说下去。也许他不知道那里有这个如尼文。"放开我，杰斯，"她反而说道，一边从他身边向后退，"你不用这么做。"

"关于那个你错了。"他说，然后又伸出手拉她。

这次她没有反抗。即使她逃脱了又会怎么样？她不能就这样把他留在这里。她想，杰斯仍然在那儿，困在那双空白的眼睛后面某个地方，也许正尖叫着找她。她要和他留在这里，必须要知道发生了什么。她让他抱起她，把她带进了电梯。

"无声使者会发现你离开了。"她说。电梯上升时一层又一层的按钮亮起。"他们会通知圣廷，他们会过来查看——"

"我没必要害怕无声使者。我不是囚犯。他们预料不到我想要离开，要到第二天早上他们醒来才会注意到我走了。"

"如果他们醒得比那早呢？"

"哦，"他说，声音冷冰冰的，"他们不会的。倒是钢铁厂派对上的其他人更可能注意到你不见了。可是他们能怎么办呢？他们不知道你去了哪儿，而且到这座大楼的跟踪信号被阻断了。"他把她的头发轻抚到后面，而她则一动不动。"你只能信任我。没有人会过来找你。"

直到他们离开了电梯他才拿出那把刀，然后说："我永远也不会伤你。你知道的，是吧？"即使这时他正用刀尖把她的头发拨到后面，然后用刀刃压着她的喉咙。他们一到外面的楼顶，冰冷的空气就朝她裸露的肩膀和胳膊扑来。杰斯的手碰到她的地方很暖和，隔着她薄薄的裙子她能感觉到他的热度，可是却温暖不了她，温暖不了她的内心。她的内心充满了冰片的银白色尖锋。

当她看见西蒙大睁着黑色的眼睛看着她时，她感觉更冷了。他的脸由于震惊而一片空白，仿佛一张白纸。他看着她，杰斯在她身后，仿佛看着什么完全错误的东西，比如一个脸部内里外翻的人，一幅所有陆地都消失只剩海洋的地图。

她扫了一眼他旁边的女人，这女人长着黑色的头发，脸庞瘦削而残忍。克拉丽的目光又立即转向了石头台子上的透明棺材。棺材里面似乎散发着微光，仿佛里面有一盏奶白色的灯。漂浮着乔纳森的水很可能不是水，而是某种别的非天然存在的液体。她淡然地想，正常的克拉丽看到她的哥哥静静地漂浮着，仿佛死了一般在白雪公主那样的玻璃棺材里一动不动，早就尖叫起来，可是惊呆了的克拉丽只是在震惊中，漠然而冷淡地看着。

唇红如血，肤白若雪，发黑似墨。哦，有些是真的。她先前看见塞巴斯蒂安的时候，他的头发是黑色的，现在却是银白色的，像得了白化病的海草一样漂浮在他脑袋周围。和他父亲的头发相同的颜色。他们的父亲。他的皮肤如此苍白，看起来仿佛是由发光的水晶做成的。但是他的嘴唇也没有血色，像是他的眼皮。

"谢谢，杰斯，"那个被杰斯称作莉莉丝夫人的女人说，"干得漂亮，还很快。我还以为最先会在你这里遇到麻烦，不过看来我是多虑了。"

克拉丽看着。虽然这个女人的长相陌生，她的声音却很熟悉。她以前听到过这个声音。可是在哪儿呢？她想要从杰斯身边走开，可是他却把她抓得更紧了。刀尖亲吻着她的喉咙。是个意外，她告诉自己。杰斯——甚至是这个杰斯——永远也不会伤害她。

"你，"她咬着牙跟莉莉丝说，"你把杰斯怎么了？"

"瓦伦丁的女儿说话了，"那个黑发女人笑了，"西蒙，你要解释吗？"

西蒙看起来好像要呕吐。"我不知道，"他听起来似乎在哽咽，"相信我，我无论如何也想不到会见到你们两个。"

"无声使者说杰斯变成这样，是恶魔造成的。"克拉丽说着，看见西蒙的表情非常疑惑。然而这个女人只是用黑色圆石一般黯淡的眼睛看着她。"那个恶魔是你，对吧？可是为什么是杰斯？你想从我们这里得到什么？"

"我们？"莉莉丝发出一阵大笑，"好像你在这里面有多重要似的，我的姑娘。为什么是你？因为你是达成目的的手段。因为这两个男孩我都需要，而他们两人都爱你。因为杰斯·希伦戴尔是你最信任的人。而日光行者爱你，为了你可以放弃自己的生命。也许我无法伤你，"她转向西蒙说，"可她不会。你要这么固执，坐在这里看着杰斯割破她的喉咙而不交出你的血吗？"

西蒙看起来像是死亡本身，他慢慢摇了摇头，可是他还没来得及说话，克拉丽便说："西蒙！不要！无论是什么，都不要做！杰斯不会伤害我的。"

那个女人深不可测的目光看向杰斯。她微笑起来。"划她，"她说，"只要一点点。"

克拉丽感觉到杰斯的肩膀绷紧了，就像他在公园里向她演示怎样打斗时紧张的样子。她感觉喉咙那里有什么东西，像一个刺痛的吻，既冰冷又滚热，接着感觉一道温热的液体流淌到她的锁骨。西蒙的眼睛睁大了。

他用刀划了她。他真的这么做了。她想起杰斯蜷缩在学院卧室的地板上，身体的每根线条都显露出明显的痛苦。我梦见你来到我的房间。然后我伤了你。我砍你或是勒你或是捅你，于是你就死了，用那双绿色的眼睛看着我，而你的生命就在我手中流血而亡。

她以前不相信他的话。不怎么相信。他是杰斯，他永远都不会伤害她。她低头看见血已经弄脏了她裙子的领口，像红色的油漆。

"你现在看到了，"这个女人说，"他按我说的做了。不要责怪他。他完全在我的控制之下。我潜入他的头脑中数周，窥见他的梦想，了解他的恐惧和意愿、他的罪恶和欲望。在一次梦中他接受了我的印记，自那以后那个印记就一直灼烧着他——透过他的皮肤，一直进入他的灵魂。现在他的灵魂在我的手中，任由我随意塑造和引导。我说什么，他就做什么。"

克拉丽想起了无声使者说过的话。暗影猎手出生后，要举办一个仪式，由无声使者和钢铁修女为他施加多种保护魔法。杰斯死亡而后又复生，他就是第二次出生，那些保护和仪式都已失效。这就会让他像没锁的门一样开放着——对任何种类的恶魔影响或魔力开放。

是我干的，克拉丽想，我让他死而复生，而且我想让它成为秘密。我们只要告诉某个人发生的事情，也许就可以及时实行仪式让莉莉丝无法进入他的头脑。她对自己痛恨极了。杰斯在她身后沉默无言，静止得如同一尊雕塑，他的胳膊仍然环抱着她，刀也仍然抵着她的喉咙。她吸气说话时能感觉到刀抵着她的皮肤，甚至保持说话声音平稳都要费一番力气。"我明白你控制了杰斯，"她说，"我不明白为什么。肯定有其他更容易威胁我的办法。"

莉莉丝叹起了气，好像整件事变得乏味起来。"我需要你，"她带着极大的耐心说,"让西蒙做我想要他做的事,给我他的血。而我需要杰斯不仅是因为我需要让你过来的办法,而且也是作为一个交换。魔法中所有的东西都需要平衡,克拉丽莎。"她指着地砖上画的不太规整的黑色圆圈,然后又指向杰斯。"他是第一个。第一个起死回生的人,第一个以光明的名义重返世间的灵魂。因此他必须在场,以让我成功带回世间第二个人,以黑暗的名义。现在你明白了吗,傻姑娘?我们都需要在这儿。西蒙将要死去,杰斯将要活着,乔纳森将要复生。而你,瓦伦丁的女儿,将要成为所有一切的催化剂。"

这个恶魔女人的声音降低成了低声吟唱。克拉丽震惊不已,意识到她现在知道以前在哪里听到过这个声音了。她见过她的父亲站在一个五角星形里,一个眼睛变成触须的黑发女人跪在他的脚边。那女人说,出生时体内有这种血的这孩子,力量将超越各界之间的地狱大恶魔。但是这血将把他的人性燃烧殆尽,正如毒药侵蚀血液,使生命消逝。

"我知道,"克拉丽僵硬的嘴唇说道,"我知道你是谁。我看见你割破手腕,把血滴在给我父亲的一只杯子里。天使伊修列在我头脑里展示给我看了。"

西蒙的目光在克拉丽和这个女人之间交替变换,这个女人的黑眼睛里出现一丝惊讶。克拉丽推测她并不轻易会被惊到。"我看见我父亲召唤你。我知道他叫你什么。我的以东女王。你是个大恶魔。你提供了你的血,让我哥哥变成了这个样子。你把他变成了一个——一个可怕的东西。要不是你——"

"是的。那些都是真的。我把我的血给了瓦伦丁·摩根斯特恩,他放入他的婴孩体内,而这就是成果。"这个女人把手轻柔地放在塞巴斯蒂安玻璃棺材的表面,甚至可以说是在抚摸。她的脸上露出古怪的微笑。"你几乎可以说,在某种程度上,我是乔纳森的母亲。"

"我跟你说过了,那个地址没什么意义。"亚历克说。

伊莎贝尔没有理他。他们一迈过这栋大楼的门,她脖子上挂着的红宝石吊坠就微弱地跳动起来,像远处心脏的搏动。这意味着有恶魔在。在其他情况下,她会期望她的哥哥像她一样察觉到这地方的怪异,可是显然他因为马格纳斯情绪低落,无法集中精神。

"拿着你的巫光石,"她对他说,"我的落家里了。"

他恼怒地看了她一眼。门厅里很黑,正常人是看不见什么的。迈亚和乔丹都具备狼人极好的夜间视力,他们站在大厅相反的两端,乔丹在查看厅里那张大桌子,迈亚倚靠着较远那端的墙壁,显然在看自己的戒指。"你应该随身带着它。"

亚历克回答。

"哦？你带你的感应仪了吗？"她生气地说，"我想你没带吧。至少我有这个。"她轻轻拍了拍她的吊坠。"我可以告诉你这里有东西。诸如恶魔之类的东西。"

乔丹突然转动了脑袋。"这里有恶魔？"

"我不知道——也许只有一个。它动了，然后又停了，"伊莎贝尔承认道，"但是如果这只是一个错误的地址，就太巧合了。我们要查看一下。"

暗淡的光线在她四周亮了起来。她望过去看见亚历克举着他的巫光石，手指挡着光亮。巫光在他脸上投下奇怪的阴影，让他看起来比实际年龄显得年长，而他的眼睛成了深蓝色。"那我们开始吧，"他说，"我们一层一层地查。"

他们向电梯走去，亚历克第一个，然后是伊莎贝尔，乔丹和迈亚在他们身后排成一条线。伊莎贝尔的靴子底刻了无声如尼文，可是迈亚走路的时候鞋跟在大理石地板上发出咔嗒咔嗒的声音。她皱起眉，停下来丢掉鞋子，光脚继续走。迈亚走进电梯后，伊莎贝尔注意到她左脚大拇指上戴了一只金戒指，上面镶嵌了一块绿松石。

乔丹瞥见她的脚，用惊讶的语气说："我记得那个戒指，是我买给你的，在——"

"闭嘴。"迈亚说着，按了一下电梯的关门按钮。门滑上了，乔丹也陷入沉默之中。

他们每一层都停留。大部分还没建好——没有灯，电线像藤蔓一样从天花板垂下来，窗户上还钉着胶合板，悬挂着的衣服在微风中像鬼魂一样飘荡。伊莎贝尔紧紧抓着她的吊坠，可是什么事都没发生，直到他们到了十楼。门一开，她握起的手掌里就感觉到跳动，仿佛手里捧着一只抖动翅膀的小鸟。

她小声说："这里有情况。"

亚历克只点了点头。乔丹张张嘴要说什么，可是迈亚用胳膊肘用力捅了捅他。伊莎贝尔从她哥哥身边溜过，进入电梯外面的大厅里。那块红宝石这时在她手里跳动起来，好像一只惊慌的昆虫。

亚历克在她后面悄悄说："桑达芬。"伊莎贝尔周围的光线明亮起来，照亮了大厅。这层和他们看到的其他层不同，看起来至少部分已修建完毕。四周是光溜溜的大理石墙壁，地面铺着平整的黑色地砖。一条走廊通往两个方向。一头是一堆建筑设备以及乱七八糟的电线，另一头则是条拱廊，拱廊那边，黑洞洞的空间召唤着他们。

伊莎贝尔转过来看了看身后的同伴。亚历克已经收起了巫光石，正举着一把闪耀的天使之刃,像只灯笼似的照亮了电梯内部。乔丹拿出了一把模样凶残的大刀,握在右手里。迈亚似乎正在扎头发,她把手放下来后,手里多了一枚有剃刀状尖端的长别针。她的指甲也长出来了,眼中闪着凶猛的绿光。

"跟我来,"伊莎贝尔说,"不要出声。"

伊莎贝尔沿着大厅走过去的时候,红宝石贴着她的喉咙啪嗒啪嗒跳动着,仿佛一只手指不懈地戳着她的喉咙。她没有听到他们在她身后的声音,可是从投射在黑乎乎大理石墙上拉长的影子里,她知道他们在那儿。她的喉咙发紧,神经在歌唱,她进入战斗前总是这样。这是她最不喜欢的部分,在暴力战斗开始前的紧张等待。在战斗中重要的只有战斗本身,其余的全无关紧要,现在她必须尽力让精神集中在即将执行的任务上。

拱廊耸立在他们上方。它由大理石雕刻而成,侧面装饰着漩涡状花纹,对于这样一个现代建筑来说有些古怪而过时。伊莎贝尔经过的时候快速地看了一眼,几乎挪不开目光了。拱廊的大理石上雕刻着一个咧嘴笑的滴水嘴,向下对她奸笑着。她对它做了个鬼脸,然后转身去看她进入的房间。

房间很大,天花板很高,明显是将来用作挑高公寓的。墙壁是从地面到天花板的落地窗,对着东河,能看到远处的皇后区,百事可乐广告牌闪亮的血红色和海军蓝倒映在黑黑的河面上。周围楼宇的灯光在夜空中闪耀着,仿佛圣诞树上的金银丝。这个房间本身黑乎乎的,地面上低低地充满了奇形怪状的一团团影子,以规则的间隔排列着。伊莎贝尔斜眼看了看,感到很困惑。它们不是活的东西,似乎是方方的大块头家具,可是是什么呢——

"亚历克。"她轻声说。她的吊坠仿佛活了一样翻滚起来,它的红宝石心脏痛苦而炙热地贴着她的皮肤。

她哥哥很快来到她身边。他举起他的天使之刃,房间里于是充满了光。伊莎贝尔用手捂住了嘴巴。"哦,亲爱的上帝,"她耳语道,"哦,以天使的名义,不。"

"你不是他的母亲。"西蒙说话时嗓音嘶哑了,莉莉丝却连看都没看他,她的手仍然放在玻璃棺材上。塞巴斯蒂安在里面漂浮着,沉默无言,没有意识。西蒙注意到,他的脚是光着的。"他有母亲,克拉丽的母亲。克拉丽是他妹妹。如果你伤到她,塞巴斯蒂安——乔纳森——会不太高兴。"

莉莉丝抬起头,笑了起来。"一次勇敢的尝试,日光行者,"她说,"可是我更清楚。要知道,我看着我的儿子长大。我经常化身成猫头鹰探望他。我看到那个生他的女人有多么恨他。他对她没有爱,他也不该有,他也不喜欢他妹妹。他更像我而不是乔斯琳·摩根斯特恩。"她的黑眼睛从西蒙看向杰斯和克拉丽。他们没有动过，没怎么动。克拉丽仍然站在杰斯胳膊的环绕里，刀挨着她的喉咙。他拿刀的样子轻松随意，似乎漫不经心。可是西蒙知道杰斯表面上的心不在焉爆发成暴力行动能有多快。

"杰斯，"莉莉丝说，"走到圆圈里。带那女孩一起。"

杰斯顺从地向前走动，推着克拉丽在他前面走。他们一跨过涂成黑色线条的边界，里面的如尼文突然闪出耀眼的红色——别的东西也亮起来了。杰斯胸口左侧、就在他心脏上方的一个如尼文突然发出亮光，逼得西蒙闭上了眼睛。即便如此，他依然能够看见这个如尼文，愤怒的线条组成的阴险漩涡映在他眼前。

"睁开你的眼睛，日光行者，"莉莉丝厉声说道，"时间到了。给我你的血，还是拒绝我？如果你拒绝我，你知道代价的。"

西蒙低头看了看棺材里的塞巴斯蒂安——然后又看了一眼。他裸露的胸膛上也有一个和杰斯胸前刚刚闪亮的如尼文一模一样的如尼文，西蒙低头看他的时候，这个如尼文刚开始消退，很快就不见了。塞巴斯蒂安又一动不动，恢复了苍白。没有动。没有呼吸。

死的。

"我不能为你让他起死回生，"西蒙说，"他死了。我愿意给你我的血，可是他无法吞咽。"

她恼怒地咬着牙呼气，有一会儿，她的眼睛散发出严厉尖酸的目光。"首先你必须咬他，"她说，"你是日光吸血鬼。天使的血流淌在你的体内，淌进你的血液和眼泪，渗进你尖牙的体液里。你的日光吸血鬼血液将使他复活，能够吞咽和喝下。咬他，给他你的血，让他死而复生到我身边。"

西蒙发狂地盯着她。"可是你在说什么——你在说我有能力让死人起死回生？"

"既然你是日光吸血鬼，你有那个能力，"她说，"但是没有使用的权利。"

"权利？"

她微笑了，用涂成红色的长指甲尖在塞巴斯蒂安的棺材上面划过。"他们说，历史是由胜利者书写的，"她说，"也许光明和黑暗并不像你们以为的那样界限分明。毕竟，没有黑暗，就没有什么要光明驱散的。"

西蒙茫然地看着她。

"平衡，"她解释道，"有比你们能想象出的更古老的法律。其中一条就是你不能让死者死而复生。当灵魂离开了躯体，它就属于死亡。不付出代价，就不能再把它带回来。"

"那你愿意付出代价？为他？"西蒙指着塞巴斯蒂安。

"他就是代价，"她仰天大笑，听起来几乎像是人的笑声，"如果光明让一个灵魂复活，那么黑暗就有权让另一个灵魂复活。这是我的权利。或者你也许该问你的小朋友克拉丽我在说什么。"

西蒙看看克拉丽，她仿佛失去了知觉似的。"拉结尔，"她虚弱地说，"杰斯死的时候——"

"杰斯死了？"西蒙的声音高了一个八度。杰斯虽然是讨论的主体，却保持着宁静，仍然面无表情，拿刀的手十分平稳。

"瓦伦丁捅死了他，"克拉丽用几乎是耳语的声音说，"然后天使杀死了瓦伦丁，还说我可以拥有我想要的任何东西。我说我想让杰斯回来，我想要他回来，于是天使令他起死回生了——为了我。"她的眼睛在她小小白皙的脸上显得非常大。"他只死了几分钟……几乎根本没死……"

"够了，"莉莉丝低语道，"他和杰斯战斗的时候我就徘徊在我儿子附近，我看见他倒下来死了。我跟着杰斯去湖边，看着瓦伦丁杀了他，后来天使又使他复活。我知道这是我的机会。我飞跑回河边，把我儿子的尸体从那里带走……只用了几分钟我就保存起来。"她慈爱地低头看着棺材。"一切都处于平衡之中。以眼还眼，以牙还牙，以命还命。杰斯就是平衡抵消物。如果杰斯活着，那么乔纳森也应该活着。"

西蒙无法把目光从克拉丽身上移开。"她说的——关于天使——是真的吗？"他说，"你从来没有告诉任何人？"

让他惊讶的是回答他的人是杰斯。杰斯用脸颊蹭了蹭克拉丽的头发，说："这是我们的秘密。"

克拉丽的绿眼睛闪着光亮，可是她没动。

"所以你看，日光行者，"莉莉丝说，"我只是拿回本应是我的东西。法律说第二个人复活时，第一个起死回生的人必须在这个圆圈里。"她的手指轻蔑地一动，指着杰斯。"他在这里，你在这里，一切都准备妥当。"

"那么你不需要克拉丽，"西蒙说，"让她出来。放她走。"

"我当然需要她。我需要她促动你。我伤不了你，有印记的人，威胁不了你，杀不了你。可是我取了她的性命就能剜出你的心。我会的。"

她向克拉丽望去，西蒙的目光追随着她的目光。

克拉丽。她如此苍白，看起来几乎脸色发蓝，虽然也许是因为冷。她的绿眼睛在苍白的脸上显得大极了。一道干血痕从她的锁骨直到她的裙子领口，领口上有斑斑点点的血迹。她的手放在身体两侧，松垮垮的，可是却在发抖。

西蒙看到她这时的样子，回想起她七岁时的样子，瘦瘦的胳膊，小雀斑，还有那些蓝色的塑料发夹，她十一岁前一直戴在头发上。他想起在她总穿着的宽大T恤和牛仔裤下，他第一次注意到她长成了一个真正女孩的体形，他是怎样的不知所措，不知道他该看还是不该看。他想起她的笑，她在纸上快速移动着铅笔，留下构图精细的图画：尖顶的城堡，奔跑的马匹，她头脑中构思出来的颜色明亮的人物。"你可以自己走去学校，"她妈妈说，"但是只能在西蒙和你一起去的情况下。"他想起他们穿过马路时他拉着她的手，自己承担了了不起的任务的感觉：负责她的安全。

他曾经爱着她，也许他的一部分会一直爱着她，因为她是他的初恋。可是现在这都不重要了。她是克拉丽，是他的一部分。她一直都是，永远都会是。他注视着她，她非常轻微地摇了摇头。他知道她在说什么。不要那样做。不要给莉莉丝她想要的东西。随便她把我怎么样。

他迈进了圆圈。他的脚一越过涂画的线，他就感觉在颤抖，像一股电流涌遍全身。"好吧，"他说，"我会做的。"

"不！"克拉丽大喊，可是西蒙没有看她。他看着莉莉丝冷漠而得意地微笑着，同时举起左手从棺材上面伸过来。

棺材盖不见了，揭开的方式让西蒙奇怪地想到揭开沙丁鱼锡罐的样子。棺材顶上的玻璃拉开后就溶解滑落了，沿着大理石台的边缘淌下，滴落在地面上时结晶成细小的玻璃碎片。

棺材现在打开了，像是一只水族箱。塞巴斯蒂安的躯体在里面漂浮着，莉莉丝把手伸进这只水族箱时，西蒙觉得他又一次看到塞巴斯蒂安胸口的如尼文在发光。西蒙看着，莉莉丝的动作反常地轻柔，她拿起塞巴斯蒂安悬垂的胳膊交叉放在他的胸前，把有绷带的那只塞在健全的那只下面。她把一缕湿了的头发从他静止苍白的前额上捋到一边，然后后退几步，甩着手上奶白色的水。

"做你的事，日光行者。"她说。

西蒙向棺材走去。塞巴斯蒂安的脸很松弛，眼皮静止不动。他的颈部没有脉搏。西蒙想起他曾经多么想喝莫林的血，他是多么渴望咬进她的皮肤，放出下面咸咸的血液的感觉。可是这——这是以尸体为食。这种想法让他的胃部恶心翻滚。

虽然他没有看她，可他知道克拉丽在看着自己。他朝塞巴斯蒂安弯下腰时能感觉到她的呼吸。他也能感受到杰斯正用空洞的眼神看着他。他把手伸进棺材，抓着塞巴斯蒂安冰冷黏滑的肩膀。他使劲克制着恶心的冲动，俯身把牙齿嵌进塞巴斯蒂安的喉咙。黑色的恶魔血液涌进他的嘴里，苦得像毒药一样。

伊莎贝尔默默地在这些石头台子之间走来走去。亚历克跟着她，手里拿着的桑达芬在房间里洒满了光。迈亚在房间的一个角落里，手扶着墙弯腰干呕，乔丹在她旁边晃来晃去，看起来似乎想伸出手帮她拍拍背，可是又害怕被她回绝。

伊莎贝尔没有责怪迈亚呕吐。她若非经过多年训练，自己也要吐了。她从未见过现在看到的东西。这个房间里有大约五十张石台，每张上面都有一只低低的婴儿床一样的篮子。每只篮子里都有一个婴儿，所有的婴儿都死了。

她在一排排的台子中间走着，起初还怀有希望，也许能找到一个活着的。可是这些孩子都死了有些时日了，他们的皮肤发灰，小小的脸上没有血色，还有淤青。虽然这房间里很冷，他们都只裹着薄薄的毯子，但是伊莎贝尔觉得并不足以冻死他们。她不知道他们是怎么死的，也不忍心调查得太详细。显然这是圣廷的事。

亚历克跟在她后面，脸上淌着泪水，走到最后一张台子时他低声咒骂着。迈亚直起了身体靠着窗户，乔丹给了她一块布捂着脸，可能是块手帕。她的身后，城市寒冷的白光亮着，仿佛金刚石钻头，穿过黑乎乎的玻璃。

"伊莎，"亚历克说，"谁会做这样的事？为什么有人会——甚至恶魔——"

他不说了。伊莎贝尔知道他在想什么。麦克斯出生时，她七岁，亚历克九岁。他们弯腰趴在他们小弟弟的摇篮前，被这个好玩的新生小东西逗乐，而且迷住了。他们玩他小小的手指，还挠他痒痒，笑他奇怪的面部表情。

她的心抽紧了。麦克斯。她走过现在已变成小棺材的婴儿床行列，心里开始出现一种强烈的恐惧感。她也无法不注意到脖子上的吊坠一直散发出一种刺眼的光，只有在面对大恶魔时才可能会发出这种光。

她想起克拉丽在贝斯以色列医院太平间里看到的情况。他看起来就像正常的婴儿，除了他的手，扭曲成爪子……

她极其小心地把手伸进其中一张婴儿床里。她小心不去碰到婴儿，把裹着他身体的薄毯掀到一边。

她感觉到了自己喘气吐出的气流。普通的胖嘟嘟的婴儿胳膊，圆圆的婴儿手腕，新生的手软软的。可是手指——手指却扭成了爪子，像烧过的骨头一样黑，有尖利的小爪尖。她不由得退后了一步。

"什么？"迈亚走过来。她看起来仍然一副感觉恶心的样子，可是她的声音很平稳。乔丹双手插在口袋里跟着她。"你发现什么了？"她问。

"以天使的名义。"亚历克在伊莎贝尔身边低头看着那张婴儿床,"这个——像克拉丽告诉你的吗?贝斯以色列医院的那个?"

伊莎贝尔缓缓点了点头。"我猜不只是一个婴儿,"她说,"有人在试着造出更多的婴儿,更多的……塞巴斯蒂安们。"

"为什么有人要更多的他?"亚历克的声音充满了明显的恨意。

"他动作快,又强壮。"伊莎贝尔说。说任何赞美那个杀了她弟弟,而且想要她命的男孩的话,几乎都让她有种切肤之痛。"我猜他们想培育一种超级战士族类。"

"这没有奏效。"迈亚的眼神悲伤而深沉。

一个轻得几乎听不见的声音撩拨着伊莎贝尔听力的极限。她猛地抬起头,手摸向缠着鞭子的皮带。房门边浓重的阴影里,有什么东西移动,虽然只见极细微的颤动,可是伊莎贝尔已经从其他人身边跑开,向门口跑去。她冲到靠近电梯的过道上,那里有个东西——一个从更深的黑暗中出来的影子正在移动,沿着墙壁前进。伊莎贝尔加快了速度向前扑去,把那个影子踢翻在地。

它不是鬼魂。他们抱成一团一起倒下时,那个影子由于受惊哼了一下,完全就是人的声音,伊莎贝尔对此吃了一惊。他们一起倒在地上翻滚起来。那个影子肯定是人——比伊莎贝尔矮小纤瘦,穿着一套灰色的运动服和运动鞋。那人影举起尖胳膊肘,猛击伊莎贝尔的锁骨,然后膝盖又撞到她的太阳穴。她喘着粗气翻到一边,伸手去摸她的鞭子。她抽出鞭子时,那个人影已经站了起来。伊莎贝尔翻滚身体趴在地上,向前甩出鞭子。鞭子的末梢卷起这个陌生人的脚踝,然后抽紧。伊莎贝尔猛地向后一拽鞭子,把人影放翻在地。

伊莎贝尔爬起来,用空着的手去拿塞在她身前裙子下面的石杖。她快速挥了下石杖,在左臂上画好尼克斯印记。随着夜间视力如尼文起效,她的视力很快得以调整,整个房间似乎充满了光照。现在她能更清楚地看见攻击她的人了——一个瘦小的身影,穿着灰色运动服套装和灰色运动鞋,向后爬着直到她的背部撞到了墙。运动服的风帽掉了下来,露出了她的脸。她的头剃得光光的,可是那张脸显然属于女性,长着尖刻的颧骨和大而黑的眼睛。

"停。"伊莎贝尔说着,鞭子拽得更用力了。那个女人发出痛苦的叫声。"别想爬走。"

那个女人露出她的牙齿。"虫子,"她说,"不信仰者。我什么都不会告诉你。"

伊莎贝尔把石杖塞回她的裙子里。"如果我拽鞭子的力量够大,鞭子会割断你的腿。"她又收了一下鞭子,拉紧,然后向前走,一直到站在那女人前面俯视着她。"那些婴儿，"她说，"他们怎么了？"

那女人哈哈笑了起来。"他们不够强壮。柔弱的东西，太弱了。"

"对什么太弱？"那女人不回答，伊莎贝尔厉声道，"你可以告诉我或者失去你的腿，你来选择。不要以为我不会让你在这里的地上流血而死。杀害孩子的人不配得到怜悯。"

这女人发出嘶嘶的声音，像一条蛇。"如果你伤到我，她会毁灭你。"

"谁——"伊莎贝尔停下来，想起亚历克说过的话。塔尔图是莉莉丝的另一个名字。你也可以说她是死去的孩子的恶魔女神。"莉莉丝，"她说，"你崇拜莉莉丝。你做所有这些……是为了她？"

"伊莎贝尔，"是亚历克，他身前举着的桑达芬散光着光亮，"怎么了？迈亚和乔丹在搜寻，查找更多的孩子，可是好像他们全都在这个大房间里。这里发生什么事了？"

"这个……人，"伊莎贝尔厌恶地说，"是塔尔图教堂魔教成员。显然，他们崇拜莉莉丝，而且为了她杀害了所有这些婴儿。"

"不是杀害！"那个女人挣扎着直起身体，"不是杀害，是牺牲。他们是试验品，结果发现很虚弱。不是我们的过错。"

"让我猜一猜，"伊莎贝尔说，"你们试着给怀孕的女人注射恶魔血。可是恶魔血是有毒的东西，婴儿们存活不了。他们出生就是畸形的，然后死去。"

那女人抽泣起来，声音很轻，可是伊莎贝尔看见亚历克眯起了眼睛。他一向都很擅长阅人。

"其中一个婴儿，"他说，"是你的。你怎么能给自己的孩子注射恶魔血？"

那女人的嘴巴在发抖。"我没有。是我们接受了血液注射。母亲们。让我们更强壮，更敏捷。我们的丈夫也接受了。可是我们病了，越来越严重。我们的头发脱落，我们的指甲……"她举起手，露出发黑的指甲，有的指甲掉落了，留下破损的血淋淋的甲床。她的胳膊上布满了乌黑的淤青。"我们都要死了，"她说，声音中有种微微的满足，"我们活不了几天了。"

"她让你接受毒液，"亚历克说，"你却拜她？"

"你不懂，"那女人声音嘶哑，似在梦中，"她找到我之前我一无所有，我们都一无所有。我在大街上流浪，睡在地铁里，好让自己不冻僵。莉莉丝给了我住的地方，照顾我的家人。只要有她在就安全。我以前从来没有感觉到安全。"

"你见过莉莉丝。"伊莎贝尔说，努力让自己听起来显得不那么难以置信。她熟悉恶魔教。她曾经写过一份关于他们的报告，交给霍奇的，他还给她打了高分。

大多数魔教团体崇拜他们想象或杜撰出来的恶魔。有些设法养育力量弱的小恶魔，这些小恶魔要么被释放后把他们杀光，要么满足于魔教成员的服务，所有的需求都得到照顾，而很少要求它们回报什么。她还从未听说过崇拜大恶魔的魔教成员见过恶魔真身的，哪怕是比莉莉丝——巫师之母力量小得多的恶魔。"你见过她？"

那女人的眼睛半闭着。"是的。我的体内有她的血液，她在附近时我能感觉到。比如现在。"

伊莎贝尔情不自禁地立即用空着的手去摸她的吊坠。自从他们进了这栋大楼，吊坠就不时跳动，她还以为是因为那些死婴孩身体里的恶魔血，可是附近有大恶魔出现才更合理。"她在这里？她在哪儿？"

那女人似乎昏昏欲睡。"楼上，"她含混地说，"和吸血鬼男孩在一起，那个在白天行走的。她派我们把他带来，可是他被保护起来了。我们无法对他动手。那些去找他的人死了。后来，亚当兄弟回来告诉我们那个男孩有圣火保护，莉莉丝夫人很生气，当场就杀了他。他很幸运，死在她的手里，非常幸运。"她的呼吸声急促起来。"而且她很聪明，莉莉丝夫人。她找到另一种方法把这男孩带……"

鞭子突然从伊莎贝尔无力的手中滑落。"西蒙？她把西蒙带到这儿了？为什么？"

"凡到她那里去的，"那女人吐气道，"不得转回……"

伊莎贝尔膝盖着地，捡起鞭子。"住口，"她用发抖的声音说，"别再嘟哝了，告诉我他在哪儿。她把他带到哪里去了？西蒙在哪儿？告诉我，不然我会——"

"伊莎贝尔，"亚历克沉重地说，"伊莎，没用了。她死了。"

伊莎贝尔难以置信地看着那个女人。她已经死了，似乎就是在一口气之间，她的眼睛大睁着，脸上是松垮垮的线条。现在才能看清，在挨饿、秃头和淤青之下，她可能相当年轻，不超过二十岁。"该死。"

"我不明白，"亚历克说，"一个大恶魔想从西蒙身上得到什么？他是吸血鬼，不错，一个强大的吸血鬼，可是——"

"该隐印记，"伊莎贝尔心不在焉地说，"这肯定和那个印记有关。我们走。"她走向电梯，戳了一下按钮。"如果莉莉丝真的是亚当的第一任妻子，而该隐是亚当的儿子，那么该隐印记几乎和她一样古老。"

"你去哪儿？"

"她说他们在楼上，"伊莎贝尔说，"我要搜查每一层，直到找到他。"

"她伤不了他，伊莎，"亚历克用伊莎贝尔讨厌的理性声音说，"我知道你担心，可是他有该隐印记，别人碰不了他。即使大恶魔也不能伤害他。没有人能。"

伊莎贝尔向她哥哥吼道:"那你认为她要他干什么?所以她是需要一个人为她在白天拿回干洗的衣服吗?真的,亚历克——"

砰的一声,电梯最上方的箭头亮了。电梯门一开,光就倾泻而出,伊莎贝尔开始迈步向前……紧跟着光线,一波男人和女人——秃头,憔悴,穿着灰色的运动服和运动鞋——就涌了出来。他们挥舞着从建筑工地废址里挑出来的原始武器:尖角玻璃,扯掉的钢筋,水泥砖。他们没有一个人说话。在一片诡异的沉默中,他们像一个人一样,从电梯里冲出,向亚历克和伊莎贝尔逼近。

第十八章
圣火的疤痕

有时候,夜晚河水上方会卷起云,随之带来浓厚的雾气,今晚正是如此。雾并未隐藏起楼顶发生的事情,只是为一切蒙上一层迷蒙。周围高耸的大楼变作朦胧的光柱,疾飞的低云掩映着黯淡的月光,仿佛一盏被遮住的灯。玻璃棺材的碎片散落在地砖上,好像碎冰片在闪光。月光下,莉莉丝脸色发白,高兴地看着西蒙俯身在塞巴斯蒂安静止的身体上喝他的血。

克拉丽不忍心去看。她知道西蒙厌恶他正在做的事情,她知道他这么做都是为了她。为了她,甚至还有一点是为杰斯。她还知道仪式的下一步是什么。西蒙将自愿献出全部血液给塞巴斯蒂安,然后死去。吸血鬼的血液流干后就会死。西蒙会死去,她将永远失去他,而所有这一切都是她的错。

她能感觉到身后的杰斯,他的胳膊仍然紧紧环绕着她,他的心脏靠着她的肩胛骨,柔和规律地跳动。她还记得在伊德里斯的圣约大厅他抱着她的样子,他亲吻她时风吹动树叶的声音,他的双手放在她脸颊上的温度,还有他的心跳给她的感觉是那样与众不同,他血液的每一次涌动都和她自己血液的涌动配合得天衣无缝。

他一定是在某个地方,就像塞巴斯蒂安在他的玻璃囚笼里一样。一定有办法可以触碰到他。

莉莉丝看着西蒙俯身趴在塞巴斯蒂安身上,大睁着黑眼睛,目光一动不动,克拉丽和杰斯仿佛根本不在那里似的。

"杰斯,"克拉丽悄悄说,"杰斯,我不想看这个。"

她向后靠紧他,好像想要依偎在他的臂弯里,刀扫过她的脖子侧面,她假装蹙起额头。

"求你了,杰斯,"她小声说,"你不需要这把刀,你知道我伤不了你。"

"可是为什么——"

"我只想看着你。我想看你的脸。"

她感觉到他胸口出现了一次很快的起伏。他浑身颤抖,仿佛在和什么东西斗争，将它推开。然后他动了，用只有他能做到的动作，快得如同一道闪电。他的右臂仍然紧紧环绕着她，左手把刀塞进了皮带。

她的心脏狂乱地跳动。我可以跑，她想，可是只会被他抓到，而且只需一小会儿。几秒钟之后他的两只手搭在她的两只胳膊上抱着她，转动她的身体。他把她转过来面对自己，她感觉到他的手指移过她的后背，还有她裸露的颤抖不已的胳膊。

现在她不再看着西蒙，也不再看着那个恶魔女人了，虽然她浑身发抖、仍然能感觉到身后他们的存在。她抬头看着杰斯。他的脸庞如此熟悉，脸部的线条，头发垂在前额的样子，颧骨上淡淡的疤痕，太阳穴那里也有一处。他的睫毛比发色稍深一些，眼睛是浅黄玻璃的颜色，她觉得这正是他与平时不同的地方。他仍然看起来像是杰斯，可是他的眼睛清澈空洞，她仿佛透过一扇窗户看到一个空荡荡的房间。

"我害怕。"她说。

他轻抚她的肩膀，使得她的神经迸发出激动的火花。她恶心地意识到她的身体对他的抚摸依旧有反应。"我不会让你有事的。"

她凝视着他。你真这样想，对吗？不知怎么了，你看不到你的行为和你的意图相背离，她不知怎么使你失去了这种能力。

"你阻止不了她，"她说，"她要杀了我，杰斯。"

他摇头。"不，她不会那么做的。"

克拉丽想要尖叫，可是她克制着，使自己的声音不慌不忙，谨慎而平静。"我知道你在那儿，真实的你，"她向他靠得更紧了，他皮带上的搭扣抵着她的腰，"你可以反抗她……"

她不该说这个。他全身绷紧了，她看见他的眼睛里闪过一丝痛楚，仿佛一只困住的野兽会有的表情，随即又转为强硬。"我不能。"

她颤抖起来。他脸上的表情很可怕，如此可怕。看到她颤抖，他的目光柔和了下来。"你冷吗？"他说，有一会儿他听起来又是杰斯了，关心她的情况。这让她的喉咙疼痛起来。

她点点头，虽然身体上的冷是她最不在意的事情。"我能把手放在你的外套里面吗？"

他点点头。他的外套没有系纽扣，她把胳膊塞进去，双手轻轻摸着他的后背。一切都诡异地沉默着。这座城市似乎冰冻在一面冰棱镜里，就连周围大楼散发出来的灯光都是静止而冰冷的。

他的呼吸缓慢而稳定。透过他撕破了的衬衫,她能看见他胸口的如尼文,似乎随着他的呼吸在律动。她想,这如尼文这样刻在他身上,像只水蛭,吸出好的东西,杰斯之所以是杰斯的东西。

她想起卢克跟她说过怎样毁掉如尼文。如果你能破坏它到一定程度,就能减小或破坏它的力量。有时在战斗中,敌方会想尽办法烧掉或剥掉暗影猎手的皮肤,就为了使他们丧失如尼文的力量。

她始终盯着杰斯的脸。她想着,忘掉正在发生的事情,忘掉西蒙,忘掉你喉咙上的刀。你现在要说的话比以前曾经说过的所有话都重要。

"记得在公园里你跟我说的话吗?"她低语道。

他吃了一惊,低头看着她。"什么?"

"我告诉你我不懂意大利语的时候。我记得你跟我说的话,那句引言是什么意思。你说它的意思是爱是世界上最强大的力量,比任何其他东西都强大。"

他的眉间微微皱了起来。"我不……"

"不,你记得,"她告诉自己言语谨慎,可是却难以自制,无法控制浮现在声音中的紧张,"你记得。你说,有最强大的力量,比天堂或地狱更强大。它一定也比莉莉丝更强大。"

没有反应。他看着她,仿佛听不见她的话。她就像在面对一条黑洞洞、空荡荡的隧道喊叫。杰斯,杰斯,杰斯。我知道你在那儿。

"有种办法你可以保护我,还能满足她的要求,"她说,"这不最好吗?"她靠得他更紧了,感觉到自己的胃在抽动。她感觉自己像是抱着杰斯,又感觉没有,喜悦和恐惧掺杂在一起。她能感觉到他的身体对她有了反应,他的心跳声回荡在她的耳朵里、她的血管里。无论莉莉丝给他的意识施加了什么层面的控制,他仍然想要她。

"我要悄悄告诉你。"她说着,用唇吻上他的脖子。她呼吸着他的气息,这气息熟悉得如同她自己皮肤的味道。"听着。"

她仰起脸来,他倾身下来听她说话——她的手在他的腰间移动,抓到他皮带里的刀柄。她像他们训练时他向她演示的那样,猛地向上抽出刀,在手掌上平衡好刀的重量,然后以浅浅的宽弧度划向他的左胸。杰斯大叫起来——她猜更多是因为惊讶而非疼痛——血从伤口处迸溅出来,流淌在他的皮肤上,模糊了如尼文。他把手放在胸口上,拿起来时沾染上一片红色,他大睁着眼睛看着她,好像不知怎么回事他受到了真正的伤害,完全无法相信她的背叛。

克拉丽从他身边转身跑开,这时莉莉丝大喊起来。西蒙已经不再趴在塞巴斯蒂安身上了，他已经直起身，低头看着克拉丽，用手背捂着嘴。他的眼睛睁得很大，黑乎乎的恶魔血从下巴滴落到他的白衬衫上。

"杰斯，"莉莉丝震惊地高声喊道，"杰斯，抓住她——我命令——"

杰斯没有动。他的目光从克拉丽打量到莉莉丝，又移向沾染了血的手，在这三者之间来回扫视。西蒙已经开始从莉莉丝身边向后退开，突然他猛地停住了脚步，膝盖着地倒了下去。莉莉丝从杰斯面前转开向西蒙靠近，坚硬的脸部都扭曲了。"起来！"她尖声喊道，"站起来！你喝了他的血。现在他需要你的血！"

西蒙挣扎着坐起来，然后无力地趴到地上。他呕吐着，咳出黑色的血液。克拉丽想起在伊德里斯，他说塞巴斯蒂安的血像毒液。莉莉丝抬脚踢他——然后摇晃着退后，好像有一只看不见的手用力推了她一下。莉莉丝尖叫起来——不是尖叫着说话，而是发出像猫头鹰一般的叫声，完全是仇恨和愤怒的叫声。

这不是人类能发出的声音，就像尖利的玻璃片刺进克拉丽的耳朵里。她喊道："别碰西蒙！他恶心，你看不见吗？"

她立即就后悔自己说话了。莉莉丝慢慢转过身来，她的目光滑过杰斯，冰冷而蛮横。"我跟你说过，杰斯·希伦戴尔，"她的声音响起，"不要让这个女孩离开那个圆圈。拿走她的武器。"

克拉丽几乎都没意识到她还拿着那把刀。她觉得很冷，几乎都麻木了，可是一股对莉莉丝——对所有一切——不可遏制的怒火让她的胳膊动了起来。她把刀扔到地上，刀在地砖上滑过，在杰斯的脚边停了下来。他茫然地低头看着那把刀，仿佛以前从未见过武器似的。

莉莉丝的嘴巴仿佛血盆大口。她眼睛里的眼白消失了，全成了黑色。她看起来已不像人类。"杰斯，"她愤怒地说，"杰斯·希伦戴尔，你听我的。你要遵从我。"

"拿起它，"克拉丽看着杰斯说，"拿起它，杀了她或我。你来选择。"

杰斯慢慢俯身捡起那把刀。

亚历克一手执桑达芬，一手拿哈奇瓦拉——能有效躲开多个攻击者。至少有六个魔教成员倒在他脚边，死亡或失去意识。

亚历克曾经和相当数量的恶魔打斗过，可是与塔尔图教堂魔教人员打斗却格外诡异。他们共同行动，不像是人，倒像诡异的暗潮——诡异是因为他们如此沉默，而且强壮和敏捷得离奇。他们似乎也完全不怕死。虽然亚历克和伊莎贝尔大喊着阻止他们向前，可是他们还是一言不发地不停前进，就像自我毁灭跳下悬崖的旅鼠那样盲目，聚作一团向暗影猎手扑去。他们把亚历克和伊莎贝尔一路沿着过道逼到一个到处都是石头台子的开放式大房间里，与此同时，打斗的声音让乔丹和迈亚跑了起来，乔丹变作狼形，迈亚仍是人形，可是爪子已经完全伸了出来。

魔教成员显得好像几乎判断不出自己的位置，他们打斗着，一个又一个地倒下。亚历克、迈亚和乔丹挥舞着短刀、狼爪和天使之刃。伊莎贝尔的鞭子甩过魔教成员们的身体，在空中划出闪亮的复杂图案，细小的血流随之喷到空中。迈亚尤其勇猛，她的周围至少有十几个魔教成员瘫倒在地，她正暴怒着攻击另一个，变成爪子的手一直红到腕部。

一个魔教成员张开双手跃到亚历克身边向他扑去。它戴着风帽，亚历克看不清它的脸，也猜不出它的性别和年龄。他用桑达芬插进它的左胸，它尖叫起来——一个男性的尖叫，声音很大，而且嘶哑。这个男人倒在地上捂着胸口，火焰舔着他外套刺破的洞口边缘。亚历克厌恶地转身走开。他讨厌看到天使之刃刺破人类皮肤之后的情景。

突然他感到后背一阵灼烫，转身看见又一个魔教成员挥舞着断裂的钢筋。这个没戴风帽——是个男子，他的脸如此瘦削，以至于他的颧骨看起来像要顶破皮肤一样。他低声嘶叫着再次扑向亚历克，亚历克跳到一边，钢筋呼啸着从他身边抢过，没有伤到他。他迅速转身，一脚把钢筋从那人手里踢掉。钢筋伴随响亮的声音掉到地上，那个魔教成员向后退去，差点绊倒在一具尸体上——然后跑了。

亚历克犹豫了一会儿。那个刚才攻击他的魔教成员几乎跑到了门口。亚历克知道他应该跟着他——因为他很清楚，那个人可能跑去提醒别人或者去搬救兵——可是他感觉累极了，厌恶，还有点恶心。这些人可能被附体了，他们可能不再是人了，可是他还是感觉自己在屠杀人类。

他想着马格纳斯会怎么说，不过说实话，他已经知道了。亚历克以前和这样的东西打斗过，恶魔的仆从。他们身上几乎所有人类的东西都被恶魔为了获取能量消耗掉了，只留下杀戮的渴望，以及在痛苦中慢慢死去的人类躯体。他们没救了：无法治疗，无法修正。他听到马格纳斯的声音，仿佛这巫师就站在他的身边。杀死他们是你能做的最仁慈的事。

亚历克把哈奇瓦拉塞回皮带，去追那个逃跑的魔教成员，他跑出门，进入大厅中。过道空荡荡的，最远处的电梯猛地开了，奇怪的高声警报响彻走廊。前厅分出几条走道，亚历克随意选了一条，冲了出去。

他发现自己处于迷宫之中，周围都是还没怎么建好的小房间——匆忙砌成的干墙，一束束五颜六色的电线从墙上的小洞里伸出来。他小心地走过这些房间，如同芒刺在背，天使之刃随着他的移动在墙上投射下片片光斑。在一个地方，光照下有什么在动，他不由跳了一下。他放低天使之刃，看见一双红红的眼睛，然后是一个灰色的身体轻快地钻进墙上的一个洞里。亚历克撇了撇嘴。这就是纽约，即使在一栋这么新的楼里也有老鼠。

这些房间的尽头是一处更大的地方——不如有台子的房间大，但比别的房间更宽阔些。这里也有一面玻璃墙，上面有的地方贴着硬纸板。

一个黑黑的影子缩在房间的一个角落，旁边是暴露在外的管道。亚历克小心地走向前。是光线造成的吗？不，形状分明是个人，一个穿着深色衣服、弯腰蜷缩的人影。亚历克眯起眼睛向前走，他的夜间视力如尼文刺痛起来。这个影子变成了一个苗条的女人，光着脚，双手在前被捆在一段管道上。亚历克走向前时她抬起了头，昏暗的光线透过窗户照进来，照见她浅淡的金发。

"亚历山大？"她说道，声音里充满了难以置信，"亚历山大·莱特伍德？"

是卡米尔。

"杰斯，"莉莉丝的声音像鞭子抽过裸露的肉体，就连克拉丽听到后都向后一缩，"我命令你——"

杰斯的胳膊抢到后面——克拉丽紧张起来，绷紧了身体——他把刀向莉莉丝掷去。刀在空中呼啸而过，来回旋转，然后扎进她的胸膛。她摇晃着后退，失去了平衡。莉莉丝的脚在光滑的石头上滑了一下，她咆哮着站直，伸手将刀从肋下拔出来。她嘴里念着克拉丽听不懂的语言，把刀扔到地上。刀发出嘶嘶的声音掉在地上，刀刃已腐蚀掉一半，仿佛受到强酸的侵蚀。

她转身面向克拉丽。"你对他做了什么？你干了什么？"片刻之前她的眼睛全变成了黑色，现在显得鼓胀而凸出。黑色的小蛇从她的眼眶里游出，克拉丽大叫着后退，差点被一处低矮的树篱绊倒。这是她在伊修列的脑海中看到的莉莉丝，眼神游移，粗粝的声音在回荡。她逼近克拉丽。

突然杰斯站到他们中间，挡住了莉莉丝的路。克拉丽看着他，他又是他自己了。他似乎燃烧着正义的火焰，就像那个可怕的夜晚拉结尔在林恩湖边那样。他从皮带里抽出一把天使之刃，它的银光反射在他的眼睛里，鲜血从他衬衫上的撕裂处滴落下来，使他裸露的皮肤湿亮一片。他看着她的样子，看着莉莉丝的样子——克拉丽想，假如天使能从地狱升起，他们就是这样。"迈克尔。"他说道，克拉丽不知道是名字的力量，还是他声音中的愤怒，但是他拿着的天使之刃比她曾经见过的任何一把都要更亮。她被照得眼花，便将视线移开，看见西蒙躺倒在塞巴斯蒂安玻璃棺材旁边一片黑乎乎的东西中。

她的心脏在胸腔中揪了起来。如果塞巴斯蒂安的恶魔血使他中毒了怎么办？该隐印记帮不了他。这是他自愿的，为了她。西蒙。

"啊，迈克尔，"莉莉丝向杰斯走去，声音中夹杂着笑声，"上帝的天使首领。我认识他。"

杰斯举起天使之刃。它像颗星辰一样耀眼，明亮得让克拉丽不禁怀疑整个城市是不是都能看见，就像刺破夜空的探照灯。"不要再靠近。"

让克拉丽吃惊的是，莉莉丝停住了脚步。"迈克尔杀了恶魔萨麦尔，我爱的人，"她说，"为什么，小暗影猎手，你们的天使如此冷酷无情？为什么他们毁灭不遵从他们者？"

"我还不知道你竟如此拥护自由意志。"杰斯说。他说话的方式、充满讽刺的声音，比任何其他东西都更让克拉丽相信他又是他自己了。"那么，现在让我们都离开这个楼顶怎么样？我、西蒙、克拉丽？你怎么说，女恶魔？结束了，我不会再受你控制了。我不会伤害克拉丽，西蒙也不会听从你。你要复活的那个污秽的东西——我建议你在他开始腐烂之前处理掉。因为他不会起死回生，而且他已经过了保质期。"

莉莉丝的脸扭曲了。她向杰斯吐口水，她的口水是一团黑色的火焰，落在地上变成了一条蛇大张着嘴向他游去。他用靴子将它踩碎，然后举着天使之刃向女恶魔扑去。可是天使之刃的光一照到莉莉丝，她就像个影子一样消失了，在他身后重新聚成人形。他转过身，她几乎是懒洋洋地伸出手，一掌打在他胸口。

杰斯飞了起来，迈克尔从他手里飞出，掠过石质地砖。杰斯在空中划过，撞在低矮的楼顶围墙上，力量大得石墙上都出现了裂缝。他重重地掉落到地上，显然晕了。

克拉丽大口喘着气，跑过去捡掉落的天使之刃，却永远也拿不到。莉莉丝两只瘦削冰冷的手举起克拉丽，用不可思议的力量将她扔了出去。克拉丽撞到一处低矮的树篱，树枝狠狠地划破了她的皮肤，划开长长的伤口。她的裙子缠挂在树篱里，她挣扎着解开。她撕扯开裙子时听到丝绸撕破的声音，然后转头看见莉莉丝用手抓着杰斯胸前沾满血污的衬衫，拖着他站起来。

她向他咧开嘴笑，牙齿也是黑色的，发出金属般的幽光。"我很高兴你站起来了，小拿非力人。我杀你的时候想看着你的脸，不像你对我儿子那样从后面捅他。"

杰斯用袖子擦了擦脸，他的脸颊上有一道很长的伤口在流血，袖子于是变成了红色的。"他不是你儿子。你给了他一些血,那并没有使他属于你。巫师之母——"他扭头吐了下口水,都是血,"你不是任何人的母亲。"

莉莉丝的蛇眼狂怒地来回摇摆。克拉丽费力地解开树篱的缠绕,看见每只蛇头都长着两只眼睛,红红的,闪着光。这些蛇摆动时,目光似乎在杰斯的身体上来回游移,克拉丽的胃部恶心得翻滚起来。"切开我的如尼文。多么粗野。"她怒斥道。

"但是有效。"杰斯说。

"你赢不了我,杰斯·希伦戴尔,"她说,"你可能是有史以来最伟大的暗影猎手,可是我比大恶魔还要强大。"

"那么,跟我打,"杰斯说,"我给你武器,我用我的天使之刃。一对一和我打,我们看看谁赢。"

莉莉丝看着他,慢慢摇了摇头,她的黑发像青烟一样在她周围摆动。"我是最古老的恶魔,"她说,"我不是男人,我没有可以让你使用诡计的男性自尊,我对单打独斗没有兴趣。那完全是你性别的弱势,不是我的。我是个女人。我将使用任何武器,一切武器,来得到我想要的。"她放开了他,还有些鄙夷地推了他一下。杰斯跌跌撞撞了片刻,立即站直身体,然后去地上捡闪着光亮的迈克尔天使之刃。

他抓起天使之刃,就在这时莉莉丝大笑着举起双手。她张开的手掌上迸裂出半透明的影子。就连杰斯也震惊不已,这些影子固化成两个一模一样幽暗的恶魔,红红的眼睛闪烁着。它们跳到地上,乱抓乱挠,低声吼叫。克拉丽惊讶地想道,它们是狗,两条瘦骨嶙峋、面目凶残的黑狗,有些像多伯曼短毛猎犬。

"地狱之狗,"杰斯低声说,"克拉丽——"

其中一条狗向他扑了过来,他的话打住了。狗的嘴巴张得像鲨鱼一样,喉咙里爆发出高声吠叫。片刻之后第二条狗跃向空中,径直向克拉丽扑去。

"卡米尔,"亚历克头晕目眩,"你在这儿干什么?"

他立即意识到他听起来就像个白痴。他努力克制住想在脑门上拍自己一巴掌的冲动。他最不想要的就是在马格纳斯的前女友面前看起来像个白痴。

"是莉莉丝,"这个吸血鬼女人用颤抖的声音小声说,"她让她的魔教成员闯入圣所。圣所没有屏蔽人类,而他们是人类——勉强是人。他们砍断我的锁链,把我带到这里,带给她。"她抬了抬手,把她的手腕绑到管道上的锁链咔啦作响。"他们野蛮地对待我。"

亚历克蹲下来,目光平视着卡米尔。吸血鬼没有淤青——他们的伤愈合得太快，来不及出现淤青——可是她的头发凌乱，左边还沾有血迹，这让他觉得她说的是实话。"我们这么说吧，我相信你，"他说，"她想要你干什么？就我对莉莉丝的了解，没有什么记载提到她对吸血鬼有特别的兴趣。"

"你知道圣廷为什么囚禁我，"她说，"你应该听说了。"

"你杀了三个暗影猎手。马格纳斯说你声称这么做是因为有人命令你——"他停了一下，"莉莉丝？"

"如果我告诉你，你会帮我吗？"卡米尔的下嘴唇在发抖。她的眼睛很大，绿莹莹的，恳求着。她美极了。亚历克想她是不是曾经这样看着马格纳斯，这让他想去摇晃她。

"我可能会，"他说道，惊讶于自己声音中的冷酷，"你在这里没有太多讨价还价的资本。我可以走开，把你留给莉莉丝，这对我没什么不同。"

"是的，没错，"她说，声音很低，"马格纳斯爱你。如果你是抛弃无助的人的那种人，他不会爱你的。"

"他爱过你。"亚历克说。

她凄惨地笑了。"自那以后他好像学聪明了。"

亚历克微微往后仰了仰身体。"听着，"他说，"跟我说真话。如果你说真话，我会帮你割开锁链，带你去圣廷。他们待你会比莉莉丝好。"

她低头看了看被锁在管道上的手腕。"圣廷用锁链拴住我，"她说，"莉莉丝也用锁链拴我。两者对待我没什么不同。"

"那么，我想你要做出选择。信任我，或信任她。"亚历克说。这是场赌博，他知道。

紧张的时刻，他等待着。最后她说："很好。如果马格纳斯信任你，我也信任你。"她扬起头，虽然衣衫褴褛，头发沾染着血污，她也尽力使自己显得端庄。"是莉莉丝主动找我的。她听说我正寻求恢复我曼哈顿吸血鬼主事的职位，要把它从拉斐尔·圣地亚哥手里夺回来。她说她会帮我，如果我帮她的话。"

"通过杀害暗影猎手来帮她？"

"她想要他们的血，"卡米尔说，"是给那些婴儿的。她给母亲们注射暗影猎手血和恶魔血，想要复制瓦伦丁对他儿子做的事。然而却没有奏效。那些婴儿变成畸形的东西——后来就死了。"看到他反感的表情，她说："我一开始不知道她要血干什么。你可能认为我不是什么好人，可是我不喜欢滥杀无辜。"

"你不一定非要那么做，"亚历克说，"就因为她提出那样的要求。"

卡米尔疲倦地笑了。"因为等你跟我一样老的时候，"她说，"你已经学会正确地玩游戏——在正确的时间选择正确的盟友。不只是和强大者结盟,而且还要和你相信能让你强大的人结盟。我知道假如不同意协助莉莉丝,她会杀了我。恶魔生性是靠不住的,而她会认为我要带着我所知道的她杀害暗影猎手的计划去圣廷。我赌莉莉丝比你们族类对我危险更大。"

"而你不介意杀害暗影猎手。"

"他们是集团成员,"卡米尔说,"他们杀过我的族类。还有你们的人。"

"那西蒙·刘易斯呢?你为什么对他感兴趣?"

"每个人都想要日光行者和他们站在一边,"卡米尔耸耸肩,"我知道他有该隐印记。拉斐尔的一个吸血鬼下属仍然效忠于我,他传递的消息。很少有其他恶魔知道。这让他成为一个不可估量的宝贵盟友。"

"莉莉丝是因为这个想要他吗?"

卡米尔的眼睛睁大了。她的皮肤非常苍白,在那之下,亚历克能看见她的血管颜色变深了,静脉纹路开始显现在她苍白的脸上,仿佛瓷器上不断加深的裂缝。最终,饥饿的吸血鬼变得野蛮,然后一旦太长时间没有喝血,他们会失去意识。越老的吸血鬼,越能抗得住,可是亚历克不由得想她有多久没有喝血了。"你什么意思?"

"显然她召唤了西蒙去找她,"亚历克说,"他们在这楼里的某个地方。"

卡米尔先是瞪大了眼睛,然后大笑起来。"真是讽刺,"她说,"她从未跟我提过他,我也从未跟她提过他,然而我们两个为了我们各自的目的都在追逐他。如果她想要他,那是为了他的血,"她补充道,"她要实行的仪式极可能是血魔法。他的血——混合了暗影魅族和暗影猎手的血——对她会有大用处。"

亚历克感到一丝不安。"可是她伤不了他。该隐印记——"

"她会找到解决办法的,"卡米尔说,"她是莉莉丝,巫师之母。她已经活了很长时间了,亚历山大。"

亚历克站了起来。"那我最好查清她在干什么。"

卡米尔努力要跪起来,锁链发出哗啦啦的响声。"等等——你可说过要放开我。"

亚历克转过身低头看着她。"我没说过。我说要把你交给圣廷。"

"可是如果你把我留在这里,没有什么能阻止莉莉丝先找到我,"她将凌乱的头发甩到后面,脸上紧张得现出了皱纹,"亚历山大,求你了。我恳求你——"

"威尔是谁?"亚历克说。这句话突兀而意外地说出了口,让他吓了一跳。

"威尔?"有一阵她的脸上一片空白,然后她明白了,还觉得好笑,"你听到了我和马格纳斯的谈话。"

"听到一些，"亚历克小心翼翼地吐了口气，"威尔死了，是吗？我是说，马格纳斯说他是很久以前认识他……"

"我知道你在烦恼什么，小暗影猎手。"卡米尔的声音变得柔和而富有音乐性。在她身后，透过窗户，亚历克能看见远处一架飞机飞过城市上空时闪烁的光。"起初你很快乐，你想的是当下，而不是未来。现在你意识到了，你会老去，有一天会死去。而马格纳斯不会，他会继续活下去。你们不能一起变老，反而你们将会分离。"

亚历克想着飞机上的人，在寒冷的高空俯视着下方远处的城市，仿佛闪耀的钻石铺就的田地。当然，他自己从来没有乘过飞机，只是猜测会是怎样的感觉：孤独，遥远，与世界分隔。"你怎么知道，"他说，"我们会分离？"

她同情地微笑起来。"你现在很英俊，"她说，"可是二十年后你还会吗？四十年后？五十年？当你的蓝眼睛褪了色，岁月在你柔嫩的肌肤上划下深深的沟壑，他还会爱你吗？你的手起了皱纹，变得衰弱，你鬓发斑白——"

"闭嘴，"亚历克听到自己的声音嘶哑了，为此感到羞愧，"闭嘴。我不想听。"

"并不一定非要那样，"卡米尔向他倾了倾身体，绿眼睛闪亮，"如果我告诉你你不一定要变老，你会怎么样？不一定要死？"

亚历克升起一股怒火。"我对变成吸血鬼没有兴趣。提都不要提。哪怕别的唯一选择是死亡。"

就那么短暂的一瞬间她的脸扭曲了，她很快控制住了自己，淡淡一笑说："我的建议不是那个。如果我告诉你还有另一个方法怎么样？另一个可以让你们两个永远在一起的方法？"

亚历克咽了下口水，他的嘴巴干得像纸。"告诉我。"他说。

卡米尔举起双手，她的锁链响了起来。"把这个砍断。"

"不。先告诉我。"

她摇摇头。"我不会那么做的，"她的神情硬如大理石，正如她的声音那样，"你说了我没资本可以讨价还价。可是我有。我不会说的。"

亚历克犹豫了。他的脑海中响起了马格纳斯轻柔的声音。她是暗示和操纵的高手。她一直都是。

他想，可是马格纳斯，你从来没有告诉过我，从来没有提醒过我会这样，有一天我会醒来意识到我要去一个你无法跟随的地方。我们其实是不同的，对那些永远活着的人来说没有"直到死亡把我们分开"一说。

他向卡米尔走近了一步，然后又走了一步。他举起右臂，用最大的力气将天使之刃向下划去。天使之刃划开她身上的金属锁链，她的两只手腕脱离了管道，虽然仍然被绑着，但是不再拴在那里了。她抬起双手，脸上一副自得和胜利的神情。

"亚历克。"伊莎贝尔在门口说道。亚历克转身看见她站在那里，身旁是她的鞭子，上面沾染了血迹，她的手和丝裙上也有血。"你在这里干什么？"

"没什么。我——"亚历克感到一阵羞愧和恐惧，他几乎不假思索地站到卡米尔面前，似乎他能挡住妹妹的视线似的。

"他们都死了，"伊莎贝尔听起来很冷酷，"那些魔教成员。我们把他们每一个都杀了。现在，过来，我们要开始找西蒙。"她斜眼看着亚历克。"你还好吗？你看起来非常苍白。"

"我放了她，"亚历克脱口而出，"我不该这么做。我只是——"

"放了谁？"伊莎贝尔朝房间里又迈了一步。周围城市的灯光照在她的裙子上，让她像个幽灵一样闪着光。"亚历克，你在胡说些什么？"

她的神情茫然而迷惑。亚历克转过身，追随着她的目光，看见——什么都没有。管道仍然在那儿，一截锁链躺在管道旁边，地上只轻微飞扬了一些灰尘。但是卡米尔却不见了。

克拉丽还没来得及举起胳膊，地狱之狗就扑在了她身上，肌肉、骨头以及臭烘烘的热气一股脑地迎面撞来。她的脚站不住了。她想起杰斯告诉她摔倒的最好方式，怎样保护自己，可是杰斯的建议已经到了九霄云外，她胳膊肘着地，皮肤磕破了，疼痛涌遍了全身。片刻之后地狱之狗已经在她身上，爪子抓挠着她的胸口，扭曲的尾巴嗖嗖地来回摇摆，怪诞地模仿狗摇尾巴。它的尾尖有钉子状的尖头，像一根中世纪的狼牙棒，圆桶一样的身体里发出厚重的吼叫，吼声大得她都能感觉到她的骨头在震动。

"抓住她！如果她要逃开就撕破她的喉咙！"莉莉丝凶狠地发布着指示，这时第二只地狱之狗扑向了杰斯。他和它搏斗着，翻来滚去，地狱之狗又咬又打又踢，还用它邪恶的尾巴乱扫。克拉丽忍着疼痛，把头转向另一边，看见莉莉丝正大步走向玻璃棺材，而西蒙还躺倒在棺材旁边。棺材里，塞巴斯蒂安漂浮着，像一具淹死的尸体一样一动不动。奶白色的液体已经变成了黑色，可能是浸染了他的血。

把她按在地上的地狱之狗在她耳边咆哮着，这声音让她感到一阵恐惧——除了恐惧，还有气愤。对莉莉丝气愤，对自己气愤。她是一个暗影猎手。在她从来没听说过拿非力人时被吞噬魔打倒是一回事，可她现在已经接受过一些训练了，应该做得更好。

任何东西都可以作武器。杰斯在公园里跟她说过。地狱之狗的体重把她压扁了，她发出憋气的声音，伸手摸她的喉咙，好像要努力呼吸空气。地狱之狗吠叫着，咆哮着，露出它的犬牙，她的手指握起脖子上挂着摩根斯特恩戒指的项链。她用力一拽，项链断了，她挥舞着项链朝狗的脸上打去，它用力划过地狱之狗的双眼。地狱之狗站立起来，痛苦地号叫起来，克拉丽翻滚到一边，爬起来跪坐着。地狱之狗蹲伏着，眼睛血淋淋的，准备跃起。项链已经从克拉丽手里掉落，戒指也滚远了。她对着项链乱抓一气，这时地狱之狗一跃而起。

一把闪亮的天使之刃划过夜色，挥至克拉丽脸上方咫尺之遥的地方，一下使地狱之狗身首分离。地狱之狗号叫一声消失了，留下石板上一处烧焦的黑斑，空气中还有一股恶魔的恶臭。

有一双手将克拉丽轻轻扶了起来。是杰斯。他已经把闪耀的天使之刃塞回到皮带里，双手扶着她，带着特别的神情注视着她。她描绘不出，甚至也画不出来——他的表情混合了希望、震惊、爱、渴望以及气愤。他的衬衫好几个地方都撕破了，浸透了血。他的外套也没了，浅色的头发沾满了汗水和血迹。有一会儿他们就这样彼此凝视着，他紧紧抓着她的手，都有点疼了。然后他们两人同时开口了。

"你——"她说。

"克拉丽。"他仍然抓着她，把她从他身边推开，离开那个圆圈，走向通往电梯的过道。"走，"他疲倦地说，"离开这里，克拉丽。"

"杰斯——"

他颤抖着吸了口气。"求你了。"他说，然后他放开她，从皮带里抽出天使之刃，转身向那个圆圈走去。

"起来，"莉莉丝吼道，"起来。"

有一只手摇了摇西蒙的肩膀，让西蒙感到一阵头痛。他一直飘浮在黑暗中，现在他睁开眼，看见了夜空、星星，还有出现在他面前的莉莉丝的脸。她的眼睛已经没有了，取而代之的是游移的黑蛇。一看到这个，西蒙惊得立即站了起来。

他一站直，就干呕起来，差点要再次跪倒。他闭上眼睛来抑制恶心，听到莉莉丝在吼叫着他的名字。然后她又伸手拽着他，领着他向前。他由着她，嘴里都是令他作呕的味道，那是塞巴斯蒂安血液苦涩的味道，进而扩散到了他的血管里，让他恶心、虚弱，连骨头都在哆嗦。他感觉脑袋有千斤重，眩晕一波波地袭来又退却。

突然莉莉丝拽着他胳膊的冰冷的手不见了。西蒙睁开眼睛，发现他站在玻璃棺材旁边，正如他刚才那样。塞巴斯蒂安漂浮在黑黑的浑浊液体上，脸色平静，颈上没有脉搏。他喉咙侧面西蒙咬过的地方，两个黑洞清晰可见。

"给他你的血，"莉莉丝的声音回荡着，声音不大，却在他的脑海里，"现在给。"

西蒙头晕目眩地抬起头，眼前一片模糊。透过不断侵蚀的黑暗，他费力地看见了克拉丽和杰斯。

"用你的尖牙，"莉莉丝说，"咬破你的手腕，把你的血给乔纳森，治好他。"

西蒙把手腕举到嘴边。治好他。他想着，让一个人起死回生可比治好他难多了。也许塞巴斯蒂安的手能长回来，也许这就是她的意思。他等待着他的尖牙长出来，可是它们却没有。他想道，自己太恶心了，根本不觉得饿，还努力克制着想要大笑的疯狂欲望。

"我不能，"他有点喘息地说，"我不能——"

"莉莉丝！"杰斯的声音划破了夜空，莉莉丝转过身，发出难以置信的嘶喊声。西蒙慢慢放低手腕，费力聚起目光。他盯着面前的光亮，然后这光亮变成了天使之刃的光焰，拿在杰斯的左手里。现在西蒙能看清他了，仿佛清晰地画在黑暗上的一幅画。他的外套不见了，整个人脏兮兮的，衬衫撕破了，上面的血迹都发黑了，可是他的目光清澈、稳定、聚焦。他看起来不再像个僵尸，也不再像一个在噩梦中梦游的人。

"她在哪儿？"莉莉丝说道，她的蛇眼伸出来向前游移着，"那女孩在哪儿？"

克拉丽。西蒙模糊的视线扫过杰斯旁边的一片黑暗，可是哪里都不见她的踪影。他的视力开始清晰起来。他能看见血迹涂抹在铺了地砖的地面上，几块撕破的碎片挂在一处树篱尖利的枝条上。还有看起来像是爪印的血迹。西蒙感觉胸口一紧，他很快又回头看了看杰斯。杰斯看起来发怒了——事实上非常愤怒——可是又不像是如果克拉丽出了什么事，西蒙预料他会的那个样子。所以她在哪儿？

"她和这事没有关系，"杰斯说，"你说我杀不了你，女恶魔。我说我能。让我们看看我们谁说得对。"

莉莉丝的动作如此之快，她成了一个模糊的影子。这一刻她在西蒙旁边，下一刻她就到了杰斯上方的台阶上。她用手挥向他，他躲开了，一下绕道她后面，用天使之刃划过她的肩膀。她尖叫起来，迅速转到他面前，鲜血从伤口迸出。这血是黑色的，闪着光泽，像黑玛瑙一般。她合起双手，好像要把天使之刃在掌中击碎。它们彼此撞击，发出霹雳一声响，可是杰斯已经躲开了，舞动着的天使之刃在他面前的空中闪耀着光芒，仿佛一只嘲笑人的眼睛在眨动。

西蒙想，如果是别的暗影猎手，恐怕早就死了。他想起卡米尔说，人不能和神竞争。暗影猎手是人，虽然他们有天使的血液，而莉莉丝却比恶魔还要厉害。

西蒙感觉一阵疼痛。他惊讶地发现他的尖牙终于长出来了，扎到了他的下嘴唇。疼痛和血液的味道进一步唤醒了他。他开始慢慢站起来，眼睛盯着莉莉丝。她看起来一定没有注意到他，她的眼睛盯着杰斯。她又突然大吼一声，向杰斯扑去。看着他们两个在楼顶上来来回回地战斗，就好像在看飞蛾飞来飞去。就连西蒙的吸血鬼视力都难以跟上他们的动作，他们在树篱上方跳来跳去，在过道上来回冲撞。莉莉丝将杰斯逼到环绕着一个日晷的矮墙边，日晷表面的数字涂着闪亮的金色，凸显在外面。杰斯移动得如此之快，身影几乎是模糊的，迈克尔的光芒在莉莉丝周围挥舞，仿佛她被包裹在闪亮细丝结成的网中。换作别人，几秒钟就被切成了碎片，可是莉莉丝动起来像黑色的流水，像飘荡的青烟。她似乎能随意消失和出现，虽然很明显杰斯没有疲惫，然而西蒙能察觉到他的沮丧。

终于出现了。杰斯将天使之刃使劲掷向莉莉丝——她在空中接住了它，手握着刀刃。她猛地把天使之刃拿过来，黑色的血从她手上滴落下来。血滴滴到地上，变成黑曜石色的蛇，游到灌木丛里了。

她双手握着天使之刃，举了起来。血从她苍白的手腕和前臂淌下，像一道道焦油。她大吼一声咧嘴笑了，一把将天使之刃掰成两半，一半在她手里碎成闪光的粉末，而另一半——刀柄和参差的刀刃——暗淡地噼啪作响，仿佛被灰烬湮灭的火焰。

莉莉丝微笑道："可怜的小迈克尔，他总是太柔弱。"

杰斯喘着气，双手在身旁紧握着，头发由于汗水贴在前额上。"你提到他人的名字，"他说，"'我知道迈克尔''我知道萨麦尔''天使加布里埃尔给我做的头发'，就像我和《圣经》人物都很熟一样。"

西蒙想，这是勇敢的杰斯，勇敢又尖刻，因为他以为莉莉丝要杀了他，而这是他想走的路。他没有恐惧，又站了起来。像个勇士，暗影猎手的样子。他的挽歌将永远都是这样——玩笑，挖苦，假装高傲，用眼神告诉你，我比你强。西蒙以前还没意识到这些。

"莉莉丝，"杰斯继续说道，设法使自己的话听起来像诅咒，"关于你我学习过，在学校里。上天诅咒你没有孩子。一千个婴儿，然而都死了。是这样吗？"

莉莉丝拿着发着暗光的刀刃，脸上无动于衷。"小心点，小暗影猎手。"

"不然呢？不然你会杀了我？"鲜血从杰斯脸颊上的伤口流淌下来，他却没有擦掉，"动手吧。"

不。西蒙努力要迈出一步，可是他的膝盖发软，倒了下来，双手撑在地上。他深呼吸了一下，他不需要氧气，可是深呼吸却不知怎地有些帮助，使他身体平稳了。他伸出手摸到石台的边缘，撑着让自己直立起来。他的后脑咚咚直响。时间不可能够的。莉莉丝所要做的不过是把她手里拿着的参差不齐的刀刃向前刺去。

可是她没那么做。她看着杰斯，没有动。突然杰斯的眼睛闪出光芒，嘴巴也放松了。"你不能杀我，"他提高声音说，"你之前说的——我是平衡抵消物。我是那个唯一一个把他，"他伸出胳膊，指着塞巴斯蒂安的玻璃棺材，"和这个世界连在一起的东西。如果我死了，他就也死了。不是这样吗？"他后退了一步。"我可以现在就跳下这楼顶，"他说，"杀了自己，结束这事。"

莉莉丝第一次像是真慌了。她的头摇来摇去，蛇眼发抖，仿佛在找风。"她在哪儿？那女孩在哪儿？"

杰斯把血迹和汗水从脸上擦掉，对她咧开嘴笑。他的嘴唇干裂了，血流到了下巴上。"不要再说她了。你不注意的时候我让她下楼了。她走了——离开你，安全了。"

莉莉丝咆哮道："你撒谎。"

杰斯又后退了一步。再退几步他就到了大楼边缘的矮墙边。西蒙知道，杰斯在很多艰险的情况下都能存活下来，可是从四十层楼上掉下去，即使是他，也必死无疑。

"你忘了，"莉莉丝说，"我在那里，暗影猎手。我看着你倒下死了。我看着瓦伦丁伏在你身体上流泪。后来我看着天使问克拉丽莎想从他那里得到什么，她在这世上最想要什么，她说是你。认为自己可以是世界上唯一一个让爱的人起死回生的人，你们两个都这样想，是吧？傻瓜。"莉莉丝怒斥道。"你们相爱——谁都能看得出来，看看你——可以烧毁这世界或使之在荣耀中复兴的那种爱。不，她永远也不会离开你，她认为你有危险时不会，"她的头猛地转向后面，伸出手，手指弯成爪子的形状，"那里。"

有人尖叫起来，其中一处树篱似乎分开了，露出蜷缩在那里、藏在中间的克拉丽。她又踢又抓，被拖了出来，她的指甲划过地面，徒劳地想要抓住什么能抓的东西，手在地砖上留下道道血印。

"不！"杰斯冲向前，然后僵住了。克拉丽被抛向空中，在莉莉丝面前盘旋着，四肢悬垂在那里。她光着脚，她的缎面裙子——现在破烂不堪，满是污秽，已经不是金色的，而是变成了黑色红色的一片——在她身体周围飞扬起来，其中一条肩带掉了，耷拉在那里。她的头发已经完全从亮闪闪的发卡中松开了，垂在肩膀上。她的绿眼睛里满是仇恨，瞪着莉莉丝。

"你这个贱人。"她说。

杰斯的脸上充满了恐惧。西蒙明白过来，他说克拉丽走了的时候，真的以为她走了。他还以为她已经安全了。可是莉莉丝是对的。现在她得意非凡，像演木偶戏的人那样摆动着手，同时蛇眼也舞动着。莉莉丝轻轻动了下手指，像一道银鞭似的东西就打在克拉丽的身上，划破了她的裙子和下面的皮肤。她尖叫着捂着伤口，鲜血洒落在地砖上，仿佛下起了猩红的雨。

"克拉丽。"杰斯转向莉莉丝。"好。"他说。他现在非常苍白，勇气已经消失了。他紧握着拳头，指关节发白。"好。放开她，我会按你说的做——西蒙也会。我们会让你——"

"让我？"不知怎么，莉莉丝的脸变了。蛇在她的眼睛里摇来摆去，苍白的皮肤拽得很紧，闪闪发亮，嘴巴极为宽阔，鼻子几乎不见了。"你们没有选择。而且更重要的是，你们惹恼了我。你们所有人。也许如果你们都乖乖按我的命令做了，我会放她走。现在可就说不准了，不是吗？"

西蒙松开石台，摆动了一下身体，稳了稳自己。然后他开始迈开脚步，一步又一步，感觉仿佛像从悬崖下往上拉巨大的湿沙袋一样沉重。他每迈一步，都浑身疼痛。他集中精神往前，一步一步走着。

"也许我不能杀你，"莉莉丝对杰斯说，"可是我可以折磨她，让她忍受不了——折磨得她发疯——让你看着。有比死更糟糕的事情，暗影猎手。"

她又动了动手指，银色的鞭子抽下来，这次抽过克拉丽的肩膀，抽开一道宽口子。克拉丽弯起身体，但没有尖叫，她把手塞进嘴里咬着，缩成一团，仿佛可以让自己不受莉莉丝的伤害。

杰斯向前朝莉莉丝扑去——这时看见了西蒙。他们目光交会。一时间世界仿佛凝固了，所有的一切，不只是克拉丽。西蒙看见莉莉丝全副精神都在克拉丽身上，她收回手，准备要发起更凶狠的攻击。杰斯一脸憔悴，非常苍白，目光和西蒙相遇时眼睛的颜色变深了——然后他意识到——而且明白了。

杰斯向后退去。

西蒙周围的世界模糊了。他向前跃起的时候，意识到了两点。一，那是不可能的，他永远也不能及时碰到莉莉丝。她的手已经甩到前面，她前面的空中已经旋起一片银光。二，他以前从来不知道吸血鬼的动作能有多快。他感觉他的腿上、背上的肌肉撕裂开来，脚上和脚踝的骨头也裂开了——

然后他就溜到了莉莉丝和克拉丽中间，此时这个女恶魔的手甩了下来。长长的、剃刀似的银线抽在他脸上和胸前——有一阵他疼痛极了——然后他周围的空气仿佛闪闪发亮的五彩纸屑一样炸开了。西蒙听到克拉丽尖叫起来，这声音划破黑暗，充满了震惊和讶异。"西蒙！"

莉莉丝僵住了。她盯着西蒙，又看向仍然悬在空中的克拉丽，然后低头盯着她自己的手，手现在已经空了。她急促地吸了很长一口气。

"七倍。"她悄悄说道——突然被夜空中亮起的刺眼白光打断了。西蒙一阵眩晕，随着一道巨大的火焰从空中劈下穿透莉莉丝，他能想到的只是蚂蚁在放大镜聚焦的光下燃烧起来。有好长的时间她在黑暗中燃烧成一片白光，困在刺眼的火焰中，嘴巴张开，仿佛寂静尖叫中的一条隧道。她的头发竖起，在黑暗的映衬下，成为一团燃烧的灯丝——然后她化作了盐，上千颗晶莹的盐粒落在西蒙的脚边，形成一幅可怕的美景。

然后她就不见了。

第十九章
地狱满足了

压在克拉丽眼睑上难以想象的明亮褪成了黑暗。这黑暗时间长得令人惊讶，渐渐让位给灰白的光，还有影子挡在前面。有什么又硬又冷的东西撞到了她的后背，她浑身疼痛。她听到上面有喃喃的声音，这又让她感到一阵头痛。有人轻轻摸了摸她的喉咙，然后又把手抽走了。她深呼吸了一下。

她的整个身体都在抽痛。她把眼睛睁开一条细缝，尽量不怎么动弹，看了看自己周围。她躺在楼顶花园坚硬的地砖上，有一块铺路石硌到了她的后背。莉莉丝消失的时候她摔落到地上，浑身是伤口和淤青，她的鞋子不见了，膝盖在流血，裙子上莉莉丝用魔鞭抽到的地方撕裂了，血从丝裙上的破洞涌了出来。

西蒙跪在她身边，满脸焦急。该隐印记仍然在他额头闪着白光。"她的脉搏平稳，"他说，"不过快来，你应该有所有那些愈合如尼文。你肯定能为她做点什么——"

"没有石杖做不了。莉莉丝让我把克拉丽的扔了，好让她醒来后不能从我这里把它拿走。"这是杰斯的声音，低沉、紧张，透着压抑的痛苦。他在西蒙对面跪着，在她身体的另一侧，脸庞藏在阴影里。"你能把她抱下楼吗？如果我们能把她送到学院——"

"你想让我抱她？"西蒙听起来非常惊讶，对此克拉丽并不责怪他。

"我怀疑她不会想让我碰她，"杰斯站起来，仿佛他不能忍受总待在一个地方，"如果你能——"

他的声音沙哑了，然后他转过身，盯着莉莉丝刚才站着的地方，现在是一块表面光秃秃的石头，上面散落着银色的盐粒。克拉丽听到西蒙叹了口气——故意——然后弯腰下来，手放在她的胳膊上。

路上她睁开了眼睛，他们的目光相遇了。虽然她知道他意识到自己清醒了过来，可是他们都没有说话。对她来说，看着他很难，看着那张熟悉的脸上，她给他的那个印记在他眼睛上方像颗白色的星星一样发着亮光。

她先前就知道，给他刻上该隐印记，她是在做一件非凡的事情，一件吓人的大事，结果几乎是完全无法预料的。为了挽救他的命，她还会这样做。可是，当他站在那里，那个印记亮得如同闪电的白光，而莉莉丝——一个和人类本身一样古老的大恶魔——烧成了盐粒，她在想，我做了什么？

"我没事。"她说。她用胳膊肘撑着坐起来，胳膊肘痛得厉害。她胳膊肘某个时候着地，皮全部磨掉了。"我能走路。"

听到她的声音，杰斯转过身来。看见他，她难受极了。他身上到处都是令人震惊的淤青，满是血污，脸颊上有条抓挠的印子，下嘴唇肿胀，衣服上有十几处撕裂，往外淌着血。她不习惯看见他伤得这么重——但是当然了，如果他没有石杖为她疗伤，他也没法为自己疗伤。

他完全一副空洞的神情。就连克拉丽，虽然习惯于观察他的脸部表情，仿佛在读一本书的书页，也什么都看不出来。他的目光落到她的喉咙上，她仍然能感觉到那里的刺痛，他用刀划破的地方血已经结痂了。他空洞的表情撑不下去了，她还没有看清他神色的变化，他就把目光移开了。

她摆摆手，拒绝了西蒙想要提供帮助的手，挣扎着站起来。她感到脚踝一阵剧烈的疼痛，大叫起来，然后咬住了嘴唇。她提醒自己，暗影猎手不会因为疼痛尖叫，他们坚忍地忍受。不要哭。

"是我的脚踝，"她说，"我觉得可能扭伤了，或者骨折了。"

杰斯看着西蒙。"抱着她，"他说，"按我说的做。"

这次西蒙没有等克拉丽的反应。他把一只胳膊塞到她膝盖下面，另一只放到她肩膀下面，抱起了她。她两只胳膊搂着他的脖子，紧紧抱着。杰斯向顶楼的圆顶和通往楼道的门走去，西蒙跟着，小心翼翼地抱着克拉丽，好像她是易碎的瓷器似的。克拉丽几乎都忘了他成了吸血鬼后，有多么强壮。她想到他的味道不再像他自己了便有点怅然——那种肥皂和廉价须后水（他真的并不需要），还有他最爱的肉桂口香糖的味道。他的头发还是那种洗发水的味道，此外他似乎根本就没有任何气息，他的皮肤被她触碰到的地方都是冰冷的。她抱紧他的脖子，希望他有些体温。她的指尖发蓝，身体都麻木了。

杰斯走在他们前面，用肩膀把玻璃双扇门推开。然后他们进入了室内，幸运的是，里面稍微暖和一些。克拉丽想着，被一个胸膛没有起伏的人抱着感觉很奇怪。西蒙身上似乎还有一些奇怪的电流，是摧毁莉莉丝时围绕楼顶的极亮光线的残余。她想问他他感觉怎么样，可是杰斯一声不响，让她害怕打破这种沉默。

他伸手去按电梯按钮，可是手指还没碰到，门就自己开了，伊莎贝尔仿佛从里面迸裂了出来，她的金银鞭像彗星的尾巴一样拖在身后。亚历克紧跟其后。看见杰斯、克拉丽和西蒙，伊莎贝尔突然停住了脚步，亚历克差点从后面撞上她，在别的情况下这会很好笑。

"可是——"伊莎贝尔喘着气。她身上有伤，浑身是血，漂亮的红裙子在膝盖周围撕破了，参差不齐，她的发髻松了，黑发散落开来，有几缕还沾染着血迹。亚历克看起来好像只是稍微好一点，外套的一只袖子划开了道口子，不过下面的皮肤似乎并没有伤到。"你们在这里干什么？"

杰斯、克拉丽，还有西蒙茫然地看着她，都吓呆了，没有反应。最后杰斯干着嗓子说："我们也能问你们同样的问题。"

克拉丽感觉到西蒙的胸膛膨起，这是人在惊讶时自发的喘息。"你们是？"

伊莎贝尔脸红了。"我……"

"杰斯？"亚历克用命令的语气说。他先惊讶地看了克拉丽和西蒙一眼，但是接着，一如既往地，他的注意力就转移到了杰斯身上。如果他真的曾经爱过杰斯，那可能现在不再爱他了，可是他们仍然是生死搭档，在任何战斗中杰斯总是他最先关心的人。"你们在这里干什么？以天使的名义，你们怎么了？"

杰斯凝视着亚历克，几乎好像不认识他似的。他看起来像在梦中，查看着新的景色，不是因为景色令人惊喜或激动人心，而是为了让自己准备好梦境中可能揭示的任何恐怖。"石杖，"他终于用沙哑的声音说，"你的石杖带了吗？"

亚历克伸手摸向皮带，显得很困惑。"当然，"他把石杖递给杰斯，"如果你需要移除如尼文——"

"不是为我，"杰斯用同样奇怪、沙哑的声音说，"她，"他指着克拉丽，"她比我更需要。"他迎着亚历克的目光，金色和蓝色的眼睛相互对视。"拜托，亚历克，"他说，嗓音中的严厉突然消失了，正如之前突然出现一样，"为了我帮帮她。"

他转身向房间那边玻璃门的地方走去，站在那里，不知透过玻璃门看的是外面的花园还是自己的影子，克拉丽说不准。

亚历克照顾了杰斯一会儿，然后走到克拉丽和西蒙旁边，手里拿着石杖。他示意西蒙把克拉丽放低到地上，西蒙轻柔地照做了，让她背靠着墙坐稳。亚历克跪在她身边，西蒙退后了几步。当亚历克看见她胳膊上和腹部的伤口有多严重时，她能看见他脸上的困惑和惊讶。"谁把你弄伤的？"

"我——"克拉丽无助地看着杰斯，杰斯仍然背对着他们。她在玻璃门上能看见他的影子，他苍白的脸上都是污迹，到处都是发黑的淤青。他的衬衫前面是黑乎乎的血迹。"很难解释得清。"

第十九章 | 地狱满足了

"你们为什么不叫我们？"伊莎贝尔问道，她的声音带着些许遭到背叛的意味，"你们为什么不告诉我们你们要来这儿？你们为什么不发送火信，或用随便哪种方式？你知道的，如果你们需要我们，我们会来的。"

"没时间发送，"西蒙说，"而且我不知道克拉丽和杰斯要来这儿。我还以为只有我一个人。把你们拖到我的事里似乎不合适。"

"拖——把我拖进你的事里？"伊莎贝尔语无伦次，"你——"让所有人，显然也包括她自己都吃惊的是，她飞奔向西蒙，两只胳膊抱着他的脖子。他向后趔跄了一下，对这一袭击没有准备，不过他立即就恢复了过来。他的胳膊也抱住她，差点挂到她悬垂的鞭子上，他紧紧地抱着她，她的满头乌发刚好到他下巴下面。克拉丽听不太清——伊莎贝尔说得太轻柔了——可是听起来像是她在小声骂西蒙。

亚历克扬了扬眉，可是他没有进行任何评论，在克拉丽上方俯下身来，挡住了她的视线，让她看不见伊莎贝尔和西蒙。他用石杖触碰她的皮肤，她因为刺痛跳了起来。"我知道这很疼，"他低声说，"我觉得你撞到头了。马格纳斯应该看看你。杰斯怎么样？他伤得多重？"

"我不知道，"克拉丽摇摇头，"他不让我靠近他。"

亚历克用手托着她的下巴，把她的脸扭来扭去，然后在她脖子侧面，刚好在下颌线下又刻上第二个移除如尼文。"他做了什么他认为这么可怕的事？"

她抬起眼看着他。"什么让你觉得他做了什么？"

亚历克放开她的下巴。"因为我了解他，还有他惩罚自己的方式。不让你靠近他是在惩罚他自己，不是惩罚你。"

"他不愿我靠近他。"克拉丽说道，连她都听到了自己声音中的叛逆，恨自己小气。

"你是他想要的全部。"亚历克的语气令人惊奇的温柔，他蹲下来，把长长的黑发从眼前拨开。克拉丽想道，这些天来他有些不一样，有一种她第一次见到他时没有的自信，某种可以让他宽厚待人的东西，而他以前从未如此宽厚地对待他自己。"你们两个究竟是怎么跑到这里来的？我们甚至都没注意你和西蒙离开了派对——"

"他们没有和我一起。"西蒙说。他和伊莎贝尔已经分开了，可还是站得很近，挨着彼此。"我独自来这里的。好吧，不完全独自一人，我是——被召唤来的。"

克拉丽点了点头。"对。我们没有和他一起离开派对。杰斯带我来这里时，我一点也不知道西蒙也要来这儿。"

"杰斯带你来这儿的？"伊莎贝尔惊讶地说，"杰斯，如果你知道关于莉莉丝和塔尔图教堂的事，你应该说些什么。"

杰斯仍然望着玻璃门外面。他慢慢地伸手拉开破烂的衬衫，好让他们看见那个丑陋的附身如尼文，还有那个划开它的血道子。"这个，"他仍然用同样沉闷的语调说，"就是莉莉丝的印记。她就是用这个控制我的。"

亚历克摇起了头，他显得极为不安。"杰斯，通常割断那样的恶魔联系的唯一方式是杀了那个实施控制的恶魔。莉莉丝是最强大的恶魔之一，从来——"

"她死了，"克拉丽突兀地说，"西蒙杀死了她。或者我猜你可以说该隐印记杀死了她。"

他们都盯着西蒙。"你们两个怎么回事？你们怎么最后会出现在这里？"他问道，带着防卫的语气。

"找你，"伊莎贝尔说，"我们找到了那张肯定是莉莉丝给你的名片，在你的公寓里，乔丹让我们进去的。他和迈亚在一起，在楼下。"她颤抖了。"莉莉丝做的事情——你们不会相信的——太可怕了——"

亚历克举起手。"大家慢着，我们先解释我们这边发生的事，然后西蒙，克拉丽，你们解释你们那边发生的事。"

这些解释用的时间比克拉丽以为的要少，大部分是伊莎贝尔在讲，连带着大幅度摆动的手势，偶尔威胁要用她的鞭子抽断她其中一个朋友没有任何保护的四肢。亚历克利用这个机会到外面楼顶给圣廷发送火信，告诉圣廷他们在哪儿，并且请求支援。他出去时杰斯沉默地让到边上，让他经过，他进来时又为他让路。西蒙和克拉丽讲楼顶上发生的事情时他也没有说话，就连他们说到拉结尔在伊德里斯使他起死回生的部分时也没有说话。克拉丽开始讲到莉莉丝是塞巴斯蒂安的"母亲"，把他的尸体保存在玻璃箱子里，最后是伊莎贝尔打断了她。

"塞巴斯蒂安？"伊莎贝尔在地上甩了下鞭子，力量很大，大理石上都裂缝了，"塞巴斯蒂安在那儿？他没死？"她转身去看杰斯，杰斯斜靠着玻璃门，面无表情地抱着双臂。"我看见他死了。我看见杰斯把他的脊柱劈成了两半，而且我还看见他掉进了河里。现在你们告诉我他还在那里活着？"

"不是，"西蒙赶忙安慰她，"他的躯体在那儿，可是他没活。莉莉丝没有完成仪式。"西蒙把一只手放在她肩上，可是她晃了晃肩膀，让他拿开了。她的脸色变得煞白。

"对我来说他还死得不够，"她说，"我要去那里，我要将他碎尸万段。"她转向门那里。

"伊莎！"西蒙把手放在她的肩头，"伊莎，不要。"

"不要？"她难以置信地看着他，"给我一个充足的理由，我为什么不应该把他剁成不值一文的混蛋碎屑。"

西蒙的目光扫过房间，在杰斯身上停留了一会儿，好像在期待他说几句或评论一下。他却没有，甚至连动都没动。最后西蒙说："嗯，你们都知道那个仪式，对吧？因为杰斯死而复生，这就给了莉莉丝复活塞巴斯蒂安的力量。为了那个，她需要杰斯，就像——她称它为——"

"一个平衡抵消物。"克拉丽说。

"杰斯胸前的那个印记，莉莉丝的印记，"西蒙似乎下意识地作出手势，摸着他自己的胸口，就在心脏上方，"塞巴斯蒂安也有。杰斯走近那个圆圈时我看见那两个印记同时在发光。"

伊莎贝尔的鞭子在她身侧翻动着，她用牙齿咬着红艳的下唇，不耐烦地说："然后呢？"

"我认为她把他们两人连了起来，"西蒙说，"如果杰斯死了，塞巴斯蒂安就活不了。所以如果你把塞巴斯蒂安剁成碎片——"

"会伤到杰斯，"克拉丽说道，她意识到的时候话已经说出口了，"哦，我的上帝。哦，伊莎，你不能。"

"所以我们就打算让他活着？"伊莎贝尔的声音显得难以置信。

"如果你愿意就把他剁成碎片，"杰斯说，"我允许了。"

"闭嘴，"亚历克说，"不要再搞得好像你的生命无关紧要一样。伊莎，你没在听吗？塞巴斯蒂安没有活。"

"他也没死。没死彻底。"

"我们需要圣廷，"亚历克说，"我们需要把他移交给无声使者。他们能切断他和杰斯的联系，然后你就能报你想报的仇了，伊莎。他是瓦伦丁的儿子。他还是个谋杀者。在阿利坎特的战斗中，每个人都失去了某个人，或是认识某个这样的人。你觉得他们会善待他吗？如果他还活着，他们会慢慢地把他卸成几块。"

伊莎贝尔抬头看着她哥哥。眼泪从她眼里非常缓慢地涌出，淌到她的脸颊上，在皮肤上冲出血痕和黑黑的脏印子。"我恨，"她说，"我恨你说得对。"

亚历克搂了搂他的妹妹，在她额头上吻了一下。"我知道你恨。"

她捏了一下她哥哥的手，然后放开了。"好吧，"她说，"我不会碰塞巴斯蒂安。可是我受不了离他这么近。"她瞥了一眼玻璃门，杰斯仍然站在那里。"我们下楼吧。我们可以在门厅等圣廷的人。我们还要找到迈亚和乔丹，他们很可能在担心我们的去向。"

西蒙清了清嗓子。"应该有人待在这里看着——看着东西。我来。"

"不,"是杰斯,"你下楼,我待着。所有这些都是我的错。我当时就应该抓住机会确保塞巴斯蒂安死了。对于其余的……"

他的声音渐渐消退了。可是克拉丽想起他在学院黑暗的过道里抚摸着她的脸,想起他耳语道:"Mea culpa, mea maxima culpa."

我的错,我的错,我自己最严重的过错。

她转身去看其他人。伊莎贝尔已经摁了电梯按钮,按钮亮了。克拉丽能听见上升的电梯从远处传来的嗡嗡声。伊莎贝尔皱了皱眉。"亚历克,也许你应该和杰斯待在这里。"

"我不需要帮助,"杰斯说,"没什么要处理的。我很好。"

电梯砰的一声到的时候,伊莎贝尔举起手来。"好吧,你赢了。一个人在这儿生闷气吧,如果你想的话。"她怒气冲冲地迈进电梯,西蒙和亚历克跟在她后面也进去了。克拉丽是最后一个跟进去的,走时还回头看了看杰斯。他又回头盯着门看了,但是她在玻璃门上看到了他的影子。他的嘴巴紧成了一条没有血色的线,眼睛的颜色加深了。

杰斯,随着电梯门开始关上,她想道。她希望他转过身看看她,他没有,可是她感觉到一双有力的手突然放到了她的肩膀上,把她往前推。她跌跌绊绊地走过电梯门,站直,然后回头看时听到伊莎贝尔说:"亚历克,你究竟在——"电梯门在她身后关闭,可是越过电梯门她能看见亚历克。他沮丧地微微一笑,耸了耸肩,似乎在说,我还应该怎么做?克拉丽往前走去,可是太晚了。电梯门哐当一声已经关上了。

她和杰斯单独留在了房间里。

房间里到处都是死尸——瘫倒的尸体都穿着灰色的连帽运动服,或撞或趴或倒在墙边。迈亚站在窗户旁边,用力地呼吸着,难以置信地看着面前的这幕景象。她在伊德里斯参加过布罗斯林德的战斗,以为那就是她见过的最可怕的事情。可是从某种程度上说,这更可怕。从死去的魔教成员身上流出的血不是恶魔的脓液,而是人血。那些婴儿——在他们的婴儿床里沉默无言,已然死去,小小的爪子一样的手叠放着,像是玩偶……

她低头看了看自己的手。她的狼爪还伸在外面,从爪尖到根部都沾染着血。她缩回狼爪,血顺着她的手掌淌下,流到了手腕上。她的脚光着,沾满了血迹,裸露的一边肩膀上，也有一道长长的抓痕还在往外渗血，不过已经开始愈合了。虽然变成狼人伤好得很快，但是她知道明天醒来后身上到处都会是淤青。狼人的淤青很少会持续超过一天。她记得她还是人的时候，她的哥哥丹尼尔是在显示不出淤青的地方使劲掐她的专家。

"迈亚。"乔丹从其中一扇还未建好的门里走进来，一边避开一束垂下来的电线。他直起身向她走来，在尸体中找下脚的地方。"你还好吗？"

他脸上关心的神情让她的胃抽紧了。

"伊莎贝尔和亚历克在哪儿？"

他摇头。他身上可见的伤比她要少得多。他的厚皮夹克保护了他，还有他的牛仔裤和靴子。他的脸颊上有一条长长的擦伤，浅棕色的头发上有干了的血迹，手里拿着的刀尖上也有。"我找了整层楼，没见到他们。其他房间里的尸体是这里的两倍。他们可能已经——"

夜空像天使之刃一样亮起来了。窗外一片白光，明亮的光线照进房间。有一会儿迈亚以为世界起火了，乔丹穿过光线向她走来，几乎都消失不见了，一片片的白光成为闪亮的银幕。她听见自己尖叫起来，盲目地向后退着，头一下撞在窗玻璃上。她举起手捂住了眼睛——

然后光消失了。迈亚放下手，世界在她周围摇晃。她盲目地伸出手，摸到了乔丹。她抱住他——以前他来她家接她时，她就这样抱他，他会把她揽到他的怀里，用手指摸过她的发卷。

那时他体形小一些，肩膀狭窄。现在他的骨骼周围环绕着肌肉，抱着他就像抱着某种非常厚实的东西，仿佛沙漠里吹起的沙暴中的花岗岩柱子。她依偎着他，听见他的心跳，他的手抚摸着她的头发，一下一下有力地抚慰着，舒服而又……熟悉。"迈亚……没事的……"

她抬起头把嘴唇压上了他的。他很多方面都变了，可是吻他的感觉没变，他的唇还和以前一样柔软。他惊讶得僵硬了刹那，然后向上抱紧了她，双手缓慢地来回抚摸着她裸露的后背。她还记得他们的初吻。她把自己的耳环递给他，让他放到车上的置物箱里，可是他的手抖得厉害，耳环掉了，他一再道歉，直到她吻了他，让他闭嘴。她曾经觉得他是她见过的最体贴的男孩。

后来他就被咬了，一切都变了。

她松开了他，感到一阵眩晕，呼吸困难。他立即就放开了她。他注视着她，张着嘴巴，眼睛里一片迷茫。透过他身后的窗户，她能看见这座城市——她还以为会被夷为平地，窗外会变成爆炸后的白色沙漠——可是一切都还是往日的模样，什么都没变。街道对面的大楼里灯光闪烁，她能听见下面汽车的微弱声音。"我们该走了，"她说，"我们应该去找其他人。"

"迈亚，"他说，"你刚才为什么亲我？"

"我不知道，"她说，"你觉得我们应该试试电梯吗？"

"迈亚——"

"我不知道，乔丹，"她说，"我不知道我为什么亲你，我也不知道我们是不是还要那么做，可是我真的知道我吓坏了，很担心我的朋友，我想离开这里。可以吗？"

他点点头。他的样子看起来像有一万件事情想说，可还是决定不说了，对此她很感激。他用手挠了挠乱蓬蓬的头发，边缘还沾上了白色的墙灰，然后点了点头。"可以。"

沉默。杰斯仍然倚靠着门，只是现在他用额头贴着门，眼睛也闭了起来。克拉丽怀疑他甚至不知道她也在房间里。她向前走了一步，可是还没来得及说什么，他推开门，又走到了花园里。

她静止地站了一会儿，目光一直追随着他。她当然可以去摁电梯，乘电梯下去，和其他人一起在门厅里等圣廷的人。如果杰斯不想说话，那他就是不想。她不能强迫他。如果亚历克是对的，他是在惩罚自己，她就只需等着，直到他自己想通。

她转身向电梯走去——然后又停住了。她全身燃起一小股愤怒的火焰，眼睛里冒着怒火。不，她想。她不能让他这样。也许他可以对其他每个人都这样，可不能对她这样。他应该对她好些。他们都应该对彼此好些。

她又转身向门口走去。她的脚踝还疼着，但是亚历克给她刻的移除文已经起效了，她身体上的疼痛大多已减退为一种一阵阵的钝痛，她伸出手推开了门，迈上楼顶平台，她的光脚碰到了冰冻的地砖，不由畏缩了一下。

她一眼就看到了杰斯。他跪在台阶旁有血迹、脓液，还有闪光盐粒的地砖上。她走近的时候，他站了起来，然后转过身，什么闪亮的东西从他手里悬荡下来。

摩根斯特恩戒指，挂在链子上。

起风了，风把他金黄的头发吹过脸庞，他不耐烦地拨到一边，说："我刚想起我们把这个落在这儿了。"

令人惊奇的是，他的声音听起来完全正常。

"这就是你想要待在这里的原因吗？"克拉丽说，"拿回它？"

他把手翻过来，链子因此向上一转，握在了他的指间。"我放不下它。这很蠢，我知道。"

"你可以说出来的，或者亚历克可以留——"

"我不属于你们其他人，"他突兀地说，"我做了那些之后，不配接受移除文，不配愈合，不配得到拥抱，被人安慰，还有其他任何我的朋友们觉得我需要的东西。我宁愿待在这里和他在一起。"他用下巴指向塞巴斯蒂安所在的地方，石头台子上，他一动不动的躯体躺在开着的棺材里。"我肯定不配拥有你。"

克拉丽双臂交叉抱在胸前。"你想过我配拥有什么吗？也许我配拥有一个机会跟你谈谈发生的事情？"

他盯着她看。他们相距不远，可是中间却仿佛隔了一条难以言传的鸿沟。"我不知道你为什么竟然还想看到我，更别提谈话了。"

"杰斯，"她说，"你做的那些事——那不是你。"

他犹豫了。天空如此漆黑，附近的摩天大厦亮着灯的窗户如此明亮，他们仿佛站在璀璨珠宝形成的网中央。"如果那不是我，"他说，"那为什么我能记住我做的每件事？人们从附体中恢复过来的时候，不记得恶魔在他们体内时做过的事情。可是我记得每件事。"他突然转身走开了，走向楼顶花园的墙边。她跟着他，为他们离塞巴斯蒂安的躯体远了一些而感到高兴，现在那具躯体被一排树篱挡住了。

"杰斯！"她喊道，他于是转过身，背部靠着墙滑落下来。他的身后，整个城市的灯光像阿利坎特的恶魔塔一样照亮了黑夜。"你记得是因为她想让你记得，"克拉丽跟上他，有点上气不接下气地说，"她这么做是为了折磨你，就像她折磨西蒙让他按她想要的那么做。她想让你不得不看着自己伤害爱的人。"

"我在看着，"他低声说，"就像我的某个部分站在远处看着，朝自己尖叫着停。可是我其余的部分却感觉十分平静，好像我做的是正确的。好像这是我唯一能做的事。我不知道瓦伦丁对他做的每件事是不是这种感觉。好像一切都那么轻而易举。"他把目光从她身上移开。"我受不了这个，"他说，"你不该和我在这里。你应该走。"

克拉丽没有走，反而来到他身边，和他一起靠墙站着。她抱着自己，她在发抖。他终于勉强转过头来又看着她。"克拉丽……"

"你不能决定，"她说，"我去哪儿，或者什么时候去。"

"我知道，"他的声音非常疲惫，"我一直都了解你。我不知道为什么要爱上一个比我还执拗的人。"

克拉丽沉默了一会儿。听到这两个字——"爱上"，她的心脏缩紧了。"你对我说的那些话，"她几乎耳语地说道，"在钢铁厂的露台上时——你是认真的吗？"

他的金色眼睛黯淡了下来。"什么话？"

你爱我，她差点说出来，可是回想一下——他没有那么说，说了吗？不是那些字眼，是那个含义。她清楚地知道他们爱着彼此，就像知道自己的名字一样。"你不停问我，如果你像塞巴斯蒂安，像瓦伦丁那样，我会不会爱你。"

"而你说那样我就不是我了。结果却并非如此，"他说，声音中带着苦涩，"我今天晚上做的——"

克拉丽向他靠近，他绷紧了身体，可是没动。她拽着他衬衫的前面，紧紧地靠过去，一字一句清楚地说："那不是你。"

"告诉你妈妈这个，"他说，"告诉卢克，如果他们问你这个是哪来的话。"他轻轻摸着她的锁骨，伤口现在愈合了，可是她的皮肤，还有她的裙子，还都被血染得黑乎乎的。

"我会告诉他们的，"她说，"我会告诉他们是我弄的。"

他的金色眼睛不可思议地看着她。"你不能对他们撒谎。"

"我没有。是我让你复活的，"她说，"你死了，而我让你复活了。是我打破了平衡，不是你。我为莉莉丝和她愚蠢的仪式打开了门。我本来可以要任何东西，而我要了你。"她把他的衬衫拽得更紧了，手指由于寒冷和用力而发白。"而且我愿意再一次这么做。我爱你，杰斯·维兰德——希伦戴尔——莱特伍德——随便你想叫自己什么。我不在乎。我爱你，而且我会一直爱你，装模作样只不过是浪费时间。"

他的脸上掠过痛苦的神情，克拉丽感到心脏收紧了。然后他伸出手，捧起了她的脸庞。他的手掌碰着她的脸颊，感觉很温暖。

"还记得我跟你说过，"他说，声音从未如此温柔，"我不知道是否有上帝，可是无论有没有，我们都只能完全靠自己吗？我仍然不知道答案。我只知道有信仰这种东西，而我不配有。可是后来有了你。你改变了我相信的一切。你知道我在花园里引述给你的那句但丁的诗吗？'正是这爱推动太阳和其他群星'？"

她抬头看着他，嘴唇弯向旁边些许。"我还是不懂意大利语。"

"这是《天堂》最后一段诗中的一句——但丁的《天堂》。'爱早已把我的欲望和意愿转移，正是这爱推动太阳和其他群星。'我认为，但丁是在说信仰是一种力量强大的爱，也许这是亵渎，可是我就是这么想我爱你的方式的。你出现在我的生命里，我突然就有了可以抓住的真理——也就是我爱你，你也爱我。"

虽然他似乎在看着她，可是他的目光很遥远，仿佛凝固在了远方。

第十九章 | 地狱满足了

"然后我就开始做那些梦了，"他继续说道，"我觉得也许我错了。我不配拥有你。我不配得到完美的幸福——我的意思是，上帝，谁配拥有那个？而今晚之后——"

"别说了。"她刚才一直抓着他的衬衫，现在她松开了，双手平放在他的胸前。他的心脏在她指下狂跳，他的脸红了，这不只是因为冷。"杰斯。经过今晚发生的一切，我知道了一件事。伤害我的不是你。做这些事情的不是你。我绝对相信，无可辩驳地相信你是好人。这永远都不会改变。"

杰斯颤抖着深深吸了口气。"我甚至都不知道怎样努力配得上。"

"你不用。我对你有足够的信任，"她说，"对我们两人。"

他的手穿过她的头发。他们呼出的气息在他们之间升起，形成一团白色的雾气。"我非常想你。"他说，然后吻了她。他的嘴唇轻柔地压上了她的，不是前几次吻她时的那种拼命和饥渴，而是熟悉、轻盈而温柔的。

她闭上眼睛，世界仿佛像只旋转风车在她周围转动。她的双手沿着他的胸膛往上爬升到最高的地方，然后用胳膊环绕住他的脖子，踮起脚尖用嘴唇去迎接他的唇。他的手指沿着她的背向下划过，划过她的皮肤和裙子的丝缎面料。她颤抖起来，靠在他的怀里，她知道他们两个身上都有一股混合了血、灰烬和盐的味道，可是没关系。整个世界、城市，以及全部的灯光和生命似乎都消失了，只有她和杰斯，只有冰冷世界中燃烧的心。

他先抽离了，不情愿地。片刻之后她明白了为什么。下面街道上汽车喇叭的叫声和轮胎戛然而止的声音，即使在这么高的楼上也能听得见。"圣廷。"他无可奈何地说——虽然他不得不清了清喉咙才开口，然而克拉丽却很高兴听到了。他的脸红了，她想象着自己的脸也一样红。"他们来了。"

杰斯握着克拉丽的手，克拉丽从楼顶围墙上探身看见许多长长的黑色汽车在脚手架前面已经排了起来。人们从车里蜂拥而出。从这样的高度很难认出他们，可是克拉丽感觉看到了玛丽斯，还有其他几个穿着战斗服的人。很快卢克的卡车呼啸着停到了路边，然后乔斯琳跳了下来。哪怕离得比现在还远，只从她走路的样子，克拉丽也能知道是她。

克拉丽转向杰斯。"是我妈妈，"她说，"我还是下楼吧。我不想让她上来这里看见——看见他。"她用下巴指了指塞巴斯蒂安的棺材。

他的手从她的脸上抚摸到她的头发。"我不想让你在我的视线之外。"

"那，和我一起来。"

"不。应该有人待在这儿。"他拿过她的手，翻过来，把摩根斯特恩戒指放到她的手中，链子像金属液体一样聚集起来。她把项链扯下来的时候搭扣弯了，可是他想方设法又把它捏回原来的形状。"请拿着它。"

她向下扫了一眼，然后又犹疑地抬头看着他的脸。"我想知道它对你意味着什么。"

他微微耸了下肩。"我戴了十年了，"他说，"它包含了我生命的一部分。它意味着我信任你，把我的过去以及它承载的所有秘密都交给你。此外，"他轻轻触摸着雕刻在边缘的一颗星星，"'正是这爱推动太阳和其他群星。'假装代表这些含义的是这些星星，而非摩根斯特恩。"

作为回应，她把项链又套过颈间，感受着戒指又回到了惯常锁骨下面的位置，感觉像是把一块拼图嵌进正确的地方。有一会儿他们目光交织，进行无声的交流，从某些方面来说，这比他们的身体接触更强烈。那一刻她在头脑中装入他的样子，仿佛正努力记住——凌乱的金发，睫毛投下的阴影，浅琥珀色的眼睛里深一些的金色光环。"我很快回来，"她说，握紧了他的手，"五分钟。"

"去吧。"他放开她的手，简略地说。她转身沿着小径走开了。她一从他身边离开，就又觉得冷了，走到进入大楼的门口时，她都要冻僵了。她停下脚步开门，回头看了看他，可是只有一个映衬在在纽约天际线的微光下的身影。正是这爱推动太阳和其他群星，她想道，然后，仿佛一个回声在回应似的，她听到了莉莉丝的话。"可以烧毁这世界或使之在荣耀中复兴的那种爱。"她一阵颤抖，不仅是因为寒冷。她寻找着杰斯，可是他消失进了阴影中。她又回过身向楼里走去，门在她身后滑上了。

亚历克上楼去找乔丹和迈亚，剩下西蒙和伊莎贝尔单独在一起，挨着坐在门厅里绿色的长靠椅上。伊莎贝尔手里举着亚历克的巫光石，幽灵似的微光照亮着门厅，悬垂的枝形吊灯反射着光，照亮了舞动的火之尘埃。

自从她哥哥留下他们后，她就没说什么话。她垂着头，黑色的头发掉到了前面，眼睛看着自己的双手。这是双纤细的手，手指细长，可是像她哥哥的手一样，也有茧子。西蒙以前从来没有注意到过，她的右手上戴了一只银戒指，戒圈上有一个火焰图案，中间刻了一个L。这让他想起了克拉丽戴在脖子上的戒指，上面有星星的图案。

"这是莱特伍德家族戒指，"她注意到他的目光盯着的地方，于是说道，"每个家族都有一个纹章，我们的是火。"

它很适合你，他想。伊莎像火，穿着火焰一样的绯红色裙子，她的情绪也像火花一样易变。在楼顶上，他差点以为她要勒死他，她用胳膊环绕着他的脖子，在阳光下一次次叫着他的名字，抱着他好像永远都不要放开他。现在她又望着远方，像星星一样遥不可及。这都让人非常难以捉摸。

"你这么爱他们，"卡米尔曾说过，"你的暗影猎手朋友们。正如鹰隼爱绑着它、弄瞎它的主人。"

"你们告诉我们的，"他看着伊莎贝尔把一缕头发绕在食指上，有点迟疑地说道，"在楼顶——你不知道克拉丽和杰斯不见了，你们来这里是为了我——是真的吗？"

伊莎贝尔抬起头，把那缕头发别到耳朵后面。"当然是真的，"她义愤地说，"我们看见你从派对上消失不见了——而你处在危险中已经好几天了，西蒙，和卡米尔逃走的——"她突然停了一下，"而且乔丹要为你负责，他吓坏了。"

"所以来找我是他的主意？"

伊莎贝尔转身看了他很长一段时间。她的眼睛深不可测，黑洞洞的。"是我注意到你不见了，"她说，"是我想找到你。"

西蒙清了清嗓子。奇怪的是，他感觉头有些轻飘飘的。"可是为什么？我还以为你现在恨我。"

说错话了。伊莎贝尔摇摇头，黑发飞扬。她在长靠椅上朝远离他的那边稍微移了移。"哦，西蒙。别话中有话。"

"伊莎。"他犹豫着伸出手摸着她的手腕。她没有挪开，只是看着他。"卡米尔在圣所跟我说了些话。她说暗影猎手不喜欢暗影魅族，只是利用他们。她说拿非力人永远都不会为我做我为他们做的事。可是你做了。你为我而来。你为我而来。"

"我当然为了你，"她压抑着声音小声说道，"当我想到你出了什么事——"

他向她倾斜着身体，他们的脸庞相距咫尺，他能看见她的黑眼睛里反射着枝形吊灯的亮光。她的嘴唇张着，西蒙能感觉到她呼吸的温热气息。从他变成吸血鬼以来，他第一次能感觉到热度，像一股电流在他们之间传递。"伊莎贝尔。"他说。不是伊莎。是伊莎贝尔。"我能——"

电梯发出砰的一声，门开了，亚历克、迈亚，还有乔丹走了出来。亚历克怀疑地看着西蒙和伊莎贝尔一下子坐开，可是他还没能说什么，门厅的双扇门开了，暗影猎手们拥进了室内。西蒙认出了卡迪尔和玛丽斯，他们立即走过门厅来到伊莎贝尔身边，抓着她的双肩，问她出了什么事。

西蒙站起来，走了开去，感到不太舒服——还差点被跑过房间去找亚历克的马格纳斯撞倒。他似乎根本没看见西蒙。毕竟，一二百年后，只有你和我。留下的只有我们。马格纳斯在圣所跟他这样说过。西蒙在转来转去的暗影猎手人群中感到极其孤独，他背靠着墙，徒劳地希望着没有人会注意到他。

亚历克抬起头，恰好马格纳斯来到他身边，一把抓起他，把他拉近。他的手指划过亚历克的脸庞，仿佛在查看淤青或损伤。他小声嘟哝着："你怎么能——就这样走掉，甚至都不告诉我——我可以帮你的——"

"别说了。"亚历克抽身离开，有些抵触。

马格纳斯控制住了自己，声音冷静了下来。"对不起，"他说，"我不该从派对上走开。我应该和你待在一起。反正卡米尔已经不见了。没有人知道她去哪儿了，还有既然你无法追踪吸血鬼……"他耸耸肩。

亚历克把脑海中卡米尔被拴在管道上、用那双凶狠的绿眼睛看着他的形象抛诸一边。"没关系，"他说，"她无关紧要。我知道你只是想帮忙。无论如何，你离开派对我不生气。"

"可是你那时生气了，"马格纳斯说，"我知道你生气了，所以我这么担心。跑开让自己置身危险之中只是因为你生我的气——"

"我是暗影猎手，"亚历克说，"马格纳斯，我是干这个的，不是因为你。下次爱上一个保险理赔员或——"

"亚历山大，"马格纳斯说，"没有下一次。"他把前额抵在亚历克的前额上，金绿色的眼睛看着亚历克蓝色的眼睛。

亚历克的心跳加速了。"为什么不？"他说，"你永远活着。不是每个人都这样的。"

"我知道我说过这个，"马格纳斯说，"可是，亚历山大——"

"不要再这么叫我了，"亚历山大说，"我父母叫我亚历山大。我猜想你能这么宿命地接受我生命的有限是非常高明的——什么都会死去，等等——可是你知道我的感受吗？普通的伴侣可以希望——希望一起变老，希望能长寿，然后同时死去，可是我们不能。我甚至都不知道你想要什么。"

亚历克不知道自己期待什么回应——生气，还是自我辩护，甚至是幽默——可是马格纳斯只是放低了声音，声音还有些许沙哑。"亚历山——亚历克。如果我给你的印象是我已经接受了你会死去的想法，那我只能道歉。我试过去接受，我以为我接受了——然而我仍旧想象着再多拥有你五十年、六十年的时间。我想过到那时我可能已经准备好让你离去。可是这是你，我现在意识到到那时我也不会准备好失去你，正如我现在没有准备好一样，"他把手轻轻放在亚历克的脸颊的两边,"根本没准备好。"

"那我们怎么办?"亚历克耳语道。

马格纳斯耸耸肩,突然笑了。他的黑发乱糟糟的,金绿色的眼睛闪烁着光芒,看起来像一个淘气的少年。"大家都做的,"他回答,"就像你说的。希望。"

西蒙不想让亚历克和马格纳斯以为他在看着他们,可是无论他将视线投向哪里,都会碰到暗影猎手怒视的目光。虽然他和他们一起在银行对抗卡米尔,可是他们看他的眼神并不友好。伊莎贝尔接受他在乎他是一回事,可是全体暗影猎手完全是另一回事。他能猜出他们怎么想。"吸血鬼,暗影魅族,敌人"写在他们所有人的脸上。门突然又开了,乔斯琳飞奔进来,仍然穿着派对上的蓝色裙子,这让他松了口气。卢克在她后面只有几步远的地方。

"西蒙!"她一看见他就喊道。她向他跑来,让他吃惊的是,她用力地拥抱了他。"西蒙,克拉丽在哪儿?她——"

西蒙张了张嘴,可是却没有出声。他怎么才能向乔斯琳解释那个晚上他们所有人发生的事?如果知道莉莉丝做的那么多坏事,那些她杀害的孩子,她屠戮的鲜血,都是为了制造出更多像乔斯琳自己死去的儿子那样的东西,而他的尸体即使现在还躺在克拉丽和杰斯待着的楼顶棺材里,乔斯琳会吓坏的。

我什么都不能告诉她,他想,我不能。他越过她看向卢克,卢克的蓝眼睛正满怀期待地望着他。他能看见克拉丽的家人身后,暗影猎手们围在伊莎贝尔周围,她可能在讲述晚上的事情。

"我——"他无奈地开口道,就在那时电梯门又开了,克拉丽走了出来。她的鞋子不见了,漂亮的丝缎裙子上沾染着血迹,撕破了,裸露着的胳膊和腿上的淤青已经开始消退了。可是她却在微笑——甚至可以用光彩照人来形容,比西蒙好几个星期以来看到的都要快乐。

"妈妈!"她叫道,乔斯琳飞奔过去拥抱着她。克拉丽越过妈妈肩头朝西蒙微笑。西蒙环顾门厅,亚历克和马格纳斯仍然在一起,迈亚和乔丹不见了。伊莎贝尔仍然被暗影猎手围绕着,她讲她的经历时,西蒙听到周围的人群中发出恐惧和震惊的吸气声。他怀疑她有些享受这个场景,伊莎贝尔的确喜欢成为大家关注的中心,无论是什么原因。

他感觉有只手放在了他的肩上。是卢克。"你还好吗,西蒙?"

西蒙抬头看着他。卢克看起来和往常一样:可靠,一副学者范儿,完全可以信赖。对他的订婚派对被突然出现的戏剧性紧急情况打断没有一丝怨言。

西蒙的父亲很早以前就去世了，他几乎不记得他。丽贝卡回想起过他的一些事——他长着大胡子，会帮她用积木搭建复杂的塔楼——可是西蒙没有。他觉得这是他一直以来和克拉丽有的一个共同点，将他们连在了一起——他们两个都死了父亲，都由坚强的单身女人抚养长大。

西蒙想，好吧，至少其中一个被证明是真的。虽然他的母亲有过约会，可是他的生活中从未有一个持续的父亲存在，除了卢克。在某种程度上他充当了这个角色，他和克拉丽共享着卢克。而狼群也去卢克那里寻求指导。西蒙想道，对于一个从来没有过孩子的单身汉来说，卢克有许许多多的孩子要照料。

"我不知道，"西蒙说，把卢克当作自己的父亲做了最诚实的回答，"我觉得不好。"

卢克把西蒙转过来面对自己。"你浑身是血，"他说，"我猜想这不是你的血，因为……"他指着西蒙前额上的印记。"可是，"他的声音很温柔，"即使浑身是血，身上有该隐印记，你还是西蒙。你能告诉我发生什么事了吗？"

"这不是我的血，你说得对，"西蒙声音嘶哑地说，"可是这说来话长。"他仰视卢克，想着有一天他是不是也许会再突然发育一次，比现在再长高一些，能够平视卢克——更别提杰斯了。可是现在再也不可能了。"卢克，"他说，"你觉得有没有可能去做一件非常糟糕的事，即使你不是有意为之，却永远也无法恢复？是不是没有人会原谅你？"

卢克默默地看了他好一会儿。然后他说："想想你爱的某个人，西蒙。真正爱的。有什么事他们做了你就不再爱他们了吗？"

西蒙的脑海中闪过一些形象，仿佛在翻动书页：回头朝他微笑的克拉丽；他还只是一个小孩子的时候挠他的姐姐；在沙发椅上把毯子拉到肩膀睡着的妈妈；伊莎——

他匆忙停止了想象。克拉丽没有做过如此可怕的事情，需要他为她寻找原谅的理由，他想到的人中没有人做过。他想起克拉丽原谅她的妈妈偷走她的记忆。他想起杰斯，想起他在楼顶所做的事，以及事后他的样子。他做的事情并非出于自己的意愿，但是无论如何，西蒙都怀疑杰斯不会原谅自己。然后他又想起乔丹——不原谅自己对迈亚的所作所为，可是不管怎样也继续前行了，加入了卢普斯护卫队，通过帮助别人开始了新生活。

"我咬了人。"他说。这句话从他嘴里脱口而出，他希望能把它吞回去。他站稳身体，准备迎接卢克惊恐的表情，可是这种表情并没有出现。

"他活着吗？"卢克说，"你咬的这个人。他活下来了吗？"

第十九章 | 地狱满足了

"我——"怎么解释莫林的事？莉莉丝命令她走开，可是西蒙肯定他们最后没有见到她。"我没有杀死她。"

卢克点了一下头。"你知道狼人怎样成为首领，"他说，"他们必须杀死狼群的旧首领。我这样干过两次。我有伤疤，可以证明。"他把他的衬衫领子往旁边稍微拉了一点，于是西蒙看见一条白色粗大伤疤凹凸不平的边缘，好像他的胸口被爪子抓破过。"第二次是精心谋划的行动。冷血的杀戮。我想成为首领，我就是这样做的，"他耸了耸肩，"你是一个吸血鬼，想要喝血是你的天性。你已经忍了很长时间。我知道你能在阳光下行走，西蒙，所以你自豪于做一个正常的人类男孩，可是你还是你。就像我。你越想碾碎你真正的天性，它就越会控制你。做你自己。真正爱你的人不会停止爱你。"

西蒙沙哑地说："我妈妈——"

"克拉丽跟我说了你妈妈的事，还有你和乔丹·凯尔挤在一起，"卢克说，"听着，你妈妈会接受的，西蒙。就像阿玛提斯接受我。你仍然是她的儿子。如果你愿意，我会跟她谈谈。"

西蒙沉默地摇摇头。他妈妈一直都喜欢卢克，若她得知卢克是个狼人很可能会让事情更糟糕。

卢克点点头，似乎懂了。"如果你不想回乔丹家，非常欢迎你今晚在我家的沙发上睡。我肯定有你在，克拉丽会很开心，我们可以谈谈明天怎么跟你妈妈说。"

西蒙直起了肩。看着房间那边的伊莎贝尔，她的鞭子发出微光，脖子上的吊坠闪闪发亮，她说话时手动来动去。伊莎贝尔，一个什么都不怕的人。他想起他的妈妈，她从他面前向后退的样子，她眼中的恐惧。从那以后，他一直试图隐藏和逃避这些记忆。可是是时候停止逃避了。"不，"他说，"谢谢，不过我想今晚我不需要寄宿的地方。我想……我要回家。"

杰斯独自站在楼顶俯视着这座城市，东河像一条银黑色的长蛇蜿蜒在布鲁克林和曼哈顿之间。他的手、他的唇，仍然能感受到克拉丽触碰的温度，但是河面上吹过的风非常冰冷，这温度也迅速消退了。他没穿外套，寒风渗进衬衫薄薄的衣料，仿佛刀刃一般。

他深深吸了口气，将冷空气吸入肺里，然后又缓缓地吐气。他的整个身体都绷紧了。他在等待电梯的声响，然后门打开，暗影猎手们拥入花园。他想，他们一开始会同情、担心他。然后，等他们明白发生了什么——他们趁他不注意的时候就会互相交换躲躲闪闪、意味深长的眼神。他被附体过——不只是被一个恶魔那么简单，而是一个大恶魔——对抗过圣廷，威胁和伤害过其他暗影猎手。

他想着乔斯琳听到他对克拉丽做过什么以后会怎么看他。卢克也许会理解和原谅他，可是乔斯琳……他一直都无法让自己与她坦诚相对，说那些他觉得可能会让她放心的话。我爱你女儿胜过一切。我永远都不会伤害她。

他想，她只会用那双和克拉丽如此相像的绿眼睛看着他。她会想听到更多。她会想听他说他还不肯定的话。

我一点都不像瓦伦丁。

你不像吗？这些字眼仿佛飘荡在寒冷的空气中，是只说给他一人听的悄悄话。你从来都不认识你妈妈，你从来都不认识你爸爸，你还是孩子时就把你的心给了瓦伦丁，就像孩子们做的那样，而且让你自己成为他的一部分。现在你无法一刀就把自己和那些切割干净。

他的左手冰冷。让他震惊的是，他低头看见不知怎么他已经捡起了那把匕首——属于他亲生父亲的那把铭刻着花纹的银色匕首——而且拿在了手里。刀刃虽然受到了莉莉丝血液的腐蚀，可是此刻已恢复了原貌，像一个诺言一样闪亮着。一种和天气无关的寒冷传遍他的胸膛。有多少次他像这样醒来，喘着气，流着汗，手里拿着这把匕首？而克拉丽，总是克拉丽，死在他的脚边。

可是莉莉丝死了，一切结束了。他想把匕首塞进他的皮带里，可是他的手似乎不想遵从大脑发出的指令。他感到一阵刺痛的灼热掠过胸口，一种灼热的痛。低头一看，他看见把莉莉丝的印记分成了两半的那条血痕，克拉丽用这把匕首划开的。那个印记在他的胸口发出红色的微光。

杰斯不再要将这把匕首塞进皮带里了。他握紧手柄，指关节都发白了，他的手腕在扭动，拼命要将匕首扎向自己。他的心脏咚咚直跳。他没有接受移除文，这个印记怎么愈合得这么快？如果他能再划开它，扭曲它，哪怕只是暂时地——

可是他的手不听他的。他的胳膊僵硬地放在身侧，身体违反他的意志转了过来，向塞巴斯蒂安躺着的石台走去。

棺材已经开始发出模糊的绿光——几乎是巫光石的亮光，可是这光让人痛苦，似乎要刺破人的眼睛。杰斯努力要后退一步，可是他的腿却动不了。冰冷的汗水沿着他的后背流淌下来，一个声音在他脑海中悄悄说着话。

"来这儿。"

是塞巴斯蒂安的声音。

"你以为莉莉丝走了你就自由了？吸血鬼的咬噬唤醒了我。现在我血管里她的血迫使着你。"

第十九章 | 地狱满足了

"来这儿。"

杰斯努力要站着不动，可是他的身体背叛了他，虽然他清醒的那部分意识奋力反抗，却还是被推着向前。即使他努力想要待着不动，可是他的脚却沿着通道向棺材走去。他走过那个涂画的圆圈时，圆圈闪出绿色的光，而棺材似乎也回应以第二道翠绿的闪光。然后他就站在了棺材旁边，低头看着。

杰斯使劲咬自己的嘴唇，希望疼痛能把他从梦游状态中惊醒。没有用。他尝到了自己血的味道，低头看着塞巴斯蒂安，他像一具淹死的死尸漂浮在水里。他的眼睛是珍珠。他的头发是无色的海草，他闭起来的眼睑是蓝色的，就像在看着年轻的瓦伦丁。

并非出于自愿，而是完全违背自己的意愿，杰斯的手开始举起。他的左手将匕首的边缘抵着右手掌内侧，生命线和爱情线在那里交错。

话语从他的嘴唇吐出。他听着这些话语，仿佛来自遥远的地方。它们不是他知道或理解的任何语言，可是他知道是什么——仪式上的祷文。他的意识尖叫着让身体停下，可是似乎没什么用。他的左手紧握着匕首划了下来。刀刃在他的右掌上划开一条整洁、清晰、浅浅的伤口，几乎立即就开始淌血了。他努力想要抽回手，收回胳膊，可是他似乎被胶合剂粘住了。他在惊恐中看着的时候，第一滴血滴落在塞巴斯蒂安的脸上。

塞巴斯蒂安的眼睛一下子睁开了。他的眼睛是黑色的，比瓦伦丁的眼睛还要黑，像自称是他母亲的那个恶魔的眼睛一样黑。这双眼睛盯着杰斯，像巨大的黑色镜子，照出他自己的脸庞，扭曲而无法辨认，他的嘴巴做出仪式祷文的口型，倾吐着毫无意义的胡言乱语，仿佛一条黑色的河流。

鲜血现在开始更自由地流淌了，把棺材里面浑浊的液体变成了暗红色。塞巴斯蒂安动了。他坐起来的同时，棺材里面的血水荡漾着，泼溅着，他的黑眼睛盯着杰斯。

"仪式的第二部分，"他的声音在杰斯头脑中说道，"就要完成了。"

水像眼泪一样从他身上流淌而下。他苍白的头发贴在前额上，似乎根本就没有颜色。他举起一只手向前伸出，而杰斯，虽然他的内心在惊叫，还是刀刃朝前递出了短剑。塞巴斯蒂安用手从冰冷锋利的刀刃上划过，鲜血从他手掌上的伤口中喷出。他把匕首踢到一边，拉过杰斯的手，和他自己的手握在了一起。

杰斯无论如何没有料到这个。他无法动弹，无法抽回手。塞巴斯蒂安的手握住了他的手，把他们流血的伤口按在一起，这时他感觉到了塞巴斯蒂安每根冰冷的手指，就像被冰冷的金属紧紧握着。冰开始沿着他的血管向上扩散，他浑身颤抖了一下，接着又颤抖了一下，这强烈的身体抖动如此痛苦，他感觉仿佛五脏六腑都在翻滚。他想要大声尖叫——

然而这叫喊在他喉咙里消逝了。他低头看着他和塞巴斯蒂安的手紧紧握在一起。鲜血流过他们的手指，向下流到手腕上，像花边一样精美。在这城市寒冷的灯光中，它闪着光亮，不像是液体在流动，倒像动着的红色电线。血流用猩红色的线条把他们的手裹在了一起。

一种奇怪的平静感悄悄涌上杰斯心头。世界似乎消退，而他站在山峰之巅，整个世界在他面前铺展开来，一切都是他的，任他自由取用。周围城市的灯光不再是电灯的灯光，而是如成百上千颗钻石一般星星的光亮。星星照耀着他，仁慈的星光说："很好，不错，这会是你父亲想要的。"

他在脑海中看到了克拉丽，她的脸色苍白，她的红发垂落下来，她的嘴巴动着，作出口型：我很快回来。五分钟。

然后她的声音退去，另一个声音响起，淹没了她的声音。脑海中她的形象消退了，恳求着消失进了黑暗之中，就像俄耳甫斯①转身最后看一眼欧律狄斯时，欧律狄斯消失了一样。他看见她向他伸出白皙的双臂，后来阴影在她身上合起，她就不见了。

现在一个新的声音在杰斯的脑海中说着话，一个熟悉的声音，曾经让他痛恨，现在却奇怪地让他喜欢。塞巴斯蒂安的声音。这声音仿佛通过塞巴斯蒂安手上的血液流进他的血液，像一道炽热的锁链。

"我们现在一体了，小弟弟，你和我。"塞巴斯蒂安说。

我们一体了。

---

① 古希腊神话中的人物，其妻子欧律狄斯被毒蛇所咬而死，俄耳甫斯感动了冥王，答应把欧律狄斯还给他，但要求他领着妻子走出地府之前绝不能回头看她，否则他的妻子永远不能回到人间。俄耳甫斯带着妻子即将离开地府时，却忍不住回头看妻子，结果欧律狄斯又被拉回了地府，俄耳甫斯只好一个人回到人间。